유종원 산문의 문예미

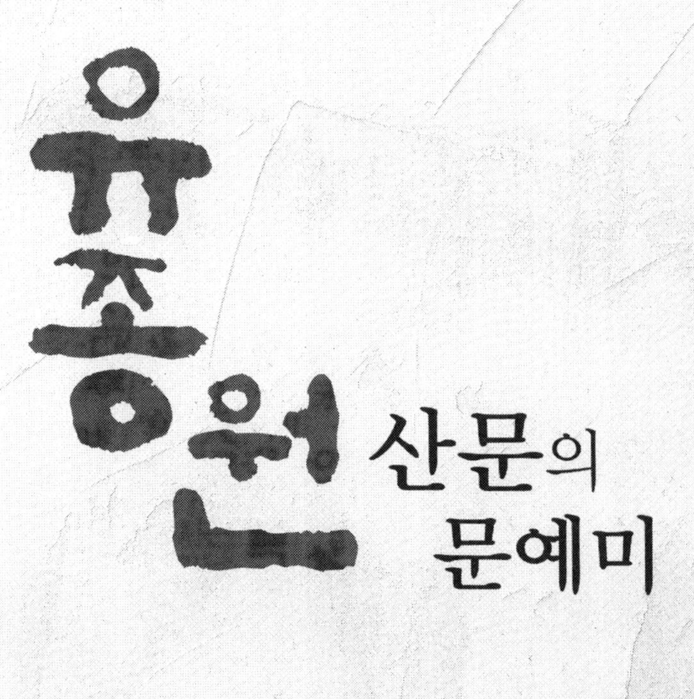

유종원 산문의 문예미

임 춘 영 지음

KCSi 한국학술정보[주]

| 머리말 |

"사람들은 모두 원수를 미워하기는 해도 원수가 자신에게 득이 됨은 모른다. 사람들은 모두 적이 해를 끼친다고 생각하지만 적이 자신에게 이로울 수 있음을 알지 못한다. (……) 병에 걸리지 않을까 걱정하는 사람은 장수할 수 있고, 튼튼하다고 자부하는 사람은 병에 걸려 죽을 수 있다."(「敵戒」)

윗글을 쓴 사람은 바로 중국 당대(唐代)의 문학가로 알려진 유종원(柳宗元)이다. 유종원은 당대의 새로운 사상적 경향과 문학적 경향을 창도한 지도자이고 탁월한 문장가였다. 그는 시인으로 명성이 자자하였지만, 그가 쓴 산문 또한 중국 고전 문학의 한 페이지를 차지할 정도로 대단하고 우수하였다.

예리한 관찰력으로 인간관계의 역설을 꿰뚫어 보는 통찰과 경거망동을 경계하며 매사 신중하기를 당부하는 당찬 글귀는 곧 유종원의 문장을 분석하고 해석하고 싶은 열망을 자아내기에 충분하였다. 중국의 이 위대한 문장가가 글을 쓰면서 자신의 사유를 문학적으로 어떻게 풀어내었는지에 대한 초보적인 탐색은 『유종원 전기우언 산문 연구』(1993)에서 구체화하였다. 이후 유종원 산문의 문예성과 독창성의 관계를 본격적으로 규명해 보고자 한 것이 바로 이 글이다.

이 글은 유종원 산문의 문예적 특성에 주목하여 유종원 산문의 문예적인 표현법과 다양한 미적 형태를 체계적으로 밝히고자 작성한 것이다. 유종원은 총 45卷에 달하는 전집 『柳河東集』을 남겼고, 이 글에서는 전체 457篇 중에서 순수 韻文과 實用文을 제외한 산문 345篇을 분석하여 문예미를 집중 탐구하였다. 유종원 산문에 대해서는 '柳學'이라는 명칭이 생길 만큼 많은 선행연구가 진행되어 왔다. 그럼에도 불구하고 그의 산문에 나타나는 문학예술성에 대해서는 장르나 문체를 논하는 맥락에서 지엽적으로 논의되었을 뿐, 산문 전체를 대상으로 한 종합적인 논의는 드문 편이었다.

외연적 문체에 몰두하고 수사적 기법을 분석하는 방법론으로는 세계를 다양하게 조망한 결과 사유화한 독창적이고 풍부한 사상이 반영된 유종원 산문의 전체적인 미적 특징을 살펴보기 어렵다. 왜냐하면 유종원 산문에는 치열하게 전개되었던 유종원의 삶의 이력이 그가 의도한 예술적 질서에 맞게 조직되었기 때문이다.

유종원 산문의 예술적 형상화를 미학적으로 탐구하기 위해서는 유종원의 사고와 사색이 문예 기법적으로 어떻게 표현되었는지, 그가 표현한 미적 대상이 어떠한 미적 형태로 구성되었는지를 살펴보아야 한다.

따라서 이 글에서는 유종원이 문예적 표현을 위해 사용한 '문예 기법'과 다양한 미감을 활용하여 구성한 '미적 형태'를 중점적으로 논의하였다. 이는 유종원 산문이 보여 주는 고도의 문예미를 전면화하여 종래의 연구방법과 차별성을 가지려는 목적에서이다.

이에 먼저 '유종원의 문예론'과 '유종원 산문의 유형'에서는 유종원 산문 전체를 개론적으로 살펴보았다. 다음으로, '유종원 산문의 문예 기법'에서는 반어 우의 표상화 등의 유종원 고유의 문장 스타일을 논의하였다. 마지막으로 '유종원 산문의 미적 형태'에서는 골계미 비극미 숭고미를 통해 유종원이 발휘한 다양한 미적 형태를 밝혔다.

유종원은 무비판적으로 계승되어 오던 기존 문체를 단순히 복제하는 것을 거부하며 많은 새로운 문체를 만들어 냈다. 그것은 그가 창조적인 문예 정신을 지니고서 특유의 표현기법과 미적 형식을 활용할 수 있었기 때문이었다. 바로 이러한 점을 탐구하여야만 유종원산문의 독창적인 창작원리가 이론적으로 정립될 수 있는 것이다.

이 글은 지엽적으로 논의되던 유종원 산문의 문예성을 총체적으로 논술하여 유종원 산문을 예술미학적으로 접근할 수 있는 방법론을 제시하였다는 점에서 학술적인 가치를 갖는다. 특히 '미적 범주'를 기준하여 유종원 산문의 미적 형태를 분류하고 미적 효과를 논증한 방법론은 미학적 연구 성과를 흡수하였다는 점에서 학제간 연구의 의의도 지닌다.

이러한 의의는 유종원 산문의 예술성에 대해서 학적인 고찰을 의도한 필자의 목적에 부합할 뿐만 아니라, 중국 고전산문을 해석하는 데에 새로운 관점을 제시하고자 한 목적도 이루었음을 의미한다.

몇 해 전에 마무리하였던 이 글이 이제 단행본으로 출판되어 여타의 학술연구자나 일반 대중과 공유할 수 있게 되었다. 특히 이번 출판을 통해 일반 대중이 중국 고전 산문에 용이하게 접근할 수 있는 계기가 되기를 희망하여 본다.

2008년 늦가을
임춘영

| 차 례 |

I

서 언

1. 문제의식과 연구목적

유종원(柳宗元: 773－819)은 중국 문학사에 있어서 일대 轉變期이자 정치 사회적 혼란의 정점이라 할 수 있는 中唐時期 사대부 지식인 가문을 배경으로 태어나, 지식인으로서의 삶을 견지하고 그로 인해 생의 절반 이상을 폄적지에서 보내다 불우하게 생을 마쳤다. 이러한 삶의 궤적은 그가 가진 천부적 재능과 현실적 포부에 시대가 안겨 준 좌절이 맞물려, 여러 장르에 걸친 문학예술에 고도의 작품성을 구가한 秀作들을 창출하는 결과를 낳았다.

유종원의 문학창작, 특히 산문창작에 대한 연구는 中國文學史나 唐代文學史, 그리고 中國散文史 속에서 양적으로나 질적으로 큰 발전을 이룬 것이 사실이다.[1] 그러나 柳宗元 散文의 문학적 성취는 인지도가 높은 일부 장르를 중심으로 문체, 풍격, 미학특징을 중심으로 수십 년간 연구되어 왔음에도 불구하고 여전히 傳統的인 散文 樣式의 외연 속에서 다루어지고 특징적인 문체에 체현된 部分的 文學性을 규명하는 데 집중되고 있다.

---

1) 柳宗元 散文의 文學史的 意義와 成就에 대한 연구는 다음의 圖書를 참고하였다.
* 中國文學史類: ① 金學主,『中國文學史』, 汎學圖書, 1975년, ② 前野直彬 主編,『中國文學史』, 長安出版印行, 民國68년, ③ 鄭振鐸,『揷圖本中國文學史』, 北京出版社, 1998년.
* 中國散文史類: ① 陳柱,『中國散文史』, 商務印書館發行, 民國 69년, ② 郭預衡,『中國 散文史(中)』, 上海古籍出版社, 1993년.
* 唐代文學史類: ① 吳康・董乃斌 主編,『唐代文學史(下)』, 人民文學出版社, 1995년, ② 張淸華,『唐宋散文』, 廣西師範大學出版社, 2000년.

文體를 考察하고 일부 장르의 文學的 成就를 주로 分析하는 기존의 연구는 柳宗元 散文의 문학 예술적 특질의 구체적인 양상을 규명하고 그것의 가치를 개괄하는 데 있어 연구의 각도와 방향을 한정시키는 결과를 노정한다. 따라서 본고에서는 기존의 연구 성과를 보완하는 차원에서 본고의 연구 방향과 목표를 다음과 같이 설정하고자 한다.

첫째, 柳宗元 散文을 유종원이 審美를 自覺하면서 창출한 創造的이면서 藝術的인 散文으로 간주하며, 이를 유종원이 문학전통을 확대하고 심화시키는 과정 속에서 획득한 성취로 이해하고자 한다. 이러한 견해는 中唐時期의 古文에 '文以明道'의 정신이 관철되면서 文風에 변화가 일어나 '내용과 형식을 함께 중시하는[文質並重]' 산문이 대량 창작되고[2] 古文 문체의 개혁으로 인해 산문 형식이 확대 발전하게 되는[3] 양상에서 착안하였다. 그러나 본고는 유종원 산문 문체의 혁신과 개척의 양상을 밝히는 것을 목적으로 하지는 않는다. 왜냐하면 前述한 것처럼 文體論에 근거한 논의는 유종원 산문의 예술적 특징을 분별하고 구분하는 시야를 좁힐 수 있기 때문이다. 그러므로 본고에서는 유종원 산문이 예술성이 풍부한 산문으로서의 온전한 모습을 드러낼 수 있도록 텍스트 내적 구조의 미적 형식과 현상에 초점을 맞추려 한다.

둘째, 柳宗元이 散文 영역에서 발휘하고 있는 예술적 특징은 柳宗元 散文이 이룬 본질적인 성취로 설명될 수 있으며 또한 이것은 유종원 산문이 前代를 초월함과 동시에 當代의 다른 散文家들

---

2) 郭豫衡, 「簡說唐代文章之變遷」, <文學遺産>, 1988년 제4기, pp.42－57 참조.

3) 錢穆, 「雜論唐代古文運動」, 『中國文學史論文選集(三)』, 民國 68년 참조.

의 작품들과 확연히 구분될 수 있는 특질을 드러나게 해 준다. 또한 이는 그의 전 작품에 녹아 있는 생명력의 근간이 된다. 따라서 이에 대한 고찰이야말로 유종원 산문이 성취한 문학적 경지를 규명하기 위한 필수적인 작업이라 아니 할 수 없다. 본고는 이러한 맥락에서 기존의 다양한 연구 업적들을 기저로 텍스트에 대한 천착을 통하여 유종원 산문이 가지는 문학 예술적 특질 규정을 시도해 보고자 한다.

2. 기존의 연구 성과

唐代를 대표하는 사상가이며 정치가이자 문학가로 평가받고 있는 유종원에 대한 연구는 그가 보여 주는 다방면에 걸친 업적만큼이나 다양하고 광범위한 논의로 전개되어 왔다. 이는 그간에 이루어진 두 차례에 걸친 그의 문학에 대한 國際的 규모의 學術討論會[4]를 통해서 그 규모와 성과를 가늠해 볼 수 있다.

4) 中國 廣西省 柳州市에서 1993년에 '柳宗元國際學術討論會'가 개최되었고 中國 湖南省 永州市에서 2002년에 '中國永州柳宗元國際學術討論會'가 개최되었다. 우선, 柳州 학술토론회에서 발표된 논문은 다음 해 1994년 廣西人民出版社에서 『國際柳宗元研究擷英』으로 출판되었다. 여기에는 中國을 비롯하여 日本, 臺灣, 韓國, 홍콩, 싱가포르 등의 柳宗元 研究者의 총 38편의 논문이 수록되어 있어 아시아 지역의 柳宗元 研究를 일람할 수 있다. 이 중에서 柳宗元 散文 관련 논문은 9편에 해당하는데 柳宗元의 文論, 傳記文學, 贈序文, 山水游記 및 文體變化 등을 주제로 다양한 고찰 방법을 시도하고 있음을 알 수 있다. 이 논문집에서 특별히 언급할 것은 부록편인 『近十七年來中國大陸柳宗元文學創作研究槪況』, 『臺灣柳宗元研究槪況』, 『日本 柳宗元研究槪況』이다. 이는 中國, 臺灣, 日本에서 진행된 20여 년간의 柳宗元 研究의 경향과 90년대 초까지의 연구현황을 일별할 수 있는 점에서 그 의의가 크다. 다음으로, 2002년 8월 19-22일까지 개최된 '中國永州柳宗元國際學術討論會'에는 중국을 포함한 한국, 일본, 말레시아 학자 100여 명이 참가하였고 10편의 柳宗元 관련 書籍과 90여 편의 논문

柳宗元 硏究는 그의 年譜, 生涯, 思想, 詩, 散文 등 매우 다의적인 각도에서 의미 있는 여러 성과물을 낳았으며 특히 중국과 대만에서의 유종원 연구는 生涯, 思想, 文學 부분에서 상당한 성과를 일구어 낸 것으로 평가받고 있다.

이러한 종합적인 연구는 유종원 문학창작을 이해하고 파악하는데 기본 자료로 작용하고 있다. 유종원에 대한 역대의 평론을 수집・정리하고 散文을 고증・해설하는 데서부터 시작하여 그의 家系, 事跡, 政治活動, 貶謫經歷 그리고 政治思想, 哲學思想, 文學思想을 깊게 연구하는 데까지 종합적이고 체계적인 연구 성과를 확보하고 있다.[5] 따라서 柳宗元 연구의 기초 작업이라 할 수 있는 종합적・주석적 연구는 이미 깊이 있고 체계적으로 진행되었기에 더 이상 연구되고 보충될 필요는 없어 보인다.

柳宗元에 대한 연구는 10여 년간 진행되면서 점차 초보적 단계를 벗어나고 있으며, 그의 散文 연구는 종합적・주석적 연구경향과 문학사적 연구경향을 극복하고 문학예술성을 파악하고 이해하는 논의와 성과를 이루어 내기 시작한다. 이러한 연구는 넓게는

이 발표되었다. 이 가운데서 직접적으로 散文과 관련된 논문은 10여 편 정도이며 한국학자의 논문은 3편에 달한다. 散文 관련 논문은 대부분 山水 游記文에 대한 고찰에 편중되고 있고 詩의 경우도 11편에 달하는 논문 중에서 山水詩 관련 고찰이 대부분을 차지하고 있다. 전체적으로 볼 때, 柳宗元 文學 방면의 연구고찰보다는 柳宗元의 永州時期 事迹 및 永州의 文物과 관련된 고찰에 치중하고 있다. 1차 국제학술토론회에 비해서 문학방면으로 연구방법론이나 주제가 심화 발전되었다고 보기는 힘들다. 그러나 柳宗元의 생애 중에서 가장 왕성한 창작활동을 보였던 시기를 다각도로 고찰함으로써 柳宗元 文學의 배경연구에 있어서 보다 확대된 시각을 마련해 주고 있는 점에서 의의를 찾을 수 있다.

5) 유종원에 대한 綜合的 註釋的 연구서로 참고한 도서는 다음과 같다.
① 吳文治, 『柳宗元評傳』, 中華書局, 1962년, ② 顧易生, 『柳宗元』, 上海古籍出版社, 1979년, ③ 孫昌武, 『柳宗元傳論』, 人民文學出版社, 1982년, ④ 羅聯添, 『柳宗元事迹系年暨資料類編』, ⑤ 段醒民, 『柳子厚家世考述』, ⑥ 劉光裕・楊慧文 共著, 『柳宗元新傳』.

유종원의 산문예술과 예술풍격 및 미학특징을 분석하고, 좁게는 柳宗元 散文 개별 문체의 예술특징을 분석하여 유종원 산문의 문학 예술적 가치를 규정하는 시도에 집중하고 있다. 본고의 연구 주제인 유종원 산문의 예술적 특징에 대해 지금까지 진행된 연구 성과를 정리하면 다음과 같다.

1) 개론적 연구

아래에 열거한 연구 성과들은 유종원 산문의 예술적 특징을 개략적으로 설명하고 요약해 주고 있으므로 유종원 산문에 나타나는 대략적인 예술특징과 예술풍격을 참고할 만하다.

* 尙永亮, 「元和貶謫文學藝術特徵初探」(<陝西師範大學學報>, 1990-4)
* 李道英, 『唐宋古文硏究』, 北京師範大學出版, 1992
* 鄧小軍, 「柳宗元散文的藝術境界」(<四川師大學報>, 1993-1)
* 松本肇, 『柳宗元硏究』, 創文社, 1999
* 張淸華, 『唐宋散文』, 廣西師範大學出版社, 2000
* 王更生 編著, 『柳宗元散文硏讀』, 文史哲出版社, 民國 83

위의 연구 성과 중에서 상영량(尙永亮)의 「원화폄적문학예술특징초탐(元和貶謫文學藝術特徵初探)」은 柳宗元 문학의 기본특징인 침울과 비애의 情調를 집단심리라는 측면에서 그 대강의 요점을 밝혀내고 있어 참고할 만하다. 또 등소군(鄧小軍)의 「유종원산문적예술경계(柳宗元散文的藝術境界)」는 유종원의 性善論과 天人合一論 사상으로의 전환을 그의 산문의 예술적 성취인 人物創造와 意境創造와 연계하여 고찰하고 있다. 왕경생(王更生)이 편찬한 『유종원산문연독(柳宗元散文研讀)』은 유종원이 산문의 風格, 構成, 言語 방면에서 성취한 예술특징을 개론적으로 정리한 성과를 보여 준다.

2) 문체별 예술특징 연구

이하의 연구 성과들은 유종원 산문의 여러 文體가 具現한 예술적으로 특이한 점과 뛰어난 점을 고찰하고 있으므로 유종원 산문 개별 장르의 구체적인 예술적 특징을 참고하고 감별하는 데 도움이 된다.

* 孫昌武, 『柳宗元傳論』, 人民文學出版社, 1982
* 高海夫, 『柳宗元散論』, 陝西人民出版社, 1985
* 王運熙 · 吳文治 · 顧易生 외 3人, 『唐代五大文豪』, 上海古籍出版社, 1995
* 徐正英 · 田璞, 「韓愈柳宗元山水散文藝術比較」(<鄭州大學學報>, 1988－3)
* 吳小林, 『柳宗元散文藝術』, 山西人民出版社, 1989
* 劉洪仁, 「論韓柳雜文的藝術成就」(<四川教育學院學報>, 1989－3)
* 徐英, 「柳宗元寓言文幽默美初探」(<華南師大學報>, 1989－1)

* 喬象鍾, 陳鐵民 主編, 『唐代文學史(上下)』, 人民文學出版社, 1995

이상에서 열거한 연구에서 참고할 만한 성과로는 먼저 손창무(孫昌武)의 『유종원전론(柳宗元傳論)』을 들 수 있다. 孫昌武는 유종원의 문학적 성취를 雜文, 山水游記, 寓言, 詩歌, 辭賦의 예술적 독창성을 작품의 생명력과 연계시켜 상세히 고찰함으로써 유종원의 各類 文體의 예술특징을 연구하는 초석을 마련해 주었다. 다음으로 오소림(吳小林)의 『유종원산문예술(柳宗元散文藝術)』은 柳宗元의 雜文, 傳記, 寓言, 山水游記, 辭賦의 예술특징에 대한 전면적이고 체계적인 분석을 시도함으로써 文體別 예술특징을 연구하는 데에 참고할 만하다. 그리고 서영(徐英)의 「유종원우언문유묵미초탐(柳宗元寓言文幽默美初探)」은 유종원의 寓言文을 관통하고 있는 喜劇美에 눈을 돌리고 '유머'라는 예술 특징을 분석한 점에서 본고의 연구방향에 신선한 안목을 제시하였다.

3) 미학적 연구

이하에 제시한 연구 성과들은 유종원 산문에 나타나는 심미현상이나 미적 형식과 그것의 가치를 연구대상으로 분석하므로 유종원 산문예술의 유형과 특징을 규명하고 연구하는 데 참고 자료가 된다.

* 丁儀, 「淺淡"永州八記"中的意境」(<殷都學刊>, 1988 - 1)

* 王佩娟, 「柳宗元山水記的審美意義」(<國際關係學院學報>, 1988－1)
* 蔣崇興, 「柳宗元山水游記的美學特色」(<長沙水電師院學報>, 1988－2)
* 范能船, 「談柳宗元的本體論山水審美觀」(<美術論壇>, 1989－6)
* 吳小林, 「論柳宗元散文的幽美」(<中國人民大學學報>, 1989－5)
* 高海夫, 「悲劇生涯和悲劇美的創造－柳宗元審美意識硏究之一」(<陝西師範 大學學報>, 1990－1)
* 尙永亮, 「冷峭: 柳宗元審美情趣和悲劇生命的結晶」(<江漢論壇>, 1990－9)
* 吳功正, 「美的標準範式－唐宋散文美學」(<天津社會科學>, 1990－5)
* 程明, 「柳宗元山水遊記的意境美」(『柳宗元國際學術討論會論文集』, 1993)
* 吳小林, 『中國散文美學史』, 黑龍江人民出版社, 1993
* 陳友康, 「永州山水詩文: 自然美的發現與提升」(『中國永州柳宗元國際學術硏討會論文』, 2002)
* 陳亞勝, 「"永州九記"美學意境初探」(『中國永州柳宗元國際學術硏討會論文』, 2002)
* 肖揚碚, 「柳宗元山水詩意象論」(『中國永州柳宗元國際學術硏討會論文』, 2002)

위의 연구 성과 중에서 오소림(吳小林)의 「논유종원산문적유미(論柳宗元散文的幽美)」는 유종원 散文美의 근본적인 성질과 요소를 '幽美'로 규정하여 유종원 산문 미학을 기본적으로 탐색하고 있다. 고해부(高海夫)의 「비극생애화비극미적창조(悲劇生涯和悲劇

美的創造)」는 장기간의 비극적인 생애로 말미암아 유종원이 悲劇에 대해 자각하고 추구하여 그의 문학 전반에 悲劇美가 형성되었음을 규명하였다. 오공정(吳功正)의 「미적표준범식 – 당송산문미학(美的標準範式 – 唐宋散文美學)」은 중국 문예 미학사에서 차지하는 당송산문의 審美特性에 대한 규명을 시도하고 있어 기존 연구자에게 신선한 자극을 제공한다. 특히 유종원 산문에 나타나는 특이한 심미현상을 그의 심리정서의 상이함과 연계하여 분석한 점은 참고할 만하다. 오소림(吳小林)의 『중국산문미학사(中國散文美學史)』는 중국 고전 산문을 대표하는 여러 작가의 美學的 觀點과 산문의 審美特徵에 초점을 맞추어 고찰하였다. 특히 柳宗元 散文의 多樣하고 統一的인 美的 特徵을 집중 논술하고 유종원 산문미학의 기본 요소를 분석하였다. 이러한 연구 성과들은 柳宗元 散文을 散文創作과 創作主體의 심미의식 및 심미취향과의 관계 속에서 고찰할 수 있는 시각과 동기를 제공하고 있다.

이상에서 기존의 연구 성과를 검토한 결과, 지금까지의 유종원 산문 연구는 문학예술 방면에 대한 탐색차원에서 대체적인 예술특징을 밝히고 산문예술론을 구축하고 문학예술성이 풍부한 일부 장르 – 雜文, 寓言, 傳記文, 遊記文, 辭賦 – 를 중심으로 문학성 및 미적 특징을 다루는 범위 내에서 시도되고 있음을 알 수 있다. 그러나 대체적인 연구의 방법과 방향이 文體를 고찰하는 데 집중되어 있고, 개별 장르의 부분적인 문학예술 특징을 분석하고 있기 때문에 문체 고찰이라는 경향을 벗어나서 유종원 산문의 예술적 특징을 체계화할 수 있는 종합적이고 포괄적인 작업이 요구된다.

국내에서의 유종원 연구는 박사학위논문을 중심으로 꾸준히 진행되면서[6] 유종원 문학에 대한 미시적 거시적 연구의 초석이 마련되고 있다. 그러나 산문 영역의 연구 방법과 범위는 여전히 文體考察에 한정되어 있어서 유종원 산문의 내적 예술미를 체계적으로 탐색하기 위한 충분한 시야를 확보하고 있지는 않다. 따라서 본 논문에서는 유종원 산문의 총괄적인 예술적 특성에 주목하며 그것의 文藝技法과 藝術美를 분석하여 유종원 산문이 이룩한 예술형상화의 성과와 문예 미학을 탐색하고자 한다.

3. 연구범위와 연구방법

1) 연구범위

본고에서 연구하는 柳宗元의 著作을 최초로 정리하여 문집을 편찬한 인물은 유우석(劉禹錫)이었다. 유우석이 『유하동집(柳河東集)』을 편찬할 당시에는 '30卷'이었으나 현재 통용되는 『柳集』은 모두 '45卷本'이다. 비록 유우석이 편찬할 당시의 卷數와 차이가

6) ① 洪寅杓, 『柳河東詩硏究』, 서울대학교 박사학위논문, 1981년, ② 金容杓의 『柳宗元散文硏究』, 國立臺灣大學中文硏究所, 석사학위논문, 民國 74년(1986년): 국내 연구자로서 국외에서 유종원 산문을 최초로 심도 있게 연구한 학위논문이다. 金容杓는 유종원 산문을 7類로 분류한 후에, 유종원의 논변문, 서신문, 우언문, 전기문, 산수유기문의 예술특징을 상세히 분석하고 있어, 이후 국내 유종원 산문 연구에 기본적 방법론을 제공해 주었다. ③ 吳洙亨, 『柳宗元散文硏究』, 서울대학교 박사학위논문, 1992년: 柳宗元 散文을 十三類 分類法에 근거하여 各類 文體에 속하는 작품의 內容과 形式을 상세히 紹介하고 分析하였다. ④ 洪承直, 『柳宗元 散文의 文體別 硏究』, 고려대학교 박사학위논문, 1992년: 柳宗元 散文을 8類 文體로 범주를 집약하였고 各類 文體의 發展 맥락 속에서 柳宗元 散文의 文學性과 隨筆性의 구체적 면모를 규명하였다. ⑤ 林孝燮, 『柳宗元詩의 內面意識 變化 硏究』, 한국외국어대학교 박사학위논문, 2003년.

크지만, 劉禹錫이 편찬한 『柳河東集』의 原本은 지금에 전해지지 않으므로 그 모습을 대조해 볼 수는 없다. 그 이후, 宋代의 목수(穆修)가 유종원의 시문을 수집 정리하는 과정에서 『하동선생문집(河東先生文集)』 '45卷本'으로 편찬하였고 이것이 널리 전해지면서 이후로는 '45卷本'이 正本으로 여겨져 통용되어 왔다.7)

본 논문에서 분석하는 柳宗元 散文은 上海古籍出版社의 『유종원전집(柳宗元全集)』(1997년)을 기준으로 삼았다. 이 판본에 수록된 유종원 詩文은 '正集45卷', '外集2卷(上・下)', '外集補遺'로 구성되어 있다. 이에 '45卷本' 『유종원전집(柳宗元全集)』의 편집 체재를 기준으로 본 논문의 연구범위를 도표로 제시하면 다음과 같다.

[표 1] 『유종원전집』 총람표

권수 및 표제명	작품수	13류 분류 유형
卷 1 아시가곡(雅詩歌曲)	총 5편	제외
卷 2 고부(古賦)	총 9편	사부류(辭賦類)
卷 3 논(論)	총 9편	논변류(論辯類)
卷 4 의변(議辯)	총 10편	〃
卷 5 비(碑)	총 9편	비지류(碑誌類)
卷 6 비(碑)	총 5편	〃
卷 7 비명(碑銘)	총 6편	〃
卷 8 행장(行狀)	총 3편	전장류(傳狀類)
卷 9 표명갈뢰(表銘碣誄)	총 11편	비지류(碑誌類)
卷 10 지(誌)	총 9편	〃
卷 11 지갈뢰(誌碣誄)	총 11편	〃
卷 12 표지(表誌)	총 6편	〃
卷 13 지(誌)	총 13편	〃

7) 柳宗元文集의 版本 問題에 대한 자세한 내용은 金容杓의 『柳宗元散文研究』 '第2章', 洪承直의 『柳宗元 散文의 文體別 研究』 '第1章', 王更生 編著의 『柳宗元散文研讀』 '附錄四', 吳文治의 「談談'柳宗元集'的版本問題」, 『中國永州柳宗元國際學術研討會論文(2002)』를 참조 바람.

권수 및 표제명	작품수	13류 분류 유형
卷 14 대(對)	총 5편	논변류(論辯類)
卷 15 문답(問答)	총 3편	〃
卷 16 설(說)	총 11편	〃
卷 17 전(傳)	총 6편	전장류(傳狀類)
卷 18 소(騷)	총 11편	사부류(辭賦類)
卷 19 조찬잠계(弔贊箴戒)	총 15편	송찬명잡류(頌讚箴銘類)
卷 20 명잡제(銘雜題)	총 12편	잠명잡기류(箴銘雜記類)
卷 21 제서(題序)	총 6편	서발류(序跋類)
卷 22 서(序)	총 13편	증서류(贈序類)
卷 23 서별(序別)	총 12편	〃
卷 24 서(序)	총 11편	〃
卷 25 서(序)	총 17편	〃
卷 26 기(記)	총 10편	잡기류(雜記類)
卷 27 기(記)	총 6편	〃
卷 28 기(記)	총 9편	〃
卷 29 기(記)	총 11편	〃
卷 30 서(書)	총 6편	서설류(書說類)
卷 31 서(書)	총 9편	〃
卷 32 서(書)	총 4편	〃
卷 33 서(書)	총 4편	〃
卷 34 서(書)	총 12편	〃
卷 35 계(啓)	총 8편	〃
卷 36 계(啓)	총 13편	〃
卷 37 표(表)	총 34편	제외
卷 38 표(表)	총 25편	제외
卷 39 주장(奏狀)	총 22편	제외
卷 40 제문(祭文)	총 15편	애제류(哀祭類)
卷 41 제문(祭文)	총 15편	애제류(哀祭類)
卷 42 고금시(古今詩)	총 69편	제외
卷 43 고금시(古今詩)	총 77편	제외
卷 44 비국어(非國語・上)	총 31편	제외
卷 45 비국어(非國語・下)	총 37편	제외
외집(外集・上)	총 9편	제외
외집(外集・下)	총 18편	제외
보유(補遺)	총 4편	제외
본고 대상 총권수: 37卷	作品 總數: 345	總 11類

위 도표에서 볼 수 있듯이 柳宗元은 姚鼐의 13類 분류법 중에서 詔令類를 제외한 12類 文體를 활용했고, 그중에서 산문은 총 457편에 달한다. 그러나 본고에서는 詩와 奏議와 頌讚이 혼합되어 있어 韻文性과 實用性이 강한 卷1의 「雅詩歌曲」, 純粹韻文에 속하는 卷42와 卷43의 「古今詩」, 專門哲學論著에 속하는 卷44・45의 「非國語(上・下)」, 純實用文에 속하는 卷37・38의 「表」와 卷39의 「奏狀」을 연구대상에서 제외하고 韻文的이지만 전통적으로 散文體類에 포함되어 온 辭賦類는 연구대상에 포함하였다. 따라서 본고의 연구범위는 『유종원전집(柳宗元全集)』 중에서 운문과 순수 실용문을 제외한 總卷數 37卷에 11類 文體로 정하였고 연구대상은 345篇의 산문에 한정하였다.

2) 연구방법

본고에서는 柳宗元 散文을 대상으로 柳宗元 散文의 藝術的 特性을 고찰하고자 한다. 이에 먼저 柳宗元 散文을 類型別로 分類하여 그 體裁와 대표작품을 일별한 후에 유종원 산문의 특징적인 文藝技法을 분석하고 산문 전체를 세 가지의 藝術美 범주 속에서 살펴볼 것이다.

본고의 연구목적과 관련하여 각 장을 통해 고찰할 과제와 목적을 요약하면 다음과 같다.

[제1장] 본고의 연구동기와 연구목적을 기존의 연구 성과를 검토하는 과정에서 정립하고, 연구범주와 연구방법을 논한다.

[**제2장**] 柳宗元 散文에 체현된 그의 文藝觀을 고찰하고자 한다.

柳宗元은 독립적이고 전문적인 문학이론서를 집필하지는 않았지만 그의 산문 각 편에는 文學과 관련된 理論들이 산재되어 있다. 따라서 이들 문장을 발췌하고 조합하여 文學에 대한 柳宗元의 觀點과 理論을 검토하고자 한다.

이러한 작업을 통해서 유종원의 문학세계가 지향하는 바의 성격을 분석하고 아울러 그가 시도하고 있는 표현기법의 특질을 조사하며 또한 이러한 과정을 통하여 그의 작품들 속에 구현된 문학적 특성을 규명하고자 한다.

[**제3장**] 柳宗元 散文의 體裁를 類型別로 分類하고 각 類型에 속하는 산문의 특징과 내용을 요약·정리하려 한다.

柳宗元 散文은 說理性, 敍事性, 抒情性이라는 문학적 요소를 내부적으로 포함하고 있는데 산문 대부분이 한 가지 요소에 치중하기보다는 세 가지 요소가 뒤섞여 있기 때문에 포괄적이고 대등하며 정확한 분류를 하기가 쉽지 않다.

이에 고대 산문을 분류하는 데 일반적으로 활용되는 姚鼐의 13類 분류법에 근거하되 성격이 비슷한 부류를 合稱하여 '論辯序跋類', '書說贈序類', '碑誌傳狀類', '辭賦哀祭類', '雜記雜說類'의 다섯 가지로 분류하였다. 그러나 이러한 傳統式 문체 명칭은 본고의 연구목적에 근거할 때, 좀 더 현대식 용어로 전환하는 것이 타당하다고 본다. 따라서 본고에서는 유종원 산문을 '論說文', '傳記文', '贈序文'과 '書信文', '游記文'과 '寓言文', '祭文'으로 유형화하고 각 유형에 속하는 산문의 특징과 대표 작품을 분석한 후, 각 유형의 전체 작품을 도표로 개괄 요약하고 전체 특징을 小結에서 정리할 것이다. 본 장에서는 본고의 연구대상 작품을 일람하기 위해서 기존의 연구 성과를 참고하여 文體分類法을 활용할 뿐 세세한 文體別 분석은 배제함을 밝힌다. 이에 본고의 연구대상 산문 전체를 유형화하고 각 유형에 속하는 작품의 특징과 내용을 요약하여 소개하는 차원에서 정리하고자 한다.

[제4장] 柳宗元 散文의 文藝技法을 분석하려 한다.

文藝技法은 작가가 자신이 채택 선정한 제재들을 예술적으로 형상화하기 위해 사용하는 여러 가지의 기법들을 말한다. 작가는 자신의 체험과 사상을 審美性을 창출하는 데 유용한 여러 장치를 사용하여 작품에 생동감과 미감을 강화시키고 독자의 감동을 환기시킨다. 柳宗元 散文이 독자에게 감동을 주고 그 내용이 설득력을 갖는 것은 예술 형상이 성공적으로 이루어졌음을 의미한다.

유종원 산문의 특질 중 하나로 제시되는 것은, 종래 산문이 주로 실용성을 추구하여 작품 속에 이의 실현을 목적으로 하였음에 반하여 유종원은 그의 산문에 문학성을 구현하고자 하였다는 것이다. 이러한 그의 태도는 실제 작품들 속에 그대로 구체화되어 그 이전의 산문들에서는 찾아보기 힘든 여러 일면들을 보여 주고 있다. 즉 유종원은 자신이 지향하고 나타내고자 했던 이상들을 기존의 산문에서 보여 주고 있던 추상적이고 개념적인 記述形式이 아닌 描寫를 통해 나타내고자 시도했던 것이다. 이로써 그는 다소 교조적이고 정형성만을 띠고 있던 종래의 산문에 문학성을 가미시키게 되었다.

이를 위해 그는 다양한 표현기법들을 도용하고 있다. 이전의 산문들이 주로 단순한 說明, 論證, 例示에 의지하여 주제를 표출했다면 유종원은 諷刺와 逆說, 滑稽, 反語, 比喩, 이미지화 등의 다양한 기법들을 사용했던 것이다. 이로써 그는 획일적이고 단조로웠던 종래 산문에 多義的인 면모를 부여하면서 그 지평을 확대시켜 나가게 된다.

따라서 본 장에서는 유종원이 그의 산문에서 보여 주고 있는 다양한 기법들의 특징들을 일별한 후 구체적으로 그가 작품 속에 도용한 用例들을 작품 분석과 함께 정리해 볼 것이다. 또한 그가 즐겨 채택하였던 아이러니[反語]와 알레고리[寓喩]가 내포된 간접화법, 선정한 여러 대상들의 이미지화 과정 등을 탐색함으로써 유종원이 그의 산문을 통해 전달하고자 하였던 傳言의 眞面을 추출해 낼 것이다.

[**제5장**] 내용과 형식의 적절한 결합으로 완성된 柳宗元 散文의 특질을 다음 세 가지의 미적 분류로 규명해 보려 한다.

유종원은 그가 형상화하려는 대상과 구현하려는 주제에 따라 각기 다른 표현기법으로 각각 상이한 美感을 창출하였다. 즉 그는 척결해야 할 부정적인 대상을 형상화할 때는 逆說과 諷刺의 滑稽的 特性을 강조하였고 자신에게 주어진 여러 가지의 고난과 역경들에 대해서는 또한 이런 절망과 비애를 잘 나타내어 줄 수 있는 悲劇을 강조하는 기법을 인용하였다. 그리고 숭배하고 추앙받아야 할 대상들에 대해서는 그들의 이러한 면모를 부각시키고자 작품의 崇高性을 강조하였다.

창작과정에 있어서 형식과 내용의 接合의 중요성은 擧論의 여지가 없다. 표출하고자 하는 주제에 가장 적절한 형식을 선택하는 것은 바로 그 작품의 생명에 관계되는 문제이기 때문이다. 잘못된 점을 지적하고 이를 시정할 것을 요구하는 교훈적 주제의 경우 여기에는 구호의 나열과 같은 방법은 결코 적절하다 할 수가 없다. 그리고 명령의 형태도 그다지 적절하다 할 수가 없다. 이런 경우 택할 수 있는 것은 바로 구호나 명령이 아니면서 독자에게 警覺心을 불러일으킬 수 있는 골계의 형식인 것이다.

비애와 절망 통한의 情調를 불러일으키는 비극성의 경우도 또한 이런 맥락에서 그 방법을 모색하여야 한다. 즉 작품 속에 구현된 그 情恨들이 독자에게까지 전달될 수 있는 가장 적절한 방법이 채택되어야 한다. 또한 추앙과 경외심을 불러일으키는 대상에 대해서도 마찬가지이다. 그들에게는 신성함과 위대함 장엄함의 감동을 高揚시킬 수 있는 형식이 요구되는 것이다.

柳宗元이 그의 산문에서 추구하고자 했던 것은 바로 이것이었다. 그는 자신이 구현해 낸 여러 형상들이 독자에게 선명하게 인지될 수 있기를 희망하였고 그의 이러한 염원이 형식의 중요성을 인식시켰으며, 그리하여 유종원은 다양한 주제의 다양한 형상화를 성취할 수 있었던 것이다. 따라서 본 장에서는 그가 추구하였던 이런 다양성의 성격들을 살펴보고 그 특질을 규명해 보고자 한다.

[제6장] 지금까지의 論議를 정리하고 본고에서 실현하고자 했던 주제에 대한 성취도와 그 의의를 평가하려고 한다.

자연의 완정한 조화로움에 버금할 만한 예술성의 구현은 아름다움을 추구하는 인류의 염원이다. 이는 그만큼 인간에게 있어 아름다움이란 강한 생명력의 원천이며 따라서 이러한 것을 창출하려는 모든 장르에 걸친 예술가들은 또한 그만큼 각고의 노력이 있어야 함을 의미하기도 한다. 일상사에서 감동이 이는 경우는 무수히 많다. 그러나 그 감동이 오래도록 기억되고 간직되어 다음 세대까지 이어질 정도의 가치를 지닌 것은 그다지 많지 않다. 이는 단순히 감동을 받는 객체와 감동을 일으키는 주체의 문제만은 아니다. 그 속에는 일순간 觸發된 감동을 배가 시킬 수 있는 어떤 요인이 개재되어야 하기 때문이다.

柳宗元의 작품이 주는 감동은 바로 이런 맥락에서 설명될 수 있다. 그의 작품이 주는 긴 감동의 근원은 바로 그의 삶에 대한 진지한 애정에서 비롯된다. 그의 작품이 높은 성취도를 이룩한 것으로 평가받고 있는 것은 바로 이러한 이유에서이다. 그리고 또한 그는 삶의 다양한 면모들을 여러 가지의 적절한 기법의 활용으로 형상화시켜 낸다. 본 장에서는 유종원의 작품에 대한 이러한 시각을 基底로 그가 이룩한 문학적 성취도를 가늠해 볼 것이다.

II

유종원의 문예론

柳宗元이 살았던 中唐時期는 정치권력의 중심이 貴族官僚에서 科擧官僚로 이행되었던 시기에 속한다. 귀족관료가 사용한 문체는 '四六騈麗文'이라 하고 六朝의 貴族社會에서 유행하였다. '四六騈麗文'은 形式美를 중시하였기 때문에 新興官僚에 있어서 자기 계급의 사상과 감정을 표현하는 데 한계가 있었다. 이에 신흥관료는 새로운 문체 변혁 운동을 진행하였고 이는 중당의 新舊交替期와 轉換期的 時期의 요구에 부응하는 것이다.[8)]

韓愈와 柳宗元 두 사람은 先秦兩漢의 문장을 '古文'으로 새롭게 창출하였으며 宋代로의 중요한 교량역할을 한 점에서 시대의 문화적 수요를 창출하고 이끌어 간 선각자들이었다.

본 장에서는 문학의 개념과 효용에 대한 유종원의 인식과 견해를 살펴보고자 유종원 산문에 나타난 文學의 槪念, 文學의 쓰임과 효과 및 創作論을 고찰하려 한다.

1. 문예의 개념

柳宗元에게 있어 文學은 특별한 의미를 지니고 있다. 革新政治

8) 羅宗强,『隋唐五代文學思想史』, 第6章 '中唐文學思想' 참조.

의 좌절을 계기로 柳宗元은 문학에 대해서 자각하기 시작하였고 영주폄적 이후 그의 문학은 창작에서 가장 탁월한 성취를 이룩하였다.[9)]

柳宗元은 文章을 創作하면서 무엇을 가장 중요한 것으로 인식하였을까? 이 점에 대해서 柳宗元의 견해를 살펴볼 수 있는 「答韋中立論師道書」를 보자.

> 처음에 내가 어리고 젊어서 글을 쓸 때는 文辭가 화려한 것을 솜씨 있다 여겼으나 나이가 들면서 문장이란 도리를 밝히는 것임을 알게 되었다. 이에 억지로 찬란하고 화려하게 쓰지 않았고 采色에 힘쓰고 성률을 뽐내는 것을 재능으로 여기지 않았다.[10)]

윗글에서는 柳宗元의 관심이 騈文에서부터 古文으로 전이되었으며 그가 문장의 본질을 '道를 밝히는 것[明道]'으로[11)] 인식하고 있음을 알 수 있다. 文은 道를 위한 것이라는 古文家의 분명한 입장을 살펴볼 수 있는 '文者以明道'는 柳宗元의 文藝觀을 가장 집약적으로 보여 주는 용어이다. 「報崔黯秀才論爲文書」에서도 "성인의 말씀은 道를 밝힘에 그 목적을 둔다."[12)]고 주장한 것을 보면, 유종원은 문학창작의 최고 가치를 '道를 밝히고 설명하는 것'에 두었다.

---

9) 胡可先, 『中唐政治與文學』, pp.111－122 참조: 中唐時期 문학가들의 문학 성취를 정치와 문학의 相互 推動의 産物로 보고 있다. 이에 柳宗元을 비롯한 劉禹錫, 呂溫 등은 정치활동에 열중하며 문학을 餘器로 여겼으나 永貞革新이 실패하여 폄적되자 자신들의 정치적인 실의를 문학으로 승화시켜 정치생명에 대한 補償을 추구하였음을 규명하고 있다.

10) 『柳宗元全集』, 卷34 「答韋中立論師道書」: 始吾幼且少, 爲文章, 以辭爲工. 及長, 乃知文者以明道, 是固不苟爲炳炳烺烺, 務采色誇聲音而以爲能也.

11) 孫昌武, 『唐代古文運動通論』, 第6章 참조

12) 『柳宗元全集』, 卷34 「報崔黯秀才論爲文書」: 聖人之言, 期以明道.

柳宗元은 글을 짓는 목적은 道를 천명하기 위해서이며 文은 道를 위해 존재한다고 주장하였다. 이러한 '文以明道'의 주장은 劉勰이 "그러므로 道理는 聖人이 쓴 문장을 통하여 드러나고 성인은 문장을 써서 道理를 설명한다."[13]고 말한 이후 지속되어 온 儒家의 文藝觀을 계승하고 있는 것이다. 그러나 '文'과 '道'의 內函 및 '文'과 '道'의 관계에 대한 유종원의 관점은 劉勰과 달랐고 또한 동시대의 韓愈와도 달랐다.

유협이 말한 道는 儒家의 道이며 한유 역시 儒家의 道[14]를 표명하였지만 柳宗元이 밝히고자 한 道는 儒家의 道를 주축으로 하되 佛家思想을 포함한 여러 사상을 아우르는 統合的인 성격을 갖는다. 柳宗元은 永州로 폄적되어 와서 交遊하기 시작한 婁圖南이 관직을 맡아 떠나게 되자 그를 위해 쓴 送別詩의 序文에서 다음과 같이 말하였다.

> 만약 진실로 장수를 꾀하는 것을 도라 여긴다면 또한 내가 말한 바의 道가 아니다. 무릇 형상과 몸체가 땅에 깃든 것은 내가 사사로이 할 수 있는 것이 아니다. 다행히 요, 순, 공자의 뜻을 즐겨 추구하고 그것을 얻지 못할까만을 두려워한다. 다행히 요, 순, 공자의 道를 만나고 실행하되 마음에 흡족하지 못할까 걱정한다.[15]

婁圖南이 평소 은거하며 長壽를 추구한 것을 지적한 문장에서 柳宗元은 자신이 견지하고 밝히고자 하는 道는 기본적으로 '堯舜

13) 『文心雕龍』, 「原道」: 道沿聖而垂文, 聖因文而明道.

14) 『韓愈全集』, 卷2 「重答張籍書」: 己之道, 乃夫子孟軻揚雄所傳之道也.

15) 『柳宗元全集』, 卷25 「送婁圖南秀才游淮南將入道序」: 若苟焉以圖壽爲道, 又非吾之 所謂道也. 夫形軀之寓於土, 非吾能私之. 幸而好求堯舜孔子之志, 唯恐不得; 幸而遇行 堯舜孔子之道, 唯恐不慊.

孔子之道'임을 제시하고 있다. 한편 「送僧浩初序」에서 유종원은 "불교에는 참으로 배척되어서는 안 될 점이 있는데, 왕왕 『易經』이나 『論語』와 부합하는 점이 있다. (……) 揚雄의 책은 莊子, 墨子, 申不害, 韓非子 등에서 모두 취한 바가 있다."[16]고 하였다. 이는 儒家의 道뿐만 아니라 諸家의 학설에서 儒家와 상통하는 점이 있으면 자신의 道로 취할 수 있다는 입장을 밝히고 있는 것이다.

柳宗元의 경우, 주장하는 道의 包括性과 現實性이라는 점에서 동시대 古文家와 뚜렷한 차별성을 보인다. 그는 道를 단순히 儒家의 道에 국한시키지 않고 '大中'[17]이나 '當'[18]으로 표현하면서 '객관적 현실문제에 부합하는 道'라고 새롭게 해석하였다. 또 이를 발전시켜 현실에 도움을 주고 구체적 사물에 적용하는 '輔時及物'[19]을 강조하기도 했으니 柳宗元의 '明道'는 '儒家의 道'를 근본으로 하되 보다 포괄적이며 현실적인 의미를 담고 있다고 보아야 한다.

유종원의 '文以明道'적 文學概念은 文과 道의 관계에 대한 인식을 통해서도 살펴볼 수 있다. 보통 '文道觀'에서는 文을 형식으로 이해하고 道를 내용으로 이해하는데 문학에 있어서 내용과 형

---

16) 『柳宗元全集』, 卷25 「送僧浩初序」: 浮圖誠有不可斥者, 往往與易論語合. (……) 揚子 之書於莊墨申韓, 皆有取焉.

17) 孫昌武, 『柳宗元傳論』, 第4章 「大中之道」 참조: '大中'이라는 말은 유종원의 문장 到處에 나타나는 용어로 유종원은 '大中'으로 자신이 추구하는 道를 개괄하고 있다. 이외에도 '中', '中道', '中正' 등의 어휘를 사용하기도 한다. 그러나 결국 '中'이라는 말을 중심으로 하고 있으며 이는 聖人의 道이며 治道의 기준으로서 유종원이 理想으로 추구하는 道라고 볼 수 있다.

18) 高海夫, 『柳宗元散論』, 第1章 「大中論」 참조: '大中'이 仁과 義의 合一이라면 '當'은 經과 權의 合一로서 '大中'의 당위성을 확보해 주는 핵심개념이다.

19) 『柳宗元全集』, 卷31 「答吳武陵論非國語書」: 意欲施之事實, 以輔時及物爲道(실재의 일에 적용하여 시행하고자 해서이며 현재에 도움을 주고 구체적 사실에 적용되는 것을 道로 여기고 있다.).

식의 관계에 대한 관점이라 하겠다. 唐代 古文家들은 형식보다 내용을 중시하는 경향을 보여 주는 데 반해서 柳宗元은 형식에 대한 추구를 결코 소홀히 하지 않았다.

崔黯과 함께 문장에 대한 견해를 주고받은 「報崔黯秀才論爲文書」에서 文과 道의 관계를 보는 유종원의 기본 관점이 나타난다.

> [글쓰기를] 배우는 사람들은 여러 가지 道를 힘쓰고 추구하되 그 文辭는 잊어야 한다. 文辭가 세상에 전해질 수 있는 것은 반드시 글쓰기로 말미암아서이다. 道는 文辭를 빌려서 밝혀지고, 文辭는 글쓰기를 빌려서 전해질 수 있다, 요컨대, 道에 귀결될 따름이다. 道가 미치는 바는 만물에 미칠 따름이며 이것은 道의 실질을 취하는 것이다.[20]

이 글은 書法과 文章에 대해서 당시 사람들이 지나치게 문채를 중시하고 기이함을 추구하는 것을 비판하기 위해 쓴 글이다. 柳宗元은 글쓰기에서 가장 중요한 것은 道이며 道를 밝히는 글쓰기를 통해서만이 文辭가 나타날 수 있다고 강조하였다. 따라서 그는 文章을 쓸 때, 文采에만 힘쓰고 사실을 살피지 않는다면 글은 황당하고 신괴한 내용에 빠지고 世事에 통하지 않게 된다고 보았다. 결국 수식적이고 아름다운 文辭로 後生을 현혹하는 것은 화려한 무늬가 수놓인 비단으로 함정을 덮어놓은 것과 같은 위험한 행위라고[21]고 주장하였던 것이다. 이 글은 유종원이 '문채를 중시하고 道를 경시하는[重文輕道]' 문단의 극단적인 형식주의를 비판하면

20) 『柳宗元全集』, 卷34 「報崔黯秀才論爲文書」: 學者務求諸道而遺其辭. 辭之傳於世者, 必由於書. 道假辭而明, 辭假書而傳, 要之之道而已耳. 道之及, 及乎物而已耳, 斯取道之內者也.

21) 『柳宗元全集』, 卷31 「答吳武陵論非國語書」: 夫爲一書, 務富文采, 不顧事實, 而益之以誣怪, 張之以闊誕, 以炳然誘後生, 而終之以僻, 是猶用文錦覆陷阱也.

서 '重道'를 강조하고 있는 것으로 '文'과 '道'의 관계에 대해 유종원이 기본적으로는 '道'를 우위에 두면서 文辭는 文章의 내용을 밝히는 도구나 수단으로 인식하고 있음을 보여 준다.

그러나 柳宗元은 '道假辭而明'이라고도 했으니, '文'을 '道'에 종속되는 것으로 여긴 것만은 아니었다. 문장의 文采 역시 중시해야 할 요소라고 주장하고 있는 「答吳武陵論非國語書」를 살펴보자.

> 그러나 輔時及物[현실에 도움을 주고 만물에 미치는]의 道를 지금 세상에서 펼칠 수 없다면 의당 후세에 전해 주어야 할 것이다. 그런데 立言하되 문채가 결핍되면 [사상이] 흐려지므로 文采란 부족해서는 안 되는 것이다.[22]

柳宗元은 문학의 형식[文采]을 문학 내용[道]의 부속물로만 여기지 않았고 道를 밝히는 중요한 요소로 인식하였다. 柳宗元은 文采만을 추구하는 것은 형식미에 빠져서 문학의 실질적인 내용을 밝힐 수 없다고 여겼기 때문에 문채에 매몰되는 것을 부정하였던 것이다. 그러나 문학에 있어서 형식 요소가 부족하면 내용을 제대로 전달하기 힘들게 되므로 형식 역시 중시해야 한다고 주장한다. 따라서 유종원은 文과 道를 모두 중시하거나 혹은 文과 道를 결합하는 것을 전제하면서 어느 한쪽에 편중을 두어서는 안 된다고 보았던 것이다.

> 그러므로 文采를 결핍하고 있으면 진실로 당시 사람들을 감동시키거나 알려지기에 부족하고, 후학에게 빛을 내기에도 부족하게 된다. [글을 써서] 立言하되 생명력을 잃는 것은 君子[재덕이 있는 사람]가 하지 않는 일이다. 그

22) 『柳宗元全集』, 卷31 「答吳武陵論非國語書」: 然而輔時及物之道, 不可陳於今, 則宜垂於後. 言而不文則泥, 然則文者固不可少耶.

러므로 作者는 그 근원을 품어야 하니 반드시 이 문채에 기대어서 道를 밝혀야 하기 때문이다.[23]

유종원은 타인에게 감동을 주고 후세에 전해질 수 있는 문장의 필요조건을 생명력에 두었고, 생명력이 충만한 문장을 짓기 위해서는 精彩한 文辭가 전제되어야 한다고 보았다. 또 글쓰기에서 가장 중요한 것은 작가가 표현하고자 하는 道이며, 특히 아름다운 文采를 운용하여 道를 밝혀야 한다고 주장하였다. 이는 내용이 형식을 결정한다는 기본 전제하에서 내용의 전달을 위한 적절한 문학 형식의 운용을 유종원이 충분히 의식하고 있음을 말해 준다.

유종원은 무엇보다도 문학의 내용을 중시하였지만 내용을 밝히기 위한 형식기교 역시 매우 중시했던 것이다. 따라서 문학형식과 문학내용의 관계에 대해서 형식과 내용의 조화와 융합을 추구하는 '文道兼重', '文道合一'의 관점을[24] 노정하고 있는 것이다.

柳宗元의 '文以明道'와 '文道合一'의 관점은 六朝 이래로 유행한 騈文의 '重文輕道'한 경향을 돌파한 것으로 文學의 審美와 功利를 결합시키고 美와 善을 통일시킨 결과 古文 창작에 큰 영향을 끼치게 된다. 이는 유종원이 문학창작에서 文辭, 즉 形式美의 필요성과 중요성을 인식하였음을 증명해 준다. 또한 이러한 관점은 실제 散文 창작에서 심미를 중시하고 예술성을 추구하는 경향으로 표출된다. 이러한 이론적 바탕 위에서 柳宗元 散文은 文辭와 道理가 조화를 이루고 사상성과 예술성을 겸비하는 성과를 얻을 수

23) 『柳宗元全集』, 卷21 「楊評事文集後序」: 然而闕其文采, 固不足以竦動時聽, 夸示後學. 立言而朽, 君子不由也. 故作者抱其根源, 而必由是假道焉.

24) 王晉光, 「關於柳宗元文論的三点意見」, 『國際柳宗元研究擷英』, p.244 참조: '明道說'은 柳宗元 文論의 精神이고 '文采論'은 柳宗元 文論의 피와 살이라고 표현한다.

있었다.

상술한 '文道合一' 이론의 배경은 中唐의 사회역사적 환경에 기인하고 있다. 즉 중당시기에는 지방군벌이 할거하여 당왕조에 반기를 드는 일이 속출하였고 이러한 왕조의 위기에 직면하여 각성을 촉구하고 중앙집권국가로서의 당왕조의 권위를 회복하는 것을 바라며 文과 道의 결합을 추구하였던 것이다.[25] 이로써 '文道合一' 理論은 唐代 古文家 文學 理論의 근간이 되었던 것이다.

古文에서 道를 강조하는 것은 道의 不在를 逆說하는 것에 다름 아니며 道에 대한 위기의식을 반영하는 현상이라 할 수 있다. 유종원이 文과 道를 결합하고자 노력한 것은 영주로 좌천된 이후이고, 정치운동에서 좌절을 겪은 것이 계기가 되었다. 따라서 개인의 내부에 포함되어 있는 위기의식과 中唐이라는 시대적 위기의식이 일체화를 이루어 나타난 理論으로[26] 보아야 한다.

2. 문예의 쓰임과 효과

1) 문예의 쓰임

'文以明道'와 '文道合一'은 문학에 대한 개념으로서 유종원이 영주로 좌천된 이후 확립되었다면, 문학의 쓰임에 대한 인식은 장

25) 朱剛, 『唐宋四大家的道論與文學』, pp.1－3 참조.

26) 松本 肇, 『柳宗元研究』, p.180 참조.

안시기와 영주시기에 거쳐 두루 확립되었다. 柳宗元이 천명한 문학의 쓰임은 문학의 사회적 작용과 개인적 작용 두 항목을 중심으로 살펴볼 수 있다.

첫째, 柳宗元이 문학의 두 가지 종류와 그것의 상이한 작용을 제기하고 있는 「楊評事文集後序」를 살펴보자.

> 문장의 쓰임은, 辭令褒貶[사상 교류와 선악 포폄]과 導揚諷諭[계발하고 이끌며 풍자하고 권간]에 있을 따름이다. 비록 언어가 거칠고 비루하더라도 쓰임에 충분히 갖추어질 수 있다. (……) 聖人이 저작한 것을 일러 경서라고 하며 재학 있는 사람이 저술한 것을 일러 문장이라고 한다. 문장에는 두 가지 道가 있으니 辭令褒貶은 著述文에 기원하고 導揚諷諭는 比興文에 기원한다. 著述文의 흐름은 『尙書』의 '謨'와 '訓', 『周易』 중의 象과 繫辭, 『春秋』의 筆削에서 나왔고 그 요점은 기세가 웅혼하고 내용이 풍부하고 단어가 엄정하며 설리가 충분한 데 있으며 竹簡의 書冊 속에 기록하기에 적합한 것이다. 比興文의 흐름은 虞·夏시대의 가요와 殷·周의 風雅에서 나왔고 그 요점은 流麗하고 규칙적이며 淸涼하고 激越하며 언어가 유창하고 意境이 아름다운 데 있으며 음송하는 중에 流傳되는 데 적합한 것이다. 이 두 가지 문장은 宗旨와 意義를 살펴보면, 서로 괴리되어 부합하지 않는다. 따라서 문장을 쓰는 사람들은 늘 뛰어남이 편중되어 성취를 얻을 뿐 두 방면을 모두 겸할 수 있는 이는 드물었다. 두 방면에 모두 능하여 훌륭해진다면 그것을 藝成이라고 命名한다. 비록 文雅가 盛世했던 옛날이라 할지라도 두 가지에서 모두 특출할 수 있는 사람은 없었다.[27]

이 글은 유종원이 처삼촌 楊凌(楊評事)[28]의 死後에 장인의 부탁

---

27) 『柳宗元全集』, 卷21 「楊評事文集後序」: 文之用, 辭令褒貶, 導揚諷諭而已. 雖其言鄙野, 足以備於用. (……) 作於聖, 故曰經; 述於才, 故曰文. 文有二道; 辭令褒貶, 本乎 著述者也; 導揚諷諭, 本乎比興者也. 著述者流, 蓋出於書之謨訓, 易之象系, 春秋之筆削, 其要在於高壯廣厚, 詞正而理備, 謂宜藏於簡冊也. 比興者流, 蓋出於虞夏之咏歌, 殷周之風雅, 其要在於麗則淸越, 言暢而意美, 謂宜流於謠誦也. 茲二者, 考其旨義, 乖离不合. 故秉筆之士, 恒偏勝獨得, 而罕有兼者焉. 厥有能而專美, 命之曰藝成. 雖古文 雅之盛世, 不能並肩而生.

28) 柳宗元의 부친 柳鎭의 交友關係를 기록해 놓은 「先君石表陰先友記」에서 楊氏 형제에 관해서 자세하게 언급하고 있다.

으로 文集을 엮은 후 편집후기 형식으로 쓴 序文이다. 여기서 柳宗元은 문학의 두 가지 종류를 밝히는 동시에 문학의 쓰임을 천명하고 있다. 우선 문학의 쓰임에 대한 柳宗元의 인식을 살펴보자.

윗글에서 유종원은 문학의 쓰임을 “文之用, 辭令褒貶, 導揚諷諭而已”라고 언급하고 있다. 즉 ‘辭令褒貶’은 ‘著述文’에 근본을 두며 說理나 敍事를 통해 비평하고 찬미하는 것을 의미한다. ‘導揚諷諭’는 ‘比興文’에 근본을 두며 형상적인 사물을 통해서 풍자하는 것을 의미한다. 다시 말하자면, ‘辭令褒貶’과 ‘導揚諷諭’는 훌륭한 사물을 찬양하고 표창하거나 추악한 사물을 비판하고 풍자하는 문학의 근본 작용을 가리킨다.

따라서 유종원은 문학의 쓰임 면에서 ‘褒貶’과 ‘諷諭’라는 사회적 작용을 강조하고 있다고 보아야 한다. 결국 柳宗元이 제기한 ‘褒貶’과 ‘諷諭’라는 쓰임은 문학의 사회참여적 작용을 천명한 것으로[29] 柳宗元은 散文 창작을 통해 현실의 불합리한 문제를 비판하였고 자신의 입장에서 현실의 모순을 풍자하였으니 이는 모두 ‘褒貶’과 ‘諷刺’라는 문학 작용을 인식하고 실천한 결과인 것이다.

한편, 「楊評事文集後序」에서 유종원은 ‘著述文’과 ‘比興文’을 구별하고 그것의 源流를 설명하기도 하였다. 우선 ‘著述文’은 『尙書』, 『周易』, 『春秋』에서 시작된 것으로 文采와 藝術性이 풍부한 政治, 哲學, 歷史, 散文을 가리킨다. ‘比興文’은 虞・夏시대의 歌謠와 殷・周의 ‘風雅’에서 시작된 것으로 언어가 流暢하고 意境이 아름다운 詩를 가리킨다.

---

29) 孫昌武, 『柳宗元傳論』, 人民文學出版社, p.66 참조, 吳小林, 『中國散文美學史』, 黑龍江人民出版社, pp.108－109 참조.

다시 말하자면, '著述文'은 說理와 敍事로써 작가의 사상을 나타내고 사회현실을 반영하는 것이므로 境界는 광활하고 運用한 言辭는 嚴正하며 나타내는 이치는 깊어야 한다. 반면에 '比興文'은 감정을 표현하거나 풍부한 예술형상으로 현실을 비판하는 것이므로 운용하는 言辭는 流麗하고 작품 속의 意境은 아름다워야 한다. 이것은 柳宗元이 '散文'과 '韻文'이라는 文學의 두 가지 樣式을 구분하였을 뿐 아니라 상이한 문학양식의 쓰임과 상응하는 예술표현 역시 확연하게 구별하고 있음을 의미한다.

둘째, 유종원이 천명한 문학의 개인적 작용은 이른바 문학의 '카타르시스 작용'[30]이라고 할 수 있다. 柳宗元은 영주로 좌천된 이후 당시 권세가 있는 사람에게 자신의 詩文을 헌상하곤 하였는데 그 중에서 李中丞이라는 사람에게 글을 보내어 다음과 같이 말하였다.

> 나는 특이한 재능은 없고 단지 문장 쓰기를 좋아하여 처음에는 이로써 관직에 들어섰으며 마지막에는 또 이로써 물러나게 되었다. 지금 내가 죄를 두려워하고 옛날의 잘못을 후회하면서 숨어 지내며 두려워 떨고 있지만 여전히 그것을 버리지는 못했다. 항시 머리를 들어 길게 읊조리고 슬프게 노래하며 이로써 마음 깊이 맺힌 것을 펼쳐 풀어내는데 붓을 들고서 글을 짓고 그것을 한데 모아 엮으니 대략 몇 권의 책이 되었다.[31]

柳宗元은 4세에 어머니 盧氏에게서 글을 배우기 시작하였고 13세에 「爲崔中丞賀平李懷光表」를 짓는 등 어려서부터 文才가 뛰

30) 松本 肇, 『柳宗元研究』, p.185 참조: 日本의 松本 肇는 문학의 기능에 대한 柳宗元의 인식을 정리하면서 永州시기에 쓴 「上李中丞獻所箸文啓」의 '舒泄幽鬱'을 '카타르시스' 기능이라고 설명하고 있다. 이에 본고에서 그의 論議를 근거하였음을 밝힌다.

31) 『柳宗元全集』, 卷36 「上李中丞獻所著文啓」: 宗元無異能, 獨好爲文章. 始用此以進, 終用此以退. 今者畏罪悔咎, 伏匿惴慄, 猶未能去之. 時時擧首. 長吟哀歌, 舒泄幽鬱, 因取筆以書, 紉韋而編, 略成數卷.

어났다. 21세인 貞元 9년(793)에 進士科에 합격하여 官界로 진출한 이후의 청년기는 유종원이 수많은 서적을 탐독하며 안목을 넓히고 과학적 사고를 정립하던 시기였다.[32] 사회개혁의 기치를 내세운 채 전력을 다해 추진하였던 永貞革新이 실패로 끝나고 유종원은 永州로 폄적된다. 그리고 폄적생활에서 오는 극심한 심리적 불안과 정신적 공황을 해소하기 위해서 유종원은 창작에 몰두하였던 것이다.

윗글에서 유종원은 "마음깊이 맺힌 것을 펼쳐 풀어낸다[舒泄幽鬱]"고 하여 글쓰기의 개인적인 작용을 밝히고 있다. 이것은 바로 마음속 깊이 맺혀 있는 감정의 응어리를 글을 통해서 발산함으로써 정신적으로 균형을 잡고 심리적으로 안정을 회복하는 '카타르시스' 기능과 일맥상통한다. 문학의 '舒泄' 작용을 언급한 것은 柳宗元이 문학의 淨化 作用을 충분히 인식하고 있다는 반증이고, 이는 중당시기 古文家의 문예이론에서는 찾아보기 드문 문학 이론이라 하겠다.

2) 문예의 효과

柳宗元은 일찍이 『國語』에 담긴 내용의 폐해를 인식하고 이를 비판하며 『非國語』 67편을 創作하였다. 그는 『非國語』를 완성한 후에 「與呂道州溫論非國語書」, 「答吳武陵論非國語書」 두 편의 편지글을 써서 『非國語』의 創作動機와 目的을 밝히면서 校勘을

32) 劉光裕 · 楊慧文 共著, 『柳宗元新傳』, 上海人民出版社, pp.301 – 302 참조.

부탁한 적이 있다. 이 중에서 친구인 吳武陵에게 『非國語』의 校勘을 부탁하기 위해 쓴 「答吳武陵論非國語書」의 서두를 살펴보자.

> 내가 문장을 쓴 지 오래되었지만 내심 그것을 소홀히 여겨 힘쓰지 않았고 이것은 그저 장기를 두는 雜技 중에서 뛰어난 것으로 여겼다. 그러므로 長安에 있을 때, 이것으로써 名譽를 얻고자 하지 않았으니 현실적인 일에 힘쓰고자 해서였고 '현실에 도움을 주고 구체적인 사물에 적용하는 것을[輔時及物]' 道라고 여겼기 때문이다. 죄인이 된 이후로 걱정과 두려움을 떨치고자 했고 한가로이 할 일도 없는지라 오로지 다시 문장을 쓰게 되었다. '輔時及物'의 道를 지금 세상에서 펼칠 수 없다면 의당 후세에 전해 주어야 할 것이다.[33]

長安時期의 柳宗元은 실질적으로 세상에 도움이 되고자 오로지 정치활동에 치력하였기 때문에, 永州로 폄적되기 이전에는 문학창작에 힘쓰지 않았을 뿐 아니라 그것의 쓰임에 대해서도 고려하지 않았다. 그러나 영주로 폄적되고 나서는 전적으로 문장 쓰기에 치중하게 되는데 이는 결국 좌천관리의 신분으로는 '현실에 도움을 주고 사물에 적용하는[輔時及物]' 원칙을 실제 정치활동에 적용하기 어렵게 되었기[34] 때문이었을 것이다. 윗글에서 유종원은 세상을 올바로 개혁하려던 혁신운동이 실패하자 좌절하기도 했지만 정치적 이상을 문장을 통해서 세상에 알리고 후세에 전하겠다는 의지 역시 강하게 피력하고 있다.

---

33) 『柳宗元全集』, 卷31 「答吳武陵論非國語書」: 僕之爲文久矣, 然心少之, 不務也, 以爲是特博奕之雄耳. 故在長安時, 不以是取名譽, 意慾施之事實, 以輔時及物爲道. 自爲罪人, 捨恐懼則閑無事, 故聊復爲之. 然而輔時及物之道, 不可陳於今, 則宜垂於後.

34) 靜永建, 「左遷士人與其文學創作」, 『國際柳宗元研究擷英』, pp.314－318 참조: 日本의 靜永建은 中唐時期에는 柳宗元처럼 폄적된 이후에 유명한 문인이 된 사람이 매우 많았고 그들은 폄적이라는 역경하에서 자신들의 文才를 발휘하였기 때문에 수많은 名作이 탄생하였다고 주장한다. 이러한 名作 탄생의 배경은 바로 중당의 정치를 대표하는 인물들이 폄적 이후 정치적 열망을 문학창작에 쏟아부은 결과임을 밝혔다.

長安時期의 柳宗元은 현실에 구체적으로 도움을 줄 수 있고 적용할 수 있는 政治 理念과 救濟 思想을 바탕으로 王叔文이 주도하는 혁신정치에 참가하였고 혁신정치 실패로 결국 영주로 좌천되었다.[35] 이에 그가 차선책으로 선택한 것은 '輔時及物'의 이념과 실현을 실제적으로 시행할 수 있는 문학 창작 행위였던 것이다. 이는 이상의 실천을 정치 무대에서 문학의 무대로 영역을 옮긴 것일 뿐, 그 원칙과 의지에는 전혀 변화가 없었다. 영주로 좌천된 이후 문학영역에서 부활한 그의 정치 이상은 유종원 문학의 사회정치적 효과를 강조하는 바탕인 동시에 文學의 '社會敎化' 효과를 주장하는 것에 다름 아니다.

문학의 '社會敎化' 效果는 문학작품이 감상자의 감응을 유발하여 구체적인 효과와 실천적인 반응을 유도해 내는 것을 의미한다. 즉 유종원은 문학작품으로써 社會人心을 啓導하여 분명한 사회적 효과와 이익을 획득하고자 하였던 것이다. 유종원이 『非國語』를 창작한 이유는 미신적 관점이 난무한 중당의 사회적 분위기에서 大道를 학습하고 그것의 宗旨를 밝혀내어[36] 사람들로 하여금 참과 거짓, 선과 악을 구별할 수 있도록 훈도해야 할 필요성을 느꼈기 때문이었다. 유종원이 철학 저서에 힘쓰면서 문학창작에도 치력하였던 것은 인생의 이상을 발양하고 도덕적 품성을 교육하여 사람들의 감정을 격발시키고 올바른 인식을 가질 수 있게 하는 문학의 '교육적 효과'에 대한 발휘였다.

---

35) 孫昌武,『柳宗元傳論』, 第2章 참조.

36)『柳宗元全集』, 卷31「與呂道州溫論非國語書」: 甚者好怪而妄言, 推天引神, 以爲靈奇, 恍惚若化, 而終不可逐. 故道不明於天下, 而學者之至少也.

문학으로써 사회인심을 계도하고 사회에 도움을 주고자 한 '社會教化'的 효과는 유희적인 문학에서도 다를 바 없다고 유종원은 강조하기도 하였다.

> 세상 사람들이 이 글을 비웃는 것은 그것이 遊戲的인 문장이기 때문이 아닌가? 그러나 遊戲는 성인이 버리고 배척하지 않은 것이었다. (……) 韓愈 선생은 古書를 다 읽고 문장을 즐겨 쓰면서 毛穎이 능히 자신의 사상을 표현해 낼 수 있음을 찬양하였다. 때문에 분발하여 毛穎을 위해 傳을 지었고 그로써 내심에 쌓인 불만을 서발한 것이므로 후학자들이 「毛穎傳」을 얻어 激勵받는다면 이는 이 세상에 유익함이 있는 것이다.[37]

이 글은 韓愈가 쓴 「毛穎傳」을 비평한 글이다. 柳宗元은 한유의 「毛穎傳」이 유희적이고 해학적인 글쓰기라는 이유로 세상 사람들에게 비웃음을 받자 안타까워한다. 동시에 「毛穎傳」이 유희적인 글쓰기라 하더라도 작가의 사상과 감정이 진실하게 표출되고 독자가 감동할 수 있는 요소를 지니고 있기 때문에 문학적으로 충분한 가치가 있다고 평가한다. 모방하고 표절하는 것이 다반사였던 당시 문단의 추세에 비추어 볼 때, 새롭고도 독특한 글쓰기로서 해학적 내용이 특징인 한유의 「毛穎傳」은 즐겁게 감상하는 가운데 지식을 습득하고 깨달음을 얻을 수 있다고 본 것이다.

유종원은 「毛穎傳」을 직접 읽으면서 유쾌함을 느꼈고 진리 속에서 교훈을 얻었으므로 즐거움 가운데 스며 있는 가르침을 인식할 수 있었던 것이다. 이는 결국 문학의 교육적 효과와 오락적 효과의 상호 통일성을 지적한 것이다. 또한 문학의 미감적 효과와

37) 『柳宗元全集』, 卷21 「讀韓愈所著毛穎傳後題」: 且世人笑之也, 不以其俳乎? 而俳又非聖人之所棄者. (……) 韓子窮古書, 好斯文, 嘉穎之能盡其意, 故奮而爲之傳, 以發其鬱積, 而學者得之勵, 其有益於世歟.

문학의 인식·교육적 효과의 상호관계에 대해서 유종원이 과학적으로 인식하였음을 말해 준다. 유종원은 문학작품이 사람들에게 쉽게 받아들여지고 교육적인 이익이 있는가라는 논의선상에서, 遊戲的이면서 社會的 효과가 강한 「毛穎傳」의 가치를 옹호하고 지지하였던 것이다.

상술한 바와 같이, 柳宗元은 문예의 사회적 효과를 강조할 뿐 아니라 사회적 효과를 얻기 위한 문예의 예술성도 강조하였다. 문예의 사회성과 예술성의 상호 결합을 도모한 것은 柳宗元 문예이론의 중요 요소이며 예술성 추구를 향한 柳宗元의 의욕은 문장 표현의 요령을 기술한 창작론에서 잘 나타난다.

3. 문예창작론

1) 창작의 근본과 창작동기

柳宗元은 문예작품을 창작할 때, 가장 우선적으로 요구되는 것은 진실한 마음과 올바른 품행이라고 주장하였다. 그는 창작한 작품이 道를 충분히 밝힐 수 있으려면 창작주체가 고상한 사상을 구비해야 한다고 보았던 것이다.

> 대개 문장은 그 품행을 근본으로 여기니 먼저 그 마음을 참되게 해야 한다. (……) 道가 진실로 이루어지면 성실해질 것이고 오래되면 왕성해질 것이다. 근원이 있어 흐르는 물은 가뭄을 만나도 시들지 않을 것이고 양식을

축적해 놓은 사람은 흉년을 두려워하지 않으며 珠玉을 모아 놓은 사람은 굶어 죽을 걱정을 하지 않을 것이다. 그러한즉 道를 완성하고 문장이 오래되면 문장의 기교를 볼 수 있다.[38]

윗글에서 유종원은 문장가가 작품에 임할 때 기본적인 마음가짐을 어떻게 가져야 하는지를 말하고 있다. 즉 창작하기 전에 먼저 창작주체가 진실한 마음을 갖고 바른 생각을 가지면 문장은 저절로 훌륭해지고 성공적인 문장을 이룩할 수 있다는 것이다. 문장의 기교는 그 다음 문제이다. 유종원은 문예 창작에서 창작주체의 자기 수양을 무엇보다 강조하는 미학적 태도를 갖고 있다. 이어서 그는 창작주체가 古代 賢師들의 저서인 『六經』 등을 道를 만들어 내는 원료로 삼아야 하고, 근본을 갖춘다면 창작의 성공과 실패는 두려워할 일이 아니라고 주장하였다.

문예창작에서 문예가와 문예작품의 인격성과 도덕성을 통일적인 것으로 보며 창작주체의 덕행을 창작에 선행하는 근본적인 요소로 강조하는 유종원의 문예관은 인간의 정신적 순수성과 도덕적 성실성이 문예 창작의 바탕이 되기를 요구하는 儒家적 美學觀[39]이라고 할 수 있다. 따라서 유종원은 「送崔子符罯擧詩序」에서 문장가의 文辭와 德行과 智慧의 '三位一體'를 강조하였고, 문예의 사상내용보다 기교를 앞세우는 문장가를 가장 낮은 등급으로[40] 분류하

---

38) 『柳宗元全集』, 卷34 「報袁君陳秀才避師名書」: 文以行爲本, 在先誠其中. (……) 道苟成, 則慤然爾. 久則蔚然爾. 源而流者, 歲旱不涸, 蓄穀者, 不病凶年; 蓄珠玉者, 不虞殍死矣. 然則成而久者, 其術可見.

39) 조민환 지음, 『중국철학과 예술정신』, 예문서원, pp.66－67 참조.

40) 『柳宗元全集』, 卷23 「送崔子符罯擧詩序」: 卽其辭, 觀其行. 考其智, 以爲可化人及物者, 隆之. 文勝質, 行無觀, 智無考者, 下之(그 말을 대하고 그 행동을 보며 그 지혜를 살피면 사람과 사물을 변화시킬 수 있다고 생각한다. 그것을 높여야 할 것이다. 文辭가 사상내용보다 두드러지고 행동함에 자세히 관찰하지 않고 지혜롭되 고려하지

였던 것이다. 德行을 근본으로 여기고 德이 밖으로 나타난 것을 문장으로 간주하는 유종원의 입장에서 문예창작은 정치영역에서 자신의 道義를 실천할 기회를 갖지 못한 사람이 선택한 차선책에 다름 아니었던 것이다.

> 君子가 盛世를 만난다면 도처에서 소리치고 사방에서 뛰어다니며 세상에 알려질 것을 추구하니 물러나고 퇴은하려던 생각이 없어질 것이다. 이때에 분하고 슬픈 바를 느끼고 그것에 격발되면 그 志略을 떨쳐서 當世에 바치고자 생각할 것이다. 따라서 [그러한 마음을] 문장 속에 나타내고 시 속에 읊는 이러한 일은 재능을 갖추었으나 아직 그 道를 행하지 못한 사람이 하는 것이다.[41]

덕행과 재능이 있는 사람이 정치적으로 왕성한 활동을 펼칠 수 있다면 국가와 사회를 위해서 자신의 재주와 政略을 적극 발휘하겠지만 그렇지 못할 경우, 덕행과 재능이 있는 사람은 차선책으로 창작을 선택한다는 것이다. 유종원은 문예창작이란 失意한 君子가 격앙된 감정을 표출하고 救濟思想을 발휘하는 데서 이루어진다고 여겼던 것이다.

'感激憤悱論'은 문예창작 동기에 대한 유종원의 인식을 나타내 주는데, 이는 司馬遷의 '發憤著書說'을 계승한 것이고 같은 시대 韓愈의 '不平則鳴說'과 일맥상통한다. 그러나 柳宗元의 '感激憤悱論'은 창작의 동기를 개인의 憤慨에 제한하지 않고[42] 사회적 동기를 포함하므로 '發憤著書說'에 기초하면서도 그것을 돌파하고

않는 사람은 아래에 두어야 한다.).

41) 『柳宗元全集』, 卷24 「婁二十四秀才花下對酒唱和序」: 君子遭世之理, 則呻呼踴躍以 求知於世, 而遯隱之志息焉. 於是感激憤悱, 思奮其志略以效于當世. 故形於文字, 伸於歌詠, 是有其具而未得行其道者之爲之也.

42) 吳小林, 『中國散文美學史』, p.106 참조.

있다고 보아야 한다.

유종원의 '感激憤悱論'은 社會救濟와 政治改革에 대한 웅대한 이상을 품은 채 혁신운동에 참가하였다가 실패하고 폄적관료로 전락하게 된 柳宗元의 실제 체험에 바탕하고 있으므로 이론과 창작이 잘 결합하고 있다.

2) 창작의 요건

柳宗元은 문예창작에 임할 때 필수적으로 갖추어야 할 조건으로 문학전통의 계승과 문장의 독창성을 제시하였다.

창작에 임하면서 유종원이 문학전통의 어떤 장점을 선택했는지는 「答韋中立論師道書」에서 살펴볼 수 있다.

> 『尙書』에 근거하여 그것의 질박함을 배우고, 『詩經』에 근거하여 그것의 항구함을 배우고, 『禮記』에 근거하여 그것의 適合함을 배우고, 『春秋』에 근거하여 그것의 論斷法을 배우고, 『易經』에 근거하여 그것의 변화의 流動을 배우니 이는 제가 도리를 취하는 근원입니다. 『穀梁傳』을 참고하여 문장의 기세를 단련하고, 『孟子』와 『荀子』를 참고하여 문장의 가지를 流暢하게 하고 『莊子』와 『老子』를 참고하여 문장의 단서를 펼치며 『國語』를 참고하여 문장의 정취를 넓히며, 『離騷』를 참고하여 문장의 함축성을 궁구하고, 『史記』를 참고하여 문장의 간결함을 분명하게 하니 이는 제가 두루 받들고 서로 왕래하며 글을 쓰는 방법입니다.[43]

윗글에서 柳宗元은 역사적으로 성과를 인정받고 있는 古典 중

43) 『柳宗元全集』, 卷34 「答韋中立論師道書」: 本之『書』以求其質, 本之『詩』以求其恒, 本之『禮』以求其宜, 本之『春秋』以求其斷, 本之『易』以求其動, 此吾所以取道之原也. 參之穀梁氏以厲其氣, 參之『孟』『荀』以暢其支, 參之『莊』『老』以肆其端, 參之『國語』以博其趣, 參之『離騷』以致其幽, 參之太史以著其潔, 此吾所以旁推 交通而以爲之文也.

에서 창작활동과 관련하여 귀감이 되고 계승해야 할 장점을 기술하고 있다. 유종원은 우선 자신의 문학체험에 근거하여 문예창작의 기본 서적 다섯 종류와 참고서 여섯 종류를 제시하고 있다. '五經'을 '取道之原'으로 삼은 '五本'은 문예의 사상성을 강화하기 위해서 본받아야 하는 문학적 유산이다. '六參'은 문학, 역사, 철학 방면에의 유용한 참고서로서 문예 표현력을 강화하기 위해서 본받아야 할 문학적 유산이다.

구체적으로 말하자면, 유종원은 『書經』의 質朴한 敍事를 배우고, 『詩經』의 불후의 매력인 抒情을 본받고 『禮記』의 적절한 處事를 취하며 『春秋』의 褒貶과 論斷의 정확성을 본받고 『易經』의 변화무쌍을 배워야 한다고 주장하였다. 이는 내용상 계승해야 할 문학전통의 장점인 것이다. 그는 또 『穀梁傳』의 드넓은 文氣, 『孟子』, 『荀子』의 通達, 『老子』, 『莊子』의 자유분방함, 『國語』의 특이한 흥취, 『離騷』의 그윽함, 『史記』의 간결함을 배우고 본받아야 한다고 주장하였다. 이는 형식상 계승해야 할 문학전통의 장점인 것이다. 결국 柳宗元은 광범위한 古典에 대한 지식과 정보를 바탕으로 문예창작에서의 사상과 표현을 단련하는 것이야말로 문장을 향상시킬 수 있는 비결임을 강조한다.

유종원은 자신의 독서 체험을 토대로 하여 문학 유산에 대해 비판적으로 계승하고자 하는 태도를 가지고 있었다. 즉 풍부한 생활경험과 지식정보를 진실하게 기록하고 있는 문학 전통 속에서 옛사람이 축적해 놓은 풍부한 창작경험과 예술표현의 장점을 진지하게 흡수했던 것이다. 그러므로 유종원은 儒家經典을 제외한 諸子百家書에 이르는 범위까지 모두 '取道之原'으로 삼았으며[44] 諸子

散文과 歷史散文 등도 적극적으로 학습하였던 것이다.

柳宗元은 문학유산에 대해서 實事求是的인 분석과 적절한 평가를 통해서 비판적으로 계승하였는데, 古代散文 분야에서 특히 西漢時期의 散文을 尊崇하고 있는 「柳宗直西漢文類集序」를 읽어 보자.

> 文章이 古代에 가까우면서 특별히 莊麗한 것으로는 西漢 때의 문장만 한 것이 없다. (……) 殷나라와 周나라 이전에 기록된 것은 문장이 간단하고 소박하였다. 魏晉 이후로는 문장이 허물어지며 浮靡하였고, 그 중간에 漢朝가 있었는데 東漢시기에 문장은 이미 쇠퇴하였다.[45]

柳宗元은 西漢時期의 문장이 '簡而野'와 '盪而靡'의 중간을 취하고 있기 때문에 훌륭한 것이라고 보았다. 이는 유종원이 외형적인 美[盪而靡]와 실질적인 내용[簡而野]의 조화를 꿰뚫고 있음을 의미하며, 그가 보기에 사상과 표현의 일체화가 이상적으로 조화를 이룬 문장이 바로 西漢文學이었던 것이다.

그는 또 이전의 古文家들이 부정적으로 평가했던 '辭賦'에 대한 식견을 토대로 屈原, 司馬相如, 王褒, 劉向, 陸機, 潘岳의 작품을 글쓰기의 模範으로 제시하기도 하였다. 이는 柳宗元이 經史와 純文學에 대해 각각 편향을 띠었던 이전 시기의 古文家와는 달리 '辭賦'의 시대적 의의, 작용, 한계성에 근거하여 구체적이고 전면적으로 분석하였음을 의미한다.[46] 실제 산문창작에서 문학예술성이 뛰어난 傳狀文, 辭賦, 騷體文 등을 창작하였던 유종원은 문학

---

44) 『柳宗元全集』, 卷30 「與楊京兆憑書」: 讀百家書, 上下馳騁.

45) 『柳宗元全集』, 卷21 「柳宗直西漢文類集序」: 文之近古而尤壯麗, 莫若漢之西京. (……) 首紀殷周之前, 其文簡而野, 魏晉以降, 則盪而靡, 得其中者漢氏. 漢氏之東, 則既衰矣.

46) 吳小林, 앞의 책, pp.112－113 참조.

유산에 대한 역사주의적 원칙을 견지하면서 문학전통의 장점을 흡수하고 단점을 제거하였기 때문에 뛰어난 결과물을 창출할 수 있었다.

그런데 문학전통의 장점을 흡수하면서 단순 모방에 그친다면 문장의 독특한 개성을 創造할 수 없게 되므로 창작할 때, 문학전통을 비판적으로 계승함과 동시에 독창성을 발휘하는 데에 주의해야 한다. 문예의 독창성 발휘에 대해서 柳宗元은 먼저 창작주체 개인의 폐단으로 끝나지 않는 踏襲과 模倣의 사회적 폐해를 신랄하게 비판하고 있다.

> 문장을 쓰는 사람들은 前人의 작품을 자주 베끼고 文史[본래의 뜻]를 해치며 그 뜻을 오려 내고 精華를 뽑아내어서 [자기] 입에 놓아둔다. 무슨 일이 생길 때면 떨쳐 일어나 鍾을 치고 磬을 치면서 벙어리나 장님을 미치게 하여 일시적인 명성을 훔친다. 비록 종국에는 버려지고 사라지겠지만 正을 빼앗고 雅를 어지럽히는 것의 해로움이 이미 심하니, 이것이 좋은 문장을 감별하기 어려운 까닭이다.[47]

前人의 내용을 단장취의한 채 무의식적으로 답습하여 그럴듯하게 포장한 작품들이 문단에 범람함으로써 야기된 폐해를 비판하는 윗글에서 柳宗元은 前作의 文辭와 의미를 표절하는 행위에 대해 강하게 반대를 표명하고 있다.[48] 그는 他人의 작품을 베끼거나 비슷하게 模擬하는 데 치중하는 문예작품의 짧은 생명력을 조롱함으로써 문예를 창작할 때에 요구되는 독자적인 표현력을 제시하고

47) 『柳宗元全集』, 卷31 「與友人論爲文書」: 而爲文之士, 亦多漁獵前作, 戕賊文史, 抉其意, 抽其華, 置齒牙間, 遇事蜂起, 金聲玉耀, 誑聾瞽之人, 徼一時之聲, 雖終淪棄, 而其奪朱亂雅, 爲害已甚. 是其所以難也.

48) 劉溶, 「韓・柳文章理論觀」, p.84 참조.

있는 것이다. 앞에서 이미 거론했던 「答韋中立論師道書」의 '六參論'은 비단 문학전통의 장점을 계승하는 데서 그치지 않고 문예의 형식과 표현력의 독창성과도 밀접히 관련되어 있다.

문예창작에서의 예술적 표현은 문예의 내용에 가장 적합한 형식을 부여하는 것으로 체제의 선택, 창작기교의 운용, 언어의 조탁 등은 모두 내용 표현에 부합되어야 한다.[49] 뛰어난 표현력과 독자적인 창조력이 요구되는 예술적 표현은 문예창작의 마지막 과정이며 창작주체의 독창성을 발휘할 수 있는 관건적 요소이다. 그러므로 이에 주의할 것을 지적하는 태도는 창작의 요건에 대해서 유종원이 통찰력을 갖추고 있음을 말해 준다.

유종원이 표절을 반대하고 독창성을 강조한 것은 그가 특별한 師法을 따르지 않았을 뿐 아니라 자신의 작품을 타인의 작품과 절대적으로 비교하는 것을 기꺼워하지 않았던 태도에서도 찾아볼 수 있다.

> 내가 비록 문장을 많이 쓰지는 않았지만 스스로 새기고 깎고 할 줄은 모른다. 붓을 휘둘러 글을 쓸 때면 시원스레 뜻을 펼치고 뜻이 다하면 바로 붓을 멈출 뿐이다. 무슨 師法 같은 것이 있겠는가? 立言하고 事物을 묘사하는 데 있어 일찍이 다른 사람보다 뛰어나고자 추구한 적은 없었다.[50]

윗글은 元和 14년(819)에 柳宗元이 柳州에서 사망하기 직전에 쓴 書信文이다. 유종원에게 수차례 자신의 문장을 보내며 비평해 달라고 요청하였던 杜溫夫에게 쓴 답장이다. 유종원은 杜溫夫의

---

49) 侯健 外, 임춘성 옮김, 『문학이론학습』, 제3문학사, 제6장 '문학의 창작과정' 참조.

50) 『柳宗元全集』, 卷34 「復杜溫夫書」: 吾雖少爲文, 不能自雕斲, 引筆行墨, 快意累累, 意盡便止, 亦何所師法. 立言狀物, 未嘗求過人.

문장을 비평하면서 자신의 글쓰기 체험에 근거하여, 文飾이나 師法에 얽매이지 않고 '연상되는 내용을 생각나는 대로 쓰는[快意]' 것만 중시하는 방법을 말하고 있다. 文采만을 추구하고 정해진 法式만을 좇는 것을 반대하는 것은 당연히 踏襲을 반대하고 독창성을 강조하는 태도이다. 유종원이 이 글에서 杜溫夫가 '助' 字를 잘못 운용한 것까지 지적한[51] 까닭은 前作을 모방하지 않고 타인과 차별화될 수 있는 독자적인 의미를 표현하기 위해 동원되는 중요 요소인 '助' 字를 효과적으로 사용할 수 있어야 하기 때문이었다.

독창성을 발휘할 수 있는 글쓰기를 창작의 요건으로 간주한 유종원은 자신의 散文에서 散體句와 새로운 언어를 사용함으로써 참신한 산문 표현법을 운용하기도 했다. 또한 기존의 산문 형식에 體例的 破格을 시도하거나 前代의 散文영역에서 홀시되고 다루어지지 않았던 文體를 확대・개척하기도 했다. 유종원 산문의 빛나는 성취로 평가받는 寄託과 比喩 및 寓言 등의 예술 표현은 바로 유종원이 발휘한 文藝 創造性의 성과물인 것이다.

3) 창작의 주체

문예작품은 사회생활의 경험을 예술적으로 개괄한 것이고 형상적으로 반영한 것이다. 문예작품의 깊이 있는 사상내용은 미적인

---

51) 『柳宗元全集』, 卷34 「復杜溫夫書」: 但見生用助字, 不當律令, 唯以此奉答. 所謂乎歟耶哉夫者, 疑辭也; 矣耳焉也者, 決辭也. 今生則之一(그런데 그대가 '助' 字를 사용하는 것을 보니 법칙에 어긋나는 것이 있어 이로써 답하고자 하오. 乎, 歟, 耶, 哉, 夫는 의문을 나타내는 말이고 矣, 耳, 焉, 也는 긍정을 표하는 말이오. 지금 그대는 모두 같은 것으로 여기고 있소.).

예술형식을 통해서 표현될 때 감동을 줄 수 있다. 그러므로 창작의 주체인 작가는 풍부한 생활경험과 일정 수준의 예술적 재능과 숙련된 예술기교를 갖추고 이를 토대로 예술구상과 예술표현의 과정을 거쳐 예술전형을 창조한다. 문예의 창작과정에서 창작주체의 정신역량과 정신작용은 창작의 중심 고리인 예술구상과 밀접한 관련을 맺고 있는 요소이다. 柳宗元은 창작주체의 정신상태와 창작태도가 창작활동에 끼치는 영향관계를 밝힌 적이 있다. 創作論을 중점적으로 기술하고 있는 「答韋中立論師道書」를 살펴보자.

> 그러므로 내가 문장을 쓸 때는 감히 대수롭지 않게 생각하는 마음으로 쓴 적이 없었으니 서두르다가 경박하여 침착하지 못할까 두려워서이다. 감히 태만한 마음으로 쓴 적이 없었으니 문장이 느슨하여 嚴密하지 못할까 두려워서이다. 감히 정신없는 상태로 쓴 적이 없었으니 문장의 내용이 애매하고 번잡해질까 두려워서이다. 감히 오만한 마음으로 쓴 적이 없었으니 교만하여 잘난 체 할까 두려워서이다.[52]

문장 창작에 임할 때 창작주체가 갖추어야 할 창작태도를 강조하여 말하고 있다. 유종원은 창작할 때 조심해야 할 네 가지 부정적인 태도('四懼') - '輕心', '怠心', '昏氣', '矜氣' - 를 제시하여 조금의 빈틈도 없는 엄숙한 창작태도를 갖출 것을 주장하고 있다. 창작주체가 치밀하고 반듯하지 않은 마음가짐을 갖고 창작에 임한다면 작품에서 심오한 내용과 미적 효과를 발휘하기 힘들 것은 자명하기 때문에[53] 유종원은 무엇보다도 창작주체의 올바른 창작태

52) 『柳宗元全集』, 卷34 「答韋中立論師道書」: 故吾每爲文章, 未嘗敢以輕心掉之, 懼其剽而不留也; 未嘗敢以怠心易之, 懼其弛而不嚴也; 未嘗敢以昏氣出之, 懼其昧沒而雜也; 未嘗敢以矜氣作之, 懼其偃蹇而驕也.

53) 王春庭, 「柳宗元師道觀與文道觀管窺 - 讀「答韋中立論師道書」」, p.38 참조.

도와 자기 수양 자세를 중시했던 것이다.

柳宗元은 일찍이 「寄許京兆孟容書」에서 "붓으로 생각을 펼치고자 하나 정신이 진작되지 않고 마음이 고갈되어 앞뒤가 두서없이 되니 시종일관 문장을 쓸 수가 없다."[54]고 하며 정신과 마음이 떨쳐 일어나지 않으면 정상적으로 창작할 수 없게 된다고 제기한 적이 있다. 유종원은 작품의 성패를 좌우하는 것은 바로 작가의 진작된 사기와 올바른 정신상태라고 보았다. 따라서 유종원은 창작할 때 작가는 정신을 가다듬고 집중하여 마음속으로 구상하고 창작욕망을 강렬하게 표출해야만, 나타내고자 하는 작품이 훌륭해질 수 있다고 주장하였다. 유종원이 창작주체의 정신과 마음의 집중을 창작의 관건으로 보는 것은 결국 문예를 道의 탐구라고 주장하는 '明道論'이나 창작의 근본을 작가의 정신수양에 두는 '文行一致'와 불가분의 관계에 있다.

창작과정에서 창작주체의 정신작용을 중시하는 태도는 「與楊京兆憑書」에서도 살펴볼 수 있다.

> 무릇 문장을 쓴다는 것은 모두 정신과 심지를 주로 하는데 나는 폄적된 이후로 연이어 큰일을 겪으니[모친의 사망], 심지가 황폐해지고 어지럽게 되고 마모되고 닳아졌다. 또 항상 울분과 두려움이 쌓이니 정신과 심지가 크게 약해졌으므로 읽었던 책들도 점점 잃고 잊어버리게 되었다.[55]

윗글에서는 창작주체의 '神志'와 창작과의 관계를 제기하고 있

---

54) 『柳宗元全集』, 卷30 「寄許京兆孟容書」: 雖欲秉筆覼縷, 神志荒耗, 前後遺忘, 終不能成章.

55) 『柳宗元全集』, 卷30 「與楊京兆憑書」: 凡爲文, 以神志爲主. 自遭責逐, 繼以大故, 荒亂耗竭, 又常積憂恐, 神志少矣, 所讀書隨又遺忘.

다. '神志'란 정신력과 의지로서 이는 韓愈가 말한 '氣盛言宜'의 '氣'와 비슷하며 바로 창작주체의 정신상태와 창작의지를 의미한다. 유종원은 스스로가 직접 겪은 창작체험에 바탕하여 창작주체가 잡념이 없는 마음과 강렬한 창작의지를 가질 때 훌륭한 작품을 창작할 수 있다고 강조하였다.[56] 이는 문예창작에서 창작주체의 정신집중과 작품의 성패 여부를 역설한 것으로 「答韋中立論師道書」에서는 바로 이러한 '神志說'에 근거하여 '四懼說'을 전개하였던 것이다.

창작의 성패와 관련하여 창작주체의 정신력을 강조한 柳宗元은 좀 더 구체적으로 創作構思 과정에서 창작주체가 가져야 할 중요한 요소를 언급하기도 하였다. 모방의 폐해를 지적하고 창조성 발휘를 강조한 「與友人論爲文書」에서 "만약 문장 속에 고명한 견해가 있고 사고도 깊다면 문장에 부족한 점이 좀 있더라도 해와 달에 구름이 끼고 월식이 있듯, 아름다운 옥에 흠이 있듯, 그 광채를 손상시킬 수는 없으며 그 가치가 폄하되지 않는다."[57]고 하였다. 문장 속에 창작주체의 남다른 식견과 독창적인 사고가 담겨 있어야 하는 것은 물론, 창작주체가 범속을 초월하고 모방을 타파하여 스스로의 영혼을 고양시킬 수도 있어야 함을 제기한 것이다. '探其深賾'은 『周易』의 卦辭에 나오는 말로 오묘하고 깊게 탐구하는 것을 말한다. 훌륭하고 독창적인 문예를 창작하기 위해서는 창작주

---

56) 張法 著, 유중하 외 譯, 『동양과 서양, 그리고 미학』, 푸른숲, pp.385－390: 中國美學 創作論의 중심 개념의 하나인 '안에서 노닒(內游)'은 창작주체의 정신집중과 창작과의 관계를 설명해 주고 있다.

57) 『柳宗元全集』, 卷「與友人論爲文書」: 或得其高朗, 探其深賾, 雖有蕪敗, 則爲日月之蝕也, 大圭之瑕也, 曷足傷其明黜其寶哉.

체가 시야를 넓혀서 멀리 조망하고 문제의식을 가지고 탐구하는 자세를 가져야 한다.

유종원은 創作構思 과정에서 창작주체가 遠心力과 求心力을 원활하게 활용할 것을 강조하는 동시에 창작주체의 觀察力과 思考力도 함께 강조하였다. 元和 13년(818)에 柳宗元이 柳州로 부임하자 桂管觀察使였던 裴行立이 訾家洲亭이란 亭子를 지었고 유종원은 이를 기념하여「桂州裴中丞作訾家洲亭記」를 썼다. 아래 글은 이 문장의 결말부분이다.

> 그렇다면 사람의 마음과 눈에는 과연 절묘하고 특별하지만 볼 수 없는 절경이 있단 말인가? 무릇 桂山이 영험하지 않았더라면 기이한 경관을 형성하기에 부족하였을 것이고, 訾家洲의 광활함이 아니었다면 눈이 가려 멀리 보기에 부족하였을 것이며, 裴公의 안목이 아니었다면 이 아름다운 경치를 홀로 얻을 수 없었을 것이다.[58]

柳宗元은 桂州 官衙 왼쪽의 강 중간에 솟은 땅인 訾家洲에 세운 정자에서부터 주변의 경관을 묘사하고 있다. 柳宗元은 정자 주변에서 시작하여 멀리 桂山과 그 일대 절경을 자세한 관찰력을 동원하여 세밀하게 묘사해 내고 있다.

윗글에서 柳宗元은 '桂山之靈', '洲之曠', '公之鑒'에 대한 깊은 통찰력을 통해 객관적인 경물과 주관적인 심미감을 결합시켜 완벽한 감정이입을 이룰 때 작품의 예술성이 발휘될 수 있다고 보았다. 결국 풍부한 예술성을 확보하기 위해서 창작주체는 構思에서부터

58)『柳宗元全集』, 卷27「桂州裴中丞作訾家洲亭記」: 然則人之心目, 其果有遼絶特殊而不可至者耶? 蓋非桂山之靈, 不足以瑰觀; 非是洲之曠, 不足以極視; 非公之鑒, 不能以獨得.

完成에 이르기까지 세심하게 관찰하고 사려 깊게 사고해야 한다는 것이다. 창작과정의 고통을 토로하고 있는 「上裴行立中丞撰訾家洲亭記啓」에서도 이러한 점을 말하고 있다.

> 엎드려 당신의 엄명을 받고서 감히 사양할 수 없었기에 돌아와 스스로 재삼 생각을 함에 온몸에 땀이 흐를 정도로 두려웠습니다. 저는 여러 차례 당신을 따라서 연회에 참석하면서 몰래 풍경을 관찰하였고 열 번도 넘게 마음에 되새겼지만 만분의 일도 얻을 수 없었습니다. 이에 남몰래 반복하고 상세히 짐작해 보았으나 나아가고 물러남을 결정하지 못했습니다. 오랫동안 세심하게 다듬고 새기면 시간이 오래 걸리는 허물이 있을 것이고, 서둘러 완성하려 한다면 또한 거칠고 세밀하지 못한 단점이 생길 것이기 때문입니다.[59]

이 글은 「桂州裴中丞作訾家洲亭記」를 완성한 후에 보낸 편지글로서 「訾家洲亭記」를 쓰게 된 경위와 창작을 위한 답사 및 창작과정의 고충 등을 서술하고 있다. 유종원은 작문 의뢰를 받은 이후부터 작품이 완성되기까지 고통스럽고 힘든 과정이었음을 고백하고 있는데, 창작의 기쁨과 창작의 고통을 일체화시키고 있다. 여기서 '竊觀物象'이란 창작대상에 대해서 상세하게 관찰하는 것을 의미하고 '竊復詳忖'이란 깊이 있게 사고하는 것을 의미하고 있다. 그리고 이 두 가지 요소는 창작과정에서 창작주체의 정신과 영혼이 작용하여 이루어지는 중요한 요소인 것이다.

이상에서는 창작이론 중 정신수양과 창작의지와 관찰력 및 사고력 등 창작주체의 능동적 작용과 관련된 柳宗元의 문예관을 살펴보았다. 유종원이 창작주체의 도덕적 수양을 요구하거나 '神志'의

---

59) 『柳宗元全集』, 卷36 「上裴行立中丞撰訾家洲亭記啓」: 伏受嚴命, 不敢固讓, 退自揣度, 惕然汗流. 累奉游宴, 竊觀物象, 涉旬模擬, 不得万一. 竊復詳忖, 進退若墜. 久稽篆刻, 則有違慢之辜; 速課空薄, 又見疏芜之累.

구비를 요구한 것은 '文以明道'라는 측면에서 볼 때 文藝의 功利性과 불가분의 관계를 가진다. 그러나 창작과정에서 창작주체의 정감이나 심미발휘를 강조한 것은 유종원이 문예창작의 예술성을 認知하고 企圖하였음을 대변해 주고 있다.

즉, 유종원은 단순한 현실반영을 주장한 것이 아니라 창작주체의 심미와 감정이 개입되어 창출되는 주관적인 美의 발견이나 美의 창조를 의식하였던 것이다. 창작주체의 관찰력과 사고력을 중시하고 있는 점도 유종원이 창작과정에서 주체가 발휘하는 심미와 그로 인해 만들어지는 예술미를 인식하였음을 말해 준다. 창작활동과 창작주체의 문제에 있어서 객체의 객관적인 美보다 주체의 주관적인 심미활동을 중시하고 있는 유종원의 창작이론은 그의 散文에 대해서 미학적으로 접근할 가능성의 근거이자 전제로 작용하고 있다.

4) 창작기교와 예술풍격

모든 문예창작에서 인식과 표현에서의 기교는 필수적으로 동반되는 것이므로 창작기교는 창작주체 마음속에서 효과적으로 발휘되는 意象을 통해 나타날 수 있다. '明道'를 위한 목적이라 하더라도 유종원은 숙련된 예술기교와 다양한 예술풍격 창조를 강조하였다. 문예작품에서 표현되는 창작적 기법이나 기교에 대해서 유종원은 다음과 같이 말하였다.

억제하는 것은 글을 심오하게 하기 위해서이고 충분히 드러내는 것은 분명하게 하고자 해서이며 소통시키는 것은 통하고 밝게 하기 위해서이며 제련시켜 짓는 것은 글을 간결하게 하기 위해서이다. 자극하여 분발시키는 것은 글을 清新하게 하기 위해서이고 견고히 하고 보존하는 것은 글을 중후하게 만들기 위해서이니 이것이 내가 道를 보좌하는 방법이다.[60]

창작과정에서 문장을 꾸미고 수식해야 할 필요성을 제기하면서 유종원은 마음의 수양을 정립한 이후에는 오로지 글의 기교에 정신을 집중해야 한다고 강조하고 있다. 형상화시키고자 하는 대상에 적합한 방법과 기교를 활용하는 자세와 더불어, 道를 정확하게 표현하고 莊重한 풍격의 글을 짓기 위한 고도의 숙련된 글쓰기를 요구하였다.

이에 문장의 '抑', '揚', '疏', '廉', '激而發', '固而存'을 통해서 '奥', '明', '通', '節', '重', '淸'을 형성해야 하기 때문에 '抑', '揚', '疏', '廉', '激而發', '固而存' 여섯 가지를 창작수법과 창작원칙으로 간주하였다. 또 이 여섯 가지는 각각 상대적인 개념이지만 서로 조화를 이룰 때 편향됨이 없는 예술적 효과를 얻을 수 있다고 보았다.

구체적으로 풀이하자면, 억제와 발산이 적절하게 조화를 이루면 작품이 함축적이되 難澁하지 않고 명료하되 쉽게 노출되지 않게 된다. 또 文理의 소통과 文意를 긴밀하게 凝練한다면 작품의 기세가 확 트이되 산만하지 않고 응집을 이루되 막히지 않게 된다. 게다가 感情을 激發하고 文氣에 신경을 쓴다면 문장 풍격이 重厚하되 停滯되지 않고 淸新하되 浮艶하지 않게 된다는 것이다.

60) 『柳宗元全集』, 卷34 「答韋中立論師道書」: 抑之欲其奥, 揚之欲其明, 疏之欲其通, 廉之欲其節, 激而發之欲其淸, 固而存之欲其重, 此吾所以羽翼夫道也.

이처럼 문장 전면에 걸쳐 '抑', '揚', '疏', '廉', '激而發', '固而存'을 운용한다면 작품의 藝術美를 확보할 수 있고 '明道'의 목적도 이룰 수 있다고 유종원은 판단하였다.[61] 때문에 그는 예술적 표현이 작품 전체를 관통하여 표출될 수 있도록 효과적인 창작 기교를 활용해야 한다고 말할 수 있었다. 창작의 과정에서 다양한 기교와 원칙을 운용해야만 문장의 단조로움과 지루함을 극복할 수 있기 때문에 다양한 창작기교를 활용하고 통일적으로 운용해야 한다는 그의 창작이론은 현대적 문예이론과 비교해도 손색이 없다 하겠다.

柳宗元은 知人들의 문장을 평소 자주 비평하면서, 특별히 吳武陵과 沈起의 문장에 대해서는 극찬을 아끼지 않았다. 吳武陵 문장에 보이는 독창적인 안목과 清新한 언어를 지목하며 "내가 당신의 글을 보니 마음이 편안해지고 눈이 새로워지는 것이 마치 깊은 우물 속에서 정오의 빛나는 해를 보는 것과 같습니다."[62]고 칭찬하였다. 이는 吳武陵의 글이 편안하게 잘 읽히면서도 다른 사람의 글에서 느낄 수 없는 참신한 기교를 구사하고 있기 때문이었다.

또 沈起의 문장에 대해서는 "그대가 쓴 문장을 보니 기백이 굉대하고 正道에 부합하는 것이 진주와 옥 등의 보물이 매우 풍성하여 나를 富裕하게 하는 것 같습니다."[63]고 칭찬하였다. 이는 沈起

---

61) 曹辛華, 「柳宗元文章學說述評」, p.70 참조: 유종원은 文章의 內容, 含意, 氣勢, 言語, 情緒, 風格 등 방면에서 억제, 발양, 소통, 정련, 격발, 고정 등의 제련을 거쳐 문장내용을 심화시키고 취지를 선명하게 만들고 기세를 트이게 하고 언어표현을 적합하게 하고 정서를 분명히 하고 풍격을 장중하게 만들면 '明道'의 목적에 이를 수 있다고 보았다.

62) 『柳宗元全集』, 卷31 「答吳武陵論非國語書」: 一觀其文, 心朗目舒, 視白日之正中也.

63) 『柳宗元全集』, 卷33 「答貢士沈起書」: 又覽所著文, 宏博中正, 富我以琳琅珪璧之寶甚厚.

가 쓴 글이 힘찬 氣魄을 갖추었고 글의 내용이 '이상적 도리[大中之道]'에 맞았기 때문이었다.

위에서 서술한 창작이론을 살펴보면, 柳宗元이 작품의 필치와 풍격이 단조롭거나 편향됨을 철저하게 배제한 동시에 각양각색의 다양한 창작기교를 추구하였음을 알 수 있다.

사람의 味覺은 다양하고 사람의 容貌가 각자 다르듯이 문장에도 여러 가지 風格이 존재한다. 문예작품은 작가의 개성과 현실생활의 독특함을 반영하고 있기 때문에 작품에 나타나는 정서와 운치 및 스타일 등의 풍격 역시 다를 수밖에 없다.[64]

유종원이 획일적인 표현을 지양하고 다양한 풍격을 추구하였는데, 「讀韓愈所著毛穎傳後題」에서 살펴볼 수 있다.

> 또 거기다 이상한 벌레, 물풀, 쓴 배, 귤과 유자 등의 쓰고 짜고 시고 매운 것을 갖다 놓으면 입술을 깨물고 코를 찡그리게 되며 혀가 오그라들고 이가 얼얼하겠지만, 그래도 그것들을 매우 좋아하는 사람도 있다. 周나라 文王은 창포로 만든 음식을 즐겨 먹었고 屈到는 菱角을 즐겨 먹었으며 曾皙은 羊棗를 즐겨 먹었으니 천하의 진기한 맛을 다 맛보고서 자신의 입맛을 충족시켰다. 어찌 문장이라고 다르겠는가?[65]

柳宗元이 역설하고 있는 '진기한 맛[奇味]'는 문예작품의 예술풍격이나 심미특징을 가리킨다. 창작을 통해서 만들어지는 다양한 심미취미와 예술풍격을 다양한 味覺에 비유하여 표현한 것이다. 사람

---

64) 李光連, 『散文技巧』, 中國青年出版社, pp.303－304 참조: 필자는 작품 속에 표현된 情調(정서, 격조, 기분, 분위기), 韻味(운치, 정취), 筆調(필치, 문장스타일)를 산문의 풍격으로 정의하고 있다.

65) 『柳宗元全集』, 卷21 「讀韓愈所著毛穎傳後題」: 而又設以奇異小蟲, 水草, 樝梨, 橘柚, 咸酸辛, 雖蜇吻裂鼻, 縮舌澁齒, 而咸有篤好之者. 文王之菖蒲葅, 屈到之芰, 曾皙之羊棗, 然後盡天下之奇味以足於口, 獨文異乎?

이란 본래 맛있고 품격이 뛰어난 음식을 좋아하기 마련이다. 그러나 매번 같은 음식을 먹기란 힘든 일이고 기호식품에 이르면 문제는 더욱 간단치가 않다. 보통 사람들이 애호하지 않는 식품의 '苦咸酸辛'한 특이한 맛과 일반적인 미각 외에 독특한 기호식품을 즐겨 찾는 사람을 제시하면서 여러 종류의 미각이 존재하는 만큼 문장의 풍격 역시 다양하고 풍부할 수 있음을 주장하고 있는 것이다.

창작풍격의 다양성은 창작주체의 심미에 대한 감상능력이 세밀하고 창조적임을 반영한다. 개별 작가는 전체 작품에서 특색이 큰 풍격을 창조하는 동시에 구체적인 작품 속에서 또한 상이한 풍격을 형성하기도 한다.[66] 유종원은 현실에서 정치적 포부를 이루지 못한 '貶謫된 士人'이었기 때문에 현실에 대한 각성을 견지하면서 또한 회의적인 시각으로 주위를 주시하였다. 때문에 그는 성격이 겉으로는 냉랭하였고 안으로는 뜨거웠다. 결과적으로 그의 산문은 침울하면서도 예리했고, 애잔하면서도 격정적이었으니 내적으로 쌓인 유종원의 감정 때문에 그의 산문은 묵직하고 간결하며 의경이 깊을 수 있었던 것이다.[67]

궁극적으로 柳宗元은 '盡天下之奇味以足於口'라는 관점하에서 산문의 다양한 풍격을 추구하였고 이는 다양한 文藝技法과 藝術美를 통해 체현되고 있다. 따라서 개인의 失意로 인한 비분과 時弊에 대한 분노를 우회적인 反語와 寓言 및 이미지화 등으로 표현하였던 것이다. 그의 散文의 雄建, 憤激, 淸峻, 詭奇한 풍격은

---

66) 李道英, 『中國古代寫作學槪論』, 文心出版社, pp.190 – 192 참조.

67) 吳小林, 『柳宗元散文藝術』, 山西人民出版社, p.164 참조: 필자는 유종원 산문이 주도적이면서 다양한 풍격을 보여 줌에 주목하며 '沈鬱凝斂', '冷峻峭拔'을 유종원의 산문의 주요한 풍격으로 규정지었다.

喜劇的이고 悲劇的이며 崇高한 여러 가지 美的 現狀 속에서 선명하게 발휘되고 있다. 창작기교와 풍격의 多樣性을 추구하는 柳宗元의 文藝觀은 실제 창작과 조화로운 결합을 이룸으로써 散文의 藝術性에 큰 영향을 끼치었다.

III

유종원 산문의 유형

古代 散文은 종합문학으로 광범위한 내용과 다양한 형식에 各類 文體 간의 혼합과 교차가 심하므로 그것의 문체를 분류하는 문제는 간단치가 않다. 넓게는 韻文과 대칭하는 개념으로서의 散文을 의미하는 2분법이 있는가 하면, 詩, 小說, 戱曲과 반대되는 散文을 의미하는 4분법 등이 있다. 그러나 이러한 분류법은 중국의 고대 산문을 정확하고 체계적으로 구분하기에는 한계가 크다.

중국에서는 魏晉 때, 曹丕가 『典論論文』에서 문장을 '三科六類'로 분류한 것이 문체 분류의 시초가 되었다. 이후 陸機의 『文賦』는 체재분류의 상세함과 문체의 특징을 구체화하여 이 방면에서 성과를 이루었고 劉勰은 『文心雕龍』에서 문체의 범위에 대한 협소한 시각을 문체의 원류로 확장하는 공을 세웠다. 宋代의 李昉이 편찬한 『文苑英華』와 明代 徐師曾의 『文體明辯』의 성과를 바탕으로 淸代 姚鼐에 의해서 散文文體만을 전문적으로 분류한 『古文辭類纂』이 탄생한다.[68]

『古文辭類纂』은 산문의 문체 분류를 논한 저서로 고대 산문을 13類로 구분하여 산문 문체의 포괄성을 살리면서 各類 문체를 논리적으로 定義하였다. 특히 그간 散文으로 간주하지 않았던 辭賦, 箴, 銘, 騷를 산문으로 편입하면서 산문 문체의 영역을 확대시켰다.[69] 姚鼐 이후로 淸代 曾國藩의 文章總集인 『經史百家雜鈔』,

68) 陳必祥, 『古代散文文體概論』, p.25 – 29 참조.

近代 章炳麟이 편찬한 『國故論衡 · 文學總略』 등의 文體分類 論著가 출현하지만 古代散文을 분류하는 데 있어서 姚鼐의 『古文辭類纂』은 가장 큰 효력을 발휘하고 있다.[70]

본서의 연구대상인 유종원 산문을 姚鼐의 『古文辭類纂』의 분류법에 근거하여 분류한다면,[71] 論辯序跋類, 書說贈序類, 碑誌傳狀類, 辭賦哀祭類, 雜記雜說類의 5類로 대별할 수 있다.[72] 그러나 이러한 傳統式 문체 명칭은 본고의 연구목적이나 전체 목차와의 대비 속에서 균형성을 잃고 있기 때문에, 5類 문체의 근본성격에 근거하되 문체 명칭을 좀 더 현대식 용어로 전환하여 다음과 같이 분류하고자 한다.

---

69) 褚斌杰, 『中國古代文體概論』, p.34－35 참조.

70) 現代의 산문 연구자들은 산문 작가가 착안한 방면에 유의하여 작가가 선정한 體裁를 중심으로 작품이 취하는 表現方式에 따라 크게 論說散文, 記敍散文, 抒情散文으로 분류하는 추세를 보인다. 그러나 陳必祥, 褚斌杰 등이 『古文辭類纂』에 근거하여 산문 문체를 분류하고 있는 것을 볼 때 그것의 유효성을 짐작할 수 있다. 참고로 고대 산문 분류에 대한 現代的 시각을 참고할 만한 몇 가지 서적을 소개하면 다음과 같다:
[1] 『散文』, 謝楚發 ▶ 1. 記敍文: 敍事, 傳記, 游記, 雜記, 筆記, 2. 論辯文: 論, 辯, 議, 說, 解, 原, 3. 諷諭文: 寓言, 雜文, 4. 實用文: 書信, 贈序, 碑誌, 哀祭, 公牘.
[2] 『中國散文美學』, 萬陸 ▶ (1) 記敍性散文: 事件記, 傳狀記, 山水游記, 臺閣名勝記, 書畵雜物記, (2) 論說性散文: 政論, 理論, 史論, 文論, (3) 實用性散文: 書信, 序跋, 贈序, 公牘, 碑誌, 哀祭, 箴銘.
[3] 『中國古代散文藝術』, 周明 ▶ 1. 記敍描寫類: 1) 記人散文, 2) 記山水散文, 3) 記物散文, 2. 議論辨駁類, 3. 明志抒情類, 4. 諷諭譏刺類.
[4] 『中國散文學通論』, 朱世英 外 ▶ 1. 論說散文: 1) 입론문, 2) 박론문, 3) 기타 논설류(序跋, 贈序, 書信), 2. 記敍散文: 1) 인물 기서를 위주로 하는 傳狀類, 2) 사건 기서를 위주로 하는 敍事類, 3) 산수 기서를 위주로 하는 游記類, 4) 古迹, 建築, 物品을 기서하는 雜記類, 5) 寓言小品, 3. 抒情散文: 1) 辭賦體 抒情散文, 2) 哀祭體 抒情散文, 3) 書牘體 抒情散文, 4) 贈序體 抒情散文.

71) 姚鼐는 산문 문체를 論辯類, 序跋類, 奏議類, 書說類, 贈序類, 詔令類, 傳狀類, 碑誌類, 雜記類, 箴銘類, 頌讚類, 辭賦類, 哀祭類의 13種類로 나누었다. 본고에서는 柳宗元 散文에 없는 詔令類와 연구대상에서 제외한 奏議類를 배제한 11種類에 한정하여 분류한 것이다.

72) 이와 같이 五類로 대별한 분류법은 金容杓의 『柳宗元散文硏究』(國立臺灣大學中文硏究所 碩士論文, 民國 74년)에서 시도한 분류법을 참고한 것임을 밝힌다. 金容杓는 유종원 산문을 유사한 성격의 문체를 합하여 論辯序跋類, 奏議類, 書牘類, 碑誌傳狀類, 哀祭類, 贈序類, 雜記雜說類로 분류한 후 각류 문체의 발전연원과 특징을 개괄 정리하였다.

[표 2] 유종원 산문의 문체유형

유종원 산문 유형	『유종원전집』 분류			
論說文	3 論	4 議辯	16 說	21 題序
傳記文	5碑 6碑 7 碑銘 9 表銘碣誄 10 誌 11 誌碣誄 12 表誌 13 誌	8 行狀	17 傳	20 銘雜題
贈序文과 書信文	22, 23, 24, 25 序	30, 31, 32, 33, 34 書		35, 36 啓
雜文: 游記와 寓言	游記 29 記	寓言 14 對 15 問答 16 說 18 騷 19 箴戒 20 銘雜題 24 序	雜記 26 記 27 記 28 記	雜說 19 弔贊箴戒 20 銘雜題
祭文	40 祭文		41 祭文	

위 도표에서 볼 수 있듯이 본고에서는 연구 대상 산문을 현대식 문장 용어에 근거하여 論說文, 傳記文, 贈序文, 書信文, 雜文, 祭文으로 분류하였다.[73] 이는 傳統式의 論辯序跋類는 論說文으로, 碑誌傳狀類는 傳記文으로, 書說贈序類는 贈序文과 書信文으로, 辭賦哀祭類는 祭文으로, 雜記雜說類는 雜文으로 명칭을 전환한 것이다. 이와 함께 辭賦哀祭類에서 주요하게 다룰 문체는 哀祭類

73) 本 章에서는 유종원 산문을 論說文, 傳記文, 贈序文, 書信文, 雜文, 祭文으로 유형화할 뿐 아니라 이러한 순서와 배열대로 내용을 분석한다. 이는 『全唐文』과 『柳宗元全集』에서 유종원이 창작한 산문작품의 양을 기준으로 한 것이다. 『全唐文』에 記載된 유종원 산문을 작품수를 기준으로 배열하면, 碑(15편) / 碑銘(6편) / 墓誌(30편) / 序(60편) / 書(35편) / 記(27편) / 表(50편) / 祭文(21편)으로 '傳記文 → 贈序文 → 書信文 → 雜記 → 祭文'의 순서를 보여 준다. 이는 『柳宗元全集』의 작품수와 篇數를 기준으로 배열할 경우에도 마찬가지이다. 다만, 論說文의 경우, 작품수와 상관없이 柳宗元 사상의 根底를 밝히는 중요한 문장이므로 가장 먼저 고찰함을 밝힌다.

이기 때문에 辭賦類를 제외한 祭文에 초점을 맞추었고, 雜記雜說類에서는 유종원 산문에서 문학예술성이 가장 강한 游記와 寓言에 초점을 맞추었음을 밝힌다.

따라서 본 장에서는 유종원 산문의 문체를 論說文, 傳記文, 贈序文과 書信文, 游記와 寓言, 祭文으로 유형화하고 각 유형의 문장 특징과 대표 작품을 분석한 후 小結에서 각 유형의 전체 작품을 도표로 개괄 요약할 것이다.

유종원은 철학, 역사, 정치, 문학에 대한 자신의 의견과 생각을 분석적이고 논리적인 論說로써 정립하였다. 頌讚하고 讚揚할 만한 위대한 人物의 平生의 事跡을 서술하고 진실하게 기록하였으며 表彰할 만한 功德이 있는 인물의 행적을 진실하게 서술하여 模範과 勸誡를 제시하였다. 그리고 知人과 親舊와 더불어 두루 교류하면서 상호 간의 友誼를 교감하는 증여의 글과 편지글을 주고받았고, 자신이 살고 있는 세계의 사물과 경물에 대해서 묘사하고 싶은 바를 다양하게 재현해 내었다. 특히 생전에 친분이 있었던 故人의 죽음을 맞이하여 비통하고 슬픈 심정을 祭文으로 표현하였다.

1. 논설문

1) 논설문의 특징과 작품 분석

論說文이란 자기의 의견이나 주장을 이론적으로 체계를 세워서

적는 글이다. 유종원이 쓴 논설문에는 자신의 의견을 밝혀서 사리의 옳고 그름을 판단하는 論辯文과 타인의 著作을 비평하는 序跋文 두 종류가 있다.

論辯文 문장은 자신의 의견이나 주장을 발표하는 글로서, 議論을 주요한 표현방식으로 삼고 어떤 관점을 논증하거나 밝히는 것을 목적으로 한다. 陸機는 "論의 뜻은 정치 세밀하고 言辭는 분명히 드러나게 진술한다."[74]고 여겼고 劉勰은 "經을 풀이하고 도리를 설명하는 것을 論이라 하였고 도리를 설명하는 데 어그러짐이 없으면 성인의 뜻도 분명하게 드러난다."고[75] 하였다. 論辯文 문장은 유협이 말한 바와 같이[76] 여러 가지 주장과 견해를 개괄하여 하나의 도리를 정밀하게 연구하고 탐구하는 글이다.

유종원 산문의 제목 중에서 論, 議辯, 說이 논변문에 속한다. 논증의 각도에서 볼 때, 論과 說은 자신의 견해나 주장의 정확성을 증명하는 것을 위주로 하고 議辯은 상대방의 견해나 주장의 오류를 증명하는 것을 위주로 함을 알 수 있다.[77]

序跋文에서 '序'는 어떤 책의 요지를 설명하거나 저술방법 및 내용·체례 등을 밝히고 서술하는 글을 가리킨다. '跋'은 책의 뒷면이나 글의 뒤에 쓴 '序'로서 '後序'라고도 한다. 고대의 많은 '序'와 '跋'은 모두 논설적인 성격을 띤다. 유종원 서발문의 표제어에는 '題序'가 있다. 이에 유종원 논설문을 내용과 논증 특징에 기초하여 작품을 검토하고자 한다.

---

74) 陸機, 『文賦』: 精微而朗暢.

75) 劉勰, 『文心雕龍』, 「論說」: 述經敍理曰論. 論者, 倫也; 倫理無爽, 則聖意不墜.

76) 上同: 論也者, 彌倫群言, 而硏精一理者也.

77) 朱世英 外, 『中國散文學通論』, 第5章 '古代散文的類型及其特徵－第1節 論說散文' 참조.

卷3 「天爵論」: 孟子는 하늘이 인간에게 부여한 가장 고귀한 것을 '仁義忠信'이라고 제기하였다. 유종원은 '仁義忠信'을 천부적인 작위[天爵]으로 간주한 孟子의 논리가 미진하다고 여기면서 인간의 천부적인 작위는 '의지[志氣]'와 '현명함[明]'에 있다고 주장하고 자기의 견해가 옳은 것임을 증명해 나간다.

유종원은 먼저, 인간을 고귀하게 만드는 것은 강건한 氣가 모인 '志氣'와 순수한 氣가 모인 '明'이라고 판단한다. 다음으로 '志氣'와 '明'을 구비하여 '仁義忠信'을 운용하는 것은 聖賢의 일이라고 판단한다. 유종원은 이러한 事理를 근거로 삼아 '志氣'와 '明'이야말로 인간을 고귀하게 만드는 두 가지 근본적인 요소임을 논증한다. 따라서 인륜의 근본을 말하고 천부적인 작위를 말하는데 '志氣'와 '明'을 거론해야 한다는 주장은 설득력을 확보하게 된다.

이 글의 주요 논지는 인간에게 주어진 천부적인 작위를 무엇으로 간주하고 있는가이다. 유종원은 孟子가 논단한 '天爵論'의 미진한 점을 보충하는 차원에서 '仁義忠信'보다 더 중요한 것은 '志氣'와 '明'이라고 주장한 것이다. 인간에게 있어 무엇보다 중요한 것은 개인의 주체성과 고도의 정신능력임을 강조하고 있으므로 유종원의 진보적인 가치관이 잘 나타난다. 이 글은 자기의 주장이나 견해를 개괄적이고 이성적인 분석과 논증을 통해서 체계화하고 있는 논변문의 전형적인 성격을 보여 주고 있다.

卷4 「駁復讎議」: 이 글은 復讎 문제에 대해서 옳고 그름을 따지는 논변문이다. 이 글의 논제는 徐元慶이라는 사람이 아버지의 원수를 갚은 일에서 취하고 있다. 『新唐書·卷195孝友傳』에는 則天武后 때, 下邽人 徐元慶의 아버지 徐爽이 縣尉인 趙師韞에 살해되자 徐元慶이 직접 아비의 원수를 갚고 자살한 사건이 기록되어 있다. 당시 諫官이었던 陳子昂은 이 사건을 맡아 서원경을 사형에 처하는 한편, 그의 義氣에 감동하여 그를 표창하는 깃발을 그가 살던 마을에 세워 주었다.

유종원은 이 글의 서두에서 사건의 대강을 기술한 후, 진자앙이 이 사건을 처리한 방법이 잘못되었다고 반박한다. 유종원이 진자앙의 오류를 반박할 수 있었던 근거는 다음과 같다. 첫째, 禮와 刑의 근본작용은 폭력과 혼란을 방지하는 점에서 일치하지만 그것의 구체적인 용도는 다르기 때문에, 禮에 의거하여 표창하고 刑에 의거하여 징벌해야지 그것을 한 사람에게 동시에 병용해서는 아니 된다. 둘째, 표창해야 할 사람을 사형시키는 것은 刑法을 남용한 것이고 사형시켜야 할 사람을 표창한 것은 禮法을 파괴한 것이다.

이러한 근거를 토대로 유종원은 서원경의 부친이 無辜로 억울하게 조사온에게 살해된 것이라면 서원경의 복수는 예법을 준수하고 도의를 행한 것이므로 표창받아야 한다고 제기한다. 그러나 서원경의 부친이 죽을죄를 저질러서 조사온이 그를 살해한 것이라면, 이는 국법을 따른 것이고 서원경의 복수는 개인적인 원한 갚기에 불과하므로 사형에 처해야 한다고 반박한다.

이로써 진자앙이 일의 정확한 상황을 살피지는 않고 서원경을 사형에 처한 동시에 표창한 것은 예법과 형법을 모순적으로 적용한 것이고 잘못된 방법이었음이 드러난다. 이 글에서 유종원은 진자앙이 잘못된 인식으로 법집행을 잘못 실행한 오류를 비난함으로써 진자앙의 모순적 처사가 국가의 법전이 되어서는 안 된다는 논지를 분명히 밝히고 있다. 이 글의 끝 부분을 보면 이 글이 원래는 황제에게 올린 상소문임을 알 수 있는데 상대의 의견이나 주장의 오류를 증명하여 자신의 견해를 세우는 점에서 전형적인 논박문의 성격을 보여 주고 있으므로 논변문이라 해도 무방하리라 본다.

卷4「辯列子」: 이 글은『列子』의 著者와 內容에 대한 기존 견해의 是非를 밝히는 논변문이다. 유종원은 이 글의 서두에서 漢代의 大學者 劉向이 여러 서책에서『列子』를 언급하였는데 列子의 생존연대를 劉向이 착각하고 있다고 지적한다. 즉, 劉向은 列子를 春秋戰國 鄭穆公 시기의 사람으로 간주하였는데 유종원은 鄭穆公이 공자보다 100년 앞선 시대의 사람인 점과『史記』에 기록된 列子와 동시대 사람인 鄭나라 子陽의 생존연대가 魯나라 穆公 때인 점에 근거하여 유향의 견해가 잘못되었음을 증명한다.

또 莊子가『列子』를 본받고 모방한 후에『莊子』를 쓴 것이기에 책의 성격이 서로 비슷하지만,『列子』의 내용이『易經』의 處世術과 유사한 논리를 보여 주고 있는 점 등을 거론하며『列子』를 더 높이 평가한다. 끝으로『列子』 속에 기이한 내용과 다른 사람의 견해가 혼재되어 있으므로 독자들이 신중하게 독서해야 한다고 당부한다.

이 글에서 유종원이 漢代 劉向의 착오를 제기하며 자기 판단의 객관성을 근거로 삼아 증명하는 것은 漢代 訓詁學에 대한 비판적 시각을 보여 주는 것이다. 이는 經書를 비롯한 옛 典籍의 내용에 천착하는 春秋學의 태도에 기초한 결과로 보아야 할 것이다.[78)]

卷16「天說」: 이 글은 韓愈의 天命觀을 반박하면서 자신의 天命에 대한 관점을 제시하는 논변문이다. 韓愈는 공을 세운 사람이 고통과 굴욕을 당하면 하늘을 원망하고 하늘에 호소하는데 이는

---

78) 張躍,『唐代後期儒學』, 第2章 '儒學學風的變化' 참조.

하늘의 의지를 이해하지 못하는 처사라고 비난한다. 韓愈는 하늘이 천지에 공을 세운 사람을 칭찬하고 해악을 끼치는 사람을 징벌하는 정신적 의지를 갖고 있는 주체로 보았다.

유종원은 '天'을 의지를 가진 주체로 인식하는 韓愈의 관점을 비판하면서 하늘은 元氣와 陰陽과 마찬가지로 자연계의 일부라고 해석한다. 따라서 하늘은 인간의 상벌을 논단할 수 있는 의지를 가지고 있지 않다고 논증하고 자연현상을 인간의 상벌과 연계하는 韓愈의 잘못된 견해를 반박한다.

이 글은 韓愈가 제기한 '天人感應的' 天人關係에 대해서 '天人相分的' 天人關係를 주장하는 유종원이 자신의 견해를 증명하며 논전을 벌이는 논쟁적 성격이 강하다.

卷21 「柳宗直西漢文類集序」: 이 글은 유종원의 사촌동생 柳宗直이 편찬한 『西漢文類集』의 머리말에 책의 내용과 책과 관련된 일화를 간략하게 소개하는 序文이다.

유종원은 서두에서 유종직이 『西漢文類集』을 저술하게 된 동기와 과정을 밝히고 있다. 즉, 漢代 이후로 각종 史書에 異說이 뒤섞여 전해 내려온 점을 불만으로 여긴 유종원은 이에 대한 校正을 의도하였으나 건강상의 이유로 착수하지 못하였다. 다행히 사촌동생 유종직이 古書에 흥미가 있었기에 사료를 수집하고 분석하고 분류하여 마침내 西漢時期의 文類를 일관성 있게 편찬하게 되었던 것이다.

이어서 유종원은 『西漢文類集』에 담겨 있는 西漢 때의 문장을 특별히 극찬한다. 西漢을 기점으로 삼아 문장 형식이 소박하고 내용이 충실하였던 殷周시대 문장은 칭찬하지만 浮艷하고 사치스러운 문장 풍격을 띠었던 魏晉시대 문장은 폄하하며 東漢 이후로 문장의 기풍이 쇠퇴해졌다고 평가하였다. 마지막으로 大唐의 貞元年間에 특별히 문장이 번성한 상황을 거론하며 이는 漢代 文風의 영향에 기인한 것이라고 주장한다.

이 글에서 유종원은 西漢 이전부터 大唐 貞元 時期까지의 문풍을 비평함으로써 西漢 時期 문장의 우수하고 탁월한 장점을 천명하고 있어 문장 비평가로서의 면모를 보여 준다. 특히 질박한 형식과 충실한 내용의 西漢 文類에 대해 극찬한 것은 西漢 문장의 장점을 계승하고 본받고자 한 古文運動의 기본 정신과 연계된 문장 비평이라고 보아야 할 것이다.

2) 小 結

본 절에서는 유종원의 논설문에 대해서 논설 내용과 논설 형식을 중심으로 작품을 분석해 보았다. 유종원 논설문 전체 작품을 도표로 정리하면 다음과 같다.

[표 3] 유종원 논설문

[論辯文①] 論

篇 數	作品名	論說 種類	論說 對象
卷 3 論	「封建論」	政論 / 史論	陳政 / 辨史
	「四維論」	理論	釋經
	「天爵論」	政論	釋經
	「守道論」	理論	釋經

篇　數	作品名	論說 種類	論說 對象
卷 3 論	「時令論上・下」	政論	釋經
	「斷刑論上・下」	政論	上篇은 闕文
	「六逆論」	政論	釋經

[論辯文②] 議辯

篇　數	作品名	論說 種類	論說 對象
卷4	「晋文公問守原議」	史論	辨史
	「駁復讎議」	史論	辨史
	「桐葉封弟辯」	史論	辨史
	「辯列子」	文論	詮文
	「辯文子」	文論	詮文
	『論語辯二篇』	文論	釋經
	「辯鬼谷子」	文論	반론문의 조건이 미비
	「辯晏子春秋」	經論	釋經
	「辯亢倉子」	文論	반론문의 조건이 미비
	「辯鶡冠子」	文論	반론문의 조건이 미비

[論辯文③] 說

篇　數	作品名	論說 種類	論說 對象
卷16 說	「天說」	理論	釋經
	「鶻說」	제외	寓言
	「祀朝日說」	理論	釋經
	「捕蛇者說」	제외	寓言
	「禮說」	理論	釋經
	「乘桴說」	理論	釋經
	「說車贈楊誨之」	寓論	陳政
	「謫龍說」	제외	寓言
	「復吳子松說」	寓論	釋經
	「羆說」	제외	寓言
	「觀八駿圖說」	제외	寓言

[序跋文] 卷21 題序

作品名	論 旨	備 考
「讀韓愈所著毛穎傳後題」	韓愈의 『毛穎傳』에 대한 비평	文論
「裴墐崇豊二陵集禮後序」	裴墐의 『崇豊二陵集』에 대한 비평	文論
「柳宗直西漢文類集序」	柳宗直이 편찬한 『西漢文類集』에 대한 비평	文論
「楊評事文集後序」	楊凌의 문집에 대한 비평	文論
「濮陽吳君文集序」	吳武陵 부친의 문집에 대한 비평	文論
「王氏伯仲唱和詩序」	왕씨 형제들이 唱和한 詩의 序	文論

이상에서 살펴본 유종원의 論說文은 전체적으로 다음과 같은 특징을 띠고 있다.

첫째, 柳宗元 論說文은 내용에 따라 論辯文과 序跋文으로 나눌 수 있고 論辯文은 논증 방식에 따라서 자신의 견해나 주장의 정확성을 증명하는 論과 說, 상대방의 견해나 주장의 오류를 증명하는 議辯으로 나눌 수 있다. 序跋文은 타인의 著書의 가치와 성격 등을 비평하는 文論에 해당한다. 序跋文보다 論辯文에서 說理性이 강하게 나타난다.

둘째, 유종원의 論說文은 論理性과 관련하여 깊이 있는 주제, 분석적이고 치밀한 논리 전개, 객관적인 타당성을 획득하고 있다. 또 논설문의 내용은 비판성과 사상성이 강하고 說理 이외에도 抒情과 敍事의 방법을 운용하고 있다.

셋째, 유종원의 논설문은 정치를 논하고 경서를 해석하고 역사를 논단하며 문장을 비평하는 네 가지 논설 대상을 포함한다.

2. 전기문

1) 전기문의 특징과 작품 분석

傳記文은 실존 인물의 생애를 동시대 혹은 후세 사람이 기록한 글을 말한다. 유종원이 쓴 傳記文에는 故人의 姓名, 經歷, 事跡, 生卒年代, 子孫關係 등을 무덤 옆에 세우는 碑石에 새겨서 기념하는 碑誌文과 한 개인의 事跡을 기록한 傳狀文이 있다. 따라서 본 절에서는 유종원 傳記文을 碑誌와 傳狀으로 구분하여 대표 작품을 분석하고 특성을 살펴보고자 한다.

(1) 비지문(碑誌文)

姚鼐는 碑誌란 故人의 功德을 歌頌하여 금석에 새겨 두는 글이며 '誌'는 단순히 기록한다는 뜻이며 그것의 가사를 '銘'이라 한다고 풀이하였다.[79] 碑誌文은 碑誌나 碑銘 등의 異稱이 있지만 본질적으로는 무덤 앞에 세우거나 무덤 안에 묻는 비석에 새기는 글을 말한다. 漢代에 이르러 碑誌의 종류와 내용은 대폭 확대되었으며 고인의 일생을 기록하는 '墓道의 碑誌'가 출현하였고 故人의 일생을 기록하여 墳墓 밖에 세우는 石刻을 '碑' 혹은 '墓碑'라 했고 무덤에 함께 매장하는 石刻을 '誌' 혹은 '墓誌'로 구분했으며[80] 唐代에 이르러 故人이 생존하였을 때 역임했던 官等에 따라

79) 姚鼐, 『古文辭類纂』, '序'條 참조.
80) 徐師曾, 『文體明辨』, '碑文'條 참조.

받침돌의 장식에 차별을 두었으나 거기에 새겨지는 글의 형식과 내용에는 큰 차이가 없었다.

柳宗元 散文에는 卷5에서부터 卷13(卷8의 行狀은 傳狀類에 포함)까지 총 75편의 碑文이 있는데 '碑', '墓銘', '墓誌', '墓表', '誌', '銘', '墓碣', '誄', '權厝誌' 등의 다양한 표제어를 사용하고 있다. 이러한 碑文은 앞부분에서는 어떤 사실이나 인물을 기술하고 뒤에서는 운문으로 앞의 내용을 요약한다는 점에서 모두 碑誌類에 속한다. 유종원의 碑誌는 내용상 功德碑文, 宮室廟宇碑文, 墓碑文으로 나눌 수 있는데[81] 여기서는 墓碑文을 중심으로 작품을 살펴보겠다.

卷5 「道州文宣王廟碑」: 이 글은 文宣王 孔子의 찬란한 공덕을 기념하기 위해 비석에 새긴 功德碑文이다. 이 글 앞에 기록된 내용을 살펴보면, 河東 사람 薛伯高가 道州刺史로 임명되어 공자의 廟堂을 수리하자 道州의 학풍이 정립되고 공자에게 제례를 올리는 법식이 세워지게 되었다. 이에 비석에 공자의 덕행과 薛伯高의 공로를 기념하는 내용을 새기게 되는 과정이 자세하게 기록되어 있다.

이 글의 뒷부분은 銘文으로 앞에서 서술한 내용을 韻文으로 다시 표현하고 있다. 특히 孔子 廟堂을 개축하여 孔子를 表揚하는 데 공로를 세운 薛公의 功德을 찬양하는 데 치중하고 있다. 전체 문장은 있는 사실을 정확하게 기록하면서 과장이나 주관 등을 완전히 배제하고 있어 傳記文의 眞實性을 확보하고 있다. 뿐만 아니라 故人의 성명과 경력 및 사적 등도 기록하고 있어 碑誌의 형식

81) 褚斌杰, 『中國古代文體概論』, p.440 참조.

체례에 비교적 충실하다.

卷6 「岳州聖安寺無姓和尙碑」: 이 글은 唐代 南方系 불교를 대표하는 큰스님인 無姓의 덕행을 기념하는 墓碑文이다. 앞에서 岳州의 큰스님 無姓이 聖安寺에서 入寂한 일과 無姓 스님의 事跡을 기록한 후에 無姓 스님의 師承 관계와 매장한 일을 기록하고 있다. 뒤의 銘文에서 유종원은 無姓 스님의 고상한 성품과 탁월한 행적을 찬양하며 그의 덕행을 기념하기 위해서 이 碑文을 새긴다고 밝히며 글을 맺는다.

전체 문장에서 유종원은 無姓 스님과 관련된 사실을 진실하고 객관적으로 기록하고 있어 傳記文의 眞實性에 충실한 면모를 보인다. 故人의 성명과 경력 및 사적을 비롯한 師承 관계도 소상히 밝히고 있는 등 碑誌의 형식체례에 적합함을 알 수 있다. 그러나 문장 앞에서 無姓 스님이 자신의 성명과 불법 전수에 대해서 유종원과 직접 대화하는 방식을 운용하고 있는 점은 敍事的이어야 하는 傳記文의 종래 형식을 타파한 참신한 수법이다.

卷9 「唐故衡州刺史東平呂君誄」: 이 글은 유종원의 親友인 呂溫의 무덤 앞에 비석을 세워 그를 애도하고 기념하며 쓴 誄文이다. 誄文의 서문에 해당하는 앞에서 유종원은 呂溫의 사망과 매장에 대해 간략하게 기록하고, 呂溫의 총명하고 용감하며 인애한 품성과 재능을 찬양한 후에 呂溫이 刺史를 지냈던 道州와 衡州 백성들의 추모 분위기를 기록하고 있다.

유종원은 知音이라 할 수 있는 呂溫의 갑작스러운 죽음을 맞아 여온의 經歷과 家系를 자세히 언급하지 않고 불행했던 그의 행적을 집중적으로 서술하고 있다. 이에 여온의 지향과 재능이 더 이상 백성들을 위해 쓰이지 못하게 된 것을 슬퍼하고 그의 훌륭한 품행과 문장이 알려지지 않은 것을 안타까워한다.

이어지는 후반부의 誄文에서 하늘이 여온에게 덕행과 재능을 주고는 일찍 그의 생명을 앗아 가는 것을 원통해한 후, 呂溫에 이르러 그의 집안이 흥성한 일과 여온이 『春秋』에 정통하여 학문적 성과를 이룬 일을 칭송한다. 官界에서의 행적과 官僚로서 세운 탁월한 공적을 서술하고 마지막으로 여온의 志向과 재능과 성품을 언급하며 그가 시호를 받을 정도의 훌륭한 선비였음을 주장하며 글을 맺는다.

전체 문장에서 유종원은 呂溫과 관련된 일을 敍事하기보다는 그의 불행한 생애를 조명하고 자신의 비통한 심정을 토로하는 데 치중하고 있어 敍事를 중시하는 전형적인 傳記文의 서술 방식에서 벗어난 면모를 보인다. 따라서 故人의 성명과 경력, 사적, 집안 내력, 자손관계 등을 간략하게 밝힘으로써 전형적인 碑誌의 형식 체례를 탈피하고 있다.

卷12 「先侍御史府君神道表」: 이 글은 유종원이 돌아가신 자신의 父親인 柳鎭의 죽음을 추모하고 행적을 표창한 神道表이다. 이 글은 앞서 살폈던 다른 碑誌가 크게 2단계로 나뉘던 것과는 달리 전반부와 후반부의 구분이 없다. 전체 문장은 柳鎭의 姓名과 家系 및 그의 德行을 살펴볼 수 있는 일화를 순서로 전개하고 있다. 특이한 것은 文末에 돌아가신 어머니의 덕행을 덧붙여 기록하고 兩親께 불효를 저지르게 된 자신의 폄적 사건을 서술하고 있다.

유종원은 선친이 안사의 난 때 숲 속에서 범람한 강물에 휩쓸리는 고비에도 동요하지 않는 대담한 성품을 일화를 통해 서술하고 관료로서 조정에서 탁월한 능력을 발휘한 행적과 조부의 상에도 관리의 임무를 다하는 덕행을 서술한다. 특히 조정에서 간신들과 충돌한 일화를 통해서 선친의 의롭고 정직한 성품을 찬양한다. 글의 말미에서 선친 柳鎭이 향년 55세로 사망하였고 萬年縣 栖鳳原에 안장하였음을 기록한 후에 자신의 관계 진출과 폄적 경위를 간략하게 서술한 후에 돌아가신 어머니의 덕행과 사망 기록을 附記하고 자신이 폄적되어 선친과 어머니께 불효를 하게 되었다며 울분을 토로하면서 글을 맺는다.

전체 문장에서 유종원은 선친의 덕과 일화를 서술하는 가운데 선친의 죽음을 비통해하는 감정을 삽입하고 있어, 이 글은 강한 서정성을 띠게 된다. 게다가 이 글을 쓰기 1년 전에 永州로 폄적되자마자 어머니를 여의었기 때문에 兩親에 대한 애통하고 비통한 심정과 자책 등의 감정이 강하게 드러나고 있다. 그리고 격식에 맞게 故人을 애도하고 찬양하는 銘文이 없는 것으로 볼 때, 碑誌의 전형적인 형식체례에서 크게 벗어났음을 알 수 있다.

(2) 전장문(傳狀文)

傳狀文에는 '傳'과 '行狀'이 있으며 모두 인물 평생의 행적을 기록하는 글이다. 본래 傳은 聖人의 著作인 經과 상대되어 賢人이 풀이한 글을 가리키는 것이었다. 이후 인물의 事跡을 기록하는 새로운 형태의 '傳'이 출현하게 되었다. 徐師曾은 傳의 樣式的 起源과 種類 및 후세에의 영향관계를 설명하면서 傳은 한 인물의 생평과 사적을 기록하는 史傳의 樣式의 하나로 『史記 · 列傳』에서 시작되었음을 밝혔다. 이러한 傳이 文章家나 士大夫들의 개인적인 意圖로 記述됨으로써 文學的 영역으로 진입하게 되니 바로 徐師曾이 말한 家傳, 托傳, 假傳 등이다.

한 사람의 평생의 始終을 기록하는 '傳'은 「列傳」 이래로 樣式的 規範이 준수되어 왔으며 그 典型體例를 바꾸기란 쉽지 않았다. 그러나 유종원의 傳은 전통적 傳과는 다른 양식 특징을 갖고 있으며 寓言으로 규정할 수 있는 작품도 적지 않다. 본서에서는 유종원 문집의 체례에 근거하여 '傳'을 傳狀類 범주에 포함하여 살펴보려 한다.

'行狀' 역시 인물의 사적을 기록한다는 점에서는 '傳'과 맥락을 같이하고 있다. 그러나 中唐시기 행장의 용도는 謚號를 요구하려는 목적이나 傳이나 墓誌文을 쓰기 위한 참고 자료로 활용되었다. 따라서 이는 인물에 대한 정식의 기록이며 사실기록에 매우 충실한 성격을 가지고 있다.

이하에서는 유종원의 '行狀'과 '傳'의 대표 작품 두 편을 傳記의 진실성과 형식적 참신성을[82] 중심으로 살펴보겠다.

卷8 「段太尉逸事狀」: 이 글은 唐代의 뛰어난 장군 段秀實의 사적을 기록한 行狀이다. 이 글에서 유종원은 段太尉의 평생의 사적을 시간적 순서 속에서 기술하지 않고 段太尉가 가지고 있는 특유의 성격과 품성을 부각시킬 수 있는 세 가지 逸話로 구성하고 있다.

첫 번째 일화는 涇州刺史를 지낼 때 주둔지 汾州 백성의 안전을 위협하는 군졸들을 평정하고 위세를 부리며 발호하던 汾陽王 郭子儀를 용기와 지혜로 설복시킨 일이다. 두 번째 일화는 발생한

82) 周明, 『中國古代散文藝術』, 第1章 '記人散文' 참조: 記人散文의 대표적 미학특징을 독자의 믿음을 환기하는 '眞', 독자를 감동시키는 '善', 독자의 흥미를 유발하는 '奇'로 규정한 데 기초하였다.

시간으로 따지자면 첫 번째 일화보다 앞선 사건을 서술하고 있다. 농민을 과중한 세금으로 착취하는 涇州의 大將軍 焦令諶에게 맞아서 죽게 된 농민을 段太尉가 직접 치료하고 보살펴 준 일이다. 세 번째 일화는 당시 권세가 높았던 절도사 朱泚의 뇌물을 거절하며 끝내 받지 않은 일이다.

전체 문장에서 이 글은 段太尉의 정의감과 대담성, 애민성, 청렴결백 등 그의 인격을 전형적으로 보여 주는 세 가지 일화를 서술하고 있어 行狀의 체례에 충실한 면모를 보인다. 무엇보다 전체 일화를 안배하는 구성 면에서 段太尉의 武官적 면모를 잘 보여 주는 일화를 가장 앞에 배치하여 흡인력과 감동을 제공하므로 강한 문학성을 나타낸다.

卷17「童區寄傳」: 이 글은 柳州 지방의 용감한 소년 區寄의 기적과 같은 행적을 서술하고 표창하는 傳이다. 이 글의 서두에서 유종원은 노약자를 인신매매하는 풍속에 젖어 있는 越 지방의 악습을 폭로하고 이곳에 사는 11살 된 어린 소년 區寄가 인신매매범에게 유괴되었다가 탈출하게 된 일을 소개한다.

본문에서는 區寄의 행적을 본격적으로 전개하는데 목동인 區寄가 소몰이를 나갔다가 두 명의 인신매매범에게 납치되었으나 대담성과 기지를 발휘하여 납치범 둘을 모두 죽이고 집으로 돌아오게 된 기적을 일의 진행 순서에 맞춰 서술한다. 區寄는 납치되었음에도 불구하고 냉정함을 유지하며 납치범들이 허점을 보이길 기다렸다가 한 명이 시장에 간 사이에 칼로 포승을 풀고 잠들어 있던 나머지 한 명을 죽인다. 멀리 도망가지 못한 區寄는 다시 납치범에게 잡히고 감시가 소홀한 틈을 타서 피워 놓은 화롯불에 포승을 태워 끊고 납치범의 칼을 빼앗아 죽인 후에 탈출한다. 문장 말미에서는 區寄의 탈출 소식을 듣고 노약자를 납치하거나 약탈하는 강도들이 區寄의 눈치를 살피며 그를 두려워하게 된 일을 서술하며 글을 맺는다.

전체 문장에서 유종원은 區寄의 생애를 객관적으로 기록하지 않고 區寄의 용감하고 대담한 성격을 전형적으로 볼 수 있는 특별한 행적을 서술하고 있다. 따라서 개인의 일생을 기록하고 '導入部-行蹟部-評論部'라는 체례가 엄정한 傳의 전형체례에서 벗어난 특징을 보인다. 또 한 편의 소설을 보는 것같이 생생한 장면과 뛰어난 묘사성은 높은 수준의 문학적 성취를 보여 준다.

2) 小 結

이상에서 유종원 전기문을 사실적 기록의 진실성과 형식체례에 나타나는 참신성을 중심으로 작품을 상세히 분석해 보았다. 유종원 전기문 전체를 도표로 정리하면 다음과 같다.

[표 4] 유종원의 전기문

[碑誌文①] 功德碑文

篇 數	作品名	記敍 對象	備 考
卷5	「箕子碑」	箕子의 위대한 공덕	
	「饒娥碑」	어부의 딸인 饒娥의 효순한 덕행	僞作으로 의심됨
卷9	「唐相國房公德銘之陰」	玄宗・肅宗 때 재상인 房琯의 공적	
	「國子司業陽城遺愛碣」	國子司業 陽城의 師表로서의 모범과 덕행	

[碑誌文②] 宮室廟宇碑文

篇 數	作品名	記敍 對象	備 考
卷5	「道州文宣王廟碑」	文宣王 孔子의 廟 重修와 제사	元和 9년(814)
	「柳州文宣王新修廟碑」	文宣王 孔子의 廟堂을 개축하며 孔子의 덕행을 찬양	元和 10년(815)
	「終南山祠堂碑－并序」	정원 12년 대가뭄을 맞아 종남산 사당을 수리하며 쓴 비문	貞元 12년(796)
	「太白山祠堂碑－并序」	태백산 사당을 수리하고 제사 올리며 쓴 비문	貞元 12년(796)
	「碑陰文」	태백산 사당을 짓는 데 공이 큰 裴均의 功績을 칭송	
	「湘源二妃廟碑」	상고시대 堯임금의 딸이자 舜임금의 왕비인 娥皇과 女英의 사당을 중건하며 쓴 비문	元和 9년(814)
卷20	「沛國漢原廟銘(並序)」	漢의 열성조를 찬양하고 기리는 비문	
	「壽州安豊縣孝門銘」	壽州 安豊縣의 효자 李興의 사적을 칭송	
	「井銘(並序)」	柳州의 열악한 우물사정을 타개한 자신의 공적을 기림	

[碑誌文③] 墓碑

篇 數	作品名	記敍 對象	備 考
卷6	「曹溪第六祖賜謚大鑑禪師碑」	제6대 불조인 대감선사의 불법전파 공적을 표창	元和 10년
	「南岳彌陀和尙碑」	南岳대장로의 특별한 덕행을 표창	貞元 18년
	「岳州聖安寺無姓和尙碑」	聖安寺 큰 스님인 無姓의 傳道 공헌을 표창	
	「碑陰記」	無姓 스님의 銘文을 쓰게 된 경위를 기록	
	「龍安海禪師碑」	龍安海禪師의 傳道 공적을 표창	元和 3년
卷7	「南岳雲峰寺和尙碑」	雲峰寺의 雲峰禪師의 法證의 事迹을 표창	貞元 17년
	「南岳雲峰和尙碑塔銘」	雲峰禪師를 표창	貞元 17년
	「南獄般舟和尙第二碑」	般舟大師의 덕행을 표창	貞元 20년
	「南岳大明寺律和尙碑」	南岳 大明寺의 律大師의 덕행을 표창	元和 9년
	「碑陰」	南岳 大明寺의 律大師의 비석과 관련된 일화 기록	
	「衡山中院大律師塔銘」	衡山 中院의 대율사 희조 스님의 덕행을 찬양	
卷9	「唐丞相太尉房公德銘」	丞相 房公의 功績을 찬양	
	「唐故給事中皇太子侍讀陸文通先生墓表」	陸質의 공적을 찬양하고 추모	永貞元年

篇 數	作品名	記敍 對象	備 考
	「唐故兵部郎中楊君墓碣」	柳宗元 丈人의 아우인 楊凝의 공적을 찬양하고 추모	貞元 19년
	「故御史周君碣」	간언하다 죽은 周子諒을 칭송	貞元 12년
	「唐故衡州刺史東平呂君誄」	柳宗元의 知音이었던 呂溫의 죽음을 애도하고 그의 공적을 찬양	元和 6년
	「唐故尙書戶部郎中魏府君墓志」	戶部郎中 魏弘簡의 덕행을 찬양	貞元 20년
	「唐故朝散大夫永州刺史崔公墓志」	永州刺史였던 崔敏의 정치적 업적을 찬양하고 그의 죽음을 추모	元和 5년
	「故永州刺史流配歡州崔君權厝志」	崔簡의 재능과 공적을 찬양	元和 7년
	「唐故萬年令裴府君墓碣」	柳宗元의 매부 裴瑾의 죽음을 애도하고 그의 공적을 찬양	元和 12년
권10	「唐故中散大夫檢校國子祭酒兼安南都護御史……食邑三百戶張公墓誌銘－並序」	반란을 평정하고 치리에 힘쓴 張舟의 죽음을 추모하여 그의 정치적 업적을 찬양	
	「唐故邕管經略招討等使朝散大夫持節都督……李公墓誌銘－並序」	정치적 업적이 탁월한 李位의 공적을 찬양	元和 13년
	「唐故邕管招討副使試大理司直兼貴州刺史鄧君墓誌銘－並序」	鄧君의 공적을 찬양	貞元 16년
	「呂侍御恭墓誌」	柳宗元의 知音 呂溫의 동생 呂恭의 죽음을 추모하고 그의 행적을 표창	元和 8년
	「唐故嶺南經略副使御史馬君墓誌」	柳宗元 사촌동생 宗一의 丈人인 馬君의 죽음을 애도하고 공적을 찬양	元和 9년
	「唐故安州刺史兼侍御史貶柳州司馬孟公墓誌銘」	侍御史를 지냈던 馬常謙의 죽음을 추모하고 그의 공적을 찬양	
	「故連州員外司馬凌君權厝誌」		
	「故連州員外司馬凌君墓後誌」	柳宗元의 친구 凌準의 묘를 이장하며 그의 공적을 찬양	
	「故嶺南鹽鐵院李侍御墓誌」	嶺南 鹽鐵院의 관리인 李滸의 관료로서의 事迹을 찬양	元和 13년
卷11	「故試大理評事裴君墓誌」	매부 裴瑾의 관료로서의 행적을 표창	元和 14년
	「故大理評事柳君墓志」	嶺南 節度使의 막부를 지낸 친구 柳君의 행적을 기리는 비문	元和 8년
	「故秘書郎姜君墓誌」	秘書郞 姜崿을 추모하고 공적을 찬양	元和 14년
	「故襄陽丞趙君墓誌」	柳州刺史 때 관료였던 趙矜의 죽음을 추모하며 그의 행적을 표창	元和 13년

篇 數	作品名	記敍 對象	備 考
	「故溫縣主簿韓君墓誌」	柳宗元의 친구 韓泰의 부탁으로 그의 동생 韓愼의 묘를 이장하며 그의 행적을 표창	貞元 16년
	「東明張先生墓誌」	長安縣尉를 지낸 張因의 죽음을 추모하며 그의 행적을 표창	元和元年
	「虞鳴鶴誄」	집안끼리 잘 알고 지내던 進士 虞久高의 죽음을 추모하며 그의 행적을 표창	
	「故處士裴君墓誌」	處士 裴君의 행적을 표창	元和 14년
	「覃季子墓銘」	처사 覃季子의 죽음을 추모하고 그의 행적을 표창	
	「續滎澤尉崔君墓志」	崔滎澤의 매장이 늦어진 이유를 쓴 비문	元和 9년
卷12	「先侍御史府君神道表」	柳宗元 선친의 죽음을 추모하고 그의 행적을 표창	元和元年
	「先君石表陰先友記」	先親과 교유관계에 있던 친구 55인에 대해 간략하게 열거	
	「故殿中侍御史柳公墓表」	柳宗元의 큰숙부의 죽음을 추모하고 행적을 표창	貞元 12년
	「故叔父殿中侍御史府君墓版文」	柳宗元의 큰숙부를 표창하는 글을 木版에 새긴 글	貞元 12년
	「故弘農令柳府君墳前石表辭」	柳宗元 숙부와 숙모의 묘를 합장하며 쓴 비문	貞元 19년
	「志從父弟宗直殯」	柳宗元의 사촌동생 柳宗直의 죽음을 추모하며 그의 행적을 표창	元和 10년
卷13	「先太夫人河東縣太君歸祔誌」	柳宗元의 어머니 盧氏의 죽음을 추모하며 행적을 표창	元和元年
	「伯祖妣趙郡李夫人墓誌銘」	伯祖妣 李氏의 비문	貞元 16년
	「叔妣吳郡陸氏夫人誌文」	큰숙부의 부인 陸氏의 비문	貞元 12년
	「亡姑渭南縣尉陳君夫人權厝誌」	陳裒의 아내 柳氏의 비문	貞元 17년
	「亡妹崔氏夫人墓志蓋石文」	柳宗元의 큰누나를 추모하고 행적을 표창	
	「亡妹前京兆府參軍裴君夫人墓志」	裴瑾에게 출가하였던 둘째 누이의 죽음을 추모하고 행적을 표창	貞元 16년
	「亡妻弘農楊氏志」	柳宗元 자신의 아내인 楊氏의 죽음을 추모하고 표창	貞元 15년
	「下殤女子墓磚記」	영주에서 태어나 10세 때 요절한 딸을 추모	元和 5년
	「小侄女子墓磚記」	6세에 죽은 작은 질녀 柳雅를 추모	
	「故尙書戶部侍郎王君先太夫人河間劉氏志文」	王叔文의 어머니 劉氏를 추모하고 행적을 표창	貞元 21년
	「郎州員外司戶薛君妻崔氏墓志」	薛巽에게 출가하였던 큰누나를 추모하고 표창	元和 12년
	「韋夫人墳記」	裴行立의 형인 裴處士의 妾을 추모	元和 14년
	「馬實女雷五葬志」	柳宗元의 몸종의 조카 雷五를 추모	

[傳狀文①] 卷8 行狀

作品名	記敍 對象	特 徵
「段太尉逸事狀」	太尉 段秀實의 逸事를 기록	逸事狀, 3가지 逸話로 서술, 傳을 위한 자료 제공
「故銀靑光祿大夫右散騎常侍輕車……」	집안 조상인 柳渾의사적을 기록	柳公의 공적을 4가지 일화중심으로 서술, 諡號要求
「唐故秘書少監陳公行狀」	柳宗元이 集賢殿에 있을 때 모시던 陳京의 사적을 기록	2가지 일화를 중심으로 서술, 公의 傳을 쓰기 위한 자료 제공

[傳狀文②] 卷17 傳

作品名	記敍 對象	特 徵
「宋淸傳」	宋淸이라는 藥材商의 사적을 기록	寓意的 托傳
「種樹郭槖駝傳」	郭槖駝라는 園藝師의 사적을 기록	寓意的 托傳
「童區寄傳」	柳州지방의 區寄의 사적을 기록	個人記錄의 家傳
「梓人傳」	楊潛이라는 建築技師의 사적을 기록	寓意的 托傳
「李赤傳」	李赤이라는 미친 선비의 사적을 기록	個人著述의 家傳
「蝜蝂傳」	蝜蝂이라는 벌레의 일을 기록	假想的 假傳
「曹文洽韋道安傳(厥)」	武人 曹文洽과 韋道安의 사적을 기록	제목만 남고 내용은 전하지 않음

이상에서 살펴본 유종원의 전기문은 전체적으로 다음과 같은 특징을 띠고 있다.

첫째, 유종원의 碑誌文은 내용상 功德碑文, 宮室廟宇碑文, 墓碑文으로 구분되는데, 이 중에서 墓碑文의 편 수가 가장 많다. 墓碑文에서는 가족과 친구를 애도하는 문장의 抒情性이 특징적이며, 이는 敍事 위주의 전형적인 傳記文과 다른 성격이라 주목할 만하다.

둘째, 유종원의 傳狀文은 傳과 行狀으로 구분되는데, 行狀이 전형적인 형식체례에 충실하여 실제 인물에 대한 사실 기록에 치중한 반면, 傳은 「童區寄傳」을 제외하고는 실제 인물의 진위 여부를 확인하기 힘들 뿐 아니라 내용과 성격으로 보아 寓言이라 해도 무리가 없다. 傳은 형식체례에서 史傳體의 典型에서 벗어난 變體이며 敍事와 議論을 결합하는 서술방법을 운용하는 점이[83] 특징적이다. 생동적인 묘사와 소설적 제재 및 예술형상화 측면에서 유종원의 傳은 行狀보다 높은 수준의 문학적 성취를 이루고 있다.

셋째, 유종원 傳記文은 크게 碑誌類와 傳狀類로 구분되는데, 사실을 기록하는 전기문의 진실성은 碑誌類가 강하다면 인물형상화와 문학적 성취는 傳狀類가 더 크다.

3. 증서문과 서신문

1) 증서문의 특징과 작품 분석

贈序文은 송별할 때 상대방에게 증여하는 글이다. 贈序文은 友誼를 서술하고 교제를 서술하며 석별의 정을 토로하는 것을 위주로 하기 때문에 敍事와 說理를 함유하면서도 抒情性이 강한 散文이 되었다. 唐代에 이르러 序文은 질적 양적 발전을 이루었고 다양한 종류의 序文이 출현한다. 이 중에서 文集序와 餞送序는 당대 古文家의 주요한 문체로서 중시되었고 唐代 古文家에 의해 크게 개척되었다.[84]

---

83) '事實的 人物記錄', '文史哲混合體裁', '政治道德的 內容', '定型的 敍述形式' 등을 傳記의 樣式的 標準으로 정의하는 입장에서 유종원 傳狀文의 變體性을 제기하는 논의는 ① 陳蘭村·張新科 著, 『中國古典傳記論稿』, ② 姜濤趙華, 『古代傳記文學史稿』를 참조 바람.

柳宗元 산문의 '序'는 떠나는 친구를 위해 엮은 문집의 序文이다. 당송시기에 성행한 贈序文은 전적으로 친구를 송별하기 위해 쓴 것이다. 옛 문인들은 친구나 사제와 이별할 때 주연을 베풀어 전별하였고, 송별석상에서 술 마시며 시를 쓰고 난 후, 송별식에 참석한 여러 사람 중에서 한 사람이 序를 썼던 것이다. 贈序文은 떠나보내는 사람에 대한 석별과 당부의 감정을 담고 있어서 抒情性이 농후하면서도 각종 時事를 논의하고 견해를 제기하기 때문에 說理性과 敍事性도 강하다.

유종원은 모두 51편의 贈序文을 창작하였고 그의 문집 卷22에서 卷25까지의 '序'가 여기에 속한다. 유종원은 자신과 친분이 있던 사람 중에서 벼슬하러 떠나는 사람을 축하하고, 과거시험에 낙제한 사람을 위로하며, 친척과 승려를 작별하는 많은 贈序文을 창작하였다. 따라서 유종원 증서문은 증여하는 대상에 따라서 담겨진 내용과 성격이 다양한 것을 제외하고도 획일적이지 않은 서술형식을 구사하는 특징을 찾아볼 수 있다.[85] 이에 유종원 증서문을 그 대상과 주요 내용 및 서술 특징을 중심으로 분석해 보고자 한다.

권22 「送楊凝郎中使還汴宋詩後序」: 이 글은 유종원이 처삼촌인 楊凝이 移職하게 되자 餞別의 送詩에 붙인 後序이다. 이 贈序文에서 유종원은 兵亂이 잦고 혼란스러운 大梁 지방의 軍政을 맡은 楊凝에게 새로운 부임지에서 騷擾를 평정하고 백성을 안정시킬 수 있는 통치를 하라고 당부한다. 이어서 당시 송별석상에 배

84) 朱迎平, 「唐代古文家開拓散文體裁的貢獻」, <文學遺產>, p.63 참조.

85) 廖鏡進, 「談柳宗元的贈序文」, 『國際柳宗元研究擷英』, pp.261－269 참조: 유종원 贈序文의 價值를 상투적이지 않고 독창적인 형식, 광범위한 문제를 다룬 내용, 과거 증서문의 격식을 타파한 表現手法과 藝術技巧라고 제시한다.

석한 참석자들을 소개한 후에 배석자 중에서 가장 연소한 자신이 後序를 쓰게 된 상황을 겸손하게 밝히고 있다.

이 贈序文은 다른 관직을 맡게 되어 원래 살던 곳을 떠나는 出仕者를 대상으로 군사적으로 혼란한 지역을 올바로 통치할 수 있는 의견을 제시하는 내용이다. 또 楊凝에 대한 유종원의 敬愛의 마음이 잘 드러나면서도 敍事와 說理가 풍부하고 전체 서술이 '序言: 통치술 제시 → 本言: 경애의 정 토로 → 참석자 소개 → 作序의 辯'라는 완전한 짜임새를 갖춘 증서문 형식을 발휘하고 있다.

권23「送崔子符罷擧詩序」: 이 글은 永州 博陵郡에 사는 知人 崔子符의 落第를 위로하며 쓴 贈序이다. 유종원은 여러 차례 薦擧되었음에도 불구하고 거듭 進士科에 떨어지는 崔子符의 불운을 안타까워하며 그를 위로한다. 이 글은 서두에서 進士科 과목의 병폐를 거론하며 시험 과목을 바꾸자고 제기하는 것에 대하여 유종원은 과거시험 과목이 文學, 經術, 兵農術 어떤 것으로 바뀌건 간에 결국 선발되는 인물은 명문가의 자제이거나 우수한 능력을 갖춘 백성이므로 바꿀 필요가 없다는 의논을 전개한다.

이어서 이 글의 주인공인 崔子符의 훌륭한 품성과 그가 겪은 불운을 서술하고 사정상 出仕하지 못하고 있지만 재주가 뛰어나므로 결국에는 관리가 될 것이라고 축원한다. 이 글의 끝에서 유종원은 進士科에 일찍 급제하였으나 결국 폄적되어 버려진 자신의 불행을 거론하며 崔子符를 걱정하는 마음에 이 序文을 쓰게 됨을 밝히고 있다.

이 贈序文의 주제는 과거시험에 급제하지 못한 崔子符를 위로하고 미래의 登用을 기원하는 내용이다. 전체 서술은 '序言: 進士

論→本言: 기원의 마음을 토로→作序의 辯'으로 전개되어 贈序文의 형식 조건에서 참석자에 대한 소개가 빠져 있는 구성을 이루고 있는 점이 특징이다.

권24 「送表弟呂讓將仕進序」: 이 글은 외사촌동생 呂讓이 관리로 선발된 것을 축하하며 당부의 말을 전하는 贈序이다. 유종원은 먼저, 부유한 집안 출신임에도 불구하고 가난한 백성을 불쌍히 여길 줄 아는 현명한 선비의 자질을 갖춘 呂讓을 칭찬한다. 이어서 呂讓과 대담을 나누면서 벼슬에 나아갈 수 있기 위한 조건을 제시한다. 벼슬에 나아가기 위해서 가장 중요한 것은 적절한 時期이고, 그 다음은 자신의 道를 표현할 수 있는 文章力이며, 학문과 내심의 의지도 중요한 조건이라고 주장한다. 마지막으로 문장의 끝에서 呂讓의 학문과 문장력은 宰相이나 卿大夫가 될 정도로 탁월하기 때문에 사람들의 존경을 받고 명예를 얻을 것이라고 격려한다.

이 贈序文에서 주로 다룬 내용은 仕進의 조건에 대한 의론과 외사촌동생 呂讓을 떠나보내며 보내는 축원의 마음과 격려의 말이다. 전체 서술은 '序言: 仕進論→本言: 위로와 격려'의 순서로 전개되어 참석자 소개와 作序의 辯이 누락된 구성을 이루고 있다.

권25 「送巽上人赴中丞叔父召序」: 이 글은 南方으로 遊歷하기 위해 零陵 지방을 떠나는 重巽 스님을 축원하며 써 준 贈序이다. 重巽 스님은 당시 남방에서 명망이 높은 法師이며 유종원에게 불법을 전수해 준 스승이기도 했다.

이 글의 서두에서 유종원은 자신이 어려서부터 佛家를 좋아하였고 오랫동안 불법을 추구하였는데 零陵 지방에서 다행히 重巽 스님을 만나 진정한 불법을 들을 수 있게 되었다며 重巽 스님의 공헌을 칭송한다. 유종원은 重巽 스님이 있어 儒家에 근거하면서도 불법에 정통한 사람과 더불어 師友 관계를 맺으며 불법을 傳受해 주는 데 대해 깊은 존경의 뜻을 전달한다. 이 글의 끝에서 유종원은 洞庭湖 남쪽 저 멀리 南海로 떠나게 된 重巽 스님에게 많은 사람들과 교류하며 불법을 널리 제창하기를 바란다고 축원한다. 이 글은 불법 전수에 끼친 重巽 스님의 공헌과 重巽 스님에 대한 작별의 정을 토로하는 것이 주된 내용이다. 전체 서술은 '序言: 重巽의 공로→本言: 重巽 스님에 대한 축원→作序의 辯'의 순서로 전개되고 있어 참석자 소개가 누락된 구성을 이루고 있다.

2) 小　結

이상에서 柳宗元 贈序文의 대상과 주제 및 서술 특징을 중심으로 작품을 상세히 분석해 보았다. 유종원 증서문을 도표로 정리하면 다음과 같다.

[표 5] 유종원의 증서문

篇　數	作品名	對　象	備　考
卷22	「送楊凝郎中使還汴宋詩後序」	楊凝의 이직	送詩에 붙인 後序
	「送崔群」	崔群의 귀향	贈序
	「送邠寧獨孤書記赴辟命序」	獨孤寧의 임직	贈序
	「同吳武陵送前杜桂州杜留後詩序」	杜留의 이직	餞別詩의 序
	「送寧國范明府詩序」	寧國 范傳眞의 사직	送詩의 序
	「送幸南容聯句詩序」	幸南容의 歸使	送詩의 序
	「送李判官往桂州序」	李礎의 이직	贈序
	「送苑論詩序」	苑言揚의 遊歷	贈序

篇 數	作品名	對 象	備 考
	「送蕭鍊登第後南歸序」	蕭鍊의 南遊	贈序
	「送班孝廉擢第歸東川覲省序」	班蕭의 歸省	贈序
	「送獨孤申叔待親往河東序」	獨孤申叔의 귀향	贈序
	「送豆盧膺南遊詩序」	豆盧膺의 南遊	贈序
	「送趙大秀才序」	趙秀才를 薦擧	贈序
卷23	「同吳武陵贈李睦州詩序」	李睦州의 歸永州	贈序
	「送南涪州量移澧州序」	南承嗣의 移職	贈序
	「送薛存義之任序」	薛存義의 移職	餞別詩의 序
	「送薛判官量移序」	薛巽의 移職	贈序
	「送李渭赴京師序」	李渭의 歸省	贈序
	「送嚴公貺下第歸興元覲省詩序」	嚴貺의 사직	贈序
	「送元秀才下第東歸序」	元公瑾의 移職	贈序
	「送幸殆庶下第遊南鄭序」	幸殆庶의 낙제	贈序
	「送崔子符罷擧詩序」	崔子符의 懷才不遇	贈序
	「送蔡秀才下第歸覲序」	蔡秀才의 낙제	贈序
	「送韋七(秀才)下第(求益友序)」	韋中立의 낙제	贈序
	「送幸生下第序」	幸生의 낙제	贈序
卷24	「送從兄偁罷選歸江淮詩序」	從兄인 柳偁의 詩集의 後序로 위로하는 글	守道論
	「送從弟謀歸江陵序」	從弟인 柳謀에게 전한 贈序	士論
	「送澥序」	宗親인 柳澥에게 전해 준 贈序	進仕論
	「送內弟盧遵(遊桂州序)」	외사촌 盧遵이 계주로 떠날 때 준 贈序	進仕論
	「送表弟呂讓將仕進序」	呂讓을 칭찬하고 권계하며 준 序	進仕論
	「陪永州崔使君游宴南池序」	崔公이 베푼 연회 때 쓴 序	序跋
	「愚溪詩序」	유종원이 지은 「愚溪詩」에 대한 序	寓言 / 寓論
	「婁二十四秀才花下對酒唱和序」	婁圖南과 술 마시며 唱和한 詩序	君子論
	「法華寺西亭夜飮賦詩序」	法華寺 西亭에서 諸人이 모여 쓴 詩에 대한 序	序跋
	「序棋」	장기놀이에 대한 기록 및 그에 관한 주장	寓言 / 寓論
卷25	「凌助教蓬屋題詩序」	凌士燮의 은거	贈序
	「送韓豊群公詩後序」	韓豊의 이직	餞別詩의 後序
	「送婁圖南秀才游淮南將入道序」	婁圖南의 南遊	贈序
	「送易師楊君序」	楊君의 隱居	贈序
	「送徐從事北游序」	徐從事의 北遊	贈序
	「送詩人廖有方序」	廖生의 懷才不遇	贈序
	「送元十八山人南游序」	元生의 南遊	贈序

篇 數	作品名	對 象	備 考
	「送賈山人南游序」	賈景伯의 南遊	贈序
	「送方及師序」	方及師의 遊歷	贈序
	「送文暢上人登五臺遂游河朔序」	文暢上人의 遊歷	贈序
	「送巽上人赴中丞叔父召序」	巽上人의 南遊	贈序
	「送僧浩初序」	浩初 스님의 南遊	贈序
	「送元皓師序」	元皓 스님의 遊歷	贈序
	「送元皓南游序(並引)」	元皓 스님의 遊歷	贈序
	「送琛上人南游序」	琛上人의 南遊	贈序
	「送文郁師序」	柳郁師의 佛門 귀의	贈序
	「送玄擧歸幽泉寺序」	玄擧의 떠남	贈序
	「送濬上人歸淮南觀省序」	濬上人의 南遊	贈序

이상에서 살펴본 유종원의 증서문은 전체적으로 다음과 같은 특징을 갖고 있다.

첫째, 贈序文의 주인공을 기준하여 구분해 보면, 현직 관리, 폄적 관리, 과거 낙제생, 친인척, 승려 등이 글의 주된 대상이며, 이들은 유종원의 다양한 인적 교류관계를 반영하고 있다.

둘째, 떠나가는 이에 대한 작별의 정, 기원의 말, 당부와 격려 이외에도 정치관점과 개혁문제에 관한 議論, 문학창작과 문체 문풍 개혁에 대한 견해, 儒家와 佛家에 대한 관점 등이 贈序文의 주요한 내용이며, 이는 사회와 인간에 대한 유종원의 다양하고 자유로운 인식을 반영하고 있다.

셋째, 贈序文의 서술은 비교적 다양하지만 대략 세 단계로 전개됨을 알 수 있다. 즉, 序言에서는 전체 문장에서 피력할 자기 견해의 전제가 되는 일이나 사건을 인용하고 이어지는 本言에서는 글을 써 준 대상의 功過 등을 거론하며 그에 대한 자신의 생각을 전한다. 끝으로 송별석상에 배석한 참석자를 나열하고 贈序를 짓게 된 까닭이나 과정을 설명한다.

3) 서신문의 특징과 작품 분석

書信은 개인적인 교분이 있는 사람에게 알리고 싶은 일을 써서 보내는 글이다. 中國 書信文은 兩漢時期부터 감정 교류의 도구로 쓰였고, 魏晉南北朝에 이르러 내용이 생활영역으로 확대되면서 인간과 인간 사이의 교류에서 발생하는 사회생활과 개인생활의 모든 내용을 담게 된다. 특히 唐宋時期는 중국 고대 서신문의 전성기로서 작가와 작품의 양적 질적 발전 및 사상성과 예술성에서도 전례를 찾아보기 힘든 수준을 이루었다.[86]

柳宗元은 전체 56편의 書信文을 창작하였고 그의 문집 卷30에서부터 卷36까지의 '書'와 '啓'가 여기에 속한다. 유종원 書信文을 卷數別로 살펴보면, 자신의 폄적 처지를 호소하거나 구명을 요청하는 등 주로 감정을 토로하는 글(卷30), 사회적 교제 속에서 쓴 사상과 학문을 반영한 글(卷31), 절친한 知友에 대한 충고 질책 격정 위로 등을 토로하는 글(卷32-34), 高官에게 自薦하거나 폄적된 이후 자신의 求命을 요청하는 글(卷35-36) 등으로 이루어져 있다.

유종원 서신문은 대상에 따라서 書와 啓가 뚜렷이 구분되고, 內

86) 謝楚發, 『散文』, pp.166-169 참조.

容과 主題에 따라서 감정 토로 위주의 편지와 의견 주장 위주의 편지로 구분된다. 이에 書와 啓에서 네 편의 서신을 뽑고 내용과 창작 동기 및 형식 특징을 종합적으로 분석해 보고자 한다.

권30 「與蕭翰林俛書」: 이 글은 유종원이 친구 蕭俛에게 보낸 편지글이다.

<1> 문두에서 蕭俛이 翰林學士가 된 소식에 기뻐하는 마음을 표현하며 안부를 전한다.

<2> 본문에서 우선, 조정에 있을 때 영정혁신을 추진하다가 결국 폄적당하게 된 과정을 회상하고, 폄적된 이후로도 계속 이어지는 자신에 대한 비방을 거론하며, 이런 상황을 자초한 지난날의 잘못을 자책하고 변명한다. 다음으로, 열악한 폄적지의 환경과 척박한 오지의 땅에 점점 적응해 가는 모습을 설명하며 자괴감을 토로한다.

<3> 문미에서 중흥의 시국을 맞이하여 온 나라가 태평성세의 혜택을 누리고 있음에도 불구하고 자신만이 죄인이 되어 있는 불행한 운명을 거론하며, 蕭俛에게 자신의 사면을 위해 변론을 해 줄 것을 요청한다. 이에 사면에 대한 간절한 기대감을 표현하고 조정에 대한 충성심을 토로하며 글을 맺는다.

유종원은 지난날의 과오를 반성하고 현재의 고통을 호소하면서 자신의 사면을 위해 힘써 줄 것을 친구에게 요청하기 위해 이 서신을 썼다. 따라서 전체 문장에서 抒情과 敍事的 서술 방법이 조화를 이루고 있고 유종원의 내면 심리와 감정 상태가 여과 없이 솔직히 표로되고 있어 사적인 글로서의 편지의 전형적인 면모를 보여 준다.

권31 「與韓愈論史官書」: 이 글은 韓愈에게 史官에 대한 자신의 견해를 피력하려고 쓴 편지글이다.

<1> 문두에서, 史官에 대한 韓愈의 견해를 밝힌 편지를 보고 나서 불만이 생겼음을 거론한다.

<2> 본문에서, 우선 史官의 불행한 운명을 회피하기 위해 史官 직책을 맡지 않으려는 韓愈의 태도를 질책한다. 유종원은 조정의 다른 관직도 史官職과 마찬가지로 위험요소가 상존하므로 史官의 직위를 맡지 않고 기피하려는 韓愈의 태도는 소극적이고 모순적이라고 반박한다. 다음으로, 유종원은 孔子가 곤경을 겪고 불우하게 죽은 것은 『春秋』를 썼기 때문이 아니라 시대를 잘못 만나서라는 사례를 인용한다. 또 范曄과 司馬遷과 班固의 불행은 歷史를 써서가 아니라 中庸의 道에서 벗어났기 때문이라는 사례를 인용한다.

<3> 문미에서, 史官의 직책을 맡은 사람은 中庸의 道와 강직한 성품을 견지하도록 노력해야지 형벌과 재난을 두려워해서는 안 된다는 견해로써 韓愈를 勸戒한다.

이 글은 史官의 올바른 태도와 사명감을 의논하는 데 치중하고 있으므로 논변문과 같이 說理性이 강한 점이 특징이다. 韓愈가 史官의 직책을 회피하려는 이유가 논리적이지 못하다고 반박하기 때문에 설득력이 강하고 분석적이다.

권34 「報崔黯秀才論爲文書」: 이 글은 知人 崔黯에게 올바른 문장을 쓰는 방법을 알리기 위해서 쓴 편지글이다.

<1> 문두에서, 유종원은 문장을 쓰는 목적은 '文以明道'에 기초해야 하고 道를 이끌어 낼 수 있어야 한다고 피력한다. 이어서

자신이 폄적된 처지인지라 崔黯과 함께 道를 학습할 수 없음을 안타까워하며 崔黯의 문장을 칭찬한다.

<2> 본문에서, 유종원은 당시 사람들이 지나치게 奇異하고 수식적인 문장과 서법을 좋아하는 태도를 비판하며 기이한 문장을 편애하는 崔黯을 권계한다. 이에 심장병에 걸린 사람이 흙과 숯, 그리고 시고 쓴 음식을 먹고 싶어 하는 것에 비유하며 崔黯의 문장 편식 성향을 지적한다.

<3> 문미에서, 崔黯에게 계속 교유하자는 마음을 전하며 글을 맺는다.

이 글은 崔黯의 문장에 대한 잘못된 인식을 교정하고 올바른 문장을 창작하도록 촉구하기 위해서 쓴 편지이므로 전반적으로 글을 쓰는 목적과 방법에 대한 견해와 주장을 의론하는 說理性이 강하다. 그러나 문장에 대한 崔黯의 편향을 疾病으로 비유하며 치료방법을 들어 勸戒하고 있으므로 추상적인 논의에만 빠지지 않는 풍부한 형상성을 표현하고 있는 점을 특징으로 들 수 있다.

권35 「上廣州趙宗儒尙書陳精啓」: 이 글은 高官인 趙宗儒에게 자신의 救援을 요청하기 위해 보낸 편지글이다.

<1> 문두에서, 자신의 열악한 처지와 사면에 대한 절박한 심정을 표현한 후에 지난날 趙宗儒가 자신에게 베풀었던 은혜에 감사의 뜻을 전한다.

<2> 본문에서, 永州로 폄적되어 고통과 절망 속에서 지내고 있는 자신의 상황을 서술한다. 이어서 趙宗儒의 능력이라면 자신을 구제해 줄 수 있다며 직접적으로 救援을 요청하고 趙宗儒의 재능과 성품과 명망을 극찬한다.

<3> 문미에서, 현재 자신이 처한 절망적 상황을 재차 강조하면서 글을 맺는다.

이 글은 當代의 權臣인 趙宗儒에게 자신의 사면을 위해 힘써 줄 것을 간청하기 위해 쓴 편지이므로 자책하고 원망하며 애원하는 등 감정 상태가 농후하게 표현되고 있고 자신의 처지와 심정을 고백하는 글쓰기를 활용하고 있는 특징을 보여 준다.

4) 小　結

이상에서 유종원 書信文을 내용과 창작 동기 및 형식상의 특징을 중심으로 상세히 분석해 보았다. 유종원 서신문을 도표로 정리하면 다음과 같다.

[표 6] 유종원의 서신문

[書: 卷30]

篇　數	作品名	內容槪要
卷30	「寄許京兆孟容書」	京兆尹 許孟容에게 보낸 편지
	「與楊京兆憑書」	京兆尹을 지냈던 처삼촌 楊憑에게 보낸 편지
	「與裴壎書」	매부의 동생인 裴壎에게 보낸 편지
	「與蕭翰林俛書」	친구 蕭俛에게 보낸 편지
	「與李翰林建書」	친구 李建에게 보낸 편지
	「與顧十郎書」	在官時 상사였던 顧十郎에게 보낸 편지

[書: 卷31]

作品名	對象과 內容	備考
「與韓愈論史官書」	史官을 지내던 韓愈에게 사관의 역할을 충고한 편지	史論
「與史官韓愈致段秀實太尉逸事書」	韓愈의 답신에 대한 답장 / 段太尉의 逸事狀 사작의 의지를 알리는 편지	史論
「與劉禹錫論周易九六書」	『周易』을 담론한 劉禹錫의 잘못된 견해를 지적하는 편지	經論
「答劉禹錫天論書」	劉禹錫이 쓴 「天論」의 오류를 지적하고 자신의 天관념을 표명한 편지	經論
「答元饒州論春秋書」	元饒州가 『春秋』의 대의를 논한 답장에 대한 재회신	經論
「與呂道州溫論非國語書」	『비국어』 완성을 도와줄 것을 呂溫에게 요청하는 편지	經論
「答吳武陵論非國語書」	吳武陵에게 『비국어』 저서의 목적이 明道에 있음을 천명하는 편지글	經論
「與呂恭論墓中石書書」	呂恭에게 묘 속에서 나온 石書의 진위 여부를 판정하고 성인의도를 천명한 편지	經論
「與友人論爲文書」	친구에게 글쓰기의 어려움과 문장의 道를 천명한 편지	文論

[書: 卷32]

作品名	對象과 內容	備考
「答元饒州論政理書」	元饒州에게 정치혼란의 모순을 비판하고 새로운 政治懸案을 제기한 답장	政論
「與崔連州論石鍾乳書」	崔連州에게 鐘乳石의 품질을 전하며 주관적 기준의 폐해를 제기한 편지	理論
「答周君巢餌藥久壽書」	신선술사의 양생술을 옹호하고 추종하는 周君巢를 비판하는 편지	理論

[書: 卷33]

卷33	「與楊誨之書」	楊誨之에게 보낸 답장
	「與楊誨之第二書」	양회지에게 보낸 답장
	「答貢士沈起書」	沈起에게 보낸 답장
	「賀進士王參元失火書」	화재를 당한 王參元에게 보낸 편지

[書: 卷34]

作品名	對象과 內容	備　考
「與太學諸生喜詣闕留陽城司業書」	國子司業 陽城에게 쓴 편지	政論
「答韋中立論師道書」	韋中立에게 쓴 편지	文論
「答貢士元公瑾論士進書」	元公瑾에게 쓴 편지	政論(進仕論)
「答嚴厚輿秀才論爲師道書」	嚴厚輿에게 쓴 편지	師道論
「報袁君陳秀才避師名書」	袁陳에게 쓴 편지	師道論

作品名	對象과 內容	備　考
「答韋衍示韓愈相推以文墨事書」	韋衍에게 쓴 편지	文論
「答貢士廖有方論文書」	廖有方에게 쓴 편지	제외
「答貢士蕭纂欲相師書」	蕭纂에게 쓴 편지	師道論
「報崔黯秀才論爲文書」	崔黯에게 쓴 편지	文論 / 書法論
「答吳秀才謝示新文書」	吳秀才에게 쓴 편지	文論
「復杜溫夫書」	杜溫夫에게 쓴 편지	文論
「上門下李夷簡相公陳情書」	李夷簡에게 쓴 편지	제외

[啓: 卷35－36]

卷35	「上廣州趙宗儒尙書陳精啓」	權臣에게 사면을 요청하는 편지
	「上西川武元衡相公謝撫問啓」	權臣에게 사면을 요청하는 편지
	「謝襄陽李夷簡尙書委曲撫問啓」	權臣에게 사면을 요청하는 편지
	「賀趙江陵宗儒辟符載啓」	참소에 좌절한 符君을 위로하는 편지
	「與邕州李域中丞論陸卓啓」	陸卓의 행적을 칭찬하는 편지
	「謝李中丞安撫崔簡戚屬啓」	유배된 최간의 가족의 구명을 요청하는 편지
	「上湖南李中丞幹廩食啓」	이중승에게 보낸 편지
	「上桂州李中丞薦盧遵啓」	이중승에게 盧遵을 추천하는 편지
卷36	「上權德輿補闕溫卷決進退啓」	權臣 권덕여에게 自薦하는 편지
	「上大理崔大卿應制擧不敏啓」	權臣 崔大卿에게 自薦하는 편지
	「上裵晉公度獻唐雅詩啓」	裵公에게 사면을 요청하는 편지
	「上襄陽李愬仆射獻唐雅詩啓」	李愬에게 自薦하고 사면을 요청하는 편지
	「上揚州李吉甫相公獻所箸文啓」	李吉甫에게 自薦하는 편지
	「謝李吉甫相公示手札啓」	李吉甫에게 구명을 요청하는 편지
	「上江陵趙相公寄所箸文啓」	趙公에게 문장 비평을 요청하는 편지
	「上江陵嚴司空獻所箸文啓」	嚴司空에게 문장 비평을 요청하는 편지
	「上嶺南鄭相公獻所箸文啓」	鄭公에게 문장 비평을 요청하는 편지
	「上李中丞獻所箸文啓」	이중승에게 문장 비평을 요청하는 편지
	「上裵行立中丞撰訾家洲亭記啓」	記文 사작을 의뢰에 대한 심정을 토로하는 편지
	「上河陽烏尙書啓」	河陽의 烏尙書에게 그의 공적을 찬양하는 글을 써 주겠다고 권해 보는 편지

이상에서 살펴본 柳宗元의 편지글은 전체적으로 다음과 같은 특징을 가지고 있다.

첫째, 유종원의 편지글에는 書와 啓가 있으며 書의 대상은 대부분 知人나 親友 및 親戚이고 啓의 대상은 대부분 節度使 수준 이상의 高官이다. 유종원은 書에서 비교적 자유로운 형식을 활용하고 솔직한 심정을 토로하며 자유로운 의견을 밝힌다. 그러나 啓에서는 상투적인 형식을 운용하고 상대방의 감정을 안배하는 화법을 구사한다. 그리고 書가 대부분 장편의 구성이라면 啓는 대부분 단

편의 구성을 이루고 있다.

둘째, 유종원의 편지글은 감정을 토로하는 내용과 논의하고 주장하는 내용으로 나뉜다. 감정 토로 위주의 편지글은 그의 오랜 폄적 생활을 반영하고 절망을 토로하고 사면을 요청하고 있으므로 강한 抒情性을 갖는다. 논의하고 주장하는 편지글은 '文以明道'의 창작 원리를 발휘한 것으로 탁월한 논리와 명쾌한 주장을 전개하고 있으므로 說理性이 강하다.

4. 잡문: 유기문과 우언문

雜文은 일정한 문장형식에 구애됨이 없이 쓰고 싶은 대로 적는 글이다. 雜文은 중국문학사에서 역사가 가장 오래된 글쓰기 양식의 하나이며 先秦時期의 많은 諸子散文이 후세 雜文의 源流라 할 수 있다. 雜文이라는 명칭은 南朝時期 宋나라의 范曄에 의해 시작되었다. 광의의 잡문은 한 가지 격식에 구애되지 않는 여러 체재와 형식 및 작법을 포함한 문장을 가리키고, 협의의 잡문은 의론색채가 비교적 강한 문장으로 雜說類를 가리킨다. 中國雜文史에서 唐代는 고문운동의 제창으로 雜說類 문장이 성행하면서 잡문은 일대 부흥기를 구가한다.[87)]

유종원 산문에서 雜記類와 雜說類가 雜文에 속한다. 이러한 雜記와 雜說은 내용과 형식이 자유롭기 때문에 유종원은 적지 않은

87) 邵傳烈 著, 『中國雜文史』, '緒言' · 第4章 '豊收的李唐' 참조.

잡문을 창작하였다. 유종원의 雜文 가운데 선행연구에서 秀作이라 평가를 받고 있는 游記와 寓言이 가장 주목할 만하다. 그러나 游記와 寓言은 유종원 산문 가운데 선행연구 성과가 가장 심도 있고 광범위한 장르인데다 본 논문의 제4장에서 구체적으로 분석할 것이므로, 본 절에서는 游記와 寓言의 특징을 정리하고 대표 작품을 선별하여 간략하게 분석하고자 한다.

1) 유기문의 특징과 작품 분석

雜記는 당송 때에 극성하여 明代中期에 小品으로 발전하였고, 고대 散文史에서 그 고유의 자리를 가지며 강한 생명력을 지니고 있다.[88] 柳宗元 散文의 '記'는 官署와 관련된 일을 기록한 내용, 亭子나 堂室과 관련된 일을 기록한 내용, 산수를 유람하며 경물을 기록한 내용으로 나눌 수 있다.

이 중에서 游記는 산수를 유람하면서 느낀 점을 묘사한 글이다. 즉 각지의 절경이나 산천풍물을 묘사한 것이다. 산수유기의 글쓰기 방법은 다양하여 묘사, 서정, 의론을 겸할 수 있다. 작가가 직접 경험한 기록이어야 하므로 산천풍물에 대한 자신의 살아 있는 체험과 느낌을 서사해야 한다. 바로 이 점이 다른 사람으로부터 듣고 쓴 산수원림 사부와 다른 점이며 대신 써 주는 대각명승기와 구별되는 점이다.

산수유기는 본래 자연풍광을 묘사하고 자연미를 표현하는 것을

88) 萬陸, 『中國散文美學』, p.236 참조.

위주로 하며 詩情畵意가 풍부한 것이 장점이다. 游記는 기타 예술 형식의 영향을 받았는데 특히 시가의 내용과 풍격이 끼친 영향은 자못 컸다. 당대 시가는 '興象'을 중시하였기 때문에 유기산문에 풍부한 예술적 상상력과 풍성한 정감을 기탁하는 데 크게 작용하였다.[89)]

游記體 문학의 진정한 출현은 唐代에 이르러 성숙하기 시작하였고 대표적인 작가로 유종원을 들 수 있다. 그는 일찍이 정치개혁에 참여했다가 박해를 받았고 永州(지금의 湖南 零陵縣)에 폄적되었다. 영주에 있는 동안 그는 명승을 유람하며 산수에 대한 수많은 정회를 표출하였다. 그는 민감한 관찰력으로써 영주지역의 산수를 그려 냈는데 이것이 바로 『永州八記』이며 중국 游記 文學의 대표작으로 평가받는다.

유종원 문집에서 卷29 記文 전체가 游記에 속한다. 기존의 연구를 보면, 유종원 游記의 특징을[90)] 선명한 형상묘사와 그에 기초한 객관 경물과 주관 정서의 결합으로 보는 의견이 다수를 차지한다. 즉, 유종원 游記는 경물 속에서 인간이 정신적 위안을 얻을 수 있게끔 주·객관의 통일을 이룩하여 山水詩와 같은 함축적인 意境과 情趣를 갖고 있는 점이 큰 성취라는 것이다.[91)] 따라서 본 절에서는

89) 褚斌杰, 앞의 책, pp.371－373 참조.

90) 이와 관련된 논의는 金容杓의 『柳宗元散文研究』, 吳洙亨의 『柳宗元散文研究』, 洪承直의 『柳宗元 散文의 文體別研究』이다. 金容杓의 논의에서 游記의 특징은 첫째, 詩的 意境 창조와 白描手法, 寫景狀物을 운용한 결과 창조된 선명한 형상과 '文中有畵'的 특색, 둘째, 以實寫虛, 以動寫靜을 통한 경물묘사와 내재적 정신의 결합 두 가지로 요약된다. 吳洙亨의 논의에서 游記의 특징은 寫景과 抒情의 융화로 요약된다. 洪承直의 논의에서 游記의 특징은 描寫와 抒情의 結合, 情과 景의 融合으로 요약되며 寓意性도 강조한다.

91) 萬陸, 앞의 책, pp.240－241 참조.

유종원 游記文에서 『永州八記』의 첫 번째 작품인 「始得西山宴游記」, 마지막 작품인 「小石城山記」, 柳州 山水를 묘사한 「柳州山水近治可游者記」를 대상으로 山水形象과 情景融合의 특징을 분석하려 한다.

「始得西山宴游記」: 이 글은 『永州八記』의 첫 편에 해당하는 游記文이다. 서두에서 유종원은 永州로 폄적된 이후 마음이 계속 불안하고 초조하였음을 언급한다. 이러한 울적한 심회를 풀기 위해 그는 산수를 유람하게 되었고 그러다가 西山을 발견한다. 西山을 발견하게 되는 과정이 특이한데, 법화사 서쪽 정자에 앉아서 바라본 西山의 경관이 특별하다고 여겨 우거진 잡초를 불태우고 西山의 정상에 오른 것이다. 西山의 정상에 오른 유종원은 자연이 주는 흥취에 빠지고 술에 취하여 해가 져서 어두워진 줄도 모르고 머무르다가 저녁 어스름 속에서 몸과 마음이 천지자연과 혼연일체를 이루는 경계를 경험한다. 이 글은 유종원 游記에서 情景融合의 전형을 보여 주는 작품이며 유종원의 고독하지만 울적하지는 않은 超脫한 심경을 반영하고 있다.

「小石城山記」: 이 글은 『永州八記』의 마지막 편에 해당하는 游記文이다. 서두에서 小石城山의 위치와 주변 경치를 묘사한다. 西山의 입구에서부터 북쪽에 위치한 小石城山은 돌이 층층이 쌓여 城처럼 생긴 돌산이다. 유종원은 이 돌산의 주위 경관을 묘사함에 바위동굴이 형성되어 있고 돌탑도 있으며 여러 가지 樹木도 자라고 있어 기이하고 특이한 절경을 이루고 있다고 하였다. 이에 小石城山과 같은 절경을 조물주는 왜 중원 지역에 만들지 않고 남방의 오랑캐 땅에 만들었을까 의아해한다. 이 글은 永州의 山水와 景致를 絶景으로 형상화하는 데 치중하고 있으며, 小石城山이라는 경물 속에 유종원의 우울하고 고독한 심경이 어우러져 있다.

「柳州山水近治可游者記」: 이 글은 유종원이 永州에서 柳州로 좌천된 이후 政務를 실행하는 官衙 주변의 경관을 유람하고 쓴 游記文이다. 서두에서 柳州의 治所의 위치와 주변의 潯水에 대해 언급하고 있다. 본격적인 유람은 治所의 북쪽에 솟아 있는 背石山에서부터 시작한다.

유종원은 먼저 背石山을 에두르며 흘러가는 潯水와 강 사이의 절벽인 龍壁의 경관을 세세하게 묘사한다. 여기서 남쪽으로 潯水를 건너면 甑山이 나타나는데 매우 기이하다고 평가한다. 이어서 甑山의 남쪽에 솟아 있는 駕鶴山 속의 샘물을 묘사한 후에 駕鶴山 남쪽에 솟아 있는 屛山과 서쪽에 솟아 있는 仙奕山의 모습을 묘사한다. 유종원은 특히 용암으로 만들어진 仙奕山의 동굴을 묘사하는 데 치력한다. 유종원의 시선은 어느덧 주변의 石魚山으로 옮겨져 그곳의 샘물인 靈泉과 주변 숲의 경관을 묘사한다. 다시 雷山으로 발걸음을 옮겨 산 벼랑 속에 만들어진 저수지 雷塘의 광활한 모습을 묘사하고 마지막으로 立魚山의 아름다운 산봉우리를 묘사하면서 글을 마무리한다.

이 글은 永州時期에 창작한 游記와는 作法과 風格에서 상당한 차이를 보인다. 永州山水를 묘사한 游記에 비해서 柳州時期의 游記는 주관 정서가 배제된 묘사에 집중할 뿐이어서 形象性은 떨어지고 意境은 약하며 흥을 불러일으킬 만한 정취를 찾아보기 힘들다.

2) 小　結

이상에서 살펴본 유종원 游記 全篇을 도표로 정리하면 다음과 같다.

[표 7] 유종원의 잡문

[游記文]

篇　數	作品名	對象과 特徵	備　考
卷29	「始得西山宴游記」	西山 유람(『永州八記』의 첫 편)	元和 4년
	「鈷鉧潭記」	西山의 鈷鉧潭 유람	
	「鈷鉧潭西小丘記」	鈷鉧潭 서쪽 小丘 유람	
	「至小丘西小石潭記」	小丘에서 小石潭까지의 유람	
	「袁家渴家」	冉溪에서 袁家渴까지의 유람	元和 7년
	「石渠記」	石渠 발견과 개간 및 유람	元和 7년
	「石澗記」	石澗의 경관과 개간 및 유람	
	「小石城記」	西山 북쪽의 石城의 발견과 유람	
	「游黃溪記」	黃溪 주변 환경	元和 8년
	「柳州東亭記」	柳州의 東亭 주변 유람	元和 12년
	「柳州山水近治可游者記」	柳州의 治所 주변 유람	

유종원은 영주로 폄적된 이후 창작 활동에 전념하였고 문학적 예술적으로 가치 있는 작품을 모두 이 시기에 창작하였다. 특히 영주와 유주 산수를 유람하면서 경관을 묘사하고 감정을 기탁하는 우수한 游記文을 창조하였다. 단순한 기록이 아니라 예술적 표현이 뛰어난 유종원 游記의 전체 특징은 다음과 같다.

첫째, 유종원 游記에서 주로 묘사하고 있는 것은 永州와 柳州의 山水景物이다. 그러나 山水景物의 形象化 정도와 意境 창조 및 情趣 면에서 永州時期에 창작된 游記가 柳州時期에 창작된 游記보다 훨씬 뛰어난 예술성을 갖추고 있다.

둘째, 경물을 묘사할 때, 영주 산수를 뒤덮고 있던 잡초와 잡목을 베어 내고 불태우는 장면이 많은데, 영주 산수가 絶境의 진면목을 드러내게 되는 효과를 창출한다. 이러한 묘사 방법은 永州山水에 대한 새로운 개척이자 유종원 游記의 성과이다.

셋째, 유종원이 산수경물 속에 자신의 감정을 기탁한 것은 주지의 사실이다. 游記에서 주로 억울함, 처량함, 고독, 분노 등의 정서가 표출되고 있지만 超脫한 감정도 적지 않아서 다양한 분위기를 자아내고 있다.

游記를 제외한 유종원 雜記文을 일람하면 다음과 같다.

[記官署]

作品名	記敍 對象	備　考
「監祭使壁記」	監祭使의 직책과 의의	貞元 19년(803)
「四門助敎廳壁記」	역대 四門助敎 제도의 연혁과 의의	貞元年間
「武功縣丞廳壁記」	武功縣의 풍속과 치리에 공헌한 관원의 공적	貞元 15년(799)
「盩厔縣新食堂記」	盩厔縣의 식당 신축 경위와 용도	貞元 18년(802)
「諸使兼御史中丞壁記」	御史 설치의 의의와 직무의 존엄성	

作品名	記敍 對象	備　考
「館驛使壁記」	館驛건립의 의의와 역관제도의 운용	貞元 19년(803)
「岭南節度饗軍堂記」	岭南節度史의 饗軍堂 신축	
「邠寧進奏院記」	進奏院의 建制와 의의	貞元 12년(796)
「興州江運記」	興州刺史 嚴礪의 공덕비 건립과정과 그가 운하를 만든 일에 대한 기록	
「全義縣復北門記」	全義縣의 北門 개통에 대한 기록	

[記亭池(卷27記)]

作品名	對象과 特徵	備　考
「潭州楊中丞作東池戴氏堂記」	潭州 자사 楊憑이 만든 東池戴氏堂	
「桂州裵中丞作訾家洲亭記」	裵中丞(行立)이 건립한 亭子	
「邕州柳中丞作馬退山茅亭記」	從兄 柳中丞(寬)이 馬退山에 세운 亭子	元和 6년(811)
「永州韋使君新堂記」	永州의 韋使君(彪)이 세운 亭子	
「永州崔中丞萬石亭記」	永州의 崔中丞(能)이 세운 萬石亭	元和 10년(815)
「零陵三亭記」	薛存義가 零陵에 세운 세 개의 정자	

[記祠廟(卷28記)]

作品名	記敍 對象	備 考
「零陵郡復乳穴記」	零陵縣에서 생성되는 鐘乳石의 내력	
「道州毁鼻亭神記」	鼻亭神의 내력과 철거 과정	元和元年(805)
「永州龍興寺息壤記」	永州 龍興寺의 숨 쉬는 토양에 관한 일	
「永州龍興寺東丘記」	永州 龍興寺 東丘의 경관	
「永州法華寺新作西亭記」	永州 法華寺 근처에 西亭을 건립한 일	
「永州龍興寺西軒記」	永州 龍興寺의 주변환경	
「柳州復大雲寺記」	柳州 자사시절 大雲寺를 중건하고 풍속을 교화한 일	元和 10년(815)
「永州龍興寺修淨土院記」	파손된 龍興寺 淨土院을 개축한 일	
「永州鐵爐步志」	영주의 鐵爐步라는 나루터에 관한 일	

3) 우언문의 특징과 작품 분석

徐師曾은 "說은 해석하는 것이다. 義理를 설명하여 자기의 의견으로 기술하는 것이다."[92]고 하였으니 說은 事理를 설명하는 글이다. 또 劉勰은 '說'을 '悅'로 풀이하였으니[93] 남을 즐겁게 하면서 설복시키는 글을 뜻한다. 이로써 '說'은 經義나 어떤 說에 반론을 제기하고 의론하는 글과 寓言으로 풍자하는 글 두 종류가 있음을 알 수 있다. 유종원 산문의 寓言, 問對, 箴戒는 우언의 글과 의론의 글을 내용으로 하는 雜說에 속한다.[94]

이 중에서 寓言은 記敍를 주요 표현방식으로 하되 권유와 풍자 특색을 지닌 故事를 말한다. 寓言은 예술형상화 창조가 탁월하므로 문학성이 농후하고 주제가 비교적 함축적인 특징을 띤다.[95]

---

92) 『文體明辯』, 「說條」: 說, 解也, 解釋義理而以己意述之也.

93) 『文心雕龍』, 「論說」: 說者, 悅也; 兌爲口舌, 故言資悅懌; 過悅必僞.

94) 邵傳烈 著, 『中國雜文史』, pp.285－289 참조: 필자는 '寓言式 雜文'이라 정의하고 대표 작품의 특징을 상세히 분석하고 있다.

95) 朱世英 外, 『中國散文學通論』, pp.490－491 참조.

유종원 산문의 卷14의 對, 卷16의 說, 卷18의 騷, 卷19의 弔贊箴戒, 卷20의 銘雜題, 卷24의 序에 산재되어 있는 문장은 여러 가지 정치현상, 사회현상, 세태 등 부정적이고 허위적인 문제를 인물이나 동물 혹은 사물에 기탁하여 풍자하고 비판하는 寓言文이다.

유종원 우언은 寄託物에 따라 動物寓言, 植物寓言, 人事寓言, 無生物寓言으로 분류할 수 있고 諷刺性, 教訓性, 寓意的 表現을 주요 특징으로 볼 수 있다. 본 절에서는 네 종류의 寓言에서 한 편씩을 선택하여 풍자성과 교훈성을 중심으로 분석하고자 한다.

卷18 「憎王孫文」: 이 글은 王孫이라는 동물의 惡行을 통해 악한 무리의 행태 비판을 기탁한 우언이다.

이 글의 서두에서 湘水의 上流에 살고 있는 선한 무리인 원숭이와 악한 무리인 왕손을 소개한다. 먼저 원숭이의 인자하고 겸손하고 효성스럽고 자애로운 성품과 울창한 숲 속에서 풍족하게 생활하는 모습을 묘사한다. 이어서 왕손의 난폭하고 거만하고 조급한 성품과 척박한 환경에서 열악하게 생활하는 모습을 묘사한다.

유종원은 원숭이와 대비되는 왕손의 졸렬한 성품과 악한 행동에 기탁하여, 악행을 일삼는 환관과 귀족을 질타하고 이들이 횡행할 수 있는 사회 현상을 풍자하며, 선행을 권장하고 악행에 반대하는 교훈을 제시한다.

卷18 「辯茯神文」: 이 글은 茯神이라는 식물로 인해 생긴 일에 眞僞가 전도되고 是非를 구분 못 하는 세태 비판을 기탁한 寓言이다.

序文에서 유종원은 자신이 직접 체험한 일을 소개한다. 몸이 아파 시장에 가서 茯神을 사서 달여 마셨는데 병세가 더욱 악화되었고, 의사에게 문의하여 가짜 茯神을 먹은 것 같다는 답변을 듣게 된다. 本文에서 유종원은 위의 이야기를 반복하면서 상인이 茯神 대신 토란을 속여서 파는 장면을 자세하게 묘사하고 소감을 밝히며 마무리한다.

文末에서 유종원은 虛僞와 實在를 판별하지 못하여 화를 당하는 어리석은 행동을 폭로하며 타인을 권계하기 위한 목적으로 글을 쓴다고 창작 동기를 밝힌다. 유종원은 당시 사회 전반에 퍼져 있는 虛僞的인 習俗을 풍자하며 현상의 是非를 판별할 수 있는 안목을 갖추라는 교훈을 제시한다.

卷18 「哀溺文」: 이 글은 永州 백성의 행태로써 貪利를 추구하는 세태를 비판하는 寓言이다.

序文에서 영주 백성들이 모두 수영에 능한 사실을 소개한 후, 강을 건너던 한 사람이 익사하게 되는 이야기의 前後를 소개한다. 수영에 능숙한 사람은 허리에 채워 둔 무거운 錢帶를 버리지 않으려다가 결국 물에 빠져 죽게 된다. 본문에서는 錢帶를 버리지 않으려는 영주 사람과 錢帶를 버리라고 재촉하는 영주 사람 사이의 실랑이를 실감나게 묘사하고 있다.

文末에서 유종원은 탐욕 때문에 목숨을 버리는 어리석은 행동을 폭로하며 이 일을 기록함으로써 다른 사람을 깨우칠 수 있기 바란다고 밝힌다. 그는 돈 때문에 溺死한 사람의 모습을 통해 당시의 배금풍조와 이익을 추수하는 세태를 풍자하고 탐욕을 부리지 말라는 교훈을 제시한다.

권20 「鞭賈」: 이 글은 채찍을 둘러싸고 벌어진 일을 통해 虛飾을 추구하는 세태를 비판한 寓言이다. 어떤 사람이 시장에서 비싼 값에 채찍을 샀는데 알고 보니 그 채찍은 속은 비었고 겉만 화려한 값싼 채찍이었다. 이를 알고서도 채찍 주인은 말 경주에서 이 채찍을 사용하다가 결국 채찍은 부러지고 자신은 말에서 떨어져 크게 다치는 일을 당한다.

文末에서 유종원은 아무런 능력도 없으면서 능변에 기대어 조정에서 요직을 차지하고 있는 많은 사람의 경우 유사시에 이들의 무능과 부덕 때문에 나라를 좀먹게 된다고 경고한다. 유종원은 실속없이 겉만 번드레한 채찍을 통해 虛飾에 눈멀고 실제능력을 소홀히 하는 세태를 풍자하고 實質에 충실하라는 교훈을 제시한다.

4) 小 結

이상에서 살펴본 유종원 寓言의 全篇을 개괄하면 다음과 같다.

[寓言文]

篇 數	作品名	內容 槪要
卷14	「設漁者對智伯」	智伯과 어부와의 대화에 기탁하여 過慾의 禍를 풍자
	「愚溪對」	愚溪에 자신의 처지를 기탁하여 현실을 반어적으로 풍자
卷16	「鶻說」	송골매의 행위에 기탁하여 현실세태를 풍자
	「捕蛇者說」	뱀 잡는 사람의 일에 기탁하여 현실정치를 비판
	「謫龍說」	천상에서 쫓겨 온 龍에 기탁하여 세태를 풍자
	「羆說」	사냥꾼의 졸렬한 행위에 기탁하여 세태를 풍자
卷18	「罵屍蟲文」	屍蟲의 비열한 행위에 기탁하여 환관의 행태를 풍자비판
	「斬曲肌文」	曲肌의 사악한 본성에 기탁하여 환관의 행태를 풍자비판
	「宥蝮蛇文」	蝮蛇의 악행에 기탁하여 환관의 행태를 비판
	「逐畢方文」	畢方의 악행에 기탁하여 세태를 비판
	「憎王孫文」	王孫의 악행에 기탁하여 세태를 비판
	「辯伏神文」	伏神을 둘러싸고 벌어진 일에 기탁하여 현실세태를 풍자
	「哀溺文」	永州의 익사자에 기탁하여 현실세태를 풍자
	「招海賈文」	무역 상인에 기탁하여 현실세태를 풍자
卷19	「三戒」	사슴, 나귀, 쥐의 행위에 기탁하여 현실세태를 풍자비판
卷20	「鞭賈」	채찍을 둘러싸고 벌어진 일에 기탁하여 현실세태를 풍자
	「東海若」	동해의 신과 두 개의 호리병, 두 명의 스님의 행위에 기탁하여 처세방법이나 융통성의 문제를 풍자
卷24	「愚溪詩序」	愚溪에 기탁하여 자신의 처지를 반어적으로 폭로하고 세태를 비판
	「序棋」	장기놀이에 기탁하여 세태를 비판

유종원은 영주에 폄적된 이후 많은 寓言을 창작하였다. 영주 폄적 이후 유종원은 정치에 직접적으로 참여할 수는 없었지만 현실문제를 비판하고 개선하려는 의지는 견지하고 있었다. 우언은 문학으로써 현실의 時弊를 지적하고 사회인심을 계몽하려는 목적으로 썼기 때문에 교훈성과 함께 풍자성도 강하게 발현되고 있다. 유종원 문학에서 중요한 위상을 차지하고 있는 寓言의 전체 특징은 다음과 같다.

첫째, 유종원의 우언은 밖으로는 혁신적인 정치사상에 기초하고 안으로는 폄적 관료라는 불행한 경력에 기인하고 있으므로 현실에 대한 신랄한 폭로와 고발 및 풍자의 성격이 강하다.

둘째, 선명하고 예술적인 형상을 통해 교조적인 훈계를 배제한 寓意的 表現을 운용하고 있어서 문학적 성취가 매우 높다.

寓言 이외에 유종원 雜說文을 대략적으로 소개하면 다음과 같다.

[問對]

問對는 楚辭에서 유래한 문체이다. 論, 說, 議辯과 성격이 유사하여 어떤 관점을 주장하고 이론을 설명하는 글이다.

篇數	作品名	內容 槪要
卷14 對	「對賀者」	폄적된 유종원의 浩然한 모습에 축하하는 자에 대해 자신의 실제 상황과 생각을 설명하는 글
	「杜兼對」	죄 없는 선비를 죽인 杜兼의 등용에 의문을 묻는 자에게 자신의 견해를 대답하는 글
	「天對」	『楚辭』 중의 「天問」에 대답하는 글
卷15 問答	「晋問」	晋 지역에 대한 吳 先生의 물음에 대답하는 글
	「答問」	현명한 柳宗元이 죄인이 된 것을 나무라는 사람에 대해 자신의 불우함과 곤경에 대해 해명하는 글
	「起廢答」	柳宗元이 죄인이 된 이후 재기용되지 못하는 것을 의아해하는 노인들에게 자신의 회재불우를 토로하는 글

[箴戒(卷19弔贊箴戒)]

箴戒는 勸戒의 내용을 담은 글이다. 徐師曾은 잘못을 풍자하여 바로잡는 것을 箴이라 한다[96]고 해석하였으니 이는 사람이 살아가는 데 교훈이 되고 경계가 되는 짧은 말을 의미한다.

「誡懼箴」	두려움에 대한 잠언	寓論
「憂箴」	걱정에 대한 잠언	寓論
「師友箴」	스승과 친구 사이의 道義에 대한 잠언	寓論
「敵戒」	적에 대한 잠언	寓論

[雜題(卷20銘雜題)]

여러 가지 잡다한 문제를 의론한 글이다.

「舜禹之事」	舜과 禹의 禪讓과 관련된 일에 대한 주장과 풀이
「謗譽」	誹謗과 讚揚에 대한 입장 차이를 의론
「咸宜」	흥하는 나라와 망하는 나라의 신하에 대한 상반된 관점 해석
「吏商」	탐관오리와 청렴한 관리를 장사치에 비유하여 이익추구를 비판

96) 『文體明辯』, 「箴條」: 故有所諷刺而救其失者謂之箴.

5. 제 문

1) 제문의 특징과 작품 분석

祭文은 제사 때 죽은 사람을 애도하며 읽는 글이다. 유종원 산문에서 죽은 이를 제사 지내기 위해 쓴 哀祭文은 모두 祭文에 속한다. 碑文이 故人의 생평을 기술하고 死者의 功業德行을 위주로 한다면, 哀祭文은 死者를 追悼하고 애통해하는 데 치중하기 때문에 哀祭文은 대부분 抒情性이 풍부하다.[97] 죽은 이가 생전에 작가와 특별한 관계에 있었기 때문에 이러한 抒情散文에는 작가의 슬픔과 비통함이 더욱 농후하게 나타난다.

유종원 문집의 卷40과 卷41의 哀祭文은 친척, 친우 및 知人의 생전의 功德을 추모하고 죽음을 애도하는 祭文이다. 다만 卷41에는 유종원이 官員으로서 기우제를 지내고 신에게 축원을 올릴 때 쓴 祈願文이 6편 있는데 이를 논외로 하고 본 절에서는 死者를 대상으로 한 祭文에 한하여 분석한다.

유종원 祭文은 死者와의 관계에 따라, 친척, 친구가 대상인 제문과 지인이 대상인 제문으로 분류되는데, 後者에 비해서 前者를 애도하는 祭文의 감정이 더욱 깊고 절절함을 알 수 있다. 대상에 대한 집필 방법에 따라, 유종원이 직접 쓴 祭文과 다른 이의 부탁으로 대필한 祭文 두 종류로 나눌 수 있는데, 卷41의 대필 제문 5편은 직접 쓴 제문과 비교해도 담고 있는 감정의 농도나 형식에

97) 周明, 『中國古代散文藝術』, p.427 참조.

큰 차이가 없다. 유종원 祭文의 형식 특징은 대부분 서두에서 제사를 올리는 날짜와 대상과 주체를 언급하고, 본문에서 散文으로 서술하거나 韻文으로 韻을 맞추면서 死者를 회상한 후에 애도와 추모의 감정을 표현하고 있다. 마지막으로 결어에서 '嗚呼哀哉'와 같은 상투어로써 哭을 하며 글을 맺는다.

본 절에서는 유종원 祭文을 애도의 대상에 근거하여 내용과 형식 특징을 중심으로 분석한다.

卷40 「祭李中丞文」: 이 글은 유종원이 조정에 있을 때, 上官으로 모셨던 李中丞의 혼령을 애도하는 祭文이다. 서두에서 貞元 20년(804년) 5월 22일에 자신을 비롯한 여러 관원들이 李中丞의 영령에 제사를 올린다고 밝히고 있다. 이어서 생전에 청렴결백하고 절개가 있었던 李中丞의 인품과 황족으로서의 모범적 언행 및 정치적 공로 등을 서술한다. 특히 李中丞이 부임지에서 법령을 공정하게 시행하고 현명한 선비를 선발하며 근면하게 백성을 위해 봉사한 일을 회상하면서 안타까운 죽음에 애통함을 토로한다. 文末에서 李中丞이 뽑은 관리를 소개하여 그 은혜를 상기시키고 李中丞의 영령에 이별을 고하는 哭을 하면서 글을 맺는다.

전체 문장은 死者의 사람됨과 功德을 집중 서술하면서도 애도의 정을 충실히 토로하며 형식적으로 祭文의 일정한 법식에 맞추어 전개하고 있다. 특히 祭文의 대상이 자신보다 高位에 있고 年長일 경우 격식에 충실하고자 한 경향을 엿볼 수 있다.

卷40 「祭呂敬叔文」: 이 글은 親友인 呂敬叔의 죽음을 애도하는 祭文이다. 서두에서 모년 모월 모일에 친우 呂敬叔의 영령에 제사 올린다고 밝히고 있다. 본문에서 우선, 시대를 잘못 만나서 재능을 펼치지 못한 사례를 인용하여, 呂敬叔이 당시에 올바른 평가를 받지 못한 데 대한 안타까움을 토로한다. 이어서 呂敬叔과 交遊하던 시절을 회상하면서 그의 재능과 지혜 및 성실하고 신중한 인품을 술회하고 요절한 친구의 죽음에 비통한 심정을 토로하고 있다. 文末에서 呂敬叔 형의 죽음과 남겨진 아내와 자식에 대한 연민의 정을 표현한 후에 그의 죽음에 재차 哭하면서 글을 맺는다.

전체 문장은 死者의 功績을 짧게 서술하는 대신, 요절한 死者의 죽음을 빌어 세상에 대한 자신의 원망을 기탁하면서 격앙된 감정을 토로하고 있다. 상투어를 배제한데다, 애도와 추모를 위한 祭文에 의론을 삽입하는 등 祭文의 격식을 벗어나고 있다. 생전에 유종원과 각별한 사이였던 대상의 祭文일수록 격식보다는 애도의 감정을 표출하고 있어서인지 형식적 파격이 큰 것을 알 수 있다.

卷41 「祭從兄文」: 이 글은 사촌형 柳偁의 죽음을 애도하며 쓴 祭文이다. 서두에서 제사를 올리는 날짜와 대상 소개를 생략하고 柳氏 가문의 흥망의 내력을 요약해서 서술하고 있다. 본문에서 가문의 부흥을 소망했는데 가문의 희망이었던 사촌형 柳偁이 죽음으로써 자신의 소망이 좌절되었다고 언급한다. 이어서 柳偁 생전에 함께 유람했던 일을 회상하고 그의 죽음에 직면하여 자신의 비통한 심정을 토로한다. 文末에서 풍부하지 못한 祭物로 제사를 올리지만 애도의 마음만은 진실하다고 곡하며 글을 맺는다. 이 글 역시 앞서 살펴본 祭文처럼 死者의 功德을 서술하기보다는 死者를 떠나보내며 느끼는 슬픔과 애도에 치중하고 있기 때문에 祭文의 기본 격식에서 상당히 벗어났다. 평소 각별했던 死者의 죽음은 영원한 이별에 대한 절박감을 낳고 격식에 앞서 진술한 감정을 중시하게 되어 파격이 형성되었다고 보인다.

卷41 「祭外甥崔駢文」: 이 글은 외종질 崔駢의 죽음을 애도하는 제문이다. 서두에서 영령에 자신이 제사를 올린다고 간략하게 밝힌다. 본문에서 조카의 목숨을 일찍 앗아 가는 귀신을 원망하고 집안에 연이어 발생하는 죽음의 불행에 비통해한다. 이어서 조카의 어린 시절을 회상하며 애통해한다. 文末에서 요절한 조카를 애도하는 辭賦體의 哀辭를 덧붙임으로써 애통과 상심의 감정을 고조시키고 있다.

전체 문장은 祭文과 哀辭가 합쳐진 구조로 이루어져 있고 祭文에서 功德을 서술하는 부분은 누락되어 있다. 자신보다 나이가 어린 死者를 대상으로 한 祭文의 경우, 死者가 어린 나이로 죽었기 때문에 功德 기술에 애로점이 있고 死者의 죽음에 대한 애통함 표현이 더욱 절실하였던 까닭으로 파격이 만들어졌던 것이다.

2) 小　結

이상에서 친척과 친구를 대상으로 한 祭文과 知人을 대상으로 한 祭文으로 나누어 내용과 형식 특징을 중심으로 분석해 보았다. 유종원 祭文을 도표로 정리하면 다음과 같다.

[표 8] 유종원의 제문

篇 數	作品名	對象 分類
卷40	「祭楊憑詹事文」	親戚(丈人)을 애도
	「祭穆質給事文」	上官을 애도
	「祭呂衡州溫文」	親舊를 애도
	「祭李中丞文」	上官을 애도
	「爲韋京兆祭杜河中文」	知人을 애도 / 代筆
	「爲韋京兆祭太常崔少卿文」	知人을 애도 / 代筆
	「爲李京兆祭楊凝郎中文」	親戚을 애도 / 代筆
	「爲安南楊侍御張都護文」	知人을 애도 / 代筆
	「祭萬年裴令文」	親戚을 애도
	「祭呂敬叔文」	親舊를 애도
	「祭崔君敏文」	上官을 애도
	「祭段弘古文」	親舊를 애도
	「哭張後余辭」	知人을 애도
	「祭李中明文」	親舊를 애도
	「楊氏子承之哀辭並序」	親戚을 애도
卷41	「舜廟祈晴文」	기원문 / 제외
	「雷塘禱雨文」	기원문 / 제외
	「祭纛文」	기원문 / 제외
	「禡牙文」	기원문 / 제외
	「祭井文」	기원문 / 제외
	「禜門文」	기원문 / 제외
	「祭六伯母文」	親戚을 애도
	「祭獨孤氏丈母文」	知人을 애도 / 代筆
	「祭從兄文」	親戚을 애도
	「祭弟宗直文」	親戚을 애도
	「祭姊夫崔氏使君簡文」	親戚을 애도
	「又祭崔簡旅櫬歸上都文」	親戚을 애도
	「祭崔氏外甥文」	親戚을 애도
	「祭崔氏外甥女文」	親戚을 애도
	「祭外甥崔駢文」	親戚을 애도

이상에서 살펴본 유종원 祭文의 전체 특징은 다음과 같다.

첫째, 유종원 祭文의 대상은 친척, 친구와 지인으로 나눌 수 있다. 유종원 문집 卷40에는 친구와 지인을 대상으로 쓴 祭文이 포함되어 있고, 卷41에는 친척을 대상으로 쓴 祭文이 포함되어 있다.

둘째, 유종원 祭文은 대상에 따라서 내용과 형식 차이가 뚜렷하게 나타난다. 유종원과 생전에 각별하였던 친척과 친구를 대상으로 한 祭文은 知人을 대상으로 한 祭文에 비해서 더욱 큰 비통함과 애통함을 나타내고 있고 작품의 서정성도 강하다. 게다가 死者의 죽음에 큰 정신적 충격을 느낀 까닭에 감정 표출이 앞서다 보니 제문의 격식에 맞지 않는 破格이 두드러지게 된다.

IV

유종원 산문의 문예기법

文藝技法이란 문예창작에서 예술적 심미표현에 이르기 위해 사용하는 미의 규율에 부합하는 구체적인 방법을 말한다. 이는 정신적 주체적인 대상을 예술적으로 형상화하는 방법이나 수단을 가리키는데 이러한 기법에 기대어 창작주체는 현실에 대한 심미체험을 예술형상으로 轉化시킨다. 이를 적절하게 운용하면 작품의 主旨를 부각하는 데 도움이 되고 심미정감을 더욱 강렬하게 발산할 수 있으므로 독자를 감동시키고 설득하는 데 유용하다. 이러한 기법은 끊임없이 바뀌고 변하기 때문에 시대와 문학예술 자체가 발전할수록 변화 발전되며 새로운 수단도 계속해서 나타난다.[98] 이는 修辭技法의 총화인 文采와 다르고 예술품을 창조할 때 사용하는 여러 가지 방식과 수단의 총화인 藝術技巧와도 차이가 있다.[99]

柳宗元 散文은 바로 이러한 다양한 표현기법을 운용하고 있어서 특징적이다. 유종원은 문예기법을 적절하게 운용하기 때문에 특유의 미적 쾌감을 산문에서 자아낼 수 있었고, 직설적으로 표출하기 힘든 내적 심경을 토로할 수 있었던 것이다. 우회적이고 다의적인 여러 표현기법들은 그의 작품세계가 더욱 풍부해질 수 있게 만들어 주었다.

유종원이 가장 많이 활용한 표현기법은 반어적 표현이며, 강한 긍정의 의미를 이끌어 내는 아이러니와 알레고리, 그리고 논술의

98) 王向峰, 『文藝美學辭典』, 遼寧出版社, pp.266－267 참조.

99) 王向峰, 上同, p.265 참조.

정수로서의 이미지이다. 이 세 가지 표현기법은 유종원의 개인적 기질과 경험 및 기호와 결합하여 유종원 산문이 예술적일 수 있도록 작동하고 있다. 이에 본 장에서는 아이러니, 알레고리, 이미지를 중심으로 유종원 산문의 예술적 특성을 분석한다.

1. 숨겨진 정한의 반어적 표출

아이러니, 즉 反語法은 말하는 사람이 실제 의도와는 다르게 표현하는 수사법을 말한다. 외견과 실재, 이상과 현실, 기대와 결과 등의 차이나 괴리에 뿌리를 두는 반어법의 역사는 오래되었다.[100)]

아이러니는 문예비평 전통에서 비유 중의 하나로 분류하며, 언어상의 아이러니는 말하는 사람이 뜻하는 숨겨진 의미가, 그가 겉으로 주장한 의미와 다른 진술을 말한다. 때로는 표면적인 진술 밑에 숨겨진 아이러니컬한 반대 의미의 실마리가 간접적이어서 눈에 띄지 않을 수 있다는 점이 특징이다.[101)]

아이러니 수법은 균형 잡힌 넓은 시야를 확보하기 위해서, 인생의 복잡성과 가치의 상대성에 대한 인식을 표현하기 위해서, 직설법으로서 가능한 것보다도 더욱 광범위하고 풍부한 의미를 표현하기 위해서, 지나치게 단순하거나 지나치게 독단적으로 되기를 피하기 위해서, 어떤 의견의 잠재적 파괴적인 반대의 의견을 인식하고

100) 김욱동, 『수사학이란 무엇인가?』, 민음사, p.150 참조.

101) 이명섭, 『세계문학비평용어사전』, 을유문화사, pp.317－318 참조.

있다는 점을 나타냄으로써 어떤 의견을 진술할 권리를 얻게 되었음을 내보이기 위해서[102] 활용해 왔다.

간파되지 않는 假裝(체함과 속임), 現實과 外觀의 對照, 우스꽝스러움, 직설적 언술의 자제라는 요소가 작품 속에 기본적으로 내재되어 있다면 이는 아이러니를 활용하고 있다고 본다.[103] 아이러니는 유종원 문집 卷14의 '對', 卷15의 '問答', 卷19의 '弔贊箴戒', 卷20의 '銘雜題' 등에 명확하게 나타나고 있는 문예기법이다. 이러한 작품들에서 유종원은 '아닌 것을 그런 척하는' 혹은 '그런 것을 아닌 척하는', 표면적인 언술과 사실이 다른 假裝이나 이중적 의미를 갖는 기법을 자주 운용하고 있다. 즉, 'A를 말하고 있지만 사실은 B를 말하는 것'이며 '어떤 것을 말하는 것 같은데 실제로는 다른 것을 말하는 아이러니'를 활용하고 있다.

柳宗元이 아이러니 기법을 선택한 이유는 무엇일까? 그 배경은 그의 정치 혁신 참여와 실패 그리고 폄적이라는 개인적 실의와 고통에서 찾아야 할 것이다.[104] 유종원은 폄적지에서의 좌절의 시기를 보내면서 長安에서 교류하던 지인들에게 많은 편지를 썼다. 이러한 편지 속에는 폄적의 원인을 不義를 참지 못하는 자신의 직설적인 성향에서 비롯된 것임을 명시하고 있다.

---

102) D. C. Muecke 著, 文祥得 譯, 『아이러니(Irony)』, 서울대학교출판부, p.44 참조.

103) D. C. Muecke, 上同, pp.46 – 74 참조.

104) 吳小林, 「論柳宗元散文的幽美」, pp.84 – 85 참조: 吳小林은 유종원 산문의 중심적인 특징을 '幽美'로 보면서 '幽憤한 感情', '幽邃한 意境', '幽婉한 手法', '幽峭한 言語' 네 가지를 중심으로 해당 산문을 분석하고 있다. 여기서 이러한 '幽美'의 배경요소로 유종원 개인의 불행한 경력, 사상감정, 문예수양, 심미관점 등을 들고 있다.

『周易·困卦』를 읽는데 "有言不信, 尙口乃窮"에 이르러 반복해서 읽으니 더욱 좋아지는지라 "아! 내가 비록 스스로 한마디 하고서 자칭 道라고 여겼으나 치욕은 더욱 심해졌다!"고 말하였다. 이로써 입을 다물고 침묵하는 것을 더욱 즐겼고 나무와 돌과 어울리면서 다시는 내 생각을 밝히지 않겠다고 다짐하였다.[105)]

이 글은 영주폄적 초기에 쓴 편지글이다. 복잡한 주변 상황을 고려치 않고 직언을 서슴지 않았던 자신의 행동을 반성하면서 말로 야기된 苦難은 말을 줄여서 해결해야겠다고 자조적으로 토로하고 있다. 물론 말은 적어도 세 번의 고려를 거치고 나서야 입 밖으로 나와야 하는 것이라 한다. 그러나 이것이 마땅히 하여야 할 말을 하지 않아야 함을 의미하지는 않는다. 그러므로 이 글은 자조적인 情調를 띨 수밖에 없다. 자신이 하고자 하는 말이 분명 쓸데 없는 戱言이 아님에도 불구하고 그것은 원래의 가치를 인정받기는커녕 자신을 해치는 무기로 쓰이고 만 것이다.

폄적 이후 유종원은 이러한 자신의 처지에 더욱 절망하였고 더 이상 자신의 어떤 주장도 받아들여지지 않을 것이며 자신의 행동 하나 말 한마디가 모두 그의 복귀를 원하지 않는 무리들에게 자신을 공격할 빌미가 됨을 깨달았다. 이에 그는 스스로를 비하하면서 오직 주어진 현실에 안주하겠다고 다짐한다.

저는 명성이 없고 견문도 매우 좁은데다 또 지금은 쫓겨나고 욕을 당하여 지렁이나 거머리처럼 진창에서 허우적대고 있으니 비록 소리 내어 운다한들 누가 들어 주겠습니까? 사리에 통달한 사람들에 의지하여 기준으로 삼아야지 사리에 통달하지 못했으면서 저를 책망하는 사람들은 저도 상대하지 않겠습

105) 『柳宗元全集』, 卷30「與蕭翰林俛書」: 讀『周易·困卦』至 "有言不信, 尙口乃窮" 也, 往復益喜曰: "嗟乎, 余雖家置一喙, 以自稱道, 詬益甚耳!" 用是更樂喑默, 思與木石爲徒, 不復致意.

니다. 제가 또한 어찌 감히 漢代 때처럼 관직에 오르고 학문을 세우며 이 때문에 천하 사람들의 비웃음을 사길 바라겠습니까?[106)]

그러나 역시 자신이 가졌던 이상이 결코 무의미한 것이 아님을 한편으로 강변하고 있다. 비록 지금의 처지가 지렁이나 거머리와 같다고 말하고 있지만 그의 氣槪만은 여전히 義와 道를 지향하고 있으며 자신을 폄적지로 내몬 그들을 은근히 책망하고 있는 것이다. 그러면서 한때의 혈기로 야기된 이 같은 실수를 이후 다시는 되풀이하지 않겠다고 다짐하고 있다.

유종원이 폄적 이후 산문에서 아이러니를 다용한 원인은 다음의 몇 가지로 정리된다. 첫째, 정치혁신운동이 실패하자 폄적된 유종원은 여전히 자신을 위협하는 잠재적인 적대세력을 의식하고 있었고, 그들의 銳鋒을 피하기 위해서 僞裝的이고 隱閉的인 방법을 사용할 수밖에 없었다. 둘째, 유종원의 폄적은 정치 생명의 단절을 가져왔지만 오히려 그의 문학세계는 새로운 전환을 맞이한 계기가 되었다. 비록 폄적되었지만 그는 여전히 날카로운 지성과 예리한 필치를 가지고 있었다. 그리하여 유종원이 계속 권력의 구심점 내에 있었더라면 결코 성취할 수 없었을지도 모를 다양하고 폭넓은 문학세계가 전개될 수 있었던 것이다.

眞意를 숨기고 이중적 의미를 제시하는 아이러니는 우회적인 표현으로 직설적 표현보다 美的 感興을 유발시키는 효과가 크다. 뿐만 아니라 인생의 체험을 다방면에서 관찰 표현하는 방법인 점에서

106) 『柳宗元全集』, 卷31 「答吳武陵論非國語書」: 僕無聞而甚陋, 又在黜辱, 居泥塗若螾蛭然, 雖鳴其音聲, 誰爲聽之? 獨賴世之知言者爲準, 其不知言而罪我者, 吾不有也. 僕又安敢期如漢時列官以立學, 故爲天下笑耶?

아이러니를 내포한 문학은 文藝性이 우수하다고[107] 보아야 한다.

본 절에서는 아이러니의 일반적인 유형[108]을 기준 삼아 유종원 산문의 아이러니를 분석하였다. 그의 산문에 나타나는 아이러니의 형태는 주로 언어적 표현에 의한 것으로 말하는 사람이 실제 의도하는 바, 또는 그가 겉으로 드러내고 있는 표현과는 서로 상이한 데서 발현되는 아이러니임을 알 수 있다. 이에 언어의 相關 用法[109]을 기준하여 유종원 산문의 아이러니를 세 가지 형태로 나누어 분석하고자 한다.

유종원 산문 중에서 아이러니를 내포하고 있는 작품을 도표화하면 다음과 같다.

107) 이상섭, 『문학비평용어사전』, 민음사, p.191 참조.

108) D. C. Muecke, 앞의 책, pp.103－106 참조. 아이러니의 기본유형은 다음과 같다. ① 언어의 아이러니: 말하는 사람이 뜻한 숨겨진 의미가 그가 겉으로 주장한 의미와 다른 진술이다. 이러한 반어적 진술 속에는 하나의 태도나 평가의 명확한 표현이 포함되어 있는 것이 상례인데 아주 다른 태도나 평가가 함축되어 있다. ② 상황의 아이러니: 결과적으로 일어나는 사건이 자신만만하게 얘기했던 사실이나 의도, 노력과 정반대를 나타내는 경우이다. 그 희생자는 미래에 대해 의지하는 마음을 웬만큼 명백히 표현하지만 사건의 어떤 예견치 못한 전변의 그의 계획과 기대, 희망, 두려움, 또는 욕망을 뒤집고 좌절시키거나, 한때 바랐던 것을 얻게 되지만 이미 때는 늦은 결과가 된다. ③ 劇的 아이러니: 연극의 주된 아이러니이다. '극적 아이러니'는 청중이나 독자뿐만 아니라 희곡이나 이야기 속의 누군가가 희생자의 무지를 알고 있을 때에는 더욱 효과적인 것으로 생각된다. 극적 아이러니의 효과는 희생자의 말이 스스로가 모르게 그가 알지 못하고 있는 참된 상황에 적합한 것이 될 때 더욱더 고양된다.

109) M. H. 아브람스 지음, 최상규 옮김, 『문학용어사전』, 보성출판사, pp.143－145 참조: 아이러니를 언어의 몇 가지 상관적인 용법에 의하여 다음과 같이 구별하고 있다. ① 악담, ② 비꼼, ③ 소크라테스풍의 아이러니, ④ 劇的 아이러니, ⑤ 숙명의 아이러니, ⑥ 로맨틱 아이러니.

[표 9] 유종원 산문의 아이러니 형태

아이러니 형태	작품명	표면 언술 / 태도 / 평가	숨은 의미 / 태도 / 평가
惡談 (강한 긍정의 부정적 표출)	「弔樂毅文」	樂毅의 행동을 貶下	樂毅의 애국충정을 褒揚
	「賀進士王參元失火書」	王參元의 불행을 축하	王參元의 불행을 위로
비꼼 (강한 부정을 내포한 긍정)	「宥蝮蛇文」	蝮蛇에게 동정을 표현	蝮蛇에 대한 증오
	「梁丘據贊」	梁丘據의 행위 칭찬	梁丘據의 아첨을 비난
	「龍馬圖贊」	龍馬의 영험한 칭찬	龍馬의 미신성 비난
	「對賀者」	자신의 浩然함을 祝賀하는 사람의 말에 수긍	자신의 浩然함을 부정하고 悲哀를 표로
자기비하 (無知의 知에 의한 反語)	「愚溪對」	愚로써 自己卑下	자신의 智를 천명
	「答問」	愚로써 自己卑下	자신의 智를 천명
	「起廢答」	廢로써 自己卑下	자신의 起를 기대
	「乞巧文」	拙로서 自己卑下	자신의 巧를 천명
	「愚溪詩序」	愚로써 自己卑下	자신의 智를 천명

유종원은 원래 말하고자 하는 뜻을 직접 드러내지 않고 그와 반대되는 표현을 사용함으로써 이면에 숨어 있는 가치판단을 나타내고자 했다. '악담'은 부정적인 언술을 표하지만 사실은 긍정적인 의도를 나타낸다. '비꼼'은 긍정적인 언술을 표하지만 사실은 부정적인 의도를 나타낸다. '자기비하'는 작가가 자신을 비하시키는 언술로 가장하여 사실은 자신의 우월함을 표현한다. '악담', '비꼼', '자기비하'는 유종원 산문 아이러니의 주요 구성요소이다.

1) 강한 긍정의 부정적 표출

실제 긍정적 반응을 강화하는 방식으로 부정적 표현을 강조하는 경우는 일상생활에서 자주 찾아볼 수 있다. 이러한 표현들은 주로 긍정에 대한 認知가 이미 先行된 상태에서 이루어진다. 즉 이 경우 惡談이라는 한 형태를 상정해 볼 수 있는데, 이는 표면적으로는 비난의 의도를 표명하지만 실은 이미 상대에 대한 긍정적 이해가 전제된 것으로, 어떤 설명이 부언되지 않아도 이것이 내포하고 있는 진의는 파악된다. 따라서 악담 속에는 사실 상대에 대한 애정이 아이러니로 숨겨져 있다.[110)]

柳宗元 散文에서 악담에 의한 아이러니는 두 가지 양상으로 나타난다. 겉으로는 실수를 나무라지만 사실은 그 인물의 행동을 칭찬하는 경우, 겉으로는 불행에 대해 축하의 뜻을 나타내지만 사실은 불행을 위로하고자 하는 경우이다.

樂毅라는 역사적 인물에 대한 표면적 진술과 숨은 의미가 다르게 나타나는 「弔樂毅文」을 보자.

> 선생이 정직하기만 할 뿐, 훗날을 염두에 두며 방비하지 않았음이 한탄스러울 뿐이요. 어찌 원활함을 버리고 굽은 것을 따라 마침내 함정에 빠지고 방랑하게 되었는지요? 선생의 훌륭한 공로가 성과도 없이, 비열하고 우매한 무리가 나서게 됨이 안타까울 뿐이요. 어찌하여 선생은 해낼 수 없었는지요? 급하게 허둥지둥 뛰어다니기 싫어서가 아니었는지요?[111)]

이 글은 혼신의 힘을 기울여 충성을 바치면서 정작 자신의 미래에 대해서는 어떤 준비도 하지 않았던 樂毅의 어리석음을 말하고 있다. 유종원은 희생적인 충성에도 불구하고 결국 버림받게 된 樂

---

110) M. H. 아브람스, 앞의 책, p.143 참조.

111) 『柳宗元全集』, 卷19 「弔樂毅文」: 嗟夫子之專直兮, 不慮後而爲防. 胡去規而就矩兮, 卒陷滯以流亡. 惜功美之不就兮, 俾愚昧之周章. 豈夫子之不能兮, 無亦惡是之遑遑.

毅의 행동이 우매하고 비열한 행위로 간주되고 있다고 말한다. 그러나 유종원은 樂毅가 어리석다고 말하여서 그의 義로움을 더욱 강조하고, 樂毅가 비열하고 우매했다고 나무라면서 그의 빛나는 공로를 드높이 추앙하려는 의도를 나타낸다. 반대로 樂毅를 어리석고 비열한 자로 내몬 소인배들의 추한 행동을 비판하고 있다.

화재를 당한 친구에게 위로는커녕 축하를 보내고 있는 「賀進士王參元失火書」를 보자.

> 楊兄의 편지를 받아 보고서야 자네가 화재를 겪었고 집에 남은 재산이 없게 되었음을 알았네. 내가 처음에 그 소식을 듣고서는 놀랐지만 좀 지나서 [놀랄 일인지] 의아해했고 끝내는 매우 기뻐하였으니 애초에는 위로하고자 했으나 축하의 글로 바꾸려 하네. 길은 멀리 떨어져 있고 편지 내용은 간략하기에 화재의 정황을 자세히 알 수 없지만, 만약 필경 모조리 없어지고 다 타 버려서 아무것도 남지 않았다면, 이는 내가 특별히 축하하는 바이네.[112]

이 글은 친구 王參元이 화재를 당했다는 소식을 접하고 나서 위로하고자 쓴 편지이다. 그러나 위로는 고사하고 柳宗元은 오히려 화재가 차라리 잘된 일이라고 말한다. 게다가 화재로 인해 집안의 모든 기물이 남김없이 다 타 버렸다면 더욱 축하할 일이라며 弄言의 度를 점점 더 높여 가고 있다.

여기서 이러한 기이한 내용의 편지가 성립될 수 있는 것은 이미 한 사실이 선행되어 있었기 때문이다. 평소 유종원은 재능이 뛰어난 王參元이 官界에 입문하지 못한 것은 부유한 王參元을 추천할 경우 뇌물을 받았다는 오해를 살 것이 분명하므로 주위 사람들이

---

112) 『柳宗元全集』, 卷33 「賀進士王參元失火書」: 得楊八書, 知足下遇火災, 家無餘儲. 僕始聞而駭, 中而疑. 終乃大喜, 蓋將吊而更以賀也. 道遠言略, 猶未能究知其狀, 若果蕩焉泯焉. 而悉無有, 乃吾所以尤賀者也.

꺼렸기 때문으로 보았다.[113] 이런 이유로 유종원은 화재를 당한 친구에게 축하편지라는 일탈적 행동을 하게 되고 또한 이는 그 두 사람에게 있어서는 서로의 友誼를 확인하는 또 하나의 계기가 되고 있는 것이다. 이렇듯 아이러니란 기법은 문장의 의미를 더욱 풍부하게 확장시키는 작용을 한다.

2) 강한 부정을 내포한 긍정

'비꼼'은 사실상 헐뜯기 위해서 표면상 노골적으로 칭찬하는 경우를 가리킨다.[114] 얼핏 보기에는 揶揄나 嘲弄보다는 훨씬 간접적인 것으로 보인다. 그러나 실은 직접적인 야유나 조롱보다 한층 더 상대를 비하시키는 표현이 될 수도 있다. 유종원은 어떤 사물을 동정하지만 사실은 증오를 드러내기 위해서, 어떤 인물과 사물의 속성을 칭찬하고 있지만 사실은 욕을 하기 위해서, 어떤 말에 수긍하고 동의하는 것 같지만 사실은 동의하지 않기 위해서 '비꼼'의 표현을 활용하고 있다.

겉으로는 동정을 표시하는 것 같지만 속으로 극도의 증오를 표현하고 있는「宥蝮蛇文」을 보자.

> 나는 네가 들판으로 돌아가 스스로 결말의 길함을 구하도록 놓아주겠다. [그러나] 저 목동이 낫을 들고 농부가 괭이를 들고 가다가 불행히도 너를 만나면 장차 그 해를 제거하고자 남은 힘을 다해 한 번 휘두르고 손 가는 대로

113)『柳宗元全集』, 卷33「賀進士王參元失火書」: 則僕與幾道十年之相知, 不若茲火一夕之爲足下譽也. 宥而彰之, 使夫蓄于心者, 掀得開其喙, 發策決科者, 授子而不慄.

114) M. H. 아브람스, 앞의 책, p.144 참조.

갈기갈기 찢을 것이다. 내 비록 너를 살려 주고 그 은혜 진실로 크겠지만 다른 사람은 내 마음과 다르니 누가 너의 죄를 용서하겠느냐?[115]

이 글의 '너(汝)'는 '蝮蛇'라는 독사이고, 당시 왕실을 혼란에 빠뜨리고 갖은 弊政과 악행을 일삼던 宦官을 상징하고 있다. 겉으로 보면, 유종원은 '蝮蛇'를 동정하면서 그것을 죽이려 하는 하인을 만류하고 살려 보내려 한다. 그러나 이러한 동정과 연민의 이면에는 사실 '蝮蛇'를 '갈기갈기 찢어 죽이려는' 증오감이 숨겨져 있다. 은혜를 베풀 것 같은 인자함 뒤에 '낫'이나 '곡괭이'라는 무기가 감추어져 있다. 은혜라는 긍정의 형태 뒤에는 처벌이라는 부정적 의미가 숨겨져 있는 것이다. 그래서 '蝮蛇'의 죽음은 이미 예정된 것이고 이 예정된 부정적 분위기는 표면상의 긍정성과 대비를 이루며 더욱 극명하게 나타난다. 그것이 宦官이라는 현실성을 가지게 될 때 그 효과는 배가 된다. 宦官은 바로 실재적인 부정적 이미지의 전형이기 때문이다. 이는 독사의 해악과 환관에 의한 폐해, 독사의 처결에 대한 단호함과 宦官의 제거에 대한 강한 염원 등이 전체 구성의 양면을 이루면서 아이러니 효과의 두 축을 구성하고 있다.

겉으로는 아부에 능한 寵臣을 칭찬하지만 속으로는 비판하고 있는 「梁丘據贊」을 살펴보자.

齊나라 景公에게 梁丘子라 불리는 寵臣이 있었다. 군주와 더불어 다투지 않으니 옛날에는 아첨하는 선비로 불렸다. 군주가 슬퍼하면 그도 슬퍼하였고 군주가 기뻐하면 그도 기뻐하였다. 이토록 현명하니 어찌 칭찬하지 않으리오.

---

115) 『柳宗元全集』, 卷18 「宥蝮蛇文」: 宥汝于野, 自求終吉. 彼樵豎持芟, 農夫執耒, 不幸而遇, 將除其害, 餘力一揮, 應手糜碎. 我雖汝活, 其惠實大. 他人異心, 誰釋汝罪?

(……) 후세의 寵臣 가운데 梁丘子를 본받는 사람이 드물다. 그들은 아첨하는 말로써 군주를 이끌고 정직한 말을 들으면 기피한다. 賢者를 헐뜯고 惡人을 도와주어 백성을 좀먹고 나라를 무너뜨린다.[116]

이 글은 옛날 齊나라 寵臣인 梁丘據의 속물적 행위와 오늘날 梁丘據의 비속함에조차 미치지 못하는 寵臣을 비교 대조하면서 寵臣 전체를 비판하는 글이다. 梁丘據가 군주의 뜻에 절대 복종하고 군주의 심기를 결코 어지럽히지 않으면서 일관되게 아첨으로 보좌하는 것을 극찬하고 있다. 그러나 이 글의 결말 부분을 보면 梁丘據가 아첨해 가며 군주를 보좌하는 것만큼의 일도 해내지 못하는 오늘날의 총신의 악행을 비난하고 있음을 볼 수 있다. 그러므로 梁丘據에 대한 유종원의 표면적인 칭찬은 결국 칭찬이 아니라 비판이었던 것이다. 梁丘據로 상징되는 寵臣 전체의 저속한 행위를 비난하기 위해서 梁丘據를 칭찬하는 것처럼 가장한 것이었다.

이와 유사한 아이러니 형태는 「龍馬圖贊」에서도 볼 수 있다.

처음에 나는 명황제 재위 때, 靈昌郡이 黃河에서 특이한 말을 얻었다고 들었으나 그 모습을 알지는 못했다. 好事家인 涿州 사람 盧遵이 그 그림을 가져와서 나에게 보여 주었다. 그것의 생김새는 용 비늘에 살모사 꼬리, 돌돌 말린 털에 둥근 눈과 살과 같은 갈기를 가졌으니 말이 신령하고 기이해도 이러한 것이 있단 말인가? (……) 禍와 亂을 만나 황제가 서쪽으로 蜀땅을 향할 때 그 말은 咸陽의 서쪽에 도달하여 渭水로 들어가 용으로 변해 헤엄쳐 떠나니 종적을 알 수 없었다. 그것은 도래함이 시기에 마땅하였고 떠남에 신령함을 보존하니 덕행을 완전히 갖추었다. 그 생김새를 본 이상 찬미하지 않을 수 없구나.[117]

---

116) 『柳宗元全集』, 卷19 「梁丘據贊」: 齊景有嬖, 曰梁丘子. 同君不爭, 古號媚士. 君悲亦悲, 君喜亦喜. 曷賢不贊, 卒贊于此. (……) 後之嬖君, 罕或師是. 導君以諛, 聞正則忌. 讒賢協惡, 民蠹國圯.

117) 『柳宗元全集』, 卷19 「龍馬圖贊」: 始吾聞明皇帝在位, 靈昌郡得異馬于河, 而莫知其形. 好事者涿人盧遵, 以其圖來示余. 其狀龍鱗虺尾, 拳髦, 環目肉鬣, 馬之靈怪

윗글에서 柳宗元은 龍馬圖에 그려진 龍馬의 형상과 행적을 통해 龍馬의 신성함을 적극 칭찬하고 있는 듯이 보인다. 그러나 사실 유종원은 용도 아니요 뱀도 아니요 그렇다고 말도 아닌 용마의 괴이한 형상을 비난하는 동시에 이러한 龍馬를 신성시하며 그림을 그려 숭상하는 미신적 태도를 비난하고 있다. 따라서 겉으로 드러난 용마에 대한 칭찬은 사실상 야유이자 비난인 것이다.

겉으로는 상대방의 의견에 동조하는 것 같지만 사실은 상대방 허를 찌르며 동조하지 않는 「對賀者」를 살펴보자.

> 내가 죄를 짓고 영주로 폄적되어 오니, 京師에서 온 사람이 있었고 나를 보고 말하길 "나는 그대가 사건에 연루되어 쫓겨나고 축출되었다는 소식을 들었기에 장차 가서 그대를 위로하고자 했소. 지금 내가 그대의 모습을 보니 호연하여 능히 달관할 수 있을 것 같으니 내가 위로할 까닭이 없겠소. 감히 다시 축하해야겠소."라고 하였다. (……) "내 죄가 크나 主上이 바야흐로 사람을 너그럽게 대하고 천하를 人和로써 치리하시기에 나는 여기에 있을 수 있는 것이요. 무릇 내가 내쳐지고 쫓겨난 것이 이미 다행이거늘 또한 수심에 겨워한들 무슨 소용이 있단 말이오?"[118]

이 글은 京師에서 영주로 온 어떤 사람이 영주 생활에 잘 적응하고 있는 듯해 보이는 柳宗元을 축하하자 자신의 상황을 변론하고 있는 글이다. 유종원은 폄적된 이상 슬퍼한들 소용없고, 폄적으로 정치적 포부도 실현할 수 없게 되었기 때문에 마음을 비우고 한가롭게 유람하러 다니며, '호탕하게 맘먹고 즐거워하는 모습'을 보이고자[119] '호연한' 척했던 것이다. 그런데 京師에서 온 사람은

有是耶? (……) 遇禍亂, 帝西幸, 馬至咸陽西入渭水, 化爲龍泳去, 不知所終. 且其來也宜于時, 其去也存其神, 是全德也. 旣覩其形, 不可以不贊.

118) 『柳宗元全集』, 卷14 「對賀者」: 柳子以罪貶永州, 有自京師來者, 旣見, 曰: "余聞子坐事斥逐, 余適將唁子. 今余視子之貌, 浩浩然也, 能是達矣, 余無以唁矣, 敢更以爲賀." (……) 吾之罪大, 會主上方以寬理人, 用和天下, 故吾得在此. 凡吾之貶斥, 幸矣, 而又戚戚焉何哉?

이러한 유종원의 겉모습만 보고 축하를 보내었다.

그는 이 글의 끝에서 "분노를, 헤헤거리며 웃으면서 표현하는 것은 눈을 크게 뜨고 흘겨 보는 것보다 더 화가 난 것이고, 슬픔을 길게 읊조리는 것은 통곡하는 것보다 더 슬퍼하는 것이지요."[120]라고 하며 호연하고 즐거워하는 모습 속에 숨겨진 깊은 절망에 대해 피력하고 있다. 부덕하고 무능력하고 불충함에도 불구하고 죽지 않고 폄적되어 목숨을 보전하고 있으니 즐거워하는 것은 당연하지 않느냐는 반문에는 自嘲와 恨歎이 깊게 깔려 있다. 吳小林은 이 글을 유종원이 피눈물로 쓴 글이며 유종원의 침통한 심정을 드러낸 글이라고[121]고 평가하였다. 이 글의 정조를 정확하게 파악하고 내린 결론이라고 본다.

지금까지 살펴본 '악담'과 '비꼼'의 아이러니 형태는 비난하거나 비꼬는 발언의 表面적 言說을 뒤집을 수 있는 숨겨진 의도에 관한 확고한 근거가 함축적인 단정이나 견해로 제공되고 있기 때문에 파악하기란 그리 어렵지 않다.[122] '악담'과 '비꼼'의 아이러니 형태는 노골적이고 솔직하고 거칠긴 하지만 논쟁과 의사전달을 위한 유효한 무기가 될 수 있다는 점에서 훌륭한 기교임에 틀림없다. 이러한 의미에서 표면적 언설을 뒤집을 수 있는 어떠한 단정이나 견해가 제공되지 않는 '自己卑下'의 아이러니는 보다 더 높은 수준의 기교라고 하겠다.

---

119) 『柳宗元全集』, 卷14 「對賀者」: 自以上不得自列于聖朝, 下無以奉宗祀, 近丘墓, 徒欲苟生幸存, 庶幾似續之不廢. 是以儻蕩其心, 倡佯其形, 茫乎若升高以望, 潰乎若乘海而無所往, 故其容貌如是.

120) 『柳宗元全集』, 卷14 「對賀者」: 嘻笑之怒, 甚乎裂眥; 長歌之哀, 過乎慟哭.

121) 吳小林, 앞의 논문, p.86 참조.

122) D. C. Muecke, 앞의 책, p.84 참조.

3) 무지의 지에 의한 반어

'自己卑下의 아이러니'는 자신의 無知를 가장하면서 똑똑하다고 자부하는 자신의 대화자와 계속되는 대화 속에서 상대방 관점의 착오를 끌어냄으로써 자신의 똑똑함을 드러내 보이는 방법이다.[123] 이를 '소크라테스풍의 아이러니' 혹은 '소크라테스의 아이러니'[124] 라고 한다. 柳宗元은 이런 형태의 아이러니를 산문에서 종종 활용하였다. 자신을 어리석고 무능력한 것처럼 꾸미고는 상대방과 대화를 나눈다. 그러다 결국에는 자신의 지혜로움과 능력을 은근히 드러내며 결론을 짓는다. 이런 경우 모두 '自己卑下'를 수단으로 하는 아이러니를 성립시키는 것이다.

자기 스스로를 어리석고 우둔한 사람으로 정의하며 무지를 가장하고 있는 「愚溪詩序」를 살펴보자.

> 무릇 물은 지혜로운 자가 좋아하는 것이다. 지금 이 시내가 유독 어리석음 때문에 욕을 당하는 것은 무엇 때문인가? 대개 그 흐름이 매우 낮아서 灌漑할 수 없고 또 물살이 급하고 모래톱과 돌이 많으니 큰 배가 출입할 수 없다. 물길이 그윽하고 깊다가 얕고 좁아지니 교룡이 달갑게 여기지 않고 구름과 비를 일으킬 수 없다. 세상에 이로움을 줄 수 없어서 나와 비슷한 조우

---

123) D. C. Muecke, 앞의 책, p.96: 스스로를 그의 대화자보다 덜 知的인 것으로 나타내고 그 대화자의 假裝이 폭로되게끔 하는 방법으로 소크라테스의 아이러니가 그 대표적인 예라고 할 수 있다.

124) ① M. H. 아브람스, 앞의 책, p.145 참조: 소크라테스풍의 아이러니는 철학적 대화에 있어서 소크라테스가 무지를 가장하고 가르침을 받고 싶어 하는 척하며 겸손하게 상대방의 관점에 따르는 것처럼 하지만 결국 그 관점에 근본적으로 잘못된 것이며 우스꽝스러운 결론에 도달하게끔 되어 있다는 것을 드러내는, 소크라테스 특유의 위장에서 명칭을 끌어온 것이다. ② 이상섭, 앞의 책, p.191 참조: 소크라테스의 아이러니는 똑똑하다고 자부하는 자에게 못난 듯한 질문을 계속하여 결국 똑똑하다는 자에게 어리석고 못난 척했던 자가 더 똑똑하다는 것을 보이는 것을 말한다. 소크라테스가 자칭 현자들인 소피스트들과 논쟁할 때 취한 태도라고 해서 그런 이름이 붙었다.

> 를 겪으니 그러한즉 비록 욕을 주어 어리석다고 해도 괜찮다. (……) 시냇물이 비록 세상에 이로울 게 아무것도 없지만 만물을 잘 비추고 맑고 투명하며 찰랑찰랑 소리 드높으니 어리석은 사람으로 하여금 좋아하고 웃고 그리워하게 하며 즐거워서 떠날 수 없게 한다.[125]

영주로 유배된 후 柳宗元은 孤寂한 流配地 생활을 산수를 유람하면서 잠시라도 잊고자 하였다. 그러다 우연히 '冉溪'라는 시내를 알게 되었다. 그 후 이 시냇물의 아름다움에 반해서 시냇가에 집을 짓고 그것을 '愚溪'라고 이름 지었다. 유종원은 '冉溪'가 논밭에 물을 대거나 큰 배를 띄우기에는 낮고 물살이 급하고 바닥에 돌이 많이 깔려 있어 세상에 이로운 점이 없다고 보았기 때문에 '愚溪'라고 개명하였던 것이다.

여기에서 '愚溪'란 바로 유종원 자신에 다름 아니다. 세상에 도움이 되지 않는 쓸모없는 '愚溪'를, '어리석은' 행동으로 죄인이 된 자신의 처지와 동일시함으로써 유종원은 스스로를 '愚者化'하고 있는 것이다. 그러나 서두에서 언급한바 지혜로운 사람이 물을 좋아한다는 전제로 '愚溪'가 원래 그 본성이 '愚'한 것이 아님을 암시하고 있다. 이것을 '愚'하게 만든 것은 그것이 처한 환경이다. 흐름이 낮고 물살이 급하고 모래톱과 돌이 많은 것 등은 원래 이 시내와는 무관한 것이다. 물은 그저 흘러가기만 할 뿐으로 그것의 외형은 결국 주위에 만들어진 환경이 어떠한가에 의해 좌우된다.

이러한 유종원의 의도는 이 글의 말미에 잘 드러나 있다. 시냇물이 현실적인 이익에는 별 보탬이 되지 못하지만 맑고 투명한 그

---

125) 『柳宗元全集』, 卷24 「愚溪詩序」: 夫水, 智者樂也. 今是溪獨見辱於愚, 何哉? 蓋其流甚下, 不可以漑灌; 又峻急, 多坻石, 大舟不可入也; 幽邃淺狹, 蛟龍不屑, 不能興雲雨. 無以利世, 而適類於余, 然則雖辱而愚之, 可也. (……) 溪雖莫利於世, 而善鑒萬類, 清瑩秀澈, 鏘鳴金石, 能使愚者喜笑眷慕, 樂而不能去也.

성정은 보는 사람의 마음에 감동을 불러일으킨다고 언급함으로써 자신의 폄적이 결코 자신의 어리석음에 말미암은 것이 아님을 말하고 있다. 그러면서 '愚溪'의 효용성이 현실적 목적에만 있는 것이 아니듯 자신의 가치 또한 현실과의 迎合을 의도하지는 않음에 있음을 토로하고 있는 것이다.

> "감히 묻건대 그대의 어리석음이 어떠하기에 나에게 미친단 말이오?"라고 말하였다. 나는 말하길 "그대는 나의 어리석은 말을 다 듣고 싶소? 비록 그대가 흘러가는 끝에 이른다 해도 내 입을 펼치기엔 부족하오. 그대의 흘러가는 바를 막아도 내 붓을 적시기엔 부족하오. 잠시 그대에게 그 대략을 보여주겠소. 나는 아득하고 망망하니 無知하였소. 얼음과 눈이 교대로 몰아치니 모든 사람이 가죽옷을 입는데 나는 갈포를 입었소. 무더위가 살을 태우니 모든 사람이 바람을 따라가는데도 나는 불을 따랐지요. 나는 요동치며 빨리 달렸기에 太行山이 사통팔달 넓은 길과 다른지 모른 채 내 수레를 고장 냈지요. 내가 추방되어 떠도는데 呂梁의 강물이 조용한 강물과는 다름을 모른 채 내 배를 침몰시켰지요. 내 발은 함정을 딛고 머리는 목석에 찧고 가시나무 속에서 부딪치며 쓰러지고 독사와 도마뱀 옆에서 넘어지는데도 무서운 줄 몰랐지요."126)

윗글은 다소 비현실적인 상황을 설정하여 柳宗元은 자신의 抗辯에 여지를 남기고 있다. '冉溪'를 '愚溪'라고 명명하고 거주한 지 5일쯤 지나 꿈속에 '愚溪의 神'이 나타나 '愚溪'라고 命名한 이유를 추궁한다. 이에 대해 유종원은 기다렸다는 듯 자신의 심경을 토로하고 있다. 자칫 이는 자조적인 하소연으로 전락할 수도 있는 내용이다. 그러나 그가 보여 준 것은 단순한 자조의 정조만

---

126) 『柳宗元全集』, 卷14 「愚溪對」: "敢問子之愚何如而可以及我?" 柳子曰: "汝欲窮我之愚說耶? 雖極汝之所往, 不足以申吾喙. 涸汝之所流, 不足以濡吾翰. 姑示子其略. 吾茫洋乎無知, 冰雪之交, 衆裘我絺. 溽暑之鑠, 衆從之風, 而我從之火. 吾蘯而趨, 不知太行之異乎九衢, 以敗吾車. 吾放而游, 不知呂梁之異乎安流, 以沒吾舟. 吾足蹈坎井, 頭抵木石, 衝冒榛棘. 僵僕虺蜴, 而不知怵惕."

이 아니었다. 그 속에는 물의 본성을 거스르는 모래톱이나 돌멩이처럼 자신의 理想을 왜곡시키는 어리석은 자들에 대한 조소가 들어 있다. 즉 그 시내의 물을 모두 적셔 써도 다 쓰지 못할 자신의 억울함을 오히려 무능의 탓으로 돌리면서 실은 자신의 높은 기개를 알아주지 못할 뿐 아니라 讒訴하기까지 하는 무리들을 질타하고 있는 것이다.

그러나 유종원은 폄적된 자신의 처지에 결코 절망하고 있지만은 않았다. '愚溪의 神'이 유종원의 모든 정황을 이해하면서 유종원의 '愚'를 받아들이기로 하는 내용[127]을 통해 유종원은 원래의 자신의 모습을 조금 드러낸다. 그러면서 맹목적으로 보이다시피하는 그의 열정이 얼마나 강한 것이었는지를 가시나무에 부딪치고 毒蛇와 도마뱀 옆에 쓰러진다는 표현으로 잘 나타내고 있다. 이러한 특징을 파악할 수 있었기에 吳小林은 이 글에서 표면적으로 드러나는 그대로의 어리석은 柳宗元이 아닌 어떠한 고난에도 의지를 견지하며 앞으로 나아가고자 하는 百折不屈의 戰士로서의 自我形象[128]을 읽어 낼 수 있었던 것이다.

다음은 손님과 대화하는 형식으로 쓴 「答問」을 살펴보자. 이 글의 손님은 시종 유종원을 나무라고 있지만 이미 유종원의 眞面目을 파악하고 있다. 그리하여 폄적의 부당성과 유종원의 결백함을 주장하고 있는 것이다.

---

127) 『柳宗元全集』, 卷14 「愚溪對」: "何喪何得, 進不爲盈, 退不爲抑, 荒凉昏默, 卒不自克. 此其大凡者也. 愿以是汙汝可乎?" 於是溪神深思而嘆曰: "嘻! 有餘矣! 是及我也." 因俯而羞, 仰而嘆, 涕泣交流, 擧手而辭.

128) 吳小林, 앞의 논문, p.90 참조.

> 지금 이 세상의 탁월한 사람과 우둔한 사람은 서로 기만할 수 없으며 현명한 사람은 미련한 사람과 분명히 구분된다. 현달하여 등용되는 사람이 자신들의 덕행을 말하면 모두 망망하고 드넓고 깊고 넓으며 단정하고 빛나니 함께하며 학식을 넓히고 대도와 더불어 간다. 그러나 나 같은 사람은 오히려 미련하고 천박하고 답답하며 비뚤어져서 뛰어오르고 고함지르고 탄식해도 내쳐지고 잘못되고 추락하고 험난해진다. 머뭇거리니 나가기 힘들고 떠밀려 비틀거리므로 그들의 종적을 쫓기에는 부족하다.[129]

윗글에서는 자조가 거의 푸념처럼 된 것을 볼 수 있다. 자신을 老鈍하고 淺薄하고 狹隘하며 비뚤어졌다고 평가하는 것은 그 반대로 받아들이는 것이 더 정확할 것이다. 우둔하고 탁월하고 재능이 있고 없고는 분명하다고 지적하면서도 그는 구체적으로 누가 어디에 속하는지는 밝히지 않고 있다. 그러면서 大道를 志向하는 훌륭한 인재들에 대한 찬사를 아끼지 않는다. 이는 大道를 지키지 않는 자들에 대한 은근한 비난임과 동시에 자신의 처지에 대한 변명이다.

이 글 전체에서 유종원은 덕행, 이론, 학문, 문장에서 자신을 '顯者'와 비교하면서 시종일관 자신을 '愚者化'하고 있으므로, 표면적인 '愚者' 형상과 반대되는 숨겨진 의미를 파악하기 쉽지 않다. 그러나 이 글의 말미에서 폄적 생활을 즐기려 하고 죄인으로서의 生涯를 기꺼워하며 문장을 통해 걱정과 고민을 풀어내는 데 만족하겠다고 말함으로써 현실을 인정하고 주어진 삶에 충실하겠다는 '賢者'의 모습을 보여 준다. 柳宗元은 자신을 우둔하고 미련하게 '愚者化'하여 스스로를 낮추는 형식을 통해 대화 상대와 제삼자로

129) 『柳宗元全集』, 卷15 「答問」: 今之世工拙不欺, 賢不肖明白. 其顯進者, 語其德, 則皆茫洋深閎, 端貞鯁亮, 苞併涵養, 與道俱往. 而僕乃蹇淺窄僻, 跳浮嚄唶, 抵瑕陷阨, 固不足以趑趄批捩而追其跡.

하여금 자신의 '智'를 파악할 수 있도록 유도하고 있는 것이다.

永州의 여러 노인과 더불어 등용과 폄적에 대해 대화를 나누고 있는 「起廢答」을 보자.

> 나는 웃으며 대답하길 "어르신들이 틀렸소! 저들의 병은 발과 목에 든 것이지만 나의 병은 덕행에 든 것이오. 또 저들의 조우는 [인재가] 결핍된 시기를 만났기 때문이오. 지금 조정에는 인재가 넘치고 호걸들이 숲처럼 무성하며 지모와 꾀는 흘러넘치는 강물과 같소. (……) 나는 덕행이 훌륭하지 못해 폄적된 것이니 어찌 躄足 스님과 문둥이 말과 같은 조우를 바라겠소? 어르신들의 말은 너무 지나치게 추어주는 것으로 나의 죄를 더 무겁게 하지 마시오."라고 하였다.130)

이 글은 新任刺史의 任官式에 참가하였다가 돌아오면서 愚溪가에서 만난 노인들과 나눈 대화로 이루어진 글이다. 이 글에는 조소의 정도가 매우 노골적이다. 노인들은 병으로 불구가 되었음에도 등용된 두 사람에 대해 거론하면서 이들보다 지혜가 뛰어난 유종원이 은둔하면서 등용을 위해 노력하지 않는 데 질책한다. 이에 柳宗元은 자신은 덕행이 부족하여 폄적되었고 현재 조정에는 자신보다 뛰어난 인재가 넘쳐나므로 자신이 다시 등용되기란 힘들 것이라고 말한다. 유종원은 표면적으로 자신의 부족함을 거론하면서 복귀의 불가능을 陳述하고 있지만 사실은 등용되기를 간절히 바라는 마음을 읽을 수 있다. 노인들의 訓戒와 勸諭에 겸손하게 자신의 부족함을 강조하고 있지만 오히려 이로써 그의 진면목은 더욱 부각된다.

---

130) 『柳宗元全集』, 卷15 「起廢答」: 先生笑且答曰: "叟過矣, 彼之病, 病乎足與顙也: 吾之病, 病乎德也. 又彼之遭, 遭其無耳. 今朝廷洎四方, 豪傑林立, 謀猷川行. (……) 而吾以德病伏焉, 豈躄足涎顙之可望哉! 叟之言過昭昭矣, 無重吾罪!"

王侯의 집 문 앞에 미친 듯 짖어대는 사나운 개 있네. 百步 걸어서 이르니 목은 숨이 차고 이마에는 땀이 흐르네. 눈을 부릅뜨며 몸을 돌려 도망가니 혼은 달아나고 정신이 하나도 없네. 즐거운 듯 솜씨가 교묘한 사람이 천천히 들어가며 사나운 개를 현혹하네. 사나운 개들 꼬리를 흔들어대며 온갖 분노를 일시에 누그러뜨리네. (……) 위험이 사그라지니 곧장 건너뛰는데 이르는 곳마다 한결같네. 이들은 어찌나 수완이 좋은지 종횡으로 거리낌이 없네. 하늘이 빌려 준 바가 아니라면 저들의 지혜는 어디에서 나온 것인지? 유독 나에게만 인색하여 항상 어그러지고 쫓겨나게 하네.[131]

이 글은 柳宗元이 자신의 재주 없음을 恨歎하며 자신의 '拙'을 몰아내 달라고 神에게 기원하는 내용이다. 이 글에서 '拙'한 자신과 대비되는 '巧'한 사람은 '貴人達官'으로서 이들은 아무런 수치심도 없이 아부하며 아첨한다. 그러면서 정작 '拙'한 자신이 좀 본받을라치면 화를 낸다.[132] 또 '拙'한 자신은 왕후의 집 앞을 지키는 사나운 개 때문에 魂飛魄散 줄행랑을 치는 반면 '巧'한 사람들은 사나운 개를 제어하며 유유자적 대문을 여니 '巧'한 사람에게는 천부적인 재주를 내리면서 유독 자신에게만 가혹한 운명을 원망한다. 그러나 유종원은 "하늘이 명한 것은 중간에서 바꿀 수 없다. 흐느껴 절하며 흔쾌히 받아들이니 처음에는 슬펐으나 나중엔 즐겁더라. '拙'을 안고 생을 마치려니 죽은들 누가 근심하랴!"[133] 고 초탈한 듯 말한다. 그러므로 겉으로는 자신의 '拙'을 싫어하여 몰아내 줄 것을 바라는 것 같지만 사실은 자신의 강직하고 곧은

---

131) 『柳宗元全集』, 卷18 「乞巧文」: 王侯之門, 狂吠狴犴. 臣到百步, 喉喘顚汗. 睢盱逆走, 魄遁神叛. 欣欣巧夫, 徐入縱誕. 毛群掉尾, 百怒一散. (……) 泯焉直透, 所至如一. 是獨何工, 縱橫不恤. 非天所假, 彼智焉出. 獨嗇于臣, 恒使玷黜.

132) 『柳宗元全集』, 卷18 「乞巧文」: 臣旁震惊, 彼且不恥. 叩稽匍匐, 言語譎詭. 令臣縮恧, 彼則大喜. 臣若效之, 瞋怒叢已.

133) 『柳宗元全集』, 卷18 「乞巧文」: 天之所命, 不可中革. 泣拜欣受, 初悲後懌, 抱拙終身, 以死誰惕!

품성에 자부심을 가지고 있음을 알 수 있다.

自己卑下의 아이러니는 곧바로 강력한 자신감의 표현이다. 그것이 어떤 형태를 취하든 그 속에 내재되어 있는 의미는 같다. 柳宗元이 자신을 가리켜 아무리 우둔하고 천박하다 주장하여도 그것은 그대로 받아들여지지가 않는다. 자신에게 가혹한 평을 내린다는 것은 이미 그만큼의 자신감을 내포하고 있는 것이기 때문이다. 유종원은 여러 형태로 자신의 무능력함을 애써 증명하려고 시도한다. 또한 그러면서 항상 평가에 대한 여지를 남겨 두고 있다. 이로써 유종원이 이런 형태의 산문을 통하여 말하고자 하는 것이 무엇인지가 분명해지고 있는 것이다.

사실에 대한 그대로의 眞術이 불가능할 때, 그것의 효과적인 표현을 위해 취해지는 것이 바로 우회의 방법인 아이러니이다. 그 속에는 逆說的 效果를 노리는 방법인 反語가 있으며, 다소 노골적인 방법인 조롱이나 야유도 있다. 물론 이러한 방법도 있는 그대로 드러낸 직설적인 형태를 취하지는 않는다. 우회적이란 바로 다양한 가능성을 의미한다. 우회의 과정 중 무엇이 일어날지는 확실하지가 않다. 그러나 그것이 직선의 경로를 취할 때와는 다른 양상을 보여 줄 것이란 사실은 豫定할 수 있다. 따라서 유종원의 산문이 우회성을 가질수록 그것에 대한 해석은 무한의 가능성으로 심화 확대될 수 있음을 감지할 수 있다.

2. 주제의 우의적 비유

柳宗元 散文을 전체적으로 분석해 보면, 전통적인 文體를 계승한 경우가 많지만 唐代에 새롭게 생겼거나 소멸되었다가 다시 부활한 문체를 채택한 경우도 많다.[134] 全體 散文 중에서 양적으로는 傳統的 文體에 비교될 수 없지만 유종원 산문의 예술적 개성을 가장 잘 보여 주고 있다.

柳宗元은 어떤 진리나 도덕적 명제를 전달하여 타인을 타이르고 풍자하기 위해서 고유의 방법을 운용하고 있다. 그는 자신이 주장하는 도덕적 명제들을 직접적이고 추상적인 논설이 아닌 '寓言'이나 '譬喩談'을 통해 제시하는 데 탁월한 능력을 발휘한다. 이와 같은 우언이나 비유담은 문학 장르로서 기법적 혹은 장르적 개념의 보편적 명칭인 알레고리에 포함된다.[135]

알레고리(Allegory: 寓喩, 寓意, 諷喩)는 표면적으로는 인물과 행위와 배경 등 통상적인 이야기의 요소들을 다 갖추고 있는 동시에, 그 이야기 배후에 정신적, 도덕적, 또는 역사적 의미가 전개되는 이중구조를 가진다. 즉 구체적인 심상의 전개와 동시에 추상적 의미가 그 배후에 제시되도록 장치한 것이 알레고리인 것이다.[136]

---

134) 『柳宗元全集』의 체례에 근거할 때, 卷2의 '賦', 卷14의 '對', 卷15의 '問答', 卷16의 '說', 卷17의 '傳', 卷18의 '騷', 卷19의 '弔贊箴戒', 卷20의 '銘雜題'가 해당된다.

135) M. H. 아브람스 著, 최상규 譯, 『문학용어사전: Glossary of literary terms』, 보성출판사, pp.8-9 참조: 알레고리란 문학에 있어서 手法的 혹은 장르적 개념으로 우언 문학을 총칭하는 보편적인 명칭이며 알레고리를 본질로 하는 문학 장르로는 우화(fable), 비유이야기(parable), 우화시(fabliau) 등이 있다.

136) 이상섭, 『문학비평용어사전』, 민음사, p.193 참조.

즉, A를 빗대어서 B를 比諭하거나 어떤 사물에 寄託하여 어떤 의미를 비추거나 풍자적으로 비유하는 모든 手法은 알레고리라고 할 수 있다. 좀 더 포괄적으로 말하자면, '말이 의미와 같지 않는 것, 혹은 말이 의미하는 것과 전혀 다른 어떤 것을 나타내는 것'[137]이라고 할 수 있다.

중국에서는 이를 '寓喩'라는 용어로 설명하고 있지만 본 절에서는 알레고리라는 용어를 그대로 사용하고자 한다. 이에 유종원 전체 散文에 나타난 알레고리를 분석하여 유종원 散文의 개성적인 文藝技法을 탐색할 것이다.

우선 알레고리 요소가 풍부한 작품을 유형별로 분류하면 다음과 같다.

[표 10] 유종원 산문의 알레고리 유형

알레고리 유형	작품명	심층의 명제 / 교훈
教訓的 例話	「佩韋賦」	中庸의 도리
	「說車贈楊誨之」	所任의 도리
	「梓人傳」	宰相의 도리
	「誡懼箴」	두려움을 다스리는 도리
	「憂箴」	걱정을 다스리는 도리
	「師友箴」	스승을 따르고 친구를 사귀는 도리
	「敵戒」	적을 대하는 도리
	「與李睦州論服氣書」	배움의 도리
譬喩談	「瓶賦」	善惡의 대비
	「牛賦」	用과 不用의 대비
	「設漁者對智伯」	賢愚의 대비
	「愚溪對」	賢愚의 대비
	「答問」	賢愚의 대비
	「起廢答」	賢愚의 대비

137) 존 맥퀸 著, 宋洛憲 譯, 『알레고리 Allegory』, 서울대학교출판부, p.53 참조.

알레고리 유형	작품명	심층의 명제 / 교훈
譬喩談	「乞巧文」	巧와 拙의 대비
	「東海若」	融通性의 문제
	「序棋」	貴賤의 대비
寓言	「愈膏肓疾賦」	他戒(愛國과 勇氣)
	「鶻說」	諷刺(實在와 外見의 乖離)
	「捕蛇者說」	諷刺(稅金制度의 矛盾)
	「謫龍說」	自戒(抗議)
	「羆說」	諷刺(權力濫用)
	「種樹郭橐駝傳」	他戒(仁과 治理)
	「宋淸傳」	他戒(仁과 求利)
	「李赤傳」	他戒(義와 求利)
	「蝜蝂傳」	諷刺(貪慾)
	「罵尸蟲文」	諷刺(讒訴)
	「宥蝮蛇文(並序)」	諷刺(讒訴)
	「逐畢方文(並序)」	諷刺(讒訴)
	「斬曲几文」	諷刺(讒訴)
	「憎王孫文」	諷刺(讒訴)
	「辨伏神文(並序)」	諷刺(實在와 外見의 乖離)
	「懲咎蝸文(並序)」	諷刺(讒訴)
	「哀溺文(並序)」	諷刺(貪慾)
	「招海賈文」	諷刺(貪慾)
	「三戒」	諷刺(權力濫用)
	「鞭賈」	諷刺(實在와 外見의 乖離)
	「永州鐵爐步志」	諷刺(實在와 外見의 乖離)

유종원 산문에 나타나는 어떤 형식을 갖춘 훈계에 사용되는 이야기인 '教訓的 例話', 명제와 교훈 사이의 상세한 유사성을 강조할 수 있도록 제시되는 이야기인 '譬喩談', 도덕적 명제를 예증하는 짧은 이야기인 '寓言'은 알레고리로 성립된다.

1) 교훈적 예화

教訓的 例話는 說教의 보편적 주제에 대한 특수한 例話로서 어떤 명제나 교훈을 제시하기 위해 實例로 드는 이야기이다. 설교를 위해서 이야기를 교훈적 例話로 구체화하고 있는 것으로, 의미를 확대하면 훈계에서 사용되는 이야기에도 적용될 수 있다.[138] 이들 작품은 이야기가 전체 작품을 구성하고 있는 것이 아니라 교훈을 위한 이야기 부분이 전체 작품의 일부분으로 포함된 것을 말한다. 「佩韋賦」, 「誡懼箴」, 「敵戒」, 「與李睦州論服氣書」를 중심으로 살펴보자.

강함과 부드러움을 두루 겸비하여 결코 한쪽으로 치우침 없이 행동하며 또한 때와 장소에 따라 적절한 태도로 스스로를 삼가야 함을 勸誡하고 있는 「佩韋賦」를 보자.

> 孔丘는 齊나라의 優施를 죽이고 魯나라의 少正卯를 주살했으나 본래 유순하고 仁義가 지극한 사람이다. 藺相如는 얼굴을 붉히며 秦王을 나무랄 수 있었지만 나라 안에 돌아와서는 신하나 시종처럼 염파를 겸손하고 공경스럽게 대했다. 游吉이란 사람은 성격이 관대하고 후덕하고 조용하였으나 병사를 일으켜 체포한 도적들을 잔인하게 죽였다. 曹劌는 覇侯의 면전에서 칼을 뽑아 필적할 정도로 용감했지만 나라로 돌아와서는 공경과 복종을 행할 수 있었다. 관대함과 강건함이 함께 나란히 하니 누가 이들의 큰 덕을 칭송하지 않을 수 있으리?[139]

이 글은 옛날 西門豹가 허리띠를 풀어 자기 스스로의 성급함을

---

138) M. H. 아브람스 著, 앞의 책, p.9 참조.

139) 『柳宗元全集』, 卷2 「佩韋賦」: 尼父戮齊而誅卯兮, 本柔仁以作極. 藺踈顔以誚秦兮, 入降廉猶臣僕. 吉優繇而布和兮, 殘萑蒲以屏慝. 劌拔刃于霸侯兮, 退夠夠而畏服. 寬與猛其相濟兮, 孰不頌玆之盛德.

경계한 이야기를 빌어 中庸의 眞意를 잃고서 지나친 행동을 하지 말라는 권계이다. 온갖 사물은 상대를 이루는 양면이 있듯이 인간에게도 그러한 측면이 있다. 때로는 관대하고 때로는 치밀하며, 강하기도 하고 부드럽기도 한 것이 그것이다. 이것이 제 위치를 바로 찾지 못할 경우 갖가지의 문제가 야기된다. 여기에 개인의 이해관계가 개입되면 문제는 더욱 복잡다단해진다.

일찍이 柳宗元은 이러한 측면들이 초래한 많은 결과들의 眞面目을 이미 간파하고 있었다. 이에 그는 서로 상반되는 두 면의 모순으로 야기되는 갈등을 경계하였던 것이다. 그리하여 이러한 모순들을 조화로 이끌어 내어야 함을 주장하고 있다. 그러면서 實例를 통해 이것이 실현될 것을 의도하였던 것이다. 이는 儒家的 성향이 강한 유종원의 면목을 보여 주는 것으로 무조건적인 寬容의 현실적인 한계를 認知하고 올바른 道의 실천을 위해서는 치우치지 않는 中庸의 태도가 반드시 전제되어야 함을 강조하고 있다.

언제나 일어날 수 있는 예측되지 않는 禍를 대하는 태도에 대해 그 바람직한 자세를 君子의 경우를 예로 설명하고 있는 「誡懼箴」을 보자.

> 사람으로서 두려움을 모른다면 어찌 능히 일을 할 수 있는가? 두려움을 아는 것은 훌륭하지만 그것을 없애는 것만 못하다. 어리석고 멍청하니 아무 생각도 하지 말라는 말이 아니다. 화를 당하고 난 후에 두려워하는 것은 진실로 무지한 것이다. 君子가 두려워하는 것은 화가 아직 시작되지 않음을 두려워하는 것이다.[140)]

140) 『柳宗元全集』, 卷19 「誡懼箴」: 人不知懼, 惡可有爲? 知之爲美, 莫若去之. 非曰童昏, 昧昧勿思. 禍至後懼, 是誠不知. 君子之懼, 懼乎未始.

윗글에서 유종원은 항상 常存해 있는 禍에 대처하는 태도에 대해 말하고 있다. 禍와 福은 또한 일종의 兩面이다. 보통 사람의 경우 먼저 온 福에 대해 기뻐하며 거기에 매몰되어 이후에 다가올 禍의 존재를 까맣게 망각한다. 그러나 君子의 경우 그들은 매몰되거나 미혹됨이 없어 福에 너무 겨워하지도 않으며 禍에 너무 절망하지도 않는다. 따라서 언제나 흔들림이 없으며 평정을 유지할 수 있다. 여기서 두려움을 없앤다는 것이 인간에게 다가올 禍 그 자체를 없앤다는 의미는 결코 아니다. 禍란 인간이 존재하는 한 언제나 그들의 곁에 상존하는 것이기 때문이다. 유종원이 의도한 바는 단지 禍와 福이 야기하는 모든 것이 원래 인간에 의해 초래된 것이므로 이를 두려워하지 말고 적극적으로 대처하라는 것이다. 또한 언제든 다가올 禍를 예견하여 미리 준비를 하여야 한다고 강조하고 있기도 하다.

> 사람들 모두 敵의 원수 됨만 알 뿐 이익이 대단함을 모른다. 모두 敵의 해로움만 알 뿐 이익이 크다는 것을 모른다. (……) 敵이 존재하면 두려워하고 敵이 없어지면 춤춘다. 방비하는 것을 게을리하고 자만하니 이것은 재난을 더하는 일이 된다. 敵의 존재는 재난을 없애 주고 敵의 부재는 과오를 초래한다. 이러한 이치를 능히 이해할 수 있다면 도리는 커지고 명성은 오래 전해질 수 있을 것이다.[141)]

윗글은 적에 대한 마음가짐에 대해 말하고 있다. 柳宗元이 항상 강조하는바 상황의 양면성에 관한 말이다. 자신의 敵과 怨讐에 대해서는 모든 이들이 단지 적대시할 뿐 객관적인 시각을 갖지 못하

141) 『柳宗元全集』, 卷19 「敵戒」: 皆知敵之讐, 而不知爲益之尤; 皆之敵之害, 而不知爲利之大. (……) 敵存而懼, 敵去而舞. 廢備自盈, 祗益爲瘉. 敵存滅禍, 敵去召過. 有能知此, 道大名播.

는 것이 대부분의 경우이다. 그러나 동지가 중요한 것처럼 적 또한 그 의미가 큰 것이다. 적은 자신의 행동을 돌아보게 하고 새로운 대처 방안을 모색하게 한다. 사실 개인과 사회의 진보란 적대적 관계에 있는 상대가 있기 때문에 달성될 수 있는 것이다. 물론 적을 동지로 받아들일 수 있는 것은 아니다. 또한 그러할 필요도 없다. 적은 적으로서 이미 그 존재가치를 가지고 있기 때문이다. 그리고 적과 동지는 그다지 큰 차이를 가지는 것도 아니다. 단지 입장의 차이일 뿐인 경우가 대부분이다. 따라서 적에게서 이미 자신의 모습을 발견할 수도 있고 문제의 해결방안도 모색할 수가 있는 것이다.

이리하여 柳宗元은 이러한 이치를 능히 이해할 수 있다면 능히 도리는 커지고 명성은 오래 전해질 수 있을 것이라고 말하고 있는 것이다. 이 작품에서 자신에 대해서 적대적인 존재를 자기 발전의 원동력으로 보는 유종원의 역설적인 발상은[142] 그가 비록 현실적으로는 정치에서 패배하였지만 오히려 사물을 꿰뚫어 보는 그의 慧眼은 이러한 현실적 고난에 의해 더욱 빛을 발하고 있는 것이다.

친구가 似而非 服氣 서적에 빠져 건강을 해치자 服氣를 그만둘 것을 충고하려고 쓴 「與李睦州論服氣書」를 보자.

> 내가 경험하고 보았던 두 가지 일을 비교하여 그대가 믿는 服氣書가 아무 쓸데없는 것임을 증명하고자 할 뿐이오. 내가 어렸을 때, 음악을 좋아하여 거문고 연주를 배우려는 사람을 보았소. 그는 名師의 지도를 받지 못했으나 우연히 명사가 전한 거문고의 악보를 구했는지라 악보에 의지하여 음을 읽고 손으로는 연주를 했지요. (……) 이렇게 한 지 10년이 지났고 그는 스스로 거문고를 잘 탄다고 여겼지요. 그는 고향을 떠나 대도시에 도착했고 많은 사

142) 松本 肇, 『柳宗元研究』, 創文社, p.38 참조.

> 람 앞에서 거문고를 연주하게 되었소. 많은 사람들은 그를 비웃으며 "하하, 왜 당신의 연주는 淸濁의 音이 뒤섞이고 박자의 緩急이 적절치 않는 것이요?"라고 하였소. 결국 그는 크게 망신당하고 고향으로 돌아갔다오.[143]

이 이야기를 통하여 柳宗元이 말하고자 하는 것은 바로 올바른 논리와 原則固守의 중요성에 관한 것이다. 무엇이든 열심히 하면 일정 정도는 따라 할 수 있다. 그러나 그것의 방법이 잘못되었다면 아무리 좋은 목적과 의도를 가지고 출발하였다 하더라도 이것의 결과는 대개 뚜렷한 한계를 보여 준다. 그것이 단순한 기예라도 그러할진대 하물며 기예의 차원을 넘어서 이해와 창의의 능력이 요구되는 경우라면 더 말할 나위가 없는 것이다. 위의 거문고를 독학하였던 사람의 경우처럼 그 결과는 '淸濁의 音이 뒤섞이고 박자의 緩急이 일정치 않는' 수준에 불과하였던 것이다. 각고의 노력도 중요하지만 그 노력 이전에 현 상황에 대한 명확한 인식이 반드시 전제가 되어야 한다. 그것이 개인의 차원이라면 개인 자신에 대한 객관적인 평가가 뒷받침되어야 할 것이며 그것이 사회적 문제라면 여러 주위의 상황들에 대한 정확한 판단이 이루어져야 하는 것이다.

여기에서 李君이라는 자는 服氣術에 관한 정확한 인식도 없이 떠도는 소문에만 의지하여 그것에 盲從하는 어리석음을 범하고 있다. 이러한 경우는 일상사에서 매우 비일비재하다. 방법에 관한 명확한 인식이나 계획도 없이 무모하게 설정된 목표만을 指向하는

143) 『柳宗元全集』, 卷32 「與李睦州論服氣書」: 但以世之兩事已所經見者類之, 以明兄所信書, 必無可用; 愚幼時嘗嗜音, 見有學操琴者, 不能得破師, 而偶傳其譜, 讀其聲, 以布其爪指. (……) 如是十年, 以爲極工. 出至大都邑, 操于衆人之坐, 則皆得大笑曰; "嘻, 何淸濁之亂, 而疾舒之乖歟!" 卒大慚而歸.

경우 이는 분명 많은 誤謬를 낳게 된다. 여기서 이러한 오류가 개인에게만 국한될 때는 그나마 다행이다. 그러나 이것이 사회에까지 그 파급효과를 미치게 되는 경우 이의 결과는 매우 심각해진다. 위의 거문고를 배운 자가 다행히 수치를 느끼게 됨으로 이 문제는 개인의 차원에서 일단락될 수 있는 것이지만 그 자가 자신의 한계를 모르거나 혹은 인정하지 않거나 더 나아가 이러한 태도를 가진 자가 권력의 자리에 있는 경우 그 파장은 이루 말할 수 없이 넓어지게 되는 것이다. 따라서 柳宗元은 친구의 잘못된 방법론에 대해 언급하면서 실제로는 이러한 방법론의 오류가 야기할 수 있는 問題의 소지에 대해 지적하고 있다.

2) 비유에 의한 경계

譬喩談이란 작가가 독자에게 알리려고 하는 명제 혹은 교훈 사이의 상세한 유사성을 강조할 수 있도록 제시되는 짧은 이야기이다.[144] 柳宗元 散文에서 비교적 짧은 이야기 부분이 작가가 깨우치고자 하는 교훈을 類推할 수 있도록 제시되고 있는 작품은 '譬喩談'으로 알레고리의 한 유형이다. 이들 작품은 각각 대비되는 두 가지 이야기가 전체 하나의 작품을 구성하고 있는 형식을 띠고 있다. 또 독립적인 각각의 이야기는 두 개의 사물이나 현상을 비유하고 있어 개념을 선명하게 대비시키는 것이 특징이다. 「瓶賦」, 「牛賦」, 「東海若」, 「序棋」를 중심으로 살펴보자.

---

144) 이명섭, 앞의 책, p.329 참조.

술부대와 물병에 관한 이야기로써 물병의 미덕을 알리는 實例로 제시되고 있는 「甁賦」를 살펴보자.

> [술부대의 술을 마시면] 白을 보고서 黑이라 하고 시비를 전도하고 좋은 것과 나쁜 것을 구분 못 한다. 자신은 비록 스스로를 판 것이지만 사람들 중에 혹자는 이 때문에 위험에 빠진다. 군대라면 패하고 나라라면 멸망하게 되니 허우적대며 돌아가지 못한다. (……) 뒤웅박으로 깊은 물을 끌어올리고 깨끗한 샘물을 끌어당기니 물은 담박하고 바르고 뛰어나다. 시고 달고 쓰고 맵고 짠 다섯 가지 맛과 조화를 이루니 어찌 해갈하는 데 그치랴. 맛이 달지도 않고 나쁘지도 않으며 오래 지나도 버릴 것이 없다. 맑고 희니 비출 만하고 종국에는 아첨하거나 사사로이 하지 않는다. 그것의 이익과 혜택은 넓고 크니 누가 그것을 떠날 수 있겠는가?[145]

이 글은 겉으로는 술이 인간에게 끼치는 폐해와 반대로 물이 주는 유익함에 대하여 말하고 있다. 그러나 그 眞義는 다른 곳에 있다. 사실 술이 가지는 美德도 없지는 않다. 그런데 굳이 술이 가지는 여러 속성 중 인간을 미혹시키는 부분만을 확대시킴에는 분명 어떤 底意가 있으리라 여겨진다. 여기서 유종원이 술과 물이라는 같은 재료에서 출발하여 전혀 다른 결과를 빚어내게 된 경우를 제시하여 말하고자 하는 것은 바로 그 본성을 논하고자 함이 아니라 그 쓰임새에 의해 변형된 결과를 기술하고자 하는 것이다. 애초 술 자체가 迷惑性을 의도한 경우는 없다. 그리고 어떠한 부정적인 결과를 상정한 경우도 없다. 미혹성이나 부정성은 바로 인간에 의해 부여된 이차적인 속성인 것이다. 그리고 이러한 결과는 전적으로 인간의 몫이다. 적당하거나 지나친 것은 모두 인간의 의지에

145) 『柳宗元全集』, 卷2 「甁賦」: 視白成黑, 顚倒姸媸. 己雖自售, 人或以危. 敗衆亡國, 流連不歸. (……) 鉤深挹潔, 淡泊是師. 和齊五味, 寧除渴飢. 不甘不壞, 久而莫遺. 淸白可鑒, 終不媚私. 利澤廣大, 孰能去之.

관련된 문제이기 때문이다.

이에 반하여 물은 그 본성에 어떤 것도 加味되지 않음으로 인해 담박하고 맑고 五味의 맛을 조화롭게 유지하고 있다. 본성이 같은 두 가지가 서로 다른 과정을 거치면서 더욱 다른 결과를 노정하고 있는 술과 물의 대비를 통해 柳宗元은 과정의 중요성을 역설하고 있다. 쉽게 환경에 同化되어 결국에는 본성을 잃고 마는 경우와 끝까지 자신의 뜻을 견지하여 제 위치를 확립시키는 경우이다. 물론 처음에는 술의 화려한 장정이 더 놀랍고 볼 만한 것인지는 모르나 그 화려함은 마지막까지 자신의 모습을 유지한 평범한 물에 비할 바가 못 되는 결과를 초래하게 되는 것이다. 이렇듯 사소한 일상의 사물을 통하여도 세상 이치를 읽어 낼 수가 있음을 유종원은 보여 주고 있다.

소와 나귀라는 두 동물의 행동과 속성에 관한 이야기가 소의 희생정신과 유용함을 전달하기 위해 實例로 제시되고 있는 「牛賦」를 보자.

> 소는 가죽과 뿔도 사용되고 어깨와 꼬리뼈조차 保全을 꾀할 수 있다. 或者는 그것에 구멍을 뚫어 棺을 묶는 노끈으로 쓰고 或者는 祭器를 채우는 음식으로 쓰기도 한다. 이로 보건대, 소보다 뛰어난 동물은 없다. (……) 나귀는 둔한 말을 좇아가고 도처에서 뜻을 굽히고 권세를 따르니 거처하는 곳을 가리지 않는다. 밭을 갈지도 않고 마차를 끌지도 않으나 맛있고 좋은 사료는 마음대로 차지한다.[146]

이 글은 柳宗元이 영주폄적 이후에 쓴 詠物小賦로 소와 나귀에

---

146) 『柳宗元全集』, 卷2 「牛賦」: 皮角見用, 肩尻莫保. 或穿緘繩, 或實俎豆. 由是觀之, 物無逾者. (……) 服逐駑馬. 曲意隨勢, 不擇處所. 不耕不駕, 藿菽自與.

대한 짧은 이야기를 통해 두 동물을 對比시키고 對照하는 과정에서 사물의 특징을 잘 나타내고 있다. 소가 인간에게 유용함은 말할 나위가 없다. 쓰임새가 많아 그 가치가 높은 동물이 있는가 하면 게으름을 피우며 눈치만 살피다 먹을 것만 챙기는 나귀 같은 동물도 있는 것이다.

사람도 이와 다를 바가 없다. 묵묵히 자신의 일을 열심히 하면서도 공을 내세우지도 않고 겸손하게 자신을 낮추는 사람이 있는가 하면 나귀처럼 기회만 엿보며 자신의 이익을 챙기는 소인배들도 있는 것이다. 여기에서 '牛'를 柳宗元이 스스로를 譬喩한 것으로 보기도 하는데[147] 이는 소처럼 말없이 자신의 일에 전력을 했건만 그에 합당한 평가도 받지 못한 자신에 비해 권세에 빌붙어 표리부동하게 행동하는 자들은 오히려 높은 평가를 받는 세태를 비판하고 있기도 한 것이다.

「東海若」은 두 가지의 비유 이야기로 이루어진 독특한 형식의 문장이다. 이 작품의 구성과 내용을 간략히 살펴보면 다음과 같다.

[1] 東海의 바다신과 두 개의 호리병에 얽힌 이야기
호리병이 상징하는 것: 융통성을 발휘하는 사람과 그렇지 못한 사람
[2] 禮佛을 가진 두 명의 스님 이야기
스님이 상징하는 것: 융통성을 발휘하는 사람과 그렇지 못한 사람

위 두 가지 비유담에서 [1]의 東海의 바다신과 호리병에 관한 이야기를 보도록 하자. 동해의 바다귀신이 孟豬山에서 호리병 두 개를 얻은 데서 이야기는 시작된다. 동해의 神은 호리병 속에 분

147) 呂晴飛 主編, 『唐宋八大家散文鑑賞辭典』, 中國婦女出版社, p.264 참조.

토와 회충을 가득 채워 돌로 입구를 막고 바닷속으로 던졌다. 시간이 흘러 이곳을 지나다가 지난날 바다로 던졌던 호리병을 다시 만났다. 그런데 함께 떠나자고 하는 神의 말에 호리병 두 개의 태도는 서로 상반되었는데 함께 떠나길 희망한 호리병은 바다신의 도움으로 더러움을 씻어 내고 큰 바다에 몸을 둘 수 있게 된다.

> 東海의 바다신은 이에 돌을 뽑아 호리병을 깨부수고 그것을 孟豬의 육지 위로 던졌고, 大荒의 섬에서 더러움을 씻어 내니 바다는 다시 큰 바다로 돌아왔고 먼저 앞서 말한 大海를 다 얻을 수 있었다. 그러나 예전의 그 나머지 하나(호리병 속의 바닷물)는 시종 냄새나고 썩은 곳에 살면서 변화하지 않았다.[148]

東海의 神이 바다에 던졌던 두 개의 호리병 중에 큰 바다로 함께 가자는 청을 거절하였던 호리병은 끝내 분토와 회충이 섞인 바닷물과 함께 악취를 풍기며 남는다. 여기서 바다신을 따르는 호리병은 분토와 회충으로 가득 찬 것과 같은 현실을 과감히 벗어나려는 태도를 비유한 것이고, 남아 있겠다고 한 호리병은 확실하지 않는 것에 도전하기보다는 현실에 안주하려는 태도를 의미한다. 주어진 것에 안분 자족하는 것이 때로는 현명할 수도 있으나 기득된 것에 집착하여 새로운 변화를 거부한다면 그는 이미 그 존재 자체로 모순의 일부가 되는 것이다. 이에 비하여 안정된 현실을 버리고 새로운 변화를 추구하는 호리병은 불확실한 것이지만 그 가능성에 자신을 걸고 未來指向的인 態度를 보여 준다.

이 작품의 결론 부분에서 두 개의 호리병과 두 스님이 겪은 고난의 類似性을 거론하며 유종원은 한 가지를 버려서 다른 한 가지

---

148) 『柳宗元全集』, 卷20 「東海若」: 東海若乃抉石破瓠, 投之孟豬之陸, 盪其穢於大荒之島, 而水復於海, 盡得向之所陳者焉. 而向之一者, 終與臭腐處而不變也.

를 얻는 이치를 잘 이해하지 못하는 사람에 기탁하여 '버려야 얻을 수 있고' '하나를 얻기 위해서는 다른 하나를 버린다.'는 교훈을 제시하고 있다.

붉은색과 검은색 두 가지 장기와 관련된 이야기가 顯貴와 卑賤을 비유하며 신분이 높은 자와 낮은 자의 등용에 대한 교훈을 제시하는 「序棋」를 살펴보자.

> 장기 중에 고귀한 것이 반을 차지하고 저급한 것이 반을 차지한다. 고귀한 장기는 상등자라 하고 저급한 장기는 하등자라 한다. 모두 첫 번째에서 열두 번째까지 배열되며 저급한 장기 두 개는 고귀한 장기의 하나에 해당하고 붉은색과 검은색으로 구별한다. (……) 하등의 검은색 장기를 매우 경시하고 고귀한 붉은색 장기를 매우 중시하였다. 그들은 장기를 사용하여 공격할 때 반드시 검은색 장기를 먼저 사용하였고 부득이할 경우 붉은색 장기를 사용하였다. (……) 나는 그들이 장기 두는 것을 자세히 바라보면서, 그것의 시작은 모두 같았는데 房先生이 한 번 색칠을 한 후에 장기의 輕重이 이렇게 되었다고 여겼다.[149]

이 글은 유종원의 친구인 房直溫이 장기에 각각 붉은색과 검은색을 칠한 이후 장기를 두는 사람들이 붉은색의 장기를 선호하고 검은색의 장기를 홀시하는 것을 보고 느낀 바 있어서 쓴 글이다. 윗글에서 장기를 두는 사람들은 붉은색 장기를 소중히 하고 아끼고 검은색 장기를 함부로 사용한다. 柳宗元은 장기를 두는 사람들의 행동을 보면서 장기에 색칠을 하기 전에는 같은 등급이었으나 각각 다른 색이 칠해지고 나자 그것의 輕重과 貴賤이 나눠짐에

149) 『柳宗元全集』, 卷24 「序棋」: 貴者半, 賤者半, 貴曰上, 賤曰下, 咸自第一至十二, 下者二乃敵一, 用朱墨以別焉. (……) 則視其賤者而賤之, 貴者而貴之. 其使之擊觸也, 必先賤者, 不得已而使貴者. (……) 余諦睨之, 以思其始, 則皆類也, 房子一書之而輕重若是.

의문을 표시한다. 특히 房直溫이 장기에 색칠을 할 때 어떠한 근거나 기준에 따르지 않고 먼저 잡히는 순서대로 색을 칠한 것을 이미 보고 난 후라 겉 색깔의 차이에 근거하여 중시하거나 천시하는 행위를 비웃는다.

대개의 경우 사물이나 사람에 대한 판단이나 평가의 기준을 정할 때 '귀찮아서' 혹은 '다들 그렇게 하니까'라는 이유로 별 의구심 없이 기존의 것을 따른다. 평가는 그것의 본성에 따라 객관적이며 합리적이고 논리적이어야 한다. 그 기준을 설정함에 있어서도 마찬가지이다. 그런데 이러한 기준의 설정 자체가 그다지 용이하지가 않다. 사회적 관습과 개인적 가치 등등이 개입되기 때문이다. 따라서 外的인 條件들이 가지는 현란함에 현혹되지 않도록 사물의 본성을 꿰뚫을 수 있는 안목이 필요한 것이다.

3) 촌철로서의 우언

柳宗元 散文에서 도덕적인 명제나 인간의 행동 원리를 예증하기 위한 짧은 이야기로 구성된 작품은 寓言의 알레고리 유형에 속한다. 우언의 실질은 譬喩이며 우언고사는 복잡한 고급비유이다. 다만 우언은 비유에 비해서 비교적 완정한 스토리가 있고 인물형상이 있으므로, 편폭이 아주 짧더라도 하나의 깊은 함의를 갖춘 작은 이야기가 있으면[150] 寓言으로 정의할 수 있다.

이에 유종원 산문에서 인물형상과 고사가 뚜렷하며 정치적 역사적

150) 周明, 『中國古代散文藝術』, 江蘇教育出版社, pp.420－421 참조.

도덕적 문제를 풍자하거나 교훈을 제시하고 있는 작품을 중심으로 알레고리를 분석하고자 한다. 「哀溺文」, 「招海賈文」, 「三戒」, 「辨伏神文」, 「鞭賈」, 「罵尸蟲文」, 「愈膏肓疾賦」, 「鶻說」, 「逐畢方文」, 「謫龍說」을 중심으로 살펴보자.

柳宗元의 寓言은 모순된 사회현상에 대해서 분노하고 멸시하며 조소하는 방식을 취하고 있다. 柳宗元은 貪慾, 權力, 實在와 外見의 乖離, 讒言을 추악한 현상으로 규정하고 이러한 현상에 대해서는 특히 諷刺의 형태를 빌고 있다.

첫째, 財物에 대한 과도한 貪慾으로 결국 破滅을 당하는 人間을 풍자하는 작품을 보자. 「蝜蝂傳」, 「哀溺文」, 「招海賈文」이 여기에 속한다.

「哀溺文」은 永州지방의 한 백성이 허리에 무거운 錢帶를 차고 강을 건너다가 溺死하는 이야기이다. 이 작품의 주인공인 溺死者는 원래는 수영에 능한 사람이다. 이 사람은 함께 강을 건너던 동료들의 충고를 무시하고 錢帶를 풀지 않고 강을 건너려다 결국 물에 빠져 죽게 된다. 유종원은 이러한 溺死者에 대해 다음과 같이 말한다.

> 많이 어리석은 사람은 큰 이익 때문에 죽고 조금 어리석은 사람은 작은 이익 때문에 망한다. 수영을 잘하고 가장 뛰어나더라도 결국에는 이 때문에 요절한다. 이는 해로움과 함께 가고 스스로 죽음을 몸에 휘감는 셈이다. 오늘날에 미루어 보고 옛날을 거울삼아서 능히 생명을 보전할 수 있는 사람은 드물다. 금은보화로 만든 옷을 입었던 商나라 紂王은 불에 타서 죽었고 영화로웠던 夷公은 이익을 탐하다가 멸망하였다. 승냥이나 늑대도 죽을 때는 오히려 굶으며 소의 배도 죽은 후에는 텅 비어 있다. 사람들이 이처럼 우매하고 무지하므로 저들 모두에게 '어리석은 사람'이라는 시호를 부여해야 할 것이다.[151)]

재물이란 그 쓰임에 따라 福을 부르기도 하지만 또한 모든 禍의 근원이기도 하다. 재물에 연연해하는 사람은 결국 그 재물로 인해 비참한 지경에 이르게 되는 것이다. 그는 "늑대도 죽을 때에는 먹는 것에 싫증을 내고 소는 죽은 후에 보면 배가 비어 있다."라고 하면서 하찮은 동물들도 이러할진대 인간이 제 목숨 다하는 줄도 모르고 재물에 급급해하는 태도를 경계하고 있는 것이다. 특히 권력의 자리에 있는 자들의 재물관리는 또한 특별히 유의해야 함을 紂王과 夷公의 예로 강조하고 있다.

「招海賈文」은 貪慾에 눈이 멀어 험한 바다로 장사하러 나갔다가 생명을 잃은 상인에 대한 이야기이다.

> 바다 위의 상인에게 묻노니, 장사 일은 본래 해서는 안 되는 것인데 그대 바다로 가서 장사 일을 도모하는구려. 그대 죽어서는 나쁜 귀신이 되고 살아 있을 때는 탐욕스러운 사람이었소. 무엇이 그리 즐겁단 말이오? 돌아오시오. 그대 몸을 편안하게 하시오.[152]

원래 재물이란 적당하게 모자라지 않을 정도로만 있으면 그것이 바로 富이다. 그런데 사람들은 만족할 줄을 모른다. 이 글의 商人도 이런 부류에 속하는 인물이다. 인간이 편의에 의해 만들어 낸 財貨가 인간을 지배해 버린 경우이다. 재화의 힘이 無所不爲의 상태가 된 것이다. 이러한 악순환은 끊임없이 이어진다. 사실 인간의 현실적 욕망이 존재하는 한 재물의 위력은 점점 정도를 더해 갈

---

151) 『柳宗元全集』, 卷18 「哀溺文」: 大者死大兮, 小者死小. 善游雖最兮, 卒以道夭. 與害偕行兮, 以死自繞. 推今而鑑古兮, 鮮克以保其生. 衣寶焚紂兮, 專利滅榮. 豺狼死而猶餓兮, 牛腹尸而不盈. 民旣貿貿而無知兮, 故與彼咸謚爲氓.

152) 『柳宗元全集』, 卷18 「招海賈文」: 咨海賈兮, 賈尙不可爲, 而又海是圖. 死爲險魄兮, 生爲貪夫. 亦獨何樂哉? 歸來兮, 寧君軀!

것이다. 이러한 악순환을 끊기 위해서는 개인의 수양은 물론이거니와 사회제도적인 환경의 변화도 이루어져야 한다.

여기서 바다는 위험과 유혹의 상징이다. 재물을 위해 바다로 뛰어드는 것은 바로 재물의 유혹을 이기지 못해 스스로 自滅하는 길임을 말하고 있다. 이에 비해 비록 얻어지는 재물은 적으나 안전하고 인간의 도리와 인간적인 삶의 형태가 유지되는 곳으로 陸地를 설정하고 있다. 그러면서 죽음 앞에서는 모든 것이 헛될 뿐이니 돌아와서 편히 마지막 휴식을 취할 것을 권유하고 있다.

둘째, 권력을 濫用하며 惡行을 저지르다가 결국 목숨까지 잃는 행위를 풍자하는 작품을 보자. 「三戒」, 「逐畢方文」, 「羆說」이 대표 작품이다.

「三戒」는 「臨江之麋」, 「黔之驢」, 「永某氏之鼠」 세 편의 이야기로 이루어져 있다. 이 가운데 「永某氏之鼠」는 쥐를 좋아하는 주인의 총애를 믿고 邪行을 일삼다가 새로운 주인을 만나 몰살당하는 쥐에 대한 이야기이다.

> 몇 년 지난 후에 이 사람이 다른 곳으로 이사를 갔다. 후에 어떤 사람이 이곳으로 이사를 왔는데 쥐들은 敵을 대하듯이 하였다. 새로운 주인은 "쥐는 음험한 종류의 나쁜 동물로 훔치고 싸우는 것이 특히 심하지만 어찌 이 정도까지 이르렀단 말인가!"라고 말하였다. 이에 고양이 대여섯 마리를 빌려와 문을 잠그고 기왓장을 들추어내서 쥐구멍을 씻어 내며 하인에게 쥐를 잡게 했다. 죽은 쥐들이 산같이 쌓였고 그것을 은폐된 곳에 버리자 악취가 수개월 지나서야 없어졌다. 아! 쥐들은 포식하고 무사태평함이 오래갈 줄 알았던 것이다.[153]

153) 『柳宗元全集』, 卷19 『三戒 · 永某氏之鼠』: 數歲, 某氏徙居他州. 後人來居, 鼠爲態如敵. 某人曰: "是陰類惡物也, 盜暴尤甚, 且何以至是乎哉!" 假五六猫, 闔門撤瓦, 灌穴, 購僮羅捕之. 殺鼠如丘, 棄之隱處, 臭數月乃已. 嗚呼, 彼以其飽食無禍爲可恒也哉!

원래 쥐란 생물은 어둡고 눅눅한 곳을 좋아하며 재빠르고 민첩하게 움직여 곡식을 훔쳐 먹는다. 쥐의 이런 습성에 사람을 빗댈 경우 주로 떳떳하지 못한 행동을 일삼거나 뒤에서 謀略하며 몰래 남의 것을 가로채는 행위를 하는 자들을 가리킨다. 이 글의 앞부분에는 쥐를 선호한 이전의 주인이 고양이와 개도 키우지 않고 쥐를 잡지 못하게 하여 쥐들이 밤낮을 가리지 않고 소란을 피우며 난동을 부리는 상황이 묘사되고 있다. 쥐란 동물이 이런 속성을 가지고 있을진대 이런 동물을 좋아하는 주인이 과연 어떤 사람일지는 짐작이 가고도 남는다. 그 또한 떳떳하지 못하며 아첨과 아부에 약하고 권력에 약한 자이다. 이리하여 어리석은 집주인과 쥐가 서로 어울려 그 집 자체를 엉망으로 만들고 있는 것이다. 다행히 쥐를 싫어하는 주인이 이사를 와 고양이를 키우고 하인들을 재촉하여 쥐를 모두 잡아 버린다.

세상 모든 이치가 그러하듯 영원한 것이란 애초 존재하지 않는다. 인간이 바로 그 유한성의 대표적인 예다. 인간이 유한한데 그 인간이 만들어 낸 권력이란 것이 어떠할지는 이미 짐작할 수 있다. 그러나 이 이야기 속의 쥐처럼 어리석게도 권력의 맛에 도취되면 이를 깨닫지 못한다. 스스로 물러날 때를 망각하고 그것에 미혹되어 아무것도 볼 수 없게 되고 마는 것이다. 권력에 연연하여 자신을 망각하는 만큼이나 추한 것은 없다. 인간이 스스로 자족하여 물러날 때와 나아가야 할 때를 정확히 안다면 이런 쥐와 같은 자들에 의해 야기되는 폐해는 없을 것이다.

여기서 '이전의 주인'은 '愚昧한 最高權力者'를 의미하고 '쥐'는 '權勢만을 믿고 邪行을 저지르는 中間權力者'를 의미하며 '새로운 주인'은 '聰明한 最高權力者'를 의미한다. 이 글 외의 나머지 두 편을 포함한 「三戒」 전편에서 柳宗元은 '능력도 없이 권력만 믿고 함부로 행동하는' 유형을 풍자하면서 그들의 몰락을 예견한다. 이 작품은 표면적으로는 쥐와 그 주인에 관한 이야기이지만 실제 의미는 사람들에게 권력만 믿고 함부로 행동해서는 안 된다는 도덕적 경계를 내포하고 있다.

아무 이유 없이 화재를 일으켜 백성들을 괴롭히는 畢方이라는 새의 악행을 풍자하고 있는 「逐畢方文」을 살펴보자.

> 畢方鳥야! 어찌하여 네 마음대로 행동하느냐? 皇天은 진실로 총명하므로 아래의 사람들을 염두에 둘 것이다. 너는 皇天이 총애하는 사람에게 해를 끼쳤으니 욕을 당하고 죽게 될 것이 틀림없다. 모습을 숨기고 해로움을 선동하며 음험하고 괴이한 일을 벌이는구나. 네가 지금은 벌을 받지 않지만 여러 사람들의 호소가 皇天에 알려질 것이다. 황천은 진노하며 너희 부류를 모두 없앨 것이다.[154]

柳宗元이 永州에 있을 때, 화재가 자주 일어났었는데 영주 사람들은 畢方이라는 새가 화재를 일으킨다고 여겼고 이에 유종원은 그 새의 모습을 화가에게 그리게 하여 그것을 찢으면서 화재가 일어나지 않기를 기원했다. 유종원은 이러한 영주 사람들의 우매함에 안타까워하며 이 글을 썼다.

여기서 묘사된 畢方鳥는 전설 속의 새이기도 하지만 권력을 남용하며 악행을 일삼는 대상을 비유한 것으로 볼 수 있다. 畢方은 함부로 화재를 일으켜 上帝가 아끼는 백성들에게 해를 끼쳤고 그

---

154) 『柳宗元全集』, 卷18 「逐畢方文」: 嗟爾畢方兮, 胡肆其志? 皇亶聰明兮, 念此下地. 災皇所愛兮, 僇死無貳. 幽形扇毒兮, 陰險詭異. 汝今不懲兮, 衆訴咸至. 皇斯震怒兮, 殄絶汝類.

것의 본성은 음험하고 생김은 괴이하다. 당연히 무고한 백성들을 다치게 한 畢方의 악행은 皇天에 의해 그 부류가 전부 죽음을 당하여 대가를 치룰 것이라고 경고한다. 그러면서 지금은 畢方이 권력을 믿고 제멋대로 굴지만 머지않아 그의 악행이 드러날 것이고 이에 합당한 처벌을 받게 될 것이며 결국에는 絶滅당하게 될 것이라고 말한다. 이는 황천으로 상징되는 황제의 현명한 판단을 기대하며 이에 호소하고 있다. 즉 지금 畢方들이 함부로 날뛰는 것은 다만 황제가 아직 그 진상을 몰라서일 뿐이지 알기만 한다면 곧 올바른 판결이 내려질 것이라는 것이다.

셋째, 겉모양과 실재가 다른 사람이나 현상, 혹은 겉은 그럴듯하게 포장되어 있으나 실질적인 능력이 없는 사람을 풍자한 작품을 보자. 「鶻說」, 「辨伏神文」, 「鞭賈」가 여기에 속한다.

생긴 모습과는 달리 인자하고 의로운 행동을 하는 송골매를 통해 外觀과 實在에 차이가 있는 사람을 풍자하는 「鶻說」을 보자.

> 지금 올빼미나 부엉이는 대낮에는 숨어 있다가 저녁에야 모습을 드러낸다. 쥐는 종묘에 구멍을 뚫지 않고 담장에 기대어서 달리는데 이는 선웃음 치는 사람에 가깝지 아니한가? 지금 송골매는 펄쩍펄쩍 뛰면서 몸을 세우고 휙휙 뼈를 가르는 듯이 움직이고 정확하게 살펴보며 날개를 펼치며 울어대는데 이는 사납게 나서는 사람에 가깝지 아니한가?[155]

이 글은 長安의 薦福寺 처마 밑에 둥지를 튼 송골매가 새를 잡아서 몸을 덥히고는 온전히 되돌려 보내는 이야기를 듣고 썼다.

155) 『柳宗元全集』, 卷16 「鶻說」: 今夫梟鵂, 晦於晝而神於夜; 鼠不穴寢廟, 遁墻而走, 是不近於煦煦者耶? 今夫鶻, 其立趯然, 其動砉然, 其視的然, 其鳴革然, 是不亦近於翹翹者耶?

올빼미나 부엉이는 겉으로는 위엄 있고 용감해 보이지만 낮에는 숨어 있다가 밤이 되면 나타난다. 또 원래는 소심하게 담장을 뚫고 다니는 속성을 가진 쥐는 오히려 종묘의 담장을 내놓고 달리는데, 이 모두 외관과는 다른 행동이다.

유종원은 송골매는 인자하고 의로운 행동을 하는 본성과 달리 겉모습이 사납고 드세기 때문에 횡포를 부린다고 인식되고 올빼미나 쥐는 비열하고 소심한 행동을 하는 속성과 달리 겉으로 조용하고 나서지 않으므로 선량한 것으로 여겨지고 있는 사실에 대해 한탄한다. 다소 부드럽지 못한 외양으로 인해 오해를 받는 경우나 비겁함을 숨기고 부드러움을 假裝하여 호감을 사는 경우는 수없이 많다. 아무런 변명도 없이 묵묵히 주어진 조건에 만족하며 충실히 할 일을 하는 사람이 있는가 하면 위에서 언급한바 선웃음을 치며 巧言令色으로 자신의 부족함을 가장하는 사람도 있다. 물론 다들 후자의 경우를 부정적으로 본다. 그러나 전자의 경우 대체로 드러나지 않음으로 인해 제대로 평가받지 못하거나 오해를 받는 경우가 많다. 따라서 사람에 대한 평가는 반드시 진지하게 검증을 거친 후 이루어져야만 큰 誤謬를 범하지 않을 수 있음을 말하고 있는 것이다.

「辨伏神文」은 柳宗元이 병이 나 약을 사러 갔다가 상인에게 속아서 약초가 아닌 채소를 사게 된 이야기이다. 柳宗元은 자신이 사 온 약초가 '伏神'인 줄 알고 달여 먹었다가 병세가 더 악화되자 의사를 찾아가 따지는 과정에서 그것이 '토란'임을 알게 된다. 이에 겉모습과 실제 내용 사이에 존재하는 간극에 대해서 다음과 같이 비판하였다.

시골 농부가 [진실을] 거스르고 해치며 토란을 복신이라고 속인다. 껍질을 벗기고 겉을 깎으니 보는 사람은 의심하지 못한다. 중간은 비어 있고 약하며 겉모습은 매끈하고 평평하다. 잘못 알고 먹으면 생명이 위험할 수도 있다. 지금 내가 물릴 수 없으니 앞으로는 신중하게 그것을 살펴볼 것이다. 아, 사물이란 본디 대부분 허위적인데 이를 아는 사람은 매우 드물다. 잘 살펴보지 않으면 복을 얻으려 하다가 화를 얻게 된다.156)

유종원은 장사꾼에 속은 자신의 부주의를 탓하기도 하지만 아무런 약효가 없는 '토란'을 그럴듯하게 포장하여 '伏神'으로 위장하여 파는 상인의 비양심적인 행동에 대해서 질타하고 있다. 왜냐하면 상인의 속임수는 사소한 이익을 거두는 데서 끝나는 것이 아니라 사람의 생명을 해치는 위험을 초래할 수 있기 때문이다. 柳宗元이 토란의 모습을 묘사하며 "中虛以脆兮, 外澤而夷"라고 지적하고 있는 것은 아무런 내실은 없으면서 겉만 번지르르한 무능한 사람을 諷刺하기 위해서이다. 이 故事에서 '토란'은 '실재와 외양이 다른 사람'을 의미하고 유종원은 스스로를 '감별능력이 없는 사람'으로 희화화하고 있다. 사람의 겉모습에 현혹되어 그 사람의 자질과 능력을 오판할 경우 중대한 위험과 유해함을 초래할 수 있음을 말하고자 함이다.

이러한 내용은 관리를 선별하는 문제와도 연결되어 있다. 유종원은 기득하고 있는 배경이나 그를 둘러싼 소문 등에 기대어 관리를 채용해서는 안 된다고 말하는 것이다. 이 작품은 '茯神'과 '토란'이 뒤바뀐 이야기이지만 실제 의미는 선별기준도 없이 무능력한 사람을 등용하지 말라는 것이다.

---

156) 『柳宗元全集』, 卷18 「辨伏神文」: 野夫忮害兮, 假是以欺. 刮肌刻貌兮, 觀者勿疑. 中虛以脆兮, 外澤而夷. 誤而爲餌兮, 命或殆而. 今無以追兮, 後愼觀之. 嗚呼, 物固多僞兮, 知者蓋寡. 考之不良兮, 求福得禍.

「鞭賈」는 쓸모없는 채찍을 비싼 값에 샀으나 결국 채찍 때문에 말에서 떨어져 부상을 입게 된 부잣집 아들에 대한 이야기이다. 유종원이 알고 지내던 부잣집 아들이 어느 날 광택이 나는 채찍을 비싼 가격에 사와서는 유종원에게 자랑을 하였다. 유종원이 그 채찍을 살펴보니 겉만 번지르르하지 실제로는 아주 값싼 채찍이었다. 유종원은 그 채찍의 본질을 알려 주기 위해 채찍에 뜨거운 물을 부었다. 그랬더니 그것은 곧 쪼그라들고 칠이 벗겨져 나갔다.

> 나는 이에 하인을 불러 끓인 물로 채찍을 씻게 하니 채찍은 한순간에 바짝 쪼그라들었고 어느덧 하얗게 되었다. 예전의 황색은 치자로 물들인 것이고 광택은 밀랍을 바른 것이었다. 부잣집 아들이 그 모습을 보고 기분이 나빴지만 채찍을 들고 3년이나 사용하였다. 그 이후 長安의 동쪽 교외로 나갔는데 長樂의 제방 아래에서 [다른 사람과] 길을 다투었다. 두 필의 말이 서로 치고 박으니 [채찍으로] 말을 크게 내리쳤고 채찍은 대여섯 조각으로 갈라졌다. 말이 치고 박는 것을 멈추지 않아 땅에 떨어졌고 상처를 입었다. 채찍을 보니 안은 텅 비었고 그 바탕은 썩은 흙과 같아 조금도 의지할 만한 것이 아니었다.[157]

부잣집 아들은 유종원이 사실을 밝혀 주었음에도 여전히 그 채찍을 사용하였는데 어느 날 말을 타고 나갔다가 다른 말과 경쟁하는 와중에 채찍은 산산조각이 나고 부잣집 아들은 말에서 떨어져 다치게 된다. 유종원은 채찍의 모습을 "其內則空空然, 其理若糞壤"이라고 지적하면서 그것의 實在와 外見의 乖離를 비판하고 '겉만 번지르르한 무능한 사람'을 풍자하고 있다. 이 작품에서 '채

157) 『柳宗元全集』, 卷20 「鞭賈」: 余乃召僮爚湯以濯之, 則遬然枯, 蒼然白, 嚮之黃者梔也, 澤之蠟也. 富者不悅, 然猶持之三年. 後出東郊, 爭道長樂坂下. 馬相踶, 因大擊, 鞭折而爲五六. 馬踶不已, 墜於地, 傷焉. 視其內則空空然, 其理若糞壤, 無所賴者.

찍'은 '실재와 외견이 괴리된 사람'을 의미하고 '부잣집 아들'은 '外見만을 추수하다 화를 당하는 어리석은 사람'을 의미하고 있다. 외양만 그럴듯한 것도 문제이지만 이것에 혹하여 그 과오를 인정하지 않고 버티다 결국 크게 화를 당하는 어리석음이 더 문제인 것이다.

사물이나 사람의 판단기준은 반드시 그 用途나 能力에 두어야 함에도 대부분의 경우 외견상의 아름다움에 미혹되어 바른 평가를 내리지 못하는 경우가 많다. 그러다 물건이 금방 부서져 버리거나 믿었던 사람에게 배신을 당하거나 하게 되는 것이다. 이것이 사소한 개인적 차원의 문제라면 그 심각성이 덜하겠지만 나라에 영향을 미칠 만한 인물일 경우에는 세심함이 절대적으로 요구된다. 즉 이 작품은 표면적으로는 채찍을 사는 이야기이지만 실제 내포된 의미는 능력자인지 無能力者인지를 잘 선별해서 등용해야 한다는 정치적 풍자인 것이다.

넷째, 權力者에게 빌붙어 賢士를 讒言하거나 악행을 저지르는 행위를 풍자한 작품을 보자. 「罵尸蟲文」, 「宥蝮蛇文」, 「憎王孫文」, 「愬螭文」은 모두 여기에 속한다.

「罵尸蟲文」은 사람의 뱃속에 기생하면서 그 사람의 잘못을 기록해 놓았다가 天帝에게 몰래 讒訴하는 세 마리의 尸蟲에 대한 이야기이다.

> 어떤 道士가 "사람의 몸 안에 세 마리 尸蟲이 있는데 뱃속에 기생한다. 사람이 잘못을 저지르는 것을 몰래 지켜보다가 책에 일일이 기록한다. 매월 庚申日이 되면 사람이 깊이 잠든 틈을 타서 사람의 몸을 떠나 天帝가 있는 곳으로 가서 천제의 술과 고기를 얻기 위해 험담을 하여 사람들을 함정에 빠

트린다. 이 때문에 사람들은 폄적되고 견책당하며 병에 걸려 요절하게 된다."
고 말하였다.[158]

이 글에서 尸蟲은 사람이 잠든 틈을 타서 天帝에게 가서 온갖 아부를 하며 사람의 험담을 늘어놓고, 그 결과 尸蟲은 술과 고기를 얻지만 사람은 형벌을 받고 병을 얻어 일찍 죽게 된다. 남의 잘못을 자신의 이익을 위해 고자질하고 결국에는 하찮은 잘못으로 그 사람을 죽게까지 만드는 자들에 대한 경고이다. 이들은 결코 대낮에는 움직이지 못하고 남의 눈을 피해 몰래 움직이는 비열함을 가지고 있다. 또한 반드시 자신의 조그만 이익을 추구한다. 이는 타인의 생명을 輕視하는 태도인 것이다. 또 讒言하는 무리들을 가까이 하여 그들의 그릇된 고자질만 믿고 아무런 기준도 없이 결정을 내리고 마는 天帝와 같은 무책임한 권력자들도 질책하고 있다.

柳宗元은 이 글에서 尸蟲을 가까이하는 天帝를 원망하고 尸蟲에 대한 증오를 드러내어서 '참언을 일삼는 사람'을 풍자하고 있다. 그리고 尸蟲의 흉측한 모습과 비열한 행위를 묘사하고 卑賤한 품성을 강조하여서 尸蟲으로 대표되는 '讒訴者'가 전횡하는 현실을 비판한다. 이 글에서 尸蟲은 '讒訴를 일삼는 小人 무리'를 의미하고 '天帝'는 '讒訴者를 비호하는 皇帝'를 의미한다.[159] 또한 그는 尸蟲이 지금은 天帝의 비호를 받고 있지만 天帝가 올바른 판단력을 회복하기만 하면 이런 무리들은 일시에 쫓겨날 것이고 백성들과 天上의 神들이 영원히 이를 없애 버릴 것이라 기대한다.

---

158) 『柳宗元全集』, 卷18 「罵尸蟲文」: 有道士言: "人皆有尸蟲三, 處腹中, 伺人隱微失誤, 輒籍記, 日庚申, 幸其人之昏睡, 出讒於帝以求饗. 以是人多謫過, 疾病, 夭死."

159) 段醒民, 『柳子厚寓言文學探微』, 文津出版社印行, p.107 참조.

이 작품은 표면적으로는 尸蟲이라는 벌레에 관한 이야기이지만 실제 의미는 무고한 賢士를 참소하지 말라는 정치적 풍자인 것이다.

柳宗元의 寓言은 故事를 통해 철학적 이치와 정치적 이론과 인생 경험을 깨닫게 하는 방식을 운용하고 있다. 이때의 우언고사는 복잡한 비유의 형식으로 모종의 도리를 설명한다.[160]

첫째, 他戒를 위한 寓言으로 「愈膏肓疾賦」를 살펴보자. 이는 '膏肓之疾'이라는 故事를 빌려서 멸망에 처한 나라를 구하라고 촉구하는 내용이다.

> 이때 忠臣이 있었는데 그들의 말을 듣고 분노하고 원망하며 식음을 전폐한 채 가슴을 치고 발을 구르며 한탄하였다. "삶과 죽음은 아득하고, 天地는 끝이 없다. 마음을 편히 하면 장수할 것이고 마음이 바르지 않으면 일찍 죽는다. 생명을 잘 다스리면 늙은 노인도 아이가 될 수 있고 잘 보필하면 殷나라 辛王과 夏나라 桀王도 周·漢의 군왕 같은 聖王이 될 수 있다. 藥이 아니고서 어찌 병을 고칠 수 있겠는가? 兵力이 아니고서 어찌 반란을 평정할 수 있겠는가? 몰락하고 망해 가는 나라는 賢哲한 사람이 있어 유지하고 바로잡아야 한다."[161]

윗글은 春秋戰國時代 歷史散文 『左傳』에 실린 記事를 모방하여 柳宗元이 새로운 이야기를 창조해 낸 辭賦작품이다. 이 故事의 구체적인 내용을 단락을 나누어 살펴보자.

> [1] 晉나라 景公은 고황에 병이 드는 꿈을 꾸고 秦나라 名醫 緩에게 진찰을 하게 한다. ↔ 秦나라 名醫 緩은 불치병이라고 진단한다.
> [2] 晉나라 景公은 緩의 진단을 믿지 않으며 그를 무시한다. ↔ 緩은 膏

160) 周明, 앞의 책, p.425 참조.

161) 『柳宗元全集』, 卷2 「愈膏肓疾賦」: 爰有忠臣, 聞之憤怨, 忘廢寢食, 擗摽感嘆; 生死浩浩, 天地漫漫. 綏之則壽, 撓之則散. 善養命者, 鮐背鶴發成童兒; 善輔弼者, 殷辛夏桀爲周漢. 非藥曷以愈疾, 非兵胡以定亂? 喪亡之國, 在賢哲之所扶匡.

膏肓之疾은 치료할 수 없고 亡國은 구제할 수 없다고 단정한다.

[3] 忠臣은 緩의 말을 듣고 분노하며 '膏肓之疾'과 같은 亡國의 폐단을 고치겠다는 의지를 밝힌다. ↔ 緩은 膏肓之疾은 치료할 수 없고 亡國은 구제할 수 없다고 단정한다.

[4] 忠臣은 다시 한 번 救國의 의지를 밝힌다. / 名醫 緩은 忠臣의 의지에 탄복하며 救國을 위해서 함께 치료해 나가자고 동의한다.

윗글에서 晉나라 景公으로 오늘날의 황제를 비유하고 秦나라 緩으로 오늘날의 신하를 비유하며 忠臣을 통해 柳宗元 자신을 위시한 개혁세력을 비유한다. 위의 네 단락은 皇帝와 一般臣下의 대립 및 一般臣下와 改革勢力의 대립구도를 선명히 보여 준다. 故事의 후반부에서 일반신하는 결국 救國의 의지를 다지는 충신에게 설득된다. 이러한 결말은 故事를 통해서 他人을 권계하려는 의도를 보여 주는 것이다. 晉나라 景公과 관련된 '膏肓之疾'이라는 옛 고사를 패러디하고 있는 이 작품에서 柳宗元은 복잡한 寓言故事를 통해 치국의 도리를 피력하고 타인의 권계를 유도하고 있는 것이다. 이 글은 표면적으로는 왕의 膏肓에 든 병을 치료하는 이야기이지만 실제 의미는 관리와 사람들에게 망해 가는 국가를 결코 포기하지 말고 살릴 수 있는 방법을 모색하라고 권유하고 있는 것이다.

3. 주관정서의 표상화

이미지란 작가의 주관적인 의미를 체현해 주는 구체적이고 특정한 형상을 말한다. 이미지화된 형상은 作家의 독창적인 창조물로서 客觀과 主觀이 결합된 藝術의 절묘한 境地를 보여 준다. 이미지는 사물의 형상 뒤에 숨겨져 있는 특정 관념이기 때문에 실제 형상의 한계를 초월한 의미를 파악하는 데 치중해야 한다. 시에서라면 언어의 최소 단위는 '단어'이고 예술의 최소 단위는 '이미지'라 할 것이다. 중국 고대 문헌에 자주 등장하는 '意象說'과 '意境說'을 비교하자면, '意'는 '意象'과 '意境'의 공통점이자 연관성이고 '象'은 개별 사물과 사건의 상태를 가리키며 '境'은 전체적인 생활 장면을 말한다. 따라서 '意象'은 단어와 상응하고 '意境'은 전체 시의 '意象'의 총화로 만들어지는 것이다.[162]

이미지는 물질적으로 존재하는 것이 아니라 일종의 심리에 존재하는 것이다. 審美의 表象으로서의 '象'은 상상으로부터 창조해 주체의 '意'를 체현할 수 있으며 감각기관의 직접적인 체험, 지각, 느낌에 의한 비현실적 표상이다. 문예이론의 한 범주이자 개념으로서 이미지는 中國文學理論의 고유개념이기도 하다. 劉勰은 '마음속의 형상'이라고 표현했으며 주관과 객관의 결합문제를 제기하였다. 유협이 말한 '意象'의 내함은 현대미학에서 말하는 이미지와 비슷하다. 객관물상을 빌어 주관정서를 표현하는 이미지는 작가의 심미경험, 심미이상, 미적취향 그리고 작가의 정감태도, 인격취향, 인생경험의 상황과 결합한 산물로서 작가의 주관정서의 표상이다.[163]

柳宗元 散文을 살펴보면, 객관 형상이 직접적이고 단순한 모방 묘사에 그치지 않고 작가의 감정과 정서를 전달하기 위한 주관적인 형상 묘사인 경우가 많다. 이러한 형상은 그의 比興類 散文 전반에서 나타나며 운문성격이 강한 '賦'나 '騷體文' 이외에, 감정을

---

162) 陳植鍔, 『詩歌意象論』, 中國社會科學出版社, p.21 참조.

163) 肖揚碚, 「柳宗元山水詩意象論」, 『中國永州柳宗元國際學術硏討會論文』, p.1 참조.

토로하는 일부 散文작품에서도 두드러지게 나타난다. 이러한 주관적 형상묘사는 각 작품을 언어적 측면에서 미세하게 분석한 결과 나온 것으로 일반적으로 詩 장르에서 흔히 연구되는 이미지와 동일한 특징을 띤다.

따라서 본 절에서는 柳宗元 散文 중에서 예술언어 특징이 강한 작품들을 중심으로 散文의 이미지를 분석해 보고자 한다. 유종원의 개인 성격과 기질 및 개인의 인생경험과 결합된 산문의 이미지를 파악함으로써 유종원의 개성과 성격을 탐색하고 유종원 산문의 예술적 특성을 함께 규명할 수 있기 때문이다. 柳宗元은 예술언어와 일상언어와의 차별성을 다음과 같이 논술한 바 있다.

> 文章에는 두 가지 道가 있으니 辭令褒貶은 著述文에 기원하고 導揚諷諭는 比興文에 기원한다. 著述文의 흐름은 『尙書』의 '謨'와 '訓', 『周易』 중의 象과 繫辭, 『春秋』의 筆削에서 나왔고 그 요점은 기세가 웅혼하고 내용이 풍부하고 단어가 엄정하며 설리가 충분한 데 있으며 竹簡의 書冊 속에 기록하기에 적합한 것이다. 比興文의 흐름은 虞·夏시대의 가요와 殷·周의 風雅에서 나왔고 그 요점은 流麗하고 규칙적이며 淸涼하고 激越하며 언어가 유창하고 意境이 아름다운 데 있으며 음송하는 중에 流傳되는 데 적합한 것이다. 이 두 가지 문장은 宗旨와 意義를 살펴보면, 서로 괴리되어 부합하지 않는다. 따라서 문장을 쓰는 사람들은 늘 뛰어남이 편중되어 성취를 얻을 뿐 두 방면을 모두 겸할 수 있는 이는 드물었다. 두 방면에 모두 능하여 훌륭해진다면 그것을 藝成이라고 命名한다. 비록 文雅가 盛世했던 옛날이라 할지라도 두 가지에서 모두 특출할 수 있는 사람은 없었다.[164]

164) 『柳宗元全集』, 卷20 「楊評事文集後序」: 文之用, 辭令褒貶, 導揚諷諭而已. 雖其言鄙野, 足以備於用. (……) 作於聖, 故曰經; 述於才, 故曰文. 文有二道; 辭令褒貶, 本乎著述者也; 導揚諷諭, 本乎比興者也. 著述者流, 蓋出於書之謨訓, 易之象系, 春秋之筆削, 其要在於高壯廣厚, 詞正而理備, 謂宜藏於簡冊也. 比興者流, 蓋出於虞夏之咏歌, 殷周之風雅, 其要在於麗則淸越, 言暢而意美, 謂宜流於謠誦也. 玆二者, 考其旨義, 乖离不合. 故秉筆之士, 恒偏勝獨得, 而罕有兼者焉. 厥有能而專美, 命之曰藝成. 雖古文雅之盛世, 不能並肩而生.

柳宗元이 말한 '著述類'란 추론성 기호인 일상언어를 사용한 글을 의미하고 比興類란 표현성 기호인 예술언어를 사용한 글을 의미한다. 유종원은 '比興'을 중시하는 시가와 '著述'에 쓰이는 散文은 언어표현 방면에서 차이가 있기 때문에 작가들은 결국 한쪽으로 편중되기 마련이고 두 가지를 겸비한 경우가 극히 드물다고 말한 것이다.

사실, 유종원 역시 韓愈와 함께 古文家로서 文名을 떨쳤듯이 시 창작에 비해서 散文창작에 치중했다. 그러나 유종원은 詩와 散文 모두에서 창작성과를 거두었으니 시와 문장의 언어표현 차이를 잘 알고 운용한 결과라고 할 수 있다.

상술한 논의를 토대로, 유종원 散文에 나타난 이미지를 인물형상의 이미지화와 내면 묘사의 이미지화라는 측면에서 분석하고자 한다. 인격이미지는 인물을 묘사한 작품에 주로 나타나는 유종원 자아 형상을 중심으로 살펴보고, 심리 이미지는 경물을 묘사한 작품에 주로 나타나는 유종원의 심리상태를 중심으로 분석한다.

1) 인물형상의 이미지화

(1) 대인과 충신과 지사

유종원이 산문에서 묘사한 인물은 인애와 덕행과 중정 대도를 실행한 숭고한 영혼을 지닌 인물, 나라를 위해 개인의 사적인 이익을 버리고 분투한 충신 등이다. 유종원은 실제 인물을 실록의 목적에서 묘사하기도 하지만 생생한 비유와 생동적인 화면으로 인물들의 집체적 이미지를 묘사하기도 했으니, 이는 곧 유종의 자아 형상의 투영이라 하겠다.

유종원은 높은 이상을 실행하고자 노력한 大人을 높이 추앙하였다. 백성을 위해 도덕적 교화를 실천한 인물을 찬양하고 있는 글에서 이러한 점은 잘 나타난다. 역사적으로 명성이 높은 聖人 伊尹의 행적을 찬양하고 있는 「伊尹五就桀贊」을 살펴보자.

> 聖人 중에 伊尹이란 사람이 있는데 백성에게 은덕을 베풀고자 하였다. 탕왕의 인자함에 歸依하면서, 仁慈하기는 하지만 오래되지 않으면 친근해지지 않는다고 말하였다. 이에 물러나 빠른 방법을 생각하더니 夏나라 桀王이 적합하다고 여겼다. [걸왕에게] 갔으나 불가능하자 걸왕과 탕왕 사이를 왔다 갔다 하였다. (……) 마침내 陑로부터 올라와 걸왕을 쫓아내고 탕왕을 받들며 잃어버린 백성을 완전하게 했다. 大人은 일정한 형상이 없고 道와 더불어 짝이 된다. 道가 커지니 백성의 부모가 되었다. 위대하도다! 이윤이시여! 생각건대 성인 중의 으뜸이도다.[165)]

伊尹은 古代 殷나라의 명재상으로 태평성세를 위해 고군분투했던 인물이다. 윗글에서 이윤의 형상은 '正道와 大道를 견지한 大人'의 化身으로 표현되고 있다. 유종원이 이윤을 고상한 품덕을 지닌 위대한 인물의 으뜸으로 여기는 까닭은 이윤이 왕조를 위해서가 아니라 백성을 위해 道德敎化를 실행했다고 보았기 때문이다. 이윤은 태평성세를 만들어 낸 堯舜 같은 군주를 교육시키고자 노력했으며 백성에게 좀 더 신속하게 시혜를 베풀고자 폭군으로 유명한 桀王을 여러 차례 방문하였다. 비록 桀王에게서 의도한 결

---

165) 『柳宗元全集』, 卷19 「伊尹五就桀贊」: 聖有伊尹, 思德於民. 往歸湯之仁, 曰仁則仁矣, 非久不親. 退思其速之道, 宜夏是因. 就焉不可, 復反亳殷. (……) 遂升自陑, 黜桀奪湯, 遺民以完. 大人無形, 與道爲偶. 道之爲大, 爲人父母. 大矣伊尹, 惟聖之首.

과를 얻지 못하고 다시 湯王에게 귀의하여 教化의 결실을 보긴 했지만 오로지 백성에게 은혜를 베풀 요량으로 桀王을 다섯 번이나 찾아간 것은 凡人이 감히 행할 수 없는 위대함인 것이다.

이 글에서 伊尹의 형상은 박제된 역사 인물이 아니라 유종원에 의해 현재에 생생하게 되살아난 위대하고 숭고한 이상인격이고 유종원이 추구하는 '中正大道'의 관념을 대표하는 객관물상이다. 결국 '大人'으로 체현된 伊尹이라는 인물형상은 숭고한 영혼에 高德을 견지한 채, 인자하고 현명한 군주를 보좌하여 백성을 위해 태평성세를 이루고자 했던 유종원의 주관 정서를 대표하는 상징에 다름 아니다.

다음으로 箕子를 위해 쓴 碑文을 살펴보자.

> 箕子는 朝鮮의 제후로 봉해지자 도덕을 받들고 풍속을 訓導하였으니 德行을 도모함에 간루함이 없었고 백성을 생각함에 원근이 없었다. 이로써 殷商의 종묘제례를 넓히고 야만의 오랑캐를 中華로 바꾸었으니 교화가 백성에게 미치었다. 大道를 따르고 바로잡으니 그 몸에 모이고 천지간의 변화 속에서 자기 스스로 正道를 얻었으니 위대한 인물이 아닌가?[166]

箕子는 商나라 紂王의 숙부이다. 紂王이 너무 無道함에 적극 諫言을 했지만 듣지 않자 蓬頭亂髮을 하고 일부러 미친 척하다가 감옥에 구금된다. 이후 周나라 武王의 신하가 되어 朝鮮 땅의 제후로 봉해진다. 윗글에서 箕子는 道德이 고상한 大人의 형상으로 표현되고 있다. 기자는 폭군의 치세하에서 스스로의 감정을 감추고 인내하며 목숨을 보전하였고, 그 결과 백성을 道德으로 교화할 수

166) 『柳宗元全集』, 卷5 「箕子碑」: 及封朝鮮, 推道訓俗, 惟德無陋, 惟人無遠, 用廣殷祀, 俾夷爲華, 化及民也. 率是大道, 藂於厥躬, 天地變化, 我得其正, 其大人歟?

있었던 위대한 성인군자이다.[167] 유종원은 기자가 혼란한 시대와 우둔한 폭군에 대항하여 直諫을 감행하다 죽거나 혼탁한 시대를 한탄하며 나라를 버리거나 하지 않고, 자신의 高德을 실행하기 위해 어떤 때는 몸을 굽히고 어떤 때는 뜻을 펼쳤던 점을 높이 사고 있다.

이 글에서 箕子의 형상은 正義를 원칙으로 難題를 해결하고 國家의 治理를 위해서 생존을 도모할 수 있어야 한다는 유종원의 정치적 처세 관념을 반영하는 물상인 것이다. 유종원의 주관적인 情理 속에서 새롭게 창조된 '大人' 箕子는 유종원이 궁극적으로 추구하는 이상 인격이며 혼란한 시대에 正道를 실현하기 위해서 시기를 관망하고 '남몰래 인내하는[隱忍]' 유종원의 속내를 대표하는 상징으로 작용하고 있다.

위의 伊尹과 箕子는 성인으로 추앙받고 있는 인물들이다. 이들은 도덕적 교화를 실행함으로써 나라와 백성의 평화와 안정을 유지하였다. 仁愛와 德行을 베풀고 大道를 견지한 이들은 유종원이 이상형으로 설정한 위인들이다. 따라서 이들은 바로 유종원이 그려내고자 하였던 인물 이미지의 전형인 것이다. 吳小林은 유종원 散文은 높은 이상을 지닌 사람이 실패한 후의 감정적 서발이자 큰 포부를 가진 사람이 좌절한 후의 심리상태라고 말하였다. 특히 그의 散文 곳곳에서 볼 수 있는 숭고한 영혼의 소유자는 바로 유종원 자신이 지향해 마지않던 인격체의 한 형상이며 이것은 유종원 散文 '幽美'의 중요한 특징을 이루고 있다고 보았다.[168]

---

167) 呂晴飛 主編, 『唐宋八大家散文鑑賞辭典』, 中國婦女出版社, p.286 참조.

168) 吳小林, 「論柳宗元散文的幽美」, <中國人民大學學報>, 1989년 5기, p.86 참조.

유종원이 추구한 이미지는 무엇보다도 국가를 위해 개인의 이익을 따지지 않고 희생하는 충정에 찬 인물을 통해 전형적으로 나타난다. 유종원은 「唐故特進贈開府儀同三司揚州大都督南府君睢陽廟碑」에서 "위난의 급함에 대하여 말하고 평안을 추구하는 것은 道義의 最先이고, 국가의 이익을 위해 개인의 안위를 잊는 것은 최대의 충정이다."[169]고 하였다. 이어서 이익에 부합하는 행동을 하는 것은 시정소인배가 추구하는 바이고 시혜를 받은 후에 감격하는 것은 보통 사람들의 도리라고 하였다. 이로써 유종원이 그려낸 이상형 인물은 바로 일반인들의 가치관을 초월하는 품격과 원대한 이상을 가진 사람이다. 이러한 인물 가운데서 망국의 위기를 맞이하여 구국의 기치를 내세우며 분투하거나 그로 말미암아 희생된 인물을 유종원은 특히 높이 평가하였다.

[1] 자기 몸을 희생하는 것은 선생이 슬퍼한 바가 아니니 周왕실이 보전되지 못할까 걱정할 뿐이었다. 어찌 城을 쌓는 것으로써 공적을 뽐내려 했겠는가? 周文王의 宗廟가 장차 부서질 것을 슬퍼하였고 彪子가 방자하게 굴고 天子를 속이는 것을 싫어하였다. (……) 불가능한 줄 알면서 오히려 앞으로 나아갔고 구차하게 스스로를 보전하지는 않겠다고 맹세하였다. 정성스러운 말을 진술하여 나라의 운명을 안정시키고자 곧은 신하를 찾아 더불어 친구가 되고자 했다.[170]

[2] 先生이 죽은 뒤 대략 천 년이 지나 내가 다시 쫓겨나 배를 타고 湘江에 이르렀다. 선생을 추구하여 汨羅江에 왔고 족두리풀을 손에 쥐니 마치 선생에게 향을 바치는 듯하다. (……) 통달한 사람은 탁월한 길을 걸으니 본디 편벽되고 비루한 사람이 이상하게 여기는 바이다. 고국을 버리고 이익을 좇

169) 『柳宗元全集』, 卷5 「唐故特進贈開府……南府君睢陽廟碑」: 急病讓夷, 義之先; 圖國忘死, 貞之大.

170) 『柳宗元全集』, 卷19 「弔萇弘文」: 殺身之匪予戚兮, 閔宗周之不完. 豈成城以夸功兮, 哀淸廟之將殘, 疾彪子之肆誕兮, 彌皇覽以爲謾. (……) 知不可而愈進兮, 誓不偸以自好. 陳誠以定命兮, 侔貞臣與爲友.

는 것은 선생이 참지 못한 바임을 나는 안다. 고국의 붕괴와 추락을 가만히 서서 바라보는 것은 선생이 뜻한 바가 아니다. 궁함과 통달함은 진실로 달라지지 않으니 오로지 道에 의지하여 義를 지켰다. 하물며 선생이 거짓 없는 마음으로 정성을 다했음에랴. 큰 사고를 당해도 두 마음을 품지는 않았다.[171)]

[3] 南公은 믿음으로써 친구의 인정을 받았고 강건함으로써 자신의 지향을 굳건히 하였으며 仁義로써 몸을 해쳤으며 용맹함으로써 투지를 昂揚시켰다. 忠貞으로써 적을 무찔렀고 장렬함으로써 國事를 위해 죽었으며 마음속으로부터 나온 것은 貞에 부합하였고 밖으로 한 행동은 義를 관철하였으니 이는 남공이 대대로 이름을 날리고 천세만세 제사로 섬겨지는 까닭이다. 기록해야 하는 것이 마땅하지 않는가?[172)]

[4] 이때 忠臣이 있었는데 그들의 말을 듣고 분노하고 원망하며 식음을 전폐한 채 가슴을 치고 발을 구르며 한탄하길 "삶과 죽음은 아득하고, 天地는 끝이 없다. 마음을 편히 하면 장수할 것이고 마음이 바르지 않으면 일찍 죽는다. (……) 藥이 아니고서 어찌 병을 고칠 수 있겠는가? 兵力이 아니고서 어찌 반란을 평정할 수 있겠는가? 몰락하고 망해 가는 나라는 賢哲한 사람이 있어 유지하고 바로잡아야 한다. 忠義의 마음이 어찌 膏肓에 든 병을 잡아맬 수 없겠는가? 나는 망국의 완고한 폐단을 다스리고 고황에 든 환난을 치료하고자 하는데 그대 어찌 할지 말해 보시오?"라고 말했다.[173)]

[1], [2]는 萇弘과 屈原을 위해 쓴 弔文이다. 이들은 모두 나라가 망할 무렵에 국난을 타개하고 사직을 보존하기 위해 고군분투한 역사 인물이다. 유종원은 이들의 죽음을 안타까워하는 동시에 그들의 업적과 인격을 찬양하고 있다. 특히 충신으로 유명한 屈原

171) 『柳宗元全集』, 卷19 「弔屈原文」: 後先生蓋千祀兮, 余再逐而浮湘. 求先生之汨羅兮, 攬蘅若以薦芳. (……) 惟達人之卓軌兮, 固僻陋之所疑. 委故都以從利兮, 吾知先生之不忍. 立而視其覆墜兮, 又非先生之所志. 窮與達固不渝兮, 夫唯服道以守義. 矧先生之悃愊兮, 滔大故而不貳.

172) 『柳宗元全集』, 卷5 「唐故特進贈開府儀同三司揚州大都督南府君睢陽廟碑 - 並序」: 惟公信以許其友, 剛以固其志, 仁以殘其肌, 勇以振其氣, 忠以摧其敵, 烈以死其事, 出乎內者合於貞, 行乎外者貫於義, 是其所以奮百代而超千祀者矣. 其志不亦宜乎!

173) 『柳宗元全集』, 卷2 「愈膏肓疾賦」: 爰有忠臣, 聞之憤怨, 忘廢寢食, 擗摽感嘆 "生死浩浩, 天地漫漫. 綏之則壽, 撓之則散. (……) 非藥曷以愈疾, 非兵胡以定亂? 喪亡之國, 在賢哲之所扶匡; 而忠義之心, 豈膏肓之所羈絆! 余能理亡國之刓弊, 愈膏肓之患難, 君謂之何以?"

에 대해서는 극찬을 하고 있다. 유종원은 자신의 작품 곳곳에서 屈原을 언급하였는데, 굴원의 훌륭한 인격과 뛰어난 문학에 감동하였고 또 고난에 찬 생애에 일종의 동질감을 느낀 것 같다.

〔3〕은 唐代의 역사인물 南府君 睢陽의 업적과 죽음을 기록한 글이다. 유종원은 南公의 묘비를 쓰면서 특히 충정의 도리를 견지했으며 나라를 위해 적을 물리치고 장렬하게 희생한 점을 부각하고 있다. 이 역시 유종원이 추구하는 이상적 인격의 한 형태라 할 수 있다.

〔4〕는 柳宗元이 쓴 古賦 한 편이다. 이 글에 그려진 忠臣은 망국에 직면하여 체념하지 않고 오히려 국가를 부흥하고 재건할 수 있는 방법을 모색하는 인물이다. 그는 국난을 타개할 방법으로 지혜로운 인재의 등용을 주장하고 있다. 쉽게 나라를 포기하고 明哲保身하려는 소인배들의 비열한 행동과 대비할 때, 충신의 충정은 고결한 빛을 발산한다. '膏肓之疾' 故事를 패러디한 이 작품에서 유종원은 전형적인 救國의 忠臣을 창조해 냈다.

윗글에 묘사된 인물형상은 그것이 역사성을 띠건 아니건 간에 모두 '구국의 충신'이라는 이미지를 보여 준다. 이는 현실에서의 유종원이 그토록 추구하고 실현하고자 했던 가치를 체현한 인물이라는 점에서 바로 유종원 자신의 자아에 다름 아니다.

상술한 작품에서 보이는 行道하고 守節하며 救國에 치력하는 인물에 대해서 유종원은 찬양과 경배의 태도를 가지며 동시에 그들에게서 일종의 동질감을 느낀다. 따라서 유종원은 이들 인물에 자신을 투영시킴으로써 문장을 통해서나마 자신의 정치적 이상을 재현하려던 목적을 달성한다.

유종원은 친구인 許孟容에게 보낸 편지에서 당면한 위기를 극적으로 이겨 냄으로써 다시 이상을 펼치거나 立身하게 되는 인물을 열거하고 있다.

> 管仲은 도적을 만났으나 功臣이 되었고 匡章은 불효자라는 누명을 썼으나 孟子에 의해 禮로써 대우받았다. (……) 鄭詹은 구속되어서 晉나라로 압송되어 갔지만 결국 살아왔으며 死地에 놓이지 않았다. 鍾儀는 晉나라에서 죄수가 되었을 때, 가야금을 타는데 그 소리는 楚音이었고 결국 楚나라로 돌아오게 되었다. 叔向은 죄를 지어 감옥에 갇혔을 때 반드시 죄를 벗어날 것이라고 예측하였다. 范痤는 체포되는 것을 피해서 높은 담장으로 올라갔으나 죽음으로 삶을 바꾸었다. 蒯通은 烹刑에 처해질 뻔했으나 최후에는 조참의 上客이 되었다. 張蒼·韓信은 본래 참수를 당할 사람이었으나 결국에는 오히려 漢代에 장군으로 출세하여 재상이 되었다. (……) 이러한 사람들은 모두 박학다재하고 능변에 성격이 독특하고 무엇이든 덤비는 인물로 그들은 여러 가지 곡해와 비방으로부터 스스로를 벗어나게 할 수 있었다.[174]

管仲, 匡章, 鄭詹, 鍾儀, 叔向, 范痤, 蒯通, 張蒼, 韓信, 鄒陽關, 賈誼, 倪寬, 董仲舒와 劉向 등은 개인적으로 매우 위급한 일을 당하였지만 위기를 이겨 내고 다시 입신하여 뜻을 펼칠 수 있었다는 공통점을 가지고 있다. 이러한 인물은 당대에는 정당한 평가를 받을 수 없었지만 후대 역사가들은 그들의 정당성을 인정하고 그에 걸맞은 역사적 평가를 내린다. 유종원은 위 인물들이 탁월한 능력과 인품 그리고 삶에 대한 진지한 태도로써 그들에게 주어졌던 곡해와 비방으로부터 자유로울 수 있었다고 강조한다. 유종원은 폄적된 지 얼마 지나지 않은 시점에 이 글을 썼다. 그는 여기에서 자

174) 『柳宗元全集』, 卷30 「寄許京兆孟容書」: 管仲遇盜, 升爲功臣; 匡章被不孝之名, 孟子禮之. (……) 鄭詹束縛於晉, 終以無死; 鍾儀南音, 卒獲反國; 叔向囚虜, 自期必免; 范痤騎危, 以生易死; 蒯通據鼎耳, 爲齊上客; 張蒼韓信伏斧鑕, 終取將相. (……) 此皆瑰偉博辯奇壯之士, 能自解脫.

신에게 주어진 고난을 이겨 내고자 이런 훌륭한 인물들의 행적을 널리 선양하면서 동시에 귀감으로 삼았던 것이다. 그러면서 자신도 또한 이들처럼 언제가 다시 복귀할 수 있을 것이라는 염원도 함께 가지고 있었다. 유종원은 그들을 단순히 본받아야 할 훌륭한 인물 정도로만 설정하지는 않았다. 오히려 그는 그들에게서 강한 동질감을 느끼고 있었던 것이다.

(2) 회재불우의 사인

柳宗元이 주조한 여러 이미지들은 인물뿐 아니라 자연경물이나 현상 등에 종종 투사된다. 유종원의 폄적지인 永州와 柳州는 이런 측면에서 투사된 이미지들의 현상체라고 할 수 있을 것이다. 유종원의 작품 속에서 그곳의 환경은 환경이라는 객관적 물상으로 존재하는 것이 아니라 이미 유종원의 마음속에 들어 있던 여러 이미지의 외적인 표출의 형태로 그 의미를 갖는다. 그리하여 자연경관이 애초의 그 모습으로 그려지는 것이 아니라 작가의 심경이 그 속에 스며들어 처음과는 전혀 다른 새로운 이미지로 형상화되는 것이다.

다시 말하자면, 영주와 유주의 자연경관은 객체인 동시에 유종원의 주관적 감정과 체험의 부산물로서 그의 고통과 슬픔과 기쁨의 대변자로서 작용하기도 했다는 것이다.[175] 유종원은 폄적된 이

175) 張翥 · 曹萌, 「論柳宗元山水文學」, 『錦州師院學報』, 1988년 2기, p.65 참조: 永州와 柳州의 산수는 폄적되어 온 유종원과 결합하자 하나의 특이한 우연의 일치를 이루게 된다. 영주와 유주의 산수는 絶景에 奇景이지만 위치가 편벽되어 두루 감상받지 못하였다. 이러한 상황은 유종원의 처지와 완전히 합치한다. 이러한 우연의 일치는 영주와 유주의 산수에 대해 유종원이 깊은 애정을 느끼게 했고 영주와 유주의 산

후 절망 속에서 하루하루를 보냈다. 그리하여 永州시기 山水記에 나타난 永州의 산수경물에서 유종원은 이런 懷才不遇로 인한 자신의 실의와 불만을 표현하고 있다.[176] 그 자신 이상과 능력은 있지만 그것을 펼칠 수 없는 左遷 官僚의 신분이고 이미 知人들에게는 잊혀진 인물이며 조정으로의 복귀 여부를 알 수 없는 막막한 상황이기 때문에 그는 좌절하고 상심하였다.

유종원은 '작은 언덕'과 '버려진 땅'으로써 자신의 폄적과 懷才不遇한 처지를 표현하고 있다.

> 아! 龍興寺는 永州의 훌륭한 절이다. 높디높은 대전에 오르면 남쪽을 바라볼 수 있고 대문을 열어젖히면 눈 아래로 호호탕탕한 湘江의 흐름을 볼 수 있으니 정말로 광활한 경계인 듯하다. 그러나 이 작은 언덕은 오히려 배척되어 바깥에 있고 사람들에게 홀시당한다. 그렇다면 내가 말한 두 유람지는 아마도 이 작은 언덕이 빠져서 경물의 아름다움이 감소된 것 같기도 하다.[177]

龍興寺 동쪽에 있는 작은 언덕은 협소하고 작은 공간으로 용흥사 바깥쪽에 위치하고 있다. 유종원은 유람할 만한 장소로 두 가지의 경우를 꼽았다. 작은 언덕이 있고 관목수가 무성하며 그 사이로 길이 구불구불하게 나 있어 빼어난 절경은 아니지만 바라보는 사람의 마음을 평온하게 만드는 유람지가 첫 번째 경우이다. 호탕하고 광활하여 그 장엄함에 숨을 멈추게 만드는 유람지가 두 번째 경우이다. 유종원은 전자를 그윽하다고 표현하였는데, 용흥사

수는 그의 우울과 슬픔과 고통의 감정의 대변자가 되었다.

176) 張翥·曹萌, 앞의 논문, p.69 참조.

177) 『柳宗元全集』, 卷28 「永州龍興寺東丘記」: 噫, 龍興, 永之佳寺也! 登高殿可以望南極, 辟大門可以瞰湘流, 若是其曠也. 而於是小丘, 又將披而攘之. 則吾所謂游有二者, 無乃厥彥而喪其地之宜乎?

동쪽 언덕은 바로 그러한 곳이라고 말하고 있는 것이다.

유종원은 이 작고 그윽한 경관에 자신을 투영시켜 새로운 하나의 이미지를 만들어 내고 있다. 즉 그윽하기는 하나 그 작은 언덕은 사람들의 시선을 끌지 못할 뿐 아니라 '배척당하고 홀시당한다.'고 표현하니, 이는 바로 유종원 자신의 모습을 상징하는 것이다. 용흥사 옆의 작은 언덕은 그냥 있는 그대로의 모습으로 존재할 뿐이다. 그런데 유종원에 의해 그윽한 존재로 그려지기도 하고 소외된 존재로 그려지기도 하는 것이다.

> 주인에게 물어보니 "이곳은 唐 씨가 버린 땅으로 팔려고 했지만 팔리지 않았습니다."고 대답하였다. 그것의 값을 물으니 "四百文입니다."고 말하였다. 나는 땅 주인을 가엾게 여겨 이 작은 언덕을 샀다. (……) 아! 이 작은 언덕의 명승이 만약에 灃, 鎬, 戶, 杜 같은 京師 주변에 있었더라면, 山水를 즐기는 사람들이 다투어 차지하려고 했을 것이고, 매일 一千金씩 값을 올려도 사고 싶어 하는 사람이 살 수 없을 것이다. 지금 이 작은 언덕이 편벽된 이 永州에 버려졌기 때문에 농부나 어부들이 지나다니면서도 그것을 특별히 중시하지 않는 것이다.[178]

鈷鉧潭 서쪽에 있는 작은 언덕은 매우 협소한 공간으로 팔려고 내놓았지만 내내 팔리지 않는 '버려진 땅(棄地)'이다 그런데 유종원에게 있어 그 작은 땅은 보잘 것 없는 땅만을 의미하는 것은 아니기 때문에 굳이 그 땅을 산다. 만약 그 땅이 京師에 있었더라면 값을 매일 천금씩 올려도 사고자 하는 사람이 많았을 것이라는 말에서도 이미 짐작할 수 있는바, 자신의 가치를 제대로 인정받지도 자신의 능력을 제대로 펼쳐 보지도 못하는 처지에 놓인 그 작은

---

178) 『柳宗元全集』, 卷29 「鈷鉧潭西小丘記」: 問其主曰: "唐氏之棄地, 貨而不售." 問其價, 曰: "止四百." 余憐而售之. (……) 噫! 以玆丘之勝, 致之灃・鎬・鄠・杜, 則貴游之 士爭買者, 日曾千金而愈不可得. 今棄是州也, 農夫, 漁父過而陋之.

언덕은 유종원을 투사하는 하나의 이미지로 작용하고 있다. 버려진 땅, 편벽된 땅, 아무리 그 속에 기름진 옥토가 가려 있다 할지라도 그것은 이미 존재 가치가 상실되어 버린 것이다. 이처럼 그는 자신의 상실감을 버려진 작은 언덕에 투영시켜 이미지화하고 있다.

> 아! 내가 조물주의 존재 有無를 의아해한 지 오래되었다. 그런데 지금 이곳에 이르니 조물주가 존재할 거라는 생각이 들었다. 그러나 또한 조물주는 왜 하필 小石城山을 중원 땅에 만들어 놓지 않고 이러한 오랑캐의 땅에 만들어 놓아, 수백 년 수천 년이 지나도록 이곳의 절경을 볼 수 없게 했는지 의아하기만 하다. 이는 진실로 수고를 들이고도 얻은 것이 없는 것이므로 神이라면 의당 이와 같이 하지는 않았을 것이고 그렇다면 조물주는 과연 없단 말인가?[179)]

여기서 小石城山은 수려함을 자랑하는 名勝地의 가치를 지니고 있다. 그러나 단지 오랑캐 땅에 있다는 이유만으로 명성은 고사하고 버려져 있다. 유종원은 조물주의 재능에 감탄하지만 곧 공평하지 못한 안배에 의구심을 가진다. 명승지란 원래 그 아름다움으로 널리 사람의 마음을 정화시키고 그 속에서 호연지기의 기상도 배양시키게 하며 또한 그 넉넉함으로 휴식처를 제공하기도 한다. 그런데 이런 역할을 할 수 있는 모든 조건이 배제되어 버린 지금 그것은 아무런 제 역할도 수행하고 있지 못할 뿐만 아니라 존재의 가치마저도 미미한 처지에 놓여 있는 것이다.

여기서 유종원이 말하고자 하는 것은 어렵지 않게 짐작할 수 있다. 이 버려진 땅의 빼어난 명승지는 바로 자신의 처지인 것이다. 그러므로 그 가치도 그 존재도 알릴 수 없는 이 수려한 경치는 단

179) 『柳宗元全集』, 卷29 「小石城山記」: 噫, 吾疑造物者之有無久矣! 及是, 愈以爲誠有. 又怪其不爲之中州, 而列是夷狄, 更千百年不得一售其伎, 是固勞而無用, 神者儻不宜如是, 則其果無乎?

순히 아름다울 수만은 없게 되고 만다. 그 심상한 자연경관 속에는 이미 유종원의 좌절과 비애가 스며 있기 때문이다. 고립무원의 척박한 땅, 자신의 가치를 알아주는 이가 한 명도 없는 땅, 그곳에 존재하는 것은 바로 죽음과 같은 적막감과 상실감뿐이다.

그리하여 吳小林은 "유종원의 山水散文은 쓸쓸하고 차가운 경치를 그려 내어 특별한 '淸寂之美'를 표현하는 데 탁월하였으니 이는 유종원이 이룬 탁월한 창조성이다. 그의 이러한 독특한 심미 추구는 고독하고 실의한 심경의 반영이며 억울하고 우울한 심리상태의 외화이다."[180]고 평가하였던 것이다. 이어서 유종원은 황폐한 땅에 방치할 경관을 편벽된 곳에 만든 데 의문을 던지면서 조물주의 단견을 원망하고 있다. 이는 결국 자신의 처지에 비분강개하는 것이고 자신이 소환되기를 강렬하게 바라는 것이다. 이렇듯 유종원은 주위의 모든 경관이나 사물마저도 그냥 두지 않고 자신의 감정을 이입시켜 재구성하고는 마침내 희로애락의 존재로 환원시켜 새로운 이미지로 재생해 내고 있는 것이다.

180) 吳小林,, 「論柳宗元散文的幽美」, pp.87 – 88 참조.

2) 내면 묘사의 이미지화

내면 묘사의 이미지화란, 어떤 작품에 나타난 심리적 태도와 상태를 표현하는 이미지를 말한다. 心態란 작품 속에 흐르고 있는 심리적 태도와 상태를 가리키며 의식이 흐르는 과정에서 종종 드러난다. 서정 산문에서 분위기와 心態는 작가의 '감정'의 조성요소로 이미지 창조와 밀접하게 연관되어 있다.[181]

유종원의 山水遊記에 나타난 주관적인 감정은 경치를 묘사함으로써 간접적이고 함축적으로 나타난다. 이는 물상을 빌어 심상을 표현하고 자연환경을 빌어 심정을 표현함으로써 특정 이미지로 발현되니 대자연의 미를 자신의 감정 속에 자연스럽게 융화시킨 결과이다.

유종원 산문의 이미지는 유종원이 모든 것에 초연한 심리적 평형상태와 마음을 추스르지 못한 심리적 불평형 상태를 보여 준다. 이는 초탈, 활달, 우울, 고통이라는 내면 이미지를 형성하고 있는데 각각의 이미지 유형에 속하는 작품과 구체적인 물상은 다음과 같다.

[표 11] 유종원 산문의 이미지 분류

이미지 유형	작 품	개별 물상과 감각
憂鬱	「永州龍興寺東丘記」	작은 섬, 굽은 낭교, 빽빽한 대나무, 작은 亭子(시각)
	「游黃溪記」	적흑색의 물, 군집한 물고기(색채, 시각), 無聲(청각) 완만한 산세와 물 흐름(시각)
	「小石城山記」	쌓여 있는 돌, 어두움, 잦아드는 물소리
	「袁家渴家」	小溪, 차고 맑은 검은 물, 작은 모래톱, 스산한 바람
	「石渠記」	작고 완만한 흐름의 샘물, 청색의 이끼, 小潭, 靜寂
	「石澗記」	편편한 돌, 잔잔한 물, 푸른 나무

181) 夏之放 著, 『文學意象論』, 汕頭大學出版社, p.258 참조.

이미지 유형	작 품	개별 물상과 감각
憂鬱	「至小丘西小石潭記」	깨끗하고 차가운 물, 크지 않는 물소리, 삐져나온 돌, 엉켜 흔들리는 나무와 넝쿨, 小溪, 고요함, 서늘한 한기
豁達	「永州法華寺新作西亭記」	베고 제거함(운동), 높은 하늘, 넓은 대지, 험준한 계곡, 드넓은 강과 호수(시각)
	「永州龍興寺西軒記」	열린 문, 높은 처마(시각) 밝음(명암)
	「柳州東亭記」	버려진 땅, 웅덩이 → 잡초 베고 물길 소통, 아름다운 나무, 드높은 정자, 장엄한 분위기
	「柳州山水近治可游者記」	높이 치솟은 산들, 힘차고 웅장한 돌들, 공활하고 넓은 동굴들, 크게 들리는 샘물소리
	「鈷鉧潭記」	맑고 깨끗한 담수, 에둘러 있는 나무들, 광활한 경관, 묘원한 기
超脫	「始得西山宴游記」	서산의 정상, 청백색의 광채, 심신의 자연의 氣로의 융합
	「鈷鉧潭西小丘記」	작은 언덕, 치솟은 돌들, 버려진 땅 → 잡초를 베고 제거, 아름다운 나무, 기암괴석, 높은 산봉우리, 떠다니는 구름, 밝고 깨끗하고 시원한 경치
苦痛	「寄許京兆孟容書」	오랑캐의 땅, 황무지, 편벽된 고장, 고난과 역경, 애타는 마음
	「與蕭翰林俛書」	황폐하고 편벽된 곳, 폄적의 장기화, 야만의 오랑캐 땅, 더위, 독무, 질병
	「上桂州李中丞薦盧遵啓」	황폐하고 시든 광야, 재수 없고 욕을 당하는 사람
	「囚山賦」	가시울타리, 감옥, 우물, 구덩이, 죄인
	「與李翰林建書」	감옥, 구속, 담장, 불안

(1) 우울의 이미지

柳宗元의 山水散文에서 '淸冷幽深'한 意境은 작품에 가장 많이 나타나는 유종원 산수산문의 대표적인 境界이다. 이러한 유종원만의 특이한 意境創造는 유종원 내면의 심리상태와 밀접한 관계를 가진다.

유종원은 원대한 포부를 가졌고 탁월한 재능을 가진 선비였지만 정치혁신운동이 실패함으로써 南方의 奧地 永州로 좌천당하고 졸지에 죄인의 신분으로 전락한다. 웅대한 포부는 산산조각이 나고 강건한 의지는 꺾였으며 폄적의 과정에서 얻은 병으로 심신은 지쳐 있었다. 이러한 곤경을 겪으면서 그의 내면은 점점 의기소침하고 우울해졌다.[182] 이러한 적막하고 쓸쓸한 심정은 산수산문에 묘사된 개별 물상에 투영되어 우울한 이미지를 창조하고 있다.

적막한 심경과 그윽한 경관이 조화를 이루고 있는 「永州龍興寺東丘記」를 살펴보자.

> 계수나무, 회나무, 소나무, 삼목나무, 녹나무, 상록녹나무 등의 식물은 거의 3백 그루이고 아름다운 꽃과 보기 좋은 돌은 그 사이에서 종횡으로 교차되어 있다. 머리를 낮추어 이 녹색의 초원으로 들어서면, 숲은 깊고 어두컴컴하며 초목은 우거져 있으므로 걸음걸이가 엇갈리어 나가야 할 곳을 알 수 없게 된다. 따뜻한 바람이 불어 대도 열기를 느낄 수 없고 시원한 공기가 절로 느껴진다. 물위의 작은 정자에 좁은 방이 있는데 그윽하니 정취가 깊다. 그러나 이곳에 와 본 사람은 종종 너무 멀고 깊숙한 것을 단점이라 여긴다.[183]

龍興寺의 동쪽 언덕의 경관에 대해 쓴 山水記이다. 유종원은 용흥사에서 버린 이 땅을 개간하여 자신의 거처와 연결해 놓고 자주 유람하러 왔는데 온갖 나무가 빽빽하게 들어찬 녹색의 세계는 이루 말할 수 없을 정도의 그윽함을 자아낸다. 시각적으로 푸른 나무와 촉각적인 찬 공기는 이 작품의 '淸冷幽深'한 意境과 관련된 구체적인 물상이다. 녹색이라는 색조와 차가운 공기는 유종원의 심리적 우울함을 잘 보여 주는 물상으로 이 글의 적막한 정조와 조화를 이루고 있다.

『永州九記』의 처음을 장식하는 「游黃溪記」를 살펴보자.

---

182) 尙永亮, 「冷峭: 柳宗元審美情趣和悲劇生命的結晶」, p.53 참조.

183) 『柳宗元全集』, 卷28 「永州龍興寺東丘記」: 桂檜松杉楩楠之植, 幾三百本, 嘉卉美石, 又經緯之. 俯入綠縟, 幽薈薈蔚. 步武錯迕, 不知所出. 溫風不爍, 淸氣自至. 水亭狹室, 曲有奧趣. 然而至焉者, 往往以邃爲病.

검푸른 물이 기름처럼 빛내며 고여 있고 흘러오는 시냇물은 흰 무지개 같으며 담 속은 고요하니 아무런 소리도 나지 않는 가운데 수백 마리의 물고기가 돌 아래에 몰려와 있을 뿐이다. (……) 다시 남쪽으로 일 리쯤 가니 넓고 깊은 샘이 나타나는데 주변의 산은 평평하고 물은 천천히 흐르며 전답도 있었다.[184)]

남방에서 산수로 유명한 곳이 많지만 그중에서 永州가 가장 아름답고 永州의 이름난 경관 중에서 黃溪가 가장 아름다웠다. 黃溪를 따라가다 보면 黃神祠가 나오고 이곳에서 위쪽으로 올라가면 初潭이 나오는데 이곳의 경관 또한 무척 아름답다. 이곳의 담수는 청흑색으로 기름이 고여 있는 것 같은 모습에 담수 속에는 물고기들이 미동도 않고 모여 있다. 사방이 고요하고 적막하니 이곳의 경관은 가히 '奧'境의 전형을 보여 준다. 남쪽으로 조금 내려가면 물 흐름도 완만하고 산세도 완만한데 이러한 물상은 시각적 이미지로서 청흑색의 색채와 모여 있는 물고기 같은 물상과 어울려 '淸冷幽深'한 意境을 더욱 풍부하게 표현해 준다. 이 글에서 어두운 계열의 색조[185)]와 고요하고 적막한 분위기는 유종원의 심리를 잘 반영하고 있다.

西山에서 떨어진 곳에 만들어진 돌산을 묘사한 「小石城山記」를 보자.

층층이 쌓인 돌 위쪽을 흘깃 보니 대들보 같은 모습이었고 그 옆에는 작은 성채가 우뚝 솟아나 있으며 성문 같은 것도 있었다. 그곳의 바위 동굴 쪽으로

184) 『柳宗元全集』, 卷29 「游黃溪記」: 黛蓄膏亭, 來若白虹, 沈沈無聲, 有魚數百尾, 方來會石下. (……) 又南一里, 至大冥之川, 山舒水緩, 有土田.

185) 尙永亮, 앞의 논문, pp.54－55 참조: 필자는 유종원 山水記에 자주 출현하는 어두운 색채는 시각적인 느낌을 유발시켜 답답하고 어두운 느낌을 환기시킨다고 설명하고 있다.

살펴보니 너무 어두워 아무것도 보이지 않아 작은 돌멩이를 던져 보았으나 먼 곳에서 졸졸 물소리만 들려왔다. 그 소리는 세고 높더니 지날수록 사그라졌다.[186)]

위 산문이 만드는 느낌은 적막감이다. 대들보 같은 큰 바위의 아래쪽에 층층이 쌓인 돌들 그 옆에 솟아 있는 작은 요새 그리고 성문처럼 보이는 흔적. 이런 경관이 자아낼 수 있는 것은 현실감이 아니라 이미 지나간 잃어버린 것들의 느낌인 것이다. 어두운 바위 동굴은 이 글을 더욱 비현실적으로 만들고 있다. 보이지 않는 저 안쪽, 그것은 두려움과 호기심을 동시에 불러일으킨다. 그리고 마침내 던져 보는 작은 돌멩이 이것은 아무런 해결책이 되지 못하고 그저 의미 없는 행동이 될 뿐이다. 그런데 잠시나마 들려오는 물소리 이것이 적막을 깨면서 그나마 답답한 공간을 열어 준다. 그러나 그 소리도 이내 사라지고 주위는 다시 적막에 휩싸이고 만다. 이 적막한 공간이 바로 유종원이 의도한 것이다. 여기에서 느껴지는 고요함, 처연함, 비애 등이 그가 나타내고자 했던 감정의 형상화이다.

유종원이 絶景이라 극찬하고 있는 「袁家渴記」를 살펴보자.

겹쳐진 沙洲와 작은 시내, 맑은 潭과 수면 위로 드러난 작은 모래톱이 꼬불꼬불하게 서로 뒤섞이어 있다. 물살이 잔잔한 곳은 짙은 검은색을 띠고 물살이 세찬 곳은 흰 거품이 일었다. 배를 타고 가면서 다 왔다고 생각했는데 갑자기 앞이 트이면서 끝이 보이지 않았다.[187)]

---

186) 『柳宗元全集』, 卷29 「小石城山記」: 其上爲睥睨梁欐之形, 其旁出堡塢, 有若門焉. 窺之正黑, 投以小石, 洞然有水聲. 其響之激越, 良久乃已.

187) 『柳宗元全集』, 卷29 「袁家渴記」: 其中重洲小溪, 澄潭淺渚, 間厠曲折. 平者深黑, 峻者沸白, 舟行若窮, 忽又無際.

윗글은 袁家渴의 下流가 百家瀨와 합쳐지는 지점의 경관을 묘사한 부분이다. 작은 모래톱과 시내가 어우러져 있고 그윽하며 짙은 흑색의 담수가 흐르고 있다. 배를 타고 가면서 바라보는 경관은 구불구불 끊임없이 이어진다. 단순히 묘사된 경관만을 본다면 평화롭기 그지없다. 그러나 이런 탁월한 객관적 묘사는 많은 상념을 불러일으킨다. 즉 감정을 극도로 절제한 이 경관이 오히려 그 속에 깊숙이 자리 잡고 있는 여러 가지의 정감을 매개하고 있는 것이다. 이런 절제 속에서 이 글이 구성하고 있는 것은 정갈하면서도 啾然한 이미지이다.

鈷鉧潭의 小丘에서 서쪽으로 가다 보면 작은 石潭이 나오는데 이 石潭의 경치를 묘사한 「至小丘西小石潭記」를 살펴보자.

> 이에 사람을 시켜 앞쪽의 대나무를 베니 작은 길이 나타났고 아래에는 작은 연못이 있는데 연못의 물은 매우 깨끗하고 시원하였다. (……) 小石潭 주변 사방은 푸른 대나무와 숲으로 둘러싸여 있는데 조용하고 적막하니 사람 그림자를 찾아볼 수 없었으며 정신이 서늘해지고 한기가 뼈 속에 스며드니 스산하고 고요하였다. 이곳의 境界는 지나치게 차고 맑아 오랫동안 머물기 힘들었다.[188]

鈷鉧潭 위쪽에 있는 작은 언덕에서 서쪽으로 가다 보면 대나무 숲 건너편에 바닥이 아주 넓은 바위로만 이루어진 작은 潭이 있다. 潭 전체는 대나무 숲에 둘러싸여 있다. 물소리를 듣고 주위에 있는 대나무를 베어 내어 보니 이 小潭이 있었고 潭水는 아주 맑고 차가웠다. 이 글을 읽는 것만으로도 서늘한 기운을 느끼게 해

188) 『柳宗元全集』, 卷29 「至小丘西小石潭記」: 伐竹取道, 下見小潭, 水尤清冽. (……) 坐潭上, 四面竹樹環合, 寂寥無人, 凄神寒骨, 悄愴幽邃. 以其境過清, 不可久居.

준다. 푸른 나무들, 맑고 작은 연못의 물은 그지없이 투명하고 차갑다. 흐르는 물소리만이 들릴 뿐 온통 정적만이 감돌고 있다. 그리고 뼈 속까지 스미는 한기, 별 움직임이 없는데도 이곳은 사람을 압도한다. 주위에 감돌고 있는 정적 그 자체만으로도 오래 머물 수 없을 정도의 숨 막히는 긴장감을 연출해 내고 있는 것이다. 어떤 조그만 움직임에도 곧 깨질 것 같은 이 정적은 마치 폭풍전야와 같은 느낌으로 전달되고 있다. 고요하고 시원한 주위의 환경이 평온과 휴식을 의미하는 것이 아니라 팽팽한 긴장감으로 위압하고 있다. 그리하여 유종원은 자신이 만들어 낸 이 정감 속에서 빠져나오길 원한다. 즉 처음에는 그곳의 정결함이 좋아 자신을 한껏 투영시켰었는데 또한 자신이 만든 그 형상에 압도당하여 스스로 벗어나길 원하고 있는 것이다.

상술한 山水記에 묘사된 아름다운 경관은 모두 협소한 공간으로 이루어져 있다. 이는 작가 개인의 원래 취향이기도 하겠지만 어쩌면 폄적 이후 그의 고립된 생활에서 만들어진 습관이 아닐까 여겨지기도 한다. 유종원이 선택한 곳에는 언제나 어두운 색의 물이 있고 그 물은 차갑기 그지없다. 또한 고요한 숲 속이나 아니면 고적하고 황량한 바위산 등이 그 배경이 되고 있다. 이렇듯 사람이 등장하지 않고 객관적 자연경관에 대한 묘사만으로 이루어진 것이 많다. 이러한 분위기 속에서 그가 의도했던 바는 무엇이었을까? 그것은 바로 정리된 속에서 느껴지는 답답함을 벗어 버리고자 하는 염원이었는지도 모른다. 그래서 그는 스스로 오래 머물기가 힘들다고 변명하고 있는 것이다.

(2) 활달의 이미지

기존의 많은 논자들은 柳宗元의 山水記를 단순히 유종원 개인의 분노나 비애의 결정체로 보아 왔다. 그러나 유종원 山水記 속에 표현된 物景은 그의 근심과 우울을 풀어내는 매개체로 작용할 때도 있지만 山水記 전체가 그의 비관적인 심리를 반영하고 있다고 볼 수만은 없다. 왜냐하면 永州時期 山水記 속에는 우울하고 절망적인 분위기와는 다른 생기와 활력도 볼 수 있기 때문이다. 실제 작품을 보면 유종원 山水記의 物象은 山水詩의 物象과 다르다. 그것은 몸과 마음을 옥죄고 있는 울분과 슬픔에서 벗어나 유종원이 생의 활력을 찾고 편안함을 추구하는 것을 표현하기 때문이다. 방치되어 있던 永州山水가 아름다운 경승지로 변하는 山水遊記에서 흔히 볼 수 있는 것은 바로 유종원의 활달한 심리세계를 구체적으로 표현하는[189] 물상이다.

탁 트인 경관을 묘사하여 광활한 경계를 나타내는 「永州法華寺新作西亭記」를 보자.

> 그러나 가늘고 굵은 섶나무와 대나무 등이 뒤얽혀 있어 시야를 막고 가리니 이런 雜木을 베어서 없앤다면 반드시 볼 만한 경치가 있을 것이라고 생각하였다. (……) 이에 하인들에게 도끼를 들고 와서 모두 함께 雜木을 베어버리게 하였다. 무성하던 잡초가 모두 없어지고 막혀 있던 만물이 모두 드러나니 확 트이고 광활해졌다. 하늘은 이로써 더욱 높아지고 대지는 이로써 더욱 넓어 보이며 언덕과 계곡의 험준함과 강과 호수와 연못의 드넓음 모두 더욱 높고 넓어지게 되었다.[190]

---

189) 王佩娟, 「柳宗元山水記的審美意義」, <國際關係學院學報>, 1988년 1기, p.43 참조.

190) 『柳宗元全集』, 卷28 「永州法華寺新作西亭記」: 然而薪蒸篠簜, 蒙雜擁蔽, 吾意伐而除之, 必將有見焉. (……) 遂命僕人持刀斧, 群而翦焉. 叢莽下頹, 萬類皆出, 曠焉茫焉, 天爲之益高, 地爲之加辟, 丘陵山谷之峻, 江湖池澤之大, 咸若有增廣之者.

法華寺는 永州에서 地勢가 가장 높은 곳에 있는 사찰이다. 유종원은 永州로 폄적되어 오자마자 이곳에 잠시 유숙하였다. 아름답기 그지없는 법화사의 경치에 매료되어 유종원은 永州司馬 녹봉을 털어 정자를 지었고 이를 기념하며 이 글을 썼다. 경관 묘사가 주를 이루었던 앞의 작품들과는 달리 이 글에서 유종원은 매우 적극적인 태도를 보여 준다. 아름다운 경치를 칭찬하는 태도는 변함없지만, 앞의 여러 글에서 볼 수 없는 활기차고 역동적인 경관 묘사를 느낄 수 있다.

또 자신의 안목에 자족하며 경관의 수려함을 만끽하는 여유도 가진다. 따라서 이 작품에서는 경관에 대한 빼어난 묘사는 없지만 오히려 작가의 개입으로 말미암아 일체의 감정이나 미동도 배제된 고요와 정적의 상태가 빚어내는 적막의 이미지에 비해 매우 활기차고 동적이다. 가시나무를 베어 내고 잡초를 없애고 하는 과정에서 그는 잠시나마 자신의 현실을 잊을 수 있었는지도 모른다. 그리하여 지금의 움직임 상황에만 몰두하여 눈앞에 펼쳐진 경물들을 아무런 사심 없이 그대로 고스란히 받아들이고 있는 것이다. 永州山水의 광활함은 바로 높은 하늘과 넓은 대지와 험준한 계곡, 그리고 드넓은 강과 호수라는 물상에 의해서 조성된다. 이러한 개별 물상이 모여서 전체 화면으로서의 광활한 意境을 형성하는데, 이를 통해 이 글을 쓴 당시 유종원의 활력과 긍정적인 심경을 엿볼 수 있다.

아득히 넓은 자연의 광활한 기를 느낄 수 있는 「鈷鉧潭記」를 보자.

> 시냇물이 흐르면서 물거품을 일으켜 수레바퀴 같은 소용돌이를 만든 연후에 천천히 흘러가는데 맑고 깨끗하며 잔잔한 수면은 10畝 정도의 크기에 사방으로 나무가 쭉 둘러져 있어 샘물이 걸려 있는 것 같다. (……) 이에 鈷鉧潭 기슭의 평평한 누대를 높이고 옆쪽의 난간을 늘여 높은 곳에서 흐르는 샘물을 鈷鉧潭으로 떨어지게 만들어 물이 흘러들어 가는 소리를 들었다. 특히 중추절 저녁때 달을 감상하기 안성맞춤으로 하늘의 공활함과 氣의 요원함을 느낄 수 있다. 누가 나로 하여금 이 오랑캐 땅에 기꺼이 살게 하면서 고향을 잊게 해 주는가? 바로 이 鈷鉧潭이 아니겠는가![191]

西山의 서쪽에 있는 鈷鉧潭은 冉水의 지류가 흘러오다 작은 언덕 끝에서 폭포처럼 떨어지면서 만들어진 연못이다. 유종원은 연못 위 언덕에 지어진 작은 집을 샀고 수리까지 하였다. 드높고 망망한 하늘을 가까이에서 올려다보며, 유종원은 그를 괴롭히던 고향에 대한 미망을 잠시나마 떨쳐 버리게 된다. 이 작품에서 느낄 수 있는 것은 유종원의 변화이다. 그것이 비록 일시적이고 단편적인 것이기는 하나, 가까스로 발견한 매혹적인 경관으로 인해 자신에게 주어진 지친 삶을 잠시나마 잊게 되는 것이다. 극도로 절제된 감정으로 더욱 깊은 정한을 느끼게 했던 柳宗元 특유의 태도가 여기서는 잠시 弛緩된 듯한 느낌을 준다. '중추절 저녁달을 감상할 때가 아름답다'거나 '누가 나로 하여금 오랑캐 땅에 사는 것을 즐겁게 하고 고향을 잊게 해 주는가?' 등에서 보이는 주관의 개입은 조금은 경쾌하고 가벼운 느낌마저 들게 한다. 이로써 다소 현실을 떠난 듯한 감상과 상기된 정조가 형성되는 것이다.

元和元年(805년) 유종원은 '永貞革新'에 참가하였고 혁신운동이 실패하자 그의 정치생애는 몰락의 길로 들어서게 된다.[192] 永州司

---

191) 『柳宗元全集』, 卷29 「鈷鉧潭記」: 流沫成輪, 然後徐行, 其靑而平者且十畝餘, 有樹環焉, 有泉懸焉. (……) 則崇其臺, 延其檻, 行其泉於高者而墮之潭, 有聲潀然. 尤與中秋觀月爲宜, 於以見天之高, 氣之迥. 孰使予樂居夷而忘故土者, 非茲潭也歟.

馬로 폄적되어 뜻을 펼칠 수 있는 모든 현실적인 여건들이 박탈된 상황에서 그는 좌절하고 실의에 빠진다. 이때 그가 위안을 받을 수 있었던 유일한 것이 제 스스로 무심하여 아무런 자각 없이 그냥 존재하기만 하는 자연이었다. 어떠한 의도도 가지고 있지 않지만, 있는 그 자체로 가치를 가지는 자연을 대할 때만이 그나마 위로를 받을 수 있었고 현실에 대한 상념을 접을 수 있었다. 그는 여러 명승지를 유람하는 한편 혼자서 경치를 감상할 만한 곳도 찾았다. 유종원에 있어 산수를 유람한다는 것은 번뇌를 벗어나기 위한 하나의 수단이었던 것이다.[193] 이러면서 그는 자연과 순수하게 동화되지는 못했지만 자연을 즐기고 그 속에 자신을 투사하는 수편의 작품을 쓰면서 가끔씩이나마 번뇌에서 벗어날 수 있었다. 영주시기 游記散文에서 볼 수 있는 '활달함'은 바로 산수 유람을 통해서 그의 울분과 번민이 잠시나마 해소되었음을 말해 준다.

「柳州山水近治可游者記」 역시 광활한 경계를 보여 주는 작품이다. 이 글에서 "북쪽에는 두 개의 산이 나란히 서 있는데 길은 좁고 험준하고 높은 모양이다."와 "북쪽에서 나가면 광활한 들판과 마주하게 되며 날아다니는 새는 모두 그 등만 볼 수 있다."의 두 구절은[194] 특히 웅장한 자연의 위엄에 대한 경탄이다. 자연의 웅혼함은 보는 사람으로 하여금 스스로 왜소하게 느끼게 만들기도 하지만 한편으로는 그 기상으로 인해 세속적 번뇌의 소소함도 느끼게 해 준다. 높이 치솟아 있는 산, 공활하고 넓은 동굴, 높은 동굴

---

192) 顧易生, 『柳宗元』, 上海古籍出版社, p.87 참조.

193) 程朗, 「柳宗元山水遊記的意境美」, 『國際柳宗元研究擷英』, p.306 참조.

194) 『柳宗元全集』, 卷29 「柳州山水近治可游者記」: "北有雙山, 夾道嶄然." "北出之, 乃臨大野, 飛鳥皆視其背."

에서 내려다볼 때 눈앞에 펼쳐지는 들판의 광활함, 유유히 날고 있는 새들의 모습, 이 모든 물상들 속에서 작가는 자신의 세속적 번뇌가 얼마나 보잘 것 없는지를 생각하게 되는 것이다. 또 자신을 괴롭히던 내적인 갈등, 염원, 원망 등도 잠시나마 잦아드는 듯이 느껴지기도 한다. "靈泉은 東趾의 아래쪽에 있는데 숲이 그것을 둘러싸고 있으며 샘물소리는 천둥소리처럼 크다."는 구절[195]에서도 또한 숲을 가득 메우는 천둥소리는 오히려 작가의 시름을 잠재우는 역할을 하고 있다.

柳宗元은 폄적된 이후 자신이 사면될 것이라고 생각하였으나, 오히려 더 먼 남방의 柳州로 부임하게 된다. 그는 柳州가 자신의 마지막 부임지가 될 것임을 짐작하였고 오직 주어진 일에 만족하며 최선을 다하고자 노력하였다. 유종원은 정치적으로는 실패하였으나 결코 자신을 방기하지는 않았다. 그리고 현실을 중시하고 그 속에서 의미를 찾고자 하였다. 柳州에서의 그의 정치적 업적이 이를 증명해 준다. 柳州에서 그는 절제와 겸양의 덕을 배웠으며 이를 자신의 작품으로 형상화시켰다.[196]

(3) 초탈의 이미지

柳宗元의 山水游記에 나타난 경물묘사는 주로 감정이입의 형태로 나타난다. 폄적된 이후 쓴 유기문은 번뇌로부터 벗어나고자 하는 강한 염원이 내재해 있다. 따라서 작품에 등장하는 물상들 또

195) 『柳宗元全集』, 卷29 「柳州山水近治可游者記」: 靈泉在東趾下, 有麓環之, 泉大類轂雷鳴.

196) 程朗, 앞의 논문, p.309 참조.

한 초탈의 이미지를 보여 주고 있다.「始得西山宴游記」,「鈷鉧潭西小丘記」를 중심으로 살펴보자.

> 연후에야 비로소 西山이 특별히 드러나며 작은 언덕과는 많이 다름을 알게 되었다. 한없이 아득하니 광활한 氣와 화합하여 끝없이 망망하고 크고 드넓으니 조물주와 더불어 서로 왕래하여 끝나는 곳을 알 수 없다. 이에 나는 술잔을 가득 채워 단번에 마셨고 바로 취해 버렸으니 해가 져서 어두워지는 줄도 몰랐다. 저녁 어스름이 멀리서 점점 다가오니 천지간에 아무것도 보이지 않았지만 돌아가고 싶은 생각이 조금도 들지 않았다. 정신은 한데로 모이고 몸의 긴장감이 풀어지면서 천지만물과 함께 혼연일체가 된 기분이었다.[197]

永州로 부임되어 온 초기, 유종원은 매일매일을 힘겹게 보냈다. 심신이 지쳐 있었던 까닭이었다. 이러한 지친 심신을 달래고자 그가 선택한 것이 산수 유람이었다. 마땅히 주어진 일도 할 수 있는 일도 없는 처지에 섣불리 시작할 수 있는 처지도 아니고 하여 그는 산수의 장엄함에라도 빠져들어 번뇌를 잊기를 바랐던 것이다. 명승을 찾아서 이리저리 逍遙하였고 永州에서 가 볼만한 곳은 다 가 보았다. 그러다 우연히 西山을 발견하였고 그곳의 기이한 풍경은 유종원의 마음을 사로잡았다. 단번에 西山의 정상에 올라 눈 아래 펼쳐진 광경을 보며 그는 대자연이 주는 호방한 기운에 일체감을 느꼈다. 날이 어두워지며 四圍가 어둠에 잠겼지만 돌아가야 한다는 생각을 잊을 정도로 이미 그의 몸과 마음은 자연 속에 녹아들어 혼연일체를 이루게 된다.

이 글에서 "心凝形釋, 與萬化冥合"은 사람의 정신이 우주자연

---

197)『柳宗元全集』, 卷29「始得西山宴游記」: 然後知是山之特立, 不與培塿爲類, 悠悠乎與顥氣俱, 而莫得其涯, 洋洋乎與造物者游, 而不知其所窮. 引觴滿酌, 頹然就醉, 不知日之入. 蒼然暮色, 自遠而至, 至無所見, 而猶不欲歸. 心凝形釋, 與萬化冥合.

과 결합한 체험을 표현한다. 이는 유종원이 사람과 자연이 생명의 근원과 형상본체에서 동일함을 자각하고 있음을 의미한다.[198] 이러한 '天人合一'的 意境은 이 글에서 西山 정상의 浩然한 모습과 자연의 기와 심신이 융합하여 일으킨 無我之境으로서 이미 세속의 번뇌에서 벗어나 자연의 한 일부분이 되었음을 의미한다. 비록 몸은 땅을 딛고 서 있으며 겉모습은 사람의 형상을 하고 있지만 그의 내면은 이미 자연과의 합일로 '나'에 대한 인식이 없어진 상태가 된 것이다.

> 이 작은 언덕 위에 자리를 깔고 누우니 맑고 깨끗하고 시원한 경색이 눈에 가득 담기고 시냇물 졸졸졸 흐르는 소리는 귀에 가득 담기며 한적하고 적막한 분위기는 정신을 트이게 한다.[199]

法華寺 서쪽 亭子에서 주위 경관을 조망하다가 西山을 발견하게 되었고 서산을 유람하다가 서북쪽에서 鈷鉧潭을 발견했다. 그 고무담 위쪽에 있는 언덕이 바로 이 작은 언덕이다. 고무담 주변의 아름다운 나무와 기암괴석, 높은 산봉우리와 떠다니는 구름, 시냇물 소리, 이 속에 자리를 깔고 누워 있는 유종원, 여기서 그는 자연 속의 작은 부분으로밖에 되지 않는다. 우주와 자연의 광대함을 느낄 때 인간의 한계를 생각할 수도 있지만 그보다 유종원은 광막한 대지 위에 누워 오히려 자연의 광활함을 닮아 가고 있는 것이다. 이는 柳宗元이 이미 세속의 번뇌와 온갖 雜事에서 벗어나 무엇에도 구속받지 않는 자유를 느꼈음을 말해 준다.[200]

---

198) 鄧小軍,「柳宗元散文的藝術境界」,『四川師大學報』 1993년 1기, p.45 참조.

199)『柳宗元全集』, 卷29「鈷鉧潭西小丘記」: 枕席而臥, 則淸冷之狀與目謀, 瀯瀯之聲與耳謀, 悠然而虛者與神謀, 淵然而靜者與心謀.

유종원이 폄적되면서 좌절하고 절망에 빠진 것은 부인할 수 없는 사실이다. 이로 인해 그의 심신은 지쳐 갔고 종국에는 發病하기에 이른다. 진보적 사상을 가진 신진 사대부로서 꿈과 야망을 모두 접어야 했던 유종원에게 있어서 삶은 그 자체로 고뇌였다. 그리하여 그의 심신은 극도로 쇠약해져 갔던 것이다. 그러나 그는 끝까지 사대부 지식인으로서의 삶을 포기하지 않았다. 그의 작품 곳곳에 보이는 감정의 절제와 사물에 대한 예리한 식견에서 그러한 면모를 느낄 수 있다. 그의 작품은 울분과 원망이 침잠된 형태를 보여 준다. 그러나 그가 남긴 몇몇 작품들에서는 그러한 고뇌가 거의 배제된 형태가 나타나고 있다. 그것이 바로 이 장에서 언급한 초탈의 이미지인 것이다.

물론 유종원은 시종 초탈의 경지를 염원하며 작품 속에 이러한 것을 형상화시키려 의도한다. 이의 결과인지 그는 위 언급한 몇몇 작품 속에서 자연의 광활함에 몸을 맡기고 세속의 모든 번뇌를 초탈한 그런 이미지를 그려 내고 있다. 따라서 柳宗元의 山水記를 통해 永州시기의 그가 우울함 속에서 삶을 비관하기도 했지만 또 울분을 떨쳐 버리고 삶의 여유를 되찾으며 낙관적이기도 했음을 알 수 있다. 또 그가 차가운 이성으로 자신을 자제하면서도 한편 격렬하게 분노하였으며 삶에 대한 기대로 활력에 넘친 동시에 삶에 대한 실망으로 심하게 침울해하기도 했던 것이다.

200) 王佩娟, 「柳宗元山水記的審美意義」, <國際關係學院學報> 1988년 1기, p.43 참조: 필자는 유종원의 유기문은 유종원이 天地의 크고 광활한 품속에서 현실세계에서 느낄 수 없는 광활함과 완전한 만족을 얻었음에 있는데 이는 유종원이 광활한 천지와 渾然一體가 되기를 희망하는 것이고 모든 苦悶과 煩惱와 자신을 압박하는 모든 것이 편안함과 안녕함으로 전환되기를 추구하는 심정에 의해 결정된 것이라고 하였다.

3) 고통의 이미지

柳宗元이 永州時期 창작한 游記散文에 그려지고 있는 영주의 산수는 작가의 내적인 심리변화에 관계없이 외형상 매우 아름답게 묘사된다. 그러나 같은 시기 창작된 書信文이나 기타 작품에서는 다른 양상을 보여 준다. 이러한 서신문에서 주로 발견되는 영주산수는 '야만의 황무지', '편벽된 곳', '황폐한 곳' 등의 황량하고 척박한 오랑캐 땅이다. 열악한 공간 속에 처해 있었고, 그 시간이 짧지 않다고 스스로 표현하고 있는데, 이는 폄적 문인으로서 유종원이 자기의 역경과 고통을 표현하는[201] 또 다른 방법으로 볼 수 있다.

> 지금 내가 매우 중한 죄를 짓고 오랑캐의 고장에 살게 되었는데 이곳의 地勢는 낮고 습기는 높으며 늘 안개가 자욱하게 끼어 어두컴컴하다. 어느 날 하루 죽어서 구덩이와 골짜기를 메우고 막으며 조상들의 혈통을 비우고 잃게 될까 두려워하니 이 때문에 우울하고 괴롭고 원통하므로 애간장이 타고 녹는 듯하다.[202]

이 글에서 柳宗元은 永州를 '야만의 황무지', '황량하고 편벽된 곳'으로 표현하고 있다. 당시 영주는 남방의 오지였으므로 실제로 편벽된 곳이기는 하였지만, 이곳을 '황무지'라고 표현한 것은 폄적된 이후 그 자신이 겪은 고통의 강도를 대변하는 것이다.

> 슬프다! 사람의 목숨이 육십, 칠십까지 살기 어렵지만 내 나이 올해 이제 서른일곱 살이다. 나이 들면서 세월이 더욱 빨라지는 것을 느끼는데 해가 지

---

201) 尙永亮, 「元和貶謫文學藝術特徵初探」, <陝西師範大學學報> 1990년 4기, p.89 참조.

202) 『柳宗元全集』, 卷30 「寄許京兆孟容書」: 今抱非常之罪, 居夷獠之鄕, 卑濕昏霧, 恐一日塡委溝壑, 曠墜先緖, 以是怛然痛恨, 心腸沸熱.

날수록 더욱 심해지니 수십 번의 겨울과 여름을 지내지 못할 것 같다. (……) 내가 오랫동안 야만의 오랑캐 땅에 살고 있어 더위와 독무에 이미 익숙해졌고 눈이 침침해지고 발이 붓는 병에 걸리는 것을 일상으로 여기게 되었다.[203)]

이 글에서도 永州를 '황폐하고 편벽된 곳'이라 표현하고 있다. 나이가 들면 세월이 빠르게 흐른다고 느껴지고 어제 오늘이 또 다르게 느껴지기 마련이다. 그러나 서른일곱의 유종원이 이러하다면, 그것은 외적 환경에 의해 강요된 경우로 정상적이라 할 수가 없다. 게다가 눈도 침침해지고 발도 붓는 병까지 겹쳤으니 심약해지지 않을 수 없었을 것이다. 세월이 빨라지는 정도가 해마다 더욱 심해진다는 것은 바로 마음이 약해지고 고향으로 돌아가고 픈 마음 또한 그만큼 강해져서일 것이다. 이렇게 오래도록 폄적되어 지냈으니 사면령이 내려질 만도 하건만, 그의 바람과는 달리 세월만 점점 빨리 흘러갈 뿐이다. 더위나 독무에도 습관이 되었고 질병에도 이미 익숙해졌다고 한다. 그러나 이것은 赦免에 대한 희망이 점점 옅어지면서 스스로에게 하는 일종의 자기암시에 불과한 것이 되고 만다. 염원이 강할수록 심신만 더 지쳐 갈 뿐이기 때문이다. 그래서 자신에게 주문이라도 걸 듯 익숙해졌음을 강조하고 있다.

저 같은 지경의 사람이라면 궁하고 재수가 없고 곤란하며 욕을 당하는 사람이라 일컬을 만합니다. 세상사람 모두 등 돌리고 떠나가니 황폐하고 쇠락한 광야에 버려졌는데 유독 大君子가 현명한 지혜로써 인자함을 보여 주시며 평생의 친구처럼 안부를 물어 주시니 죄인을 밝게 비추고 비단옷을 입혀 주는 듯합니다.[204)]

---

203) 『柳宗元全集』, 卷30 「與蕭翰林俛書」: 悲夫, 人生少得六七十者, 今已三十七矣! 長來覺日月益促, 歲歲更甚, 大都不過數十寒暑. (……) 居蠻夷中久, 慣習炎毒, 昏眊重膇, 意以爲常.

204) 『柳宗元全集』, 卷35 「上桂州李中丞薦盧遵啓」: 若宗元者, 可謂窮厄困辱者矣. 世

이 글에서는 그의 애절함이 더욱 절실하게 느껴진다. 스스로를 곤궁하고 재수 없고 괴롭고 욕을 당할 만한 사람이라며 자학하는 모습을 보여 주고 있는 것이다. 세상이 자신을 버렸고 주위의 모든 사람들도 등을 돌리고 말았다. 세상의 변화에 대해 그다지 큰 관심을 갖지 않는 사람도 세상 사람들과 어울려 그 속에서 자신의 역할이 주어지길 바라며 소박하나마 작은 의미를 느끼게 되길 원한다. 하물며 역사를 바꾸고자 했던 원대한 포부와 야망을 가졌던 사람의 경우에야 더 말할 나위도 없는 것이다. 여기서 다시는 그럴 기회를 가질 수 없는 곳에 유폐 고립되어 버린다면 이는 극단적으로는 그의 생명이 더 이상의 의미가 없음을 뜻하게 될 수도 있다.

세상이 더 이상 자신의 존재를 인정해 주지 않고 오히려 영원히 잊혀지기를 의도한다면 이는 한 개인에게 존재의 의미를 상실하게 만든다. 이렇듯 절망감 속에 자신의 어리석음을 자책하고 있는 것이다. 그러던 중 그에게 윗글에서 大君子로 지칭되는 자가 호의를 보여 준다. 사실 그 사람이 보여 준 것은 단순한 안부인사에 지나지 않음에도 유종원은 "현명한 지혜로 인자함을 보여 주어 죄인을 밝게 비추고 비단옷을 입게 한 듯하다."며 기뻐하고 있는 것이다. 이는 永州에서의 그의 삶이 얼마나 고통스러운지를 가늠하게 해준다.

위의 작품들에서 柳宗元은 영주의 환경을 매우 열악한 것으로 강조하고 있다. 사실 영주는 장안에 비해 여러 모로 뒤떨어진 곳일 수도 있다. 그러나 그에게 있어 영주의 열악함이란 단지 겉으

皆背去, 顣頞曠野, 獨賴大君子以明智垂仁, 問訊如平生, 光耀囚錮, 若被文綉.

로 드러난 것만을 의미하지는 않는다. 여기서 영주는 이미 그 원래의 모습으로 평가될 수 없는 주관적 공간으로 변해 버린 것이다. 객관적으로 영주는 유종원이 묘사한 그 정도의 곳은 아니었을 수도 있다. 그러나 좌절과 실의에 가득 찬 유종원에게 있어서 그곳은 사람이 살 수 없는 공간이 되고 만다. 장안에서부터 떨어져 있는 거리감이 그러하고, 그보다 더 먼 자신의 이상실현과의 거리가 그러하며, 좀 더 현실적으로는 서로 교감을 가질 수 있었던 동지와 지인들과의 관계가 그러하다. 이러한 격리감은 그를 더욱 침체시켜 영주의 모든 공간은 柳宗元에게 있어서만은 생명감을 상실한 채로만 존재하게 된다. 아래의 작품에서는 여기서 한 걸음 더 나아가 영주를 감옥으로 상정하고 있다.

영주산수를 자신을 가두고 있는 감옥으로 묘사한 「囚山賦」를 보자.

> 울창하게 모인 숲은 무성한 가시울타리인 듯하고 호랑이와 표범의 울부짖음은 감옥을 지키는 개의 울음소리를 대신하네. 우물 속에서 원망하며 하늘을 바라보는데 막힌 구덩이가 험하니 도망가고 싶네. 깊고 어두우며 죄인을 옭아매는 것으로 보아 비록 성인이라 할지라도 환자처럼 앓는 소리를 낼 것이네. 코뚤소가 아닌데도 나는 우리에 갇혔고 돼지가 아닌데도 나는 감옥에 갇히었네. 십여 년이 지났건만 나를 살펴보러 오는 사람은 없고 나를 덮어 가리는 쑥만 더욱 늘어났네.[205]

유종원은 永州의 험악한 자연환경을 두고 '담이 없는 감옥'으로 묘사하고 있다. 첩첩이 이어진 산은 성벽 같고 울창한 산림은 자

---

205) 『柳宗元全集』, 卷2 「囚山賦」: 攢林麓以爲叢棘兮, 虎豹咆㘚代狴牢之吠嘷. 胡井眢以管視兮, 窮坎險其焉逃. 顧幽昧之罪加兮, 雖聖犹病夫嗷嗷. 匪兕吾爲柙兮, 匪豕吾爲牢. 積十年莫吾省者兮, 增蔽吾以蓬蒿.

신을 가두고 있는 감옥이며 깊은 산중에서 들려오는 호랑이와 표범의 울음소리는 마치 죄수를 지키는 개의 포효와 같다고 느낀다. 그리하여 자신이 마치 코뿔소나 돼지와 같은 처지임에 자조하고 있다. 십여 년이 지나도 찾는 이도 한 사람 없어 그 孤寂感은 이루 말할 수가 없다. 사람의 자취가 없으니 쑥들만 무성히 자라 외로움을 더하고 있다.

> 때때로 조용한 숲에 이르고 아름다운 바위를 보면서 잠시나마 한 번 웃어 보아도 이제는 즐겁지가 않으니 무엇 때문인가? 마치 가두고 구속하는 것처럼 빙 둘러싼 지형 때문이다. 일단 경치에 동요되어 외출하고 싶어지면 담장에 기대어 마음을 어루만지고 사지 전체를 쭉 뻗는다. 이럴 때면 마음이 진정되는 것 같기도 하다. 그러나 땅을 내려다보고 하늘을 올려다보니 불과 얼마 되지 않는 넓이와 높이임에도 결코 나갈 수 없다. 얼마의 시간이 지나야 다시 마음이 진정되고 즐거워질는지?[206)]

이 글은 영주폄적 초기에 쓴 서신문이다. 아름다운 자연환경에 일시적으로 기쁨을 가지기도 하나 결국 그의 시선은 땅 위에 머물러 있는 자신에게로 돌려지고 그 아름답고 당당한 자연에 대비되는 자신의 초라함이 부각된다. 객관적 경물로서의 자연은 아름답기 그지없다. 그러면서 가끔씩은 그 자연에 동화되어 현실을 잊기도 한다. 그러나 자신의 처지가 자각되면 그 순간부터 자연은 그 자체로 존재하지를 못한다. 그윽한 숲과 위용을 자랑함직한 바위들은 바로 감옥의 이미지로 변환되어 버리는 것이다.

이는 柳宗元이 자연을 客觀的 物像 그 자체로 보지 못함을 의

---

206) 『柳宗元全集』, 卷30 「與李翰林建書」: 時到幽樹好石, 暫得一笑, 已復不樂. 何者? 譬如囚拘圜土, 一遇和景出, 負墻搔摩, 伸展支體, 當此之時, 亦以爲適, 然顧地窺天, 不過尋丈, 終不得出, 豈復能久爲舒暢哉!

미한다. 그의 눈앞에 펼쳐지는 모든 자연경관들은 종국에는 작가의 감성에 의해 이미지화되어 새롭게 재창조의 과정을 거치게 되고 마는 것이다. 이렇듯 객관의 물상들은 작가의 주관의 영역을 거치면서 작품 속에서 전혀 새로운 형상으로 나타나게 된다. 숲과 바위는 감옥으로, 웅장한 산들은 성벽으로, 호랑이와 표범의 우렁찬 울음소리는 죄수를 지키는 개의 울부짖음으로 그려지고 마는 것이다. 그리고 그가 자신의 감정을 전혀 드러내지 않고 오직 자연경관의 수려함만을 표현하려고 의도한 작품이라 할지라도, 그 속에는 그의 고뇌나 번민이 침잠되어 있음을 느낄 수 있다. 그가 그려 내는 물상들이 자아내는 이미지가 바로 작가의 내심인 것이다.

물론 그가 직접적으로 자신의 감정을 토로한 작품은 말할 나위도 없다. 그러나 그 고뇌의 깊이는 前者의 작품류에서 훨씬 진하게 느낄 수 있다. 표출된 경우보다는 속으로 침잠시켜 내재된 슬픔이 보다 더 강한 비극성을 노정하는 것은 이 때문이다. 말로 그 형태나 정도가 결정되어 버리는 경우 내면의 느낌들은 이미 생명감을 상실한 채 표출된 언어 속에 갇히고 만다. 그러나 이를 묘사의 과정을 통해 작품 속의 이미지로 만들어 내면 그것은 작품 속에서 새로운 생명을 부여받아 살아 숨 쉬게 되는 것이다. 따라서 유종원이 추구한 간접적인 투사의 방법이 그 의미를 가지게 된다.

高溫多濕한 永州의 열악한 자연환경은 柳宗元에게 그 자체 바로 '자연감옥'이었다. 게다가 언제 사면이 될는지 혹은 언제까지 있어야 할지 기약할 수 없는 상황은 '벗어날 수 없다'는 공포감을 조성하고 있다. 그리고 어쩌면 이 현재의 고통이 자신의 죽음으로 이어질지도 모른다는 데서 비롯된 절망감은 실로 엄청난 것이었다.

그리하여 마침내는 영주를 감옥으로 비유하기까지에 이른다.

元和 4年에서 元和 8年 동안에 創作된 일련의 山水游記에서 표현된 永州山水는 영주시기 유종원의 복잡한 내면을 다채롭게 보여 준다. 적막하고 그윽한 산수경물을 통해서 자신을 구속하던 우울과 번민을 표현하는가 하면, 쾌적하고 광활한 산수경물을 통해서 근심과 걱정을 해소하고 벗어난 심정을 표현하기도 하고, 심신을 자연 속에 융해시킴으로써 모든 것에서 초탈한 심정을 표현하기도 하였다.

영주시기 山水游記에 그려진 永州는 유종원이 극단적으로 비관적이거나 절망적이기만 한 것이 아니었음을 말해 준다. 다소간의 활기와 여유를 즐기는 듯한 낙관적인 태도에서 희망을 보여 주기도 한다. 이 시기의 유종원은 언제 사면될지도 알 수 없고 또한 자신의 뜻도 접어야 했으므로 절망하기도 했으나 간간히 들려오는 사면소식에 장차 장안으로 돌아갈 수 있을 것이라는 희망을 품기도 했다. 이러한 희망은 황량하기만 했던 永州山水에서 절경의 아름다움을 이끌어 내기도 한다.

유종원의 山水游記에 나타난 이미지는 주관적인 감정과 객관적인 산수경물이 결합하여 이루어 낸 형상이었다. 그가 현실의 고뇌를 잊고자 산수를 찾았을 때, 처음에는 모든 물상들이 제 모습으로 다가오지만 어느새 이 물상들은 그의 개인적 고뇌와 번민의 투사체가 되고 만다. 푸른 숲이 뿜어내는 서늘함, 작은 시내나 연못의 차가운 물, 첩첩이 쌓인 바위 이들은 모두 작가의 의도에 의해 새롭게 형상화되어 버린다. 이로써 그는 주위의 경관들을 자신의 것으로 내재화시켰고 자신만의 언어로 재구성해 내었던 것이다.

따라서 永州山水를 묘사한 山水游記의 이미지는 객관적인 자연 상태로서의 山水에 투영된 정감으로 유종원 개인의 山水로 형상화되었음을 보여 준다. 즉 그는 평범하고 무심한 영주의 경관을 자신의 내면으로 끌어들여 거기에 자신만의 정조를 융해시켜 그의 작품을 통하여 그만의 독특한 영주의 경관을 만들어 낸 것이다. 그리하여 유종원 작품 속의 여러 물상들은 새로운 형태로 재창조되어 그의 작품 속에서 살아 숨 쉬게 된 것이다. 永州시기 山水游記의 예술적 가치는 바로 이러한 '個性的 山水'로 체현되는 창조적 예술형상에서 찾아야 할 것이다.

V

유종원 산문의 미적 형태

感性의 대상으로서의 美는 그 완정한 조화로움으로써 쾌감을 주고 아름다운 것으로 인식된다. 예술작품과 같은 특정한 대상을 포함한 모든 것은 아름다울 수 있고 사물이 아닌 행위도 아름다울 수 있다. 이처럼 美라는 언어는 우선은 시각적인 대상을 말하는 것이고 그 본질은 단적인 完全性이며 完全性에 대한 지각을 통해 감탄의 마음이나 快感을 유발한다.[207]

美는 크게 세 가지 특징을 가지고 있다. 첫째, 미는 구체적이고 생동적이며 일정한 감상의 가치를 지닌 형상이라는 것이다. 문예작품의 美 역시 개념이 아닌 형상이어야 하며 문예의 가장 기본적 특징의 하나는 구체적 생동적인 예술적 형상화의 과정을 통하여 생활을 반영하는 것이다. 그러므로 미는 추상적 속성이 아니라 생동감 있는 형상이다. 둘째, 美는 사람에게 喜悅의 감정을 일으키게 하는 독특한 성질이 있다. 이는 형상이 인간과 인류생활의 어떤 사물을 상기시켜 주고 그 사물의 핵심이 바로 사람의 본질적인 힘의 대상화이기 때문이다. 셋째, 美는 사람에게 유리하고 유익하고 유용한 것이다. 원시사회에서 미는 인류의 생존에 유용하고 유익한 것이었고 그 후 사회가 발전함에 따라 미의 효용은 대자연과 인류사회 전체로 확장되었으며 물질적 실용성에서 보편적인 사회효용성의 방향으로 발전하였다.[208]

---

207) 사사키 겡이치, 『미학사전』, 동문선, pp.39－40 참조.

객관세계가 풍부한 만큼 미의 형태와 종류 또한 다양하므로 美를 분류하고 파악하는 작업은 쉽지 않다. 서양미학사에서 미의 종류는 크게 10종으로 나눠지고 있으며 이에 근거하여 현재 중국에서는 미를 이분법, 삼분법, 사분법으로 나누고 있다.

劉勰은 "人稟七情, 應物斯感, 感物吟志, 莫非自然(사람에게는 일곱 가지의 정감이 있어 외계 사물의 변화에 응하면 자연히 느끼는 바가 생기게 된다. 사물에 대해 느낌이 생기면 뜻을 읊조리게 되므로 자연적이지 않은 것이 없다.)"[209]고 하였다. 이는 사람과 현실의 사물 사이에 관계가 형성될 때 생기는 감정반응은 문예를 창작하고 감상할 때의 심리이기도 하고 또 문예의 미감과도 관련되어 있음을 뜻한다.

일반적으로 예술에서 발현되는 미는 미의 대상과 미적 관념이 서로 결합할 때 상이한 美感을 생성할 뿐 아니라 감성적, 지성적, 감정적 조건이 동반되기 때문에 미의 종류는 서로 다르고 많은 종류의 미가 형성되는 것이다. 一般 美學論의 美的 範疇에서 공통적으로 다루고 있는 美에는 崇高美, 雄偉美, 莊嚴美, 秀美, 秀麗美, 優雅美, 滑稽美, 悲劇美 등이 있다.[210] 여러 가지 이러한 미의 종류를 그것의 개념과 특징에 근거하여 공통점을 뽑아 정리하면 類似群이 형성되므로 결국에는 다음의 네 가지 종류로 통합할 수 있다.

---

208) 朱存明 · 王海龍 著, 유세종 옮김, 『사회주의미학연습』, 전인, pp.57 – 59 참조.

209) 劉勰, 『文心雕龍』, 「明詩」

210) 본 논문에서 참고 자료로 삼은 것은 5種의 미학이론서이다. 각각의 분류를 살펴보면 다음과 같다. ①『문예미학』: 雄偉미감(崇高 혹은 壯美), 秀麗미감(優美 혹은 秀婉), 悲劇미감, 喜劇미감, ②『사회주의미학연습』: 優雅美, 壯嚴美, 崇高美, 滑稽, 悲劇感, 喜劇, ③『미학강의1』: 崇高와 卑俗, 悲劇的인 것과 喜劇的인 것, ④『美的 範疇論』: 秀美, 崇高, 悲壯, 滑稽, 怪誕, 抽象, ⑤『美學基本原理』: 崇高, 悲劇, 滑稽(喜劇), 優美.

(1) 雄偉美＝崇高＝壯美＝壯嚴美＝悲壯
(2) 秀麗美感＝優美＝優雅美＝秀美＝秀婉＝柔美
(3) 悲劇美感＝悲劇＝悲壯＝비극감＝비극적인 것
(4) 喜劇美感＝골계＝喜劇＝희극적인 것

위의 네 가지 美感 중에서 (1) 雄偉미감, (2) 秀麗미감의 경우 좀 더 현대적이고 일반적인 용어로 바꿀 필요성이 있고, (3) 悲劇美感, (4) 喜劇美感의 경우 굳이 美感을 붙일 필요는 없어 보이므로, 일반적인 미의 종류는 崇高美, 優雅美, 悲劇美, 滑稽美로 분류해도 될 것이다.

이에 근거하여, 柳宗元 散文에서 감각되는 주도적이고 중심적인 美的 형태로, 비극적 상황에서 발현되는 경우, 숭고한 인물이나 장엄한 조형물에서 발현되는 경우, 그리고 역설과 풍자의 골계에 의해 발현되는 경우의 세 가지 형태로 분류하여 柳宗元 散文이 성취한 심미적 특성을 규명하려 한다.

1. 풍자와 역설의 경계

滑稽(comic)는 이미 오랜 옛날부터 심미현상의 하나로 취급되어 오면서 미학사상 喜劇전통과 서로 관련을 맺어 왔다. 희극이란 하나의 예술체재로서의 성질을 띠며 희극적 미감은 滑稽 특징을 가진다. 그리고 滑稽美는 주로 喜劇, 笑劇, 諷刺詩, 諷刺小說, 漫畫,

寓言, 童畵 등에서 체현된다.[211)]

中國에는 古代에 이미 滑稽美에 대해 언급한 부분이 있다. 漢代 司馬遷은『史記 · 滑稽傳』에서는 "談中微中, 亦可以解紛(은근히 풍자함을 말하면서 얽힌 것을 풀 수도 있다.)"고 하였고 劉勰은 "諧之言皆也, 辭淺會俗, 皆悅笑也"[212)]라고 하였다. 서양의 경우, 그 특징이 역대의 유명한 사상가와 미학가에 의해 보다 구체적으로 정리되어 왔다. 아리스토텔레스는 골계의 뚜렷한 특징은 그것의 우스꽝스러움에 있다고 여겼다. 헤겔은 골계는 감성형상이 이념을 압도하여 이념의 실체성이 결핍된 채 표현된 공허라고 생각하였고 체르니셰프스키는 "醜는 골계의 기초이고 본질이다."고 하였다. 그러므로 특정한 심미대상의 자극에서 생긴 유머, 야유, 희롱, 조소, 또는 마음이 풀리는 것의 일종으로 웃음이 나오는 흘가분하고 유쾌한 정감반응은 골계라 할 수 있다.[213)]

골계에 대한 여러 가지 논의를 통해 알 수 있는 것은 이상에 모순되는 현실을 비판하거나 폭로하고 부정하는 것이 이의 본질이며 이때 골계의 대상은 비속하고 추한 것으로 골계적 대상에 대한 예술적 형상화를 통해 경계와 냉소의 심미효과를 얻을 수 있다.

柳宗元 散文에서 卷14－15의 雜文, 卷17의 傳, 卷 18의 騷, 卷19의 弔贊箴誡, 卷20의 銘雜題 속의 대부분의 작품은 형상화된 대상이 비속하고 추하며 그것의 이러한 비속함과 추함은 넌지시 혹은 신랄하게 비판되고 있다. 즉, 이들 산문은 비판성과 폭로성이

211) 蔡儀 主編, 강경호 譯,『문예미학』, 동문선, p.196 참조.

212) 劉勰,『文心雕龍』,「諧隱」.

213) 姚一葦 著,『美學範疇論』, 學生書局, p.228 참조.

강하고 작품 속에 묘사된 對象은 작가에 의해 조롱받거나 거부되거나 부정되므로 분명한 경계와 풍자적 특징이 강하다. 따라서 본 절에서는 비속하고 추한 부정적 대상에 대해 비판하고 폭로할 때 발현되는 골계미에 대해서 분석한다.

우선, 골계미를 발현하고 있는 작품을 심미효과 차이에 따라서 두 가지 유형으로 분류하였는데, 다음의 도표를 살펴보자.

[표 12] 유종원 산문의 골계미 분류

① 비속한 대상에 대한 경계의 골계

▶ 卷14 對: 총 5편 중 3편 / 卷15 問答: 총 3편 중 3편 / 卷17 傳: 총 7편 중 3편

作品名	對象의 性質	審美效果
「設漁者對智伯」	智伯의 어리석음	각성
「愚溪對」	我(유종원)의 어리석음	〃
「對賀者」	我(유종원)의 어리석음	〃
「晉問」	吳 선생의 愚問愚答	〃
「答問」	我(유종원)의 어리석음	〃
「起廢答」	我(유종원)의 어리석음	〃
「種樹郭橐駝傳」	부정적 관리의 실수	〃
「李赤傳」	李赤의 실수	〃
「宋清傳」	부정적 상인의 실수	〃

② 醜에 대한 냉소의 골계

▶ 卷16 說: 총 11편 중 5편 / 卷17에서 1편

作品名	對象의 性質	審美效果
「鶻說」	鶻과 상반된 惡者의 비열함	경멸
「捕蛇者說」	사회제도의 모순	분노
「謫龍說」	부귀한 소년의 졸렬함	경멸

作品名	對象의 性質	審美效果
「羆說」	사냥꾼의 어리석음	냉소
「觀八駿圖說」	여덟 마리 말의 허위	냉소
「蝜蝂傳」(권17)	蝜蝂의 탐욕	냉소

▶ 卷18 騷: 총 10편 중 9편

作品名	對象의 性質	審美效果
「乞巧文」	我(유종원)의 졸렬함→巧者의 허식	냉소, 경멸, 분노
「罵屍蟲文－並序」	屍蟲의 비열함	냉소, 경멸, 분노
「斬曲几文」	曲幾의 奇詭함	냉소, 경멸
「宥蝮蛇文－並序」	蝮蛇의 비열함	냉소, 경멸
「憎王孫文」	王孫의 비열함	냉소, 증오, 경멸
「逐畢方文－並序」	畢方鳥의 奇異함	경멸
「辯伏神文－並序」	상인의 기만과 비열함	경멸
「愬螭文－並序」	이무기의 비열·무도함	분노
「哀溺文－並序」	溺死者의 어리석음	냉소, 분노
「招海賈文」	무역상인의 어리석음	냉소, 분노

▶ 卷19 弔贊箴戒: 총 13편 중 3편

作品名	對象의 性質	發現 情緖
「梁丘據贊」	寵臣의 아첨	냉소, 경멸
「龍馬圖贊並序」	龍馬의 기이함	냉소, 경멸
「三戒」	사슴, 나귀, 쥐의 허위와 허식	냉소, 경멸, 분노

▶ 卷20 銘雜題: 총 11편 중 5편

作品名	對象의 性質	發現 情緖
「謗譽」	소인의 비방의 무기준	냉소, 경멸
「咸宜」	망국의 신하의 무도함	냉소
「鞭賈」	무가치한 채찍을 산 부자의 어리석음	냉소, 경멸
「吏商」	탐관오리의 탐욕	냉소
「東海若」	호리병의 원만치 않고 융통성 없음	경멸

이상적인 것이 실재와의 충돌 속에서 패배할 경우에만 이 충돌은 비극적으로 종결될 뿐, 이 충돌 속에서 실재적인 것이 패배할 경우에는 희극적인 것으로 종결된다.[214] 예술적 형상을 지각할 때, 현상의 추함, 비속함, 하찮음, 얄팍함, 즉 이상과의 모순성이 감지된다면 그 작품은 골계적이라 할 수 있다.

위 도표의 작품들은 사회와 인간에게 나타나는 여러 가지 비속하고 추한 행동이나 현상들을 형상화의 대상으로 삼고 있으며 이들 작품에서 감지할 수 있는 것은 각성, 경멸, 냉소, 분노 등의 정서이다. 유종원 산문 중에서 추악한 사물과 부정적 인물의 형상과 행위를 내용으로 담고 있는 위의 작품들은 충분한 골계적 특성을 가지고 있다 하겠다. 이에 이들 작품에 표현된 예술형상의 구체적인 대상을 조사하고 작품에서 발현되는 심미효과를 중심으로 유종원 산문의 滑稽美를 탐색해 본다.

1) 비속하고 추한 대상

柳宗元은 散文創作을 통해 사물의 추악함이나 사회현상의 비속함 등을 간파하고 그에 대해 신랄하게 비판하고 폭로하고 있다. 즉, 柳宗元은 자신이 추구하는 이상에 모순되거나 위배되는 모든 부정적 사물과 현상에 대해서 적대시하며 제거해야 하는 것으로 인식한다. 이러한 추악한 대상에 대해서 유종원은 거부감을 보이고 냉소하고 경멸하며 증오하고 분노한다.

---

214) 夏之放 外, 『美學基本原理』, 上海人民出版社, pp.170－171 참조.

柳宗元은 이익만을 추수하고 탐욕으로 화를 자초하거나 내실 없이 겉만 꾸미는 행위, 추악한 모습과 사악한 성품에 악행을 서슴지 않는 행위를 하는 일체의 사물과 인물과 현상에 대해서 조롱하고 비꼬며 거부하며 비판한다. 이러한 비속하고 추한 대상이 저지르는 어리석음과 비열함과 허식 등은 웃음을 환기시키거나 신랄한 냉소를 유발함으로써 골계적인 미적 현상을 나타낸다.

유종원은 사람들이 이익을 추구하고 탐욕을 부리다가 끝내 목숨을 잃고 마는 어리석음에 대해 경멸하고 조소한다.

> 나는 물에 빠진 자가 재물 때문에 죽는 것을 애처로워하면서, [그의] 큰 어리석음을 근심스럽게 여기노라. 큰 파도가 치고 바람이 불어 솟아올라서, 호호탕탕 거센데도 올라탈 배가 없도다. 재물을 포기하거나 돈다발을 버리지 않고, 오히려 옆에서 지켜보다가 남의 것까지 챙기도다. 손발을 허둥대도 어찌할 수 없으니, 무거운 짐을 지고 높은 산을 오르는 격이로다. 이미 턱까지 물이 차고 몸은 가라앉는데도, 끝까지 재물을 놓지 않고서 재앙을 당하는구나. 소리 외치는 자도 구할 수가 없으니, 머리를 흔들수록 더욱 깊이 빠져드네. 머리털은 풀어 헤쳐져 물결에 일렁이고, 혼백은 방향을 잃었으니 어디로 갈 것인가. 거북이 자라들이 서로 몰려와 먹이를 다투고, 물고기도 떼를 지어 진수성찬으로 여기더라. 초장에는 남는 것 탐내고 많은데도 인색하더니, 종장에는 화를 짊어지고 원한을 품게 되었네.[215]

이 글은 허리에 차고 있는 錢帶를 버리지 않아 결국 익사하게 되는 사람을 그리고 있는 「哀溺文」이다. 柳宗元 눈에 비친 세상 사람들은 권력과 명성만을 바라고 재산을 모으려 혈안이 되어 있을 뿐, 결국 이 때문에 화를 당하고 목숨을 잃게 되는 사실을 알

---

215) 『柳宗元全集』, 卷18 「哀溺文」: 吾哀溺者之死貨兮, 惟大氓之爲憂. 世濤鼓以風涌兮, 浩滉蕩而無舟. 不讓祿以辭富兮, 又旁窺而詭求. 手足亂而無如兮, 負重踰乎崇丘. 旣浮頤而滅膂兮, 不忍釋利而離尤. 呼號者之莫救兮, 愈搖首以沈流. 髮披纕以舞瀾兮, 魂倀倀而焉游. 龜鼃互進以爭食兮, 魚鮪族而爲羞. 始貪贏以嗇厚兮, 終負禍而怀仇.

지 못한다. 유종원은 목숨보다 재물을 소중히 여기는 세태의 모순을 감지하였고 이에 대해 조소하고 경멸의 태도를 취함으로써[216] 이익과 재물 때문에 목숨을 잃는 사람들이 저지르는 어리석은 행동의 비속하고 추함은 부정되고 제거되어야 함을 역설하고 있다. 끝없는 탐욕으로 인해 결국은 죽음과 파멸에 이르는 智伯이라는 인물의 어리석음을 비웃고 있는 「設漁者對智伯」을 살펴보자.

> 智伯(智國의 왕)이 물었다. "지금 그대가 나를 만났으니, [그대의 의견은] 어떠한가?" 어부가 대답하였다. "과거에 제가 이미 그 실마리를 말씀드렸습니다. 처음 晉國의 권문세가였던 欒氏, 祁氏, 羊舌氏 등 10여 세도가들이 스스로를 보존하지 못한 것은 晉國에 있는 이익들만 탐을 내고 그 해로움을 보지 못하였기 때문입니다. 왕의 가문도 晉의 5卿(범씨 · 중행씨 · 한씨 · 위씨 · 조씨)과 함께 晉國을 쪼개어 이익을 차지했습니다. 이것은 망둥어 연어 잉어 메기 등 온갖 물고기들이 왕의 옛 솥 안에서 [국내에서] 뇌수가 흐르고 뼈가 썩는 것과 다를 바 없으니, 경계를 해야 하는데도 오히려 깨닫지 못하고 계십니다. (……)" 智伯은 불쾌해하며 끝내 깨닫지 못하였다. 결국에는 韓, 魏와 趙 삼국이 연합하여 智國을 멸하고 그 영토를 삼분하여 가졌다.[217]

이 글에서는 어부와 지백, 두 人物이 등장하는데 어부는 탐욕의 폐해에 대해 이미 잘 알고 있으며 따라서 이를 반드시 경계해야 한다고 주장한다. 반면 지백은 끊임없이 탐욕을 추구하는 인물이다.[218] 유종원은 어부와 지백 두 인물이 이익을 추구할 때 가지는

---

216) 高海夫, 『柳宗元散論』, 陝西人民出版社, p.224: 유종원은 사람들이 名利의 추구에 매몰되면 필연적으로 목숨을 잃는다고 강조하였고 이 작품을 통해 그러한 사람에 대해서 경멸과 함께 분노를 표현하고 있다고 말하였다.

217) 『柳宗元全集』, 卷14 「設漁者對智伯」: 智伯曰: "今若遇我也如何?" 漁者曰: "向者臣已言其端矣. 始晋之侈家, 若欒氏, 祁氏, 羊舌氏以十數, 不能自保, 以貪晋國之利, 而不見其害, 王之家與五卿, 嘗裂而食之矣, 是無異鯋, 鱮, 鱣, 鰋也. 腦流骨腐於王之故鼎, 可以懲矣, 然而猶不肯寤. (……) 智伯不悅, 然終以不寤. 於是韓魏與趙合滅智氏, 其地三分.

218) 林紓, 『韓柳文研究法』, 廣文書局印行, p.85: 喻智伯之貪而取敗.

상이한 태도를 대비하면서 영토 확장에 혈안이 된 지백의 비참한 종말을 통해 지백의 행동이 어리석은 것이었음을 보여 준다. 탐욕에 대해 경계할 것을 충고하는 어부의 말을 듣지 않다가 끝내는 멸망하고 결국에는 목숨까지 잃게 되고 마는 지백의 어리석은 행동 역시 유종원에게는 부정되고 비판받을 비속하고 추한 것임을 알 수 있다.

어떤 물건이건 등에 집어 올리는 蝜蝂이라는 벌레가 물건을 과도하게 쌓다가 높은 데서 떨어져 죽는 이야기를 그리고 있는 「蝜蝂傳」을 보자.

> 부판이라는 것은 등에 짐을 잘 짊어지는 작은 벌레다. 길을 가다가 어떤 물건에 부딪칠 때마다 번번이 그것을 집어서 머리로 올려 짊어진다. 등이 갈수록 무거워져 고통이 심할지라도 멈추지 않는다. 그 등은 매우 꺼칠하여 물건이 쌓여도 흐트러지지 않으니 마침내 넘어지고 쓰러져서 일어날 수 없을 지경까지에 이른다. 사람들이 그것을 불쌍히 여겨 그 등의 짐을 내려 주기도 한다. 그런데 다시 걸을 수 있게 되면 또 옛날에 하던 것처럼 물건을 집어서 진다. 또 높이 오르는 것을 좋아하여 그 힘이 다할 때까지 오르다가 땅에 떨어져 죽는다.[219]

끝없이 재물을 추구하고 이익을 좇는 蝜蝂의 형상은 목숨을 잃을 줄도 모르는 채 탐욕을 부리는 인간의 모습을 빗대어 표현한 것임을 알 수 있다. 인간에게 있어 보다 중요한 것은 덕행이고 훌륭한 인품이라고 여기는 柳宗元이 볼 때, 탐욕 때문에 화를 자초하는 무리의 모습은 추하기만 하다. 蝜蝂의 등이 꺼칠하여 쌓아 놓은 물건이 잘 떨어지지 않아 과중한 무게를 견디지 못하고 쓰러

---

219) 『柳宗元全集』, 卷17 「蝜蝂傳」: 蝜蝂者, 善負小蟲也. 行遇物, 輒持取, 卬其首負之. 背愈重, 雖困劇不止也. 其背甚澀, 物積因不散, 卒躓仆不能起. 人或憐之, 爲去其負. 苟能行, 又持取如故. 又好上高, 極其力不已, 之至墜地死.

지는 모습이나 무조건 물건을 올리려는 모습은 蝜蝂에 대한 戱畫化이며 유종원의 신랄한 냉소라고 할 수 있다. 柳宗元은 이 글의 끝부분에서 "비록 형체가 크나큰 大者이며 그 이름은 사람이라 하더라도 그 지혜는 작은 벌레에 불과하니 또한 슬퍼해 줄 만한 것이다!"고[220] 결론 내리고 있다. 이를 통해 끝없는 탐욕으로 위험을 자초하는 사람들의 어리석음에 대해서 그가 어떤 태도를[221] 보이고 있는지 짐작할 수 있다.

유종원은 추악한 奇詭하고 奇異한 모습에 품성이 사악하여 비열하고 졸렬한 행동을 하는 대상에 대해서도 상당한 거부감을 보이며 신랄하게 질책하고 비판한다.

> 옛날의 書冊에 周나라 穆王이 여덟 필의 준마를 몰고서 곤륜산에 올랐다는 기록이 있는데 이후 호사가들이 그것을 그림으로 그렸고 宋齊 이후로 세상에 전해졌다. 그 말의 형상을 보니 매우 괴이한데 모두 높이 뛰는 듯 훨훨 나는 듯 용 같기도 하고 봉황 같기도 하고 기린 같기도 하고 사마귀 같기도 하였다. 그 설명은 더욱 조리가 없으니 세상에 너무 많지만 취할 만한 것이 없다.[222]

고서에 기록된 준마가 好事者에 의해 그림으로 그려졌는데 그림 속의 준마의 형상은 본래 알려진 말의 모습에서 벗어나 기이하게 묘사되어 각종 동물의 모습이 뒤섞여 있다. 이러한 준마의 모습은 고서에 기록된 것과는 너무나 다른 형태를 보여 주고 있다. 이렇

---

220) 『柳宗元全集』, 卷17 「蝜蝂傳」: 雖其形魁然大者也, 其名人也, 而智則小蟲也. 亦足哀夫!

221) 陳雁谷, 「試談柳宗元商賈明而誠的思想」, 『國際柳宗元硏究擷英』, p.200 참조.

222) 『柳宗元全集』, 卷16 「觀八駿圖說」: 古之書有記周穆王馳八駿升昆侖之墟者, 後之好事者爲之圖, 宋齊以下傳之. 觀其狀甚怪, 咸若騫若翔, 若龍鳳麒麟, 若螳螂然. 其書尤不經, 世多有, 然不足采.

듯 유종원은 사실과 달리 심하게 왜곡된 것에 대해서도 강한 거부감을 나타낸다.

저주를 받은 듯한 추악한 모습의 '曲几'에 대해 그리고 있는 「斬曲几文」을 보자.

> 속이 막히고 응어리가 쌓여, 울퉁불퉁 혹이 나고 휘어져서, 끝까지 자랄 수가 없게 되었다. 마침내 그 끝이 떨어져 나가고, 괴상한 모양으로 굽어진데다, 움츠러들고 뾰족하게 튀어나오고, 굼벵이가 끼고 좀이 슬어서, 겉은 흉측하고 속은 말라비틀어졌다. 어떤 사람이 원래의 형태에 따라 적당한 모양으로 만든 것을 파니, 병자들이 그것을 좋아하고는, 탁자로 만들어서 편하게 사용하고 있다.[223]

이 글은 굽은 나무로 만들어진 '曲几'의 추한 형상을 묘사한 글이다. 여기서 '曲几'의 형상은 부여받은 원기가 중용과 조화를 잃어 생장발육이 완전치 않으며 몸체는 비틀려 있고 속에 벌레가 끼어 있는 추악한 모습이다.[224] 그러나 '曲几'가 이토록 기이한 모습임에도 불구하고 '병든 사람들'에 의해 쓰이고 있다. 이에 대해 유종원은 신랄한 조소와 비난의 태도를 가진다. 이 글은 정상적이며 정당하고 떳떳한 것이 인정받기보다는 불편하고 편파적인 것이 오히려 만연되는 것을 비판하고 있음을 알 수 있다. 기이하고 추악한 형상을 가진 사물이 사악한 품성에 비열한 행위를 하는 데 대해 분노하는 「憩蝂文」을 살펴보자.

223) 『柳宗元全集』, 卷18 「斬曲几文」: 鬱悶結澀, 癃蹇艱難. 不可以遂, 遂虧其端. 離奇詰屈, 縮恧巑岏. 含蝎孕蠹, 外邪中乾. 或因先容, 以售其蟠. 病夫甘焉, 制器以安.

224) 吳小林, 『柳宗元散文藝術』, 山西人民出版社, p.154: 비틀리고 기이한 형상의 '曲几'를 빌어 당시 아부로 등용되는 정치무리배를 비판하는 것이라 하였다.

아! 괴이한 이무기여! 湘水의 강가에서 피해를 주고 있구나. 침을 흘리며 헤엄치며 강 속에 깊이 숨으니 두려워하는 것이 아무것도 없구나. 몸을 구부리고 눈을 크게 뜨고는 몰래 모든 것을 훔쳐보는구나. 사람의 고혈을 먹는 것으로 이익 삼아 몰래 스스로를 살찌우는구나.[225]

이 글은 湘江에 살고 있는 '괴이한 이무기[怪螭]'의 추악한 형상과 사악한 품성을 그리면서 그것의 비열한 행동을 비판하고 있는 글이다. 이무기는 어두침침한 강 속에 몰래 숨어 있다가 수영하러 온 사람을 잡아먹어 자신의 배를 채운다. 무고한 사람의 목숨을 빼앗아 자신의 몸을 살찌우는 '怪螭'의 비열한 행동은 당당하게 자신을 드러내기보다는 음침한 곳에 숨어 나쁜 음모를 획책하며 기회를 엿보는 비열한 무리들의[226] 정당치 못한 행위, 바로 그것이다.

합리적이며 이성적인 사고를 지향하는 지식인으로 이상의 실현을 추구한 柳宗元으로서는[227] 타인에게 위해를 가하고 비겁하며 간교하게 행동하는 것은 반드시 척결해야 할 부당한 행위였다. 인간의 뱃속에 살다가 인간이 잘못을 행하면 천제에게 고해바친다는 尸蟲을 비판하고 있는 「罵尸蟲文」을 보자.

膏肓[명치]에 자리 잡고 더럽고 천한 것도 가리지 않네. 몰래 엿보고 살며시 들어서는 사람들이 나쁜 짓을 하도록 이끄네. 어두운 밤에 札牘을 가지고 禍機를 뒤흔드네. 낮고 구석진 곳에 웅크려 있고 험하고 은미한 곳에 몸을 의지하네. 굽은 것으로 형체를 삼고 사악한 것으로 바탕을 삼네. 仁을 흉하

---

225) 『柳宗元全集』, 卷18 「愬螭文」: 嗟爾怪螭, 害江湄兮. 涎泳重淵, 物莫戚兮. 蟉形決目, 潛伺窺兮. 膏血是利, 私自肥兮.

226) 高海夫, 『柳宗元散論』, p.225: 유종원이 현실에 존재하지 않는 사물을 빌어 가상의 적을 크게 비난하고 있다고 말한다.

227) 劉晰, 「試析柳宗元的人格與性格」, 『國際柳宗元研究擷英』, pp.325 - 326 참조.

> 다 여기고 헐뜯음을 길하다 여기네. 아첨하며 참소하는 무리들을 동류로 여기고 공정하고 평화로움을 죄악으로 여기네. 잘 통하고 곧게 행동하는 것을 고꾸라지고 넘어진다고 여기고 (천리를) 거스르고 싸우는 것을 평안하다고 여기네. 아래 사람을 헐뜯고 윗사람을 속이는 것을 언제나 심보로 여기네. 다른 사람의 능력을 질투하고 다른 사람의 잘못을 바라네.[228)]

이 글에서 '尸蟲'은 형상은 동물이지만 그것의 속성은 지극히 인간적인 것으로 외형적인 추악함은 곧바로 사악한 본성으로 나타나 온갖 악행을 저지른다. '尸蟲'은 사는 곳을 따지지 않으니 더러운 곳도 마다 않으며 특히 낮고 구석진 곳에 몸을 움츠린 채 지낸다. '尸蟲'은 본성은 원래 사악하여 '淫諛諂誣'한 것을 좋아하고 천리를 역행하는 것에 편안해한다. '尸蟲'은 아랫사람을 비방하고 윗사람을 기만할 뿐 아니라 다른 사람의 능력을 질투하고 다른 사람이 잘못되기를 바라는 등 비열하고 비겁한 행위를 서슴지 않는다. 이 글에서 柳宗元은 '尸蟲'의 추악한 형상과 사악한 품성, 그리고 교활하고 비열한 행동을 일일이 나열하여 자세하게 폭로하고 있고 이러한 '尸蟲'의 惡行에 대해서 극도로 분노하고 신랄하게 조소하고 있으니 '尸蟲'의 惡行은 柳宗元에 있어 반드시 절멸되고 제거되어야 할 부정적인 행동이었던 것이다.

사악한 품성으로 인해 타인에게 해를 입히거나 악행을 저지르는 추악한 대상에 대한 조소는 「宥蝮蛇文」에서도 볼 수 있다.

---

228) 『柳宗元全集』, 卷18 「罵尸蟲文」: 膏肓是處兮, 不擇穢卑. 潛窺默聽兮, 導人爲非. 冥持札牘兮, 搖動禍機. 卑陬拳縮兮, 宅體險微. 以曲爲形, 以邪爲質. 以仁爲凶, 以僭爲吉. 以淫諛諂誣爲族類, 以中正和平爲罪疾, 以通行直遂爲顚蹶, 以逆施反斗爲安佚. 譖下謾上, 恒其心術, 妒人之能, 幸人之失.

집에 하인이 있는데 뱀을 잘 잡았다. 어느 날 아침 일찍 뱀을 한 마리 잡아 와서 말하길 "이놈은 복사라 합니다. 이놈이 사람을 물면 치료도 못 하고 죽습니다. 또 사람을 몰래 잘 훔쳐보는데 사람의 기침소리나 발소리를 듣고는 그 뿜어 나오는 독을 이기지 못해서 재빨리 다가가 교묘히 물어서 독을 퍼뜨립니다. 그러나 혹시 사람을 물지 못했다면 더욱 화가 나서 오히려 초목을 무는데 초목은 바로 말라죽습니다. 잠시 후에 사람이 말라죽은 나무의 줄기만 건드려도 손가락이 잘리고 팔이 굽고 발이 부으면서 불구의 병을 얻게 됩니다. 이런 놈은 반드시 죽여야지 남겨 두어서는 안 됩니다."고 하였다.[229]

이 글에서 '蝮蛇'는 특히 독하고 위험한 뱀으로 그것은 天理를 거스르며 위악을 행하는 인간의 속성을 상징하고 있다. 형체는 괴이하고 품성은 흉포하며 만물에 해를 끼치는 '蝮蛇'는 그 외형도 추악할 뿐 아니라 몰래 숨어 있다가 갑자기 달려들어 해를 끼치는 비열함에 사악한 본성과 기민성이 더하여[230] 그 해악의 범위가 얼마나 멀리 그리고 깊이 침투될 수 있는지를 경고하고 있다.

평소 덕행과 대도를 견지하며 합리적이고 이성적으로 의지를 굳건히 하는 것을 이상적인 인격으로 추구해 온 柳宗元에게 있어[231] 실력은 없으면서 외형적인 것에 의지하고 자신의 虛名을 떠벌리는 '허장성세'한 것 또한 비판의 대상이었다. 아무런 능력도 없으면서 사냥에 나섰다가 결국 '말곰[羆]'에게 잡아먹히는 사냥꾼의 이야기를 그리고 있는 「羆說」을 보자.

---

229) 『柳宗元全集』, 卷18 「宥蝮蛇文」: 家有僮, 善執蛇. 晨持一蛇來謁曰: "是謂蝮蛇. 犯于人, 死不治. 又善伺人, 聞人咳喘步驟, 輒不勝其毒, 捷取巧噬肆其害. 然或慊不得于人, 則愈怒, 反嚙草木, 草木立死. 后人來触死莖, 猶墮指, 攣腕, 腫足, 爲廢病. 必殺之, 是不可留."

230) 段醒民, 『柳子厚寓言文學探微』, 文津出版社印行, p.118 참조.

231) 劉晰, 앞의 논문, p.325 참조.

> 초지방의 남쪽에 사냥꾼이 있는데 대나무를 불어서 온갖 짐승의 소리를 낼 줄 알았다. 예전에 이런 일이 있었다고 한다. 활과 화살, 항아리와 불을 가지고 산으로 가서 사슴의 울음소리를 내어 그 무리를 유인하여 그것이 오는 것을 엿보았다가 불을 붙여서 쏘려고 했다. 한편 貙도 사슴 소리를 들었다. 貙가 다가오니 그 사람은 겁이 나서 호랑이 소리를 내어 貙를 놀라게 하였다. 貙가 달아나자 호랑이가 왔고 사냥꾼은 더욱 겁이 났다. 이에 말곰의 울음소리를 내니 호랑이 역시 달아나 버렸다. 말곰은 이 소리를 듣고 자기 무리를 찾았는데 보니 사람인지라 사냥꾼을 때려잡아서 갈기갈기 찢어서 먹어 버렸다고 한다. 지금 내실을 완전하게 하지 않고 다른 힘에 기대고자 하는 그런 사람들 중에서 사냥꾼처럼 말곰의 먹이가 되지 않을 사람은 없을 것이다.[232]

이 글에서 柳宗元은 원래 자신에게 주어진 능력에 맞게 행동하지 않고 가벼운 재주로써 위기를 모면해 보려 했던 사냥꾼의 행위를 비웃고 있다. 또한 이는 자신의 능력을 고양하고 제고하려는 어떠한 노력도 없이 한순간의 임기응변으로 상황을 모면하려는 세인들의 행태를 빗대고 있는 것이다. 별다른 사냥 실력이 없으면서 하찮은 재주에 기대어 손쉽게 사슴을 잡으려 했던 초나라 사냥꾼의 모습은 능력은 없으면서 虛勢에 의지하여 살아가는 세태를 질타하는 것이다. 이와 같이 비속하고 얄팍한 행동은 말곰에 의해 죽임을 당하는 사냥꾼의 말로처럼 결국에는 비참한 귀결을 낳을 수도 있음을 경고하고 있다. 이와 유사한 내용의 작품으로 「三戒·黔之驢」를 들 수 있다.

> 좀 더 가까이 다가가 더욱 친근히 하면서 건드리고 부딪치니 나귀는 화를 이기지 못해 뒷발질하였다. 호랑이는 마음속으로 "나귀의 재주도 겨우 이것

232) 『柳宗元全集』, 卷16 「羆說」: 楚之南有獵者, 能吹竹爲百獸之音. 昔云: 持弓矢罌火, 而卽之山, 爲鹿鳴以感其類, 伺其至, 發火而射之. 貙聞其鹿也, 貙而至. 其人恐, 因爲虎而駭之, 貙走而虎至, 愈恐, 則又爲羆. 虎亦亡去. 羆聞而求其類, 至則人也, 捽搏挽裂而食之. 今夫不善內而恃外者, 未有不爲羆之食也.

뿐이구나"고 생각하며 기뻐했다. 그래서 펄쩍 뛰어올라 덥석 물어 목을 끊고 고기를 다 먹은 후에 가 버렸다. 아! 몸집이 우뚝하니 커서 무슨 덕이 있는 것 같고 소리가 우렁차서 무슨 능력이 있는 줄 알았다. 당초 그 보잘 것 없는 재능을 드러내지 않았던들 호랑이가 비록 사납지만 의심하고 두려워하며 감히 잡아먹지는 못했을 터인데 지금 이렇게 되었으니 슬프구나.[233]

이 글에서 나귀는 외관상의 거대한 몸집과 울음소리 덕분으로 처음에는 호랑이의 접근을 막을 수 있었다. 그러나 점점 나귀에 대해서 탐색을 펴던 호랑이는 나귀가 발길질만을 잘할 뿐, 다른 재주가 없다는 사실을 알고는 즉시 잡아먹어 버렸다. 별다른 재주도 없이 외형의 거대함에 기대어 하잘 것 없는 재능을 숨기다가 끝내 화를 당하는 나귀를 통해서 유종원은 경박하게 범속한 행동을 일삼다 결국 목숨까지 잃고 마는 천박한 행태들을 경계하고 있다. 또한 역으로 거대한 외형의 위압에 두려워하지 말고 사물이나 상황의 진면목을 살필 수 있어야 한다고 설파하고 있다.

자기의 능력과 재주에 어울리지 않게 과도한 지위를 탐내는 사람 역시 냉소의 대상이 된다. 무능력함을 과대 포장하여 적절치 않은 지위에 오른 人物의 허위성을 그리고 있는 「鞭賈」를 보자.

지금 자신의 외모를 붉은 치자로 화장하고 말을 밀랍으로 매끄럽게 꾸며서 조정에서 자기 재능을 팔아 관직을 구하는 자에게, 그 분수에 맞게 해 주면 문제가 없다. 그러나 만약 잘못하여 그 분수에 넘치게 해 주면 기뻐했다가 나중에 다시 제격에 맞게 해 주면 오히려 화를 내면서, "내가 어때서 공후장상에 오르지 못한단 말인가?"라고 한다. 그런데 이런 지경에 이른 자가 참으로 많아졌다. 문제 생길 일이 없는 지위에 있게 하면 비록 삼 년을 지나더라도 해가 되지 않지만, 그러나 만약 그에게 중요한 일을 맡겨서 가진 힘

---

233) 『柳宗元全集』, 卷19 「三戒 · 黔之驢」: 稍近, 益狎, 蕩倚沖冒, 驢不勝怒, 蹄之. 虎因喜, 計之曰: "技止此耳!" 因跳踉大㘎, 斷其喉, 盡其肉, 乃去. 噫, 形之尨也類有德, 聲之宏也類有能, 向不出其技, 虎雖猛, 疑畏, 卒不敢取, 今若是焉, 悲夫!

> 을 모두 발휘하여 사태를 처리하도록 하고서, 그의 텅 빈 능력과 하잘 것 없는 논리로 커다란 성과를 얻고자 하니, 비용을 절감하지 않았는데도 오히려 떨어져 상처를 입는 환란을 얻게 되는 일이 왜 있겠는가?[234]

이 글에서는 자신의 무능력함을 화려한 외모와 그럴듯한 언변으로 포장하여 어울리지 않는 지위를 넘보는 극히 위선적인 사람이 등장한다. 개인수양과 노력을 통해 획득한 능력과 이렇게 축적된 능력을 적절하게 발휘하는 것을 무엇보다도 중시했던 柳宗元이기에 이러한 人物은 마땅히 부정되고 비판받아야 할 대상이었던 것이다.[235] 자신의 능력으로는 오르지 못할 높은 직위를 추구하는 위선적 人物의 태도는 매우 희화화되어 있고 그에 대한 유종원의 태도 또한 매우 신랄하다. 柳宗元은 국가의 중요한 직위에 이와 같은 무능력하고 허식적인 人物을 임용할 경우 야기될 환란을 지적하면서 무능력자의 임용에 대해 강력하게 비판하고 있다.

이상에서 살펴본 작품은 작품에 형상화된 대상의 속성과 작품의 주제 및 작품의 효용 면에서 몇 가지 공통점을 갖고 있다.

첫째, 작품 속에서 유종원이 형상화한 것은 모두 비속하고 추악한 사물이나 동물 혹은 인물로서 이는 희화화의 과정을 통하여 비판되고 있다.

---

234) 『柳宗元全集』, 卷20 「鞭賈」: 今之梔其貌, 蠟其言, 以求賈技於朝, 當其分則善. 一誤而過其分, 則喜; 當其分, 則反怒, 曰: "余曷不至於公卿?" 然而至焉者亦良多矣. 居無事, 雖過三年不害. 當其有事, 驅之於陳力之列以御乎物, 以夫空空之內, 糞壤之理, 而責其大擊之效, 惡有不折其用, 而獲墜傷之患者乎.

235) 柳宗元의 人性論을 가장 잘 보여 주는 것은 「天爵論」이다. 여기서 그는 '仁義忠信'을 天爵으로 본 孟子의 논리에 회의하며 이론추론을 진행한 결과 인간을 고귀하게 만드는 것은 '聖神'과 '賢能'이라고 결론 낸다. 이것은 유종원이 인간의 능력을 얼마나 중시하고 있는지를 보여 주는 대목이다. 『柳宗元全集』 卷3 「天爵論」: 天之貴斯人也, 則付剛健 · 純粹於其躬, 倬爲至靈, 大者聖神, 其次賢能, 所謂貴也. 剛健之氣, 鍾於人也. 爲志, 得之者, 運行而可大, 悠久而不息.

둘째, 작품 속에 형상화된 인물이나 현상에 대해 유종원은 매우 적대시하며 부정적인 시선으로 바라본다. 이를 통해 당시의 세태를 바라보는 유종원의 태도를 예견할 수 있고 변혁과 개혁을 요구하던 그의 입장을 짐작할 수 있다. 폭로와 비판을 주제하는 작품은 이상과 현실 간에 뚜렷한 간극이 존재하는 데서 출발하고, 유종원이 이러한 괴리 속에서 그 변혁의 필요성을 얼마나 절감하고 있었는지를 알 수 있다.

셋째, 유종원 삶 속의 모든 희극적인 것은 유머와 풍자라는 예술적 형태로 재현되었고 폭로와 비판을 통한 개선의 요구는 모순을 극복하려는 유종원의 의지인 동시에 독자에 대해서는 권계라는 교육적 효용을 창출하고 있다. 유종원이 산문에서 형상화하고 있는 비속하고 추악한 대상은 柳宗元이 추구하는 이상과는 모순되는 대상으로 이는 거부당하고 배척받는다.

柳宗元은 이와 같은 대상의 외형적 추악함이나 속성의 비속함을 강조함으로써 이들이 빚어내는 저급한 모순의 양태들을 희화화하고 있는 것이다. 이러한 否定的 人物의 용렬하고 우스꽝스러운 행위는 작품에 골계적 정조를 띠게 하며 독자를 웃기고 그와 동시에 교훈적 색채로 독자들에게 강한 여운을 남긴다.

2) 권계와 질책의 조화

柳宗元이 객관 현실의 여러 가지 현상을 냉소하고 풍자하고 있다는 것은 유종원이 당시 자신이 처해 있는 객관세계의 여러 가지 모순과 부조리를 깊이 인식하고 있음을 의미한다. 이러한 인식은 산문 창작 속에서 비속하고 추악한 대상을 형상화하는 것으로 나타난다. 그러나 여기서 이런 否定的 對象에 대한 그의 태도는 결코 획일화되어 있지는 않다. 이는 그가 원칙을 고수하고 있기는 하나 그것이 곧 경직된 시각을 의미하는 것이 아님을 뜻한다. 즉 그는 대상에 따라 매우 유연하며 적절한 형상화의 방법을 선택하고 있으며 이로 인해 독자의 감흥을 배가 시키는 효과를 거두고 있는 것이다. 즉 그는 否定的 對象의 약점이나 실수에 대해서는 경계하는 데서 그치는 반면에 否定的 對象의 비속함이나 추악함에 대해서는 강렬한 분노와 증오를 표현하고 있다.[236] 이처럼 골계의 미학이란 작품 속에서 부정적으로 묘사된 대상에 대해서 상이하게 발현되는 정서로 인해 강렬한 예술적 감염력을 발휘하고 독자의 공명을 불러일으킬 뿐 아니라 작품의 미적 성취도도 강화시켜 준다.[237]

따라서 이하에서는 유종원의 산문에 발현된 정서를 살펴보고 작품의 滑稽的 성향을 분석하여 예술적 특징을 규명하고자 한다.

柳宗元은 당시 관리의 폐해를 지적하며 현실의 정치적 모순을 폭로하기도 하였다. 「種樹郭橐駝傳」에서 그는 나무를 심고 가꾸는 원예사 곽탁타라는 가상의 人物을 통해 올바른 관리상을 제시하고 있다. 이 글에서 곽탁타로 대표되는 '爲民'的 治理를 실행하

---

236) 徐英, 「柳宗元寓言文幽默美初探」: 徐英은 유종원의 寓言 작품의 표현방식이 상이하지만 모두 상이한 정도의 '幽默美'를 구비하고 있음을 제기한다. 이에 '幽默美'를 광의와 협의의 두 종류로 나누는데 협의의 '幽默美'는 諷刺, 滑稽, 諧謔, 愧誕과 관계 있음을 제기한다. 徐英의 이 논의는 본고에서 골계미에 대한 상이한 두 가지 감정 색채로 구분한 것에 근거를 제공해 준다.

237) 蔡儀 主編, 앞의 책, pp.197 – 198 참조.

는 관리와는 반대의 행동을 하는 사람의 모습이 비판적으로 묘사되고 있다.

> 다른 나무 심는 사람들은 그렇지 않다. 뿌리를 잡아 보고, 흙은 다른 것으로 바꾸고, 그 북돋워 주는 것이 지나치지 않으면 모자란다. 또한 이와는 반대로 할 수 있는 사람이 있어도 사랑함에 지나치게 자상하거나 걱정함에 너무 부지런하니, 아침에 보고 가고 저녁에 다시 와서 살펴보는데 심한 사람은 그 껍질을 긁어내 살았는지 죽었는지를 시험해 보고 뿌리를 흔들어서 심어진 상태가 엉성한지 단단한지를 본다. 그러므로 나무의 본성이 나날이 어긋나니 비록 사랑한다 말하나 실제로는 그것을 해치는 것이고 비록 걱정하는 것이지만 사실은 원수가 되는 것이니 내가 하는 것과 같지 않다.[238]

'다른 나무 심는 사람'은 柳宗元이 폭로하고자 하는 잘못된 관리의 한 모습이다. 柳宗元이 이상적으로 추구하는 올바른 관리는 백성을 사랑하되 지나친 간섭은 자제하고 그들이 자연스럽게 생업을 영위할 수 있도록 배려하는 자이다. 사실 백성을 잘 다스린다 함은 부모를 봉양하거나 자식을 양육하는 것과 같다. 겸양의 태도로 조심스럽게 그 대상의 입장에 서서 그들의 처지를 잘 살펴 이해하고 그들에게 가장 적합한 최선의 방법을 택하여야 하는 것이다. 그들에 대한 배려를 우선하여 관심과 애정의 표출도 적절히 시기와 장소를 가려 그 효용성이 최대가 되도록 안배하여야 한다. 그러므로 관리의 다스림이 있되 그것이 표면에 드러나지 않고 단지 백성들이 무의식중에 그 다스림의 보호를 받을 수 있도록 해야 하는 것이다.

---

238) 『柳宗元全集』, 卷17 「種樹郭橐駝傳」: 他植者則不然, 根拳而土易, 其培之也, 若不過焉則不及. 苟有能反是者, 則又愛之太恩, 憂之太勤, 旦視而暮撫, 已去而復顧. 甚者爪其膚以驗其生枯, 搖其本以觀其疏密, 而木之性日以離矣. 雖曰愛之, 其實害之; 雖曰憂之, 其實讎之, 故不我若也.

이러한 태도로 백성을 자신의 가족친지 대하듯 하는 관리가 있는 반면 말로는 백성을 사랑한다고 하면서 지나친 간섭과 명령으로 백성을 곤궁하게 만드는 관리도 있다. 이들은 윗글의 '다른 나무 심는 사람들'처럼 백성의 입장에 서서 그들을 이해하려는 태도를 가지고 있지 않다. 오히려 그들은 지나친 명분과 목적의식으로 백성들을 힘들게 만들고 있는 것이다. 이러한 관리의 모습은 柳宗元의 이상적으로 상정하고 있는 관리상에 어긋난 잘못된 관리이며 비판의 대상이 되는 否定的인 人物형상이다.

그런데 否定的 人物이라 할지라도 '다른 나무 심는 사람'에 대한 柳宗元의 태도는 그렇게 신랄하지 않다. 이는 그들이 야기한 문제가 단지 올바른 관리의 요령을 터득하지 못한 것에서부터 비롯된 것으로[239] 잘못에 대한 각성이 이루어진다면 개선의 여지가 있을 것으로 판단되기 때문이다. 柳宗元은 그들에 대해 악의를 가지고 조롱하거나 경멸하지는 않는 대신 관리의 '爲民'的 治理의 방법을 권계하는 방식을 택하고 있다.

또「宋淸傳」을 살펴보자.

> 송청이 이익을 취하는 것은 먼 장래를 보고, 멀기 때문에 이익도 크다. 어찌 쩨쩨한 장사꾼들과 같겠는가? [그 사람들은] 한 번 가서 받지 못하면 발끈 화를 내고 두 번째 가서는 욕을 하며 원수로 여기니, 그 사람들의 이익 취함은 또한 조잔한 것이 아니겠는가? 나는 어리석음이 그들에게 있음을 볼 수 있다.[240]

239) 郭紹明・周桂鈿,「柳宗元民論硏究」,『柳宗元硏究文集』 p.28: 이 논문에서 필자진은 유종원이 이러한 관리들이 악한 것은 아니며 백성들을 위해 일을 잘하고자 하지만 '好煩其令' 하기 때문에 결과적으로 백성들을 힘들게 만드는 것이라고 주장하였다.

240)『柳宗元全集』, 卷17「宋淸傳」: 淸之取利遠, 遠故大, 豈若小市人哉. 一不得直, 則怫然怒, 再則罵而讐耳. 彼之爲利, 不亦翦翦乎. 吾見蚩之有在也.

윗글은 宋淸이라는 상인과 천박한 시정상인 간의 이익에 대한 상반된 입장을 그리고 있다. 송청과 달리 시정상인들은 외상값을 받지 못하면 찾아가서 화를 내고 재차 가서도 받지 못할 경우 욕을 하는데, 소인배와 같은 이러한 행동에 대해 유종원은 적개심을 가지고 비판하기보다는 송청의 행동과의 대비를 통해 권계하고 있는 것이다.[241]

眞僞가 불분명하고 가치관의 전도가 심했던 당시 사회현상을 비판하면서 柳宗元은 李赤이라는 '미친 선비[狂士]'를 통해 이해관계에 따라 사람의 마음이 어떻게 변하고 심지어 변절까지 되는지를 예시하고 있다.

> 李赤의 傳은 거짓으로 말한 것이 아니다. 이 사람은 마음이 병들어 이렇게 된 것인가? 아니면 뒷간귀신에게 홀렸기 때문인가? 李赤의 이름은 江湖에 알려져 있다. 그가 처음에 士가 되었을 때는 다른 사람에 비해 특이한 바가 없었으나 한번 기이함에 빠지자 이렇게 되었다. 세상을 뒷간으로 여기고 뒷간을 상제가 거주하는 淸都라 여기게 되었으니 기탁하는 뜻이 분명하다. 오늘날 세상 사람들은 모두 李赤의 어리석음을 비웃을 줄은 안다. 그러나 옳고 그름과 얻고 주는 것, 다가가고 배신하는 것에 대해 이적처럼 하지 않을 사람이 얼마나 되겠는가? 돌이켜 자신을 수양하여 욕심과 이익, 좋아함과 싫어함이 그 정신을 옮겨 놓아도 돌아올 수 있다면 다행이거늘 또한 어찌 李赤을 비웃을 겨를이 있겠는가?[242]

---

241) 鄧小軍, 「從性惡論到性善論的轉變」, p.148: 필자는 「宋淸傳」에 반영된 광대한 인간세계는 실상 두 개의 상이한 세계를 포함하고 있는데 人心이 善을 향하는 인간세계와 그와 반대되는 세계이다. 송청은 이익만을 좇고 義를 잊는 士大夫와 대칭을 이루는 善한 人性을 대표하는 인물로 유종원이 송청의 부류를 많다고 본 것은 인간이 선해질 수 있음을 의미하는 것이라 하였다.

242) 『柳宗元全集』, 卷17 「李赤傳」: 李赤之傳不誣矣. 是其病心而爲是耶? 抑固有厠鬼耶? 赤之名聞江湖間, 其始爲士, 無以異于人也. 一惑于怪, 而所爲若是, 乃反以世爲溷, 溷爲帝居淸都, 其屬意明白. 今世皆知笑赤之惑也, 及至是非取與向背決不爲赤者, 幾何人耶? 反修而身, 無以欲利好惡遷其神而不返, 則幸矣, 又何暇赤之笑哉!

이 글의 주인공 李赤은 원래는 평범한 선비였으나 어느 날 갑자기 이 세상은 뒷간이고 뒷간은 천상낙원이라고 강변한다. 이어지는 그의 기이한 행적은 그의 정신상태가 비정상적임을 보여 주고 있다. 결국 李赤은 자신이 낙원이라고 여기던 뒷간에서 익사하게 되는데 나중에 그가 남긴 글의 내용이 지극히 정상적이었음이 밝혀진다.

柳宗元이 이적에 대한 전기를 쓴 것은 한순간의 미혹됨으로 인해 불행한 일생을 초래할 수 있음을 경계하기 위해서였다. 사실 세상사의 이해관계에서 완전히 초연할 수 있는 사람은 지극히 드물다. 평소 어려움에 부딪치기 전에는 누구나 다 쉽게 명분과 의리를 말한다. 그러나 자신의 이해에 관계되면 쉽사리 그 유혹을 떨치지 못한다. 유종원은 인간의 이러한 속성을 간파하고 사대부로서 기개를 지켜야 할 자들이 경계하여야 할 태도로 이적이란 인물을 형상화한 것이다. 그러나 柳宗元은 이적의 어리석음에 대해 경멸하고 분노하기보다는 약간의 선의와 우호적인 태도를 표명하기조차 하였다. 이는 이런 한순간의 착오와 잘못은 누구나 저지를 수 있는 오류라 판단되었기 때문일 것으로 추정된다.[243)]

상술한 작품 속에 그려진 對象에 대해서 柳宗元은 그들을 否定的으로 묘사하고는 있지만 극단적인 비난의 태도를 보이지 않는다. 그들의 행위는 결정적으로 사회악을 대표하는 것은 아니기 때문이다.

對象에 대해 똑같이 부정적이라 할지라도 만약 그 對象의 행위가 사회악을 대표할 경우 그 對象은 경멸되고 조소당한다.

---

243) 金濤聲, 「略論柳宗元對傳記文學的發展」, 『國際柳宗元研究擷英』, p.252: 金濤聲은 「李赤傳」은 이적을 통해서 향기와 악취가 불분하고 是非가 전도된 암흑적인 현실을 풍자하고 時弊를 겨냥한 것이라고 보았다.

왕손은 무리 지어 살면서도 사이좋게 지내지 않는다. 먹을 때는 서로 물어뜯고 다닐 때는 질서가 없고 마실 때는 차례가 없다. 어떤 놈이 무리에서 떨어져도 찾을 생각도 않는다. 곤경에 처하면 여리고 약한 놈에게 미루어 버리고 자기는 벗어난다. 농작물을 마구 짓밟아서 지나간 곳은 낭자하게 파헤쳐져 있다. 나무의 열매가 아직 익지 않았는데 걸핏하면 따서 깨물어 보고 던지거나 때리고, 남의 음식을 기어코 빼앗아서 모두 자기 입에 집어넣는다. (……) 주민들은 원망하고 고달파하며 분노하여 울부짖는다. 왕손이여, 정말로 가증스럽구나![244]

윗글에서 柳宗元은 小人을 상징하는 '王孫'의 비속하고 추악한 모습과 그들의 악행을 비판하고 있다. '王孫'의 부류는 무리 지어 살아도 서로를 아껴 주지 않으며 서로 자기만 잘 먹으려고 다투며 무리 내에 질서가 없을 뿐 아니라 힘이 약한 동료를 무시하고 따돌린다. 사람이 농사를 지어 놓으면 마음대로 파헤치며 농작물을 짓밟아 놓고 심지어 음식을 훔치기도 한다. 이와 같은 비열하고 교활하며 비속한 '王孫'의 행위에 유종원은 분노하며 조소한다.[245] '王孫'은 바로 '不仁'하고 '不德'한 소인배의 상징으로 이들은 약자를 짓밟고 서로 이간질하며 자신의 목적 달성을 위해서는 수단 방법을 가리지 않는다. 다른 사람의 고충 따위는 안중에도 없으며 심지어 같은 무리들끼리도 화합할 줄 모른다. 이들은 반드시 제거해야 할 존재들인 것이다. 이 글의 결말부분에서 유종원은 "정말로 가증스럽구나.[甚可憎]"고 하며 '王孫'에 대해 노골적인 반감을 드러내고 있는데, 이는 바로 사회혼란을 가중시키고 있는 소인배들에

244) 『柳宗元全集』, 卷18 「憎王孫文」: 雖群不相善也. 食相噬嚙, 行無列, 飮無序, 乖離而不思, 有難, 推其柔弱者以免. 好踐稼, 所過狼籍披攘. 木實未熟, 輒齕齩投注. 竊取人食, 皆實其嗛. (……) 居民怨苦兮號穹旻. 王孫兮甚可憎!

245) 劉晰, 앞의 논문, p.326: 유종원은 진실하고 성실한 성격의 소유자였기에 세간의 여러 가지 추악하고 음험한 행위에 대해 가차 없이 폭로하면서 조금의 용서도 허용치 않았고 따라서 '斬'曲几하고 '罵'尸蟲했으며 '憎'王孫했던 것이라고 제기하였다.

대한 그의 분노가 얼마나 강한 것인지 알 수 있다.

유종원은 '王孫'과 같은 '小人'이 정국의 혼란을 틈타 득세하여 높은 관직에 올라 政事를 농단하는 상황에 대해서 그 폐해를 거론하며 비판하고 있다. 「謗譽」를 살펴보자.

> 덕이 없는 소인이 만약 정치가 혼란할 때 높은 지위를 얻게 되면 그의 정치주장은 반드시 군주에게만 맞추어서 사람들에게는 해를 끼칠 것이다. 그래서 그에 대한 칭찬은 상류층에서만 통하지 아래에서는 없을 것이다. 그가 총애를 받거나 부귀영화를 받더라도 사람들은 비난할 것이다.[246]

德이 없는 소인은 마땅히 그에 알맞은 낮은 지위에서 주어진 소임에 충실하여야 할 것이며 반면 德이 높은 군자는 또한 그에 알맞은 직위에서 자신의 재능을 펼칠 수 있도록 해야 할 것이다. 태평한 시기에도 마땅히 이러하여야 하며 혼란한 때에는 더 말할 나위도 없다. 그런데 혼란의 시기를 틈타 소인과 군자가 지위와 임무를 달리한다면 이로 인한 폐해는 예측할 수 없게 될 것이다. 원래 그들의 생리가 그러하듯 소인은 군주의 기호에 영합하여 자신들의 지위를 확고히 하려 한다.[247] 그리고 이는 바로 백성의 고통과 직결된다. '비방과 명예[謗譽]'에 대한 입장을 밝히고 있는 이 글에서 유종원은 정치가 혼란할 때 덕이 없는 소인배가 권력을 차지하게 될 경우, 그 해로움이 위로는 군주에게 아래로는 백성에게 두루 미칠 것임을 경고하면서 분수를 모르고 높은 지위에 올라 혼

246) 『柳宗元全集』, 卷20 「謗譽」: 小人遭亂世而後得居於上位, 則道必合於君, 而害必及於人, 由是譽行於上而不及於下, 故可寵可富, 而人猶謗之.

247) 吳小林, 『柳宗元散文藝術』, p.41: 유종원은 정치주장의 실행이 군주에게 맞춰질 때 백성에게는 해가 됨을 직시하며 현실사회의 이러한 모순을 비판한다고 말하였다.

란을 가중시키는 소인배들의 행태에 대해 비난하고 있다.

「咸宜」에서도 그 유사한 예를 발견할 수 있다.

> 망국의 신하는 혼란함 속에서 득의양양하며 志氣를 가진 사람을 저지하고 자기가 하고 싶은 대로 하면서 호걸지사를 우습게 안다. 백성을 해치고 재난을 일으키는 기술이 천하에 횡행하니 그들이 한 번 그들의 지향에 맞는 것을 얻는다면 그들이 죽은 뒤라도 사람들은 그에게 재앙을 당했다고 생각할 것이다.[248]

윗글에서 유종원은 망해 가는 나라에 소인배가 권력을 잡고는 志士를 핍박하고 백성을 도탄에 빠트리며 위기를 가중시키는 상황을 제시하고 있다. 동시에 혼란을 틈타 권력을 등에 업고 횡포를 일삼는 소인배 벼슬아치들의 전횡을 다소 직설적으로 그리고 있다.

군주에게 아첨하고 호걸지사를 무시하며 백성을 도탄에 빠트리는 원흉에 대해서 유종원은 「梁丘據贊」에서도 비판하고 있다.

> 후세의 군주에게 총애를 받는 신하 가운데 그를 본받는 사람이 드물다. 그들은 아첨하는 말로써 군주를 이끌고 정직한 말을 들으면 기피한다. 현자를 헐뜯고 악인을 도와주어 백성을 좀먹고 나라를 무너뜨린다.[249]

이 글에서 유종원은 춘추전국시기 齊나라 景公의 寵臣이었던 梁丘據가 군주를 대했던 태도와 후세의 총신들의 태도를 비교하면서 후세의 총신들이 梁丘據만도 못하다고 비판하고 있다. 오늘날의 寵臣은 군주를 아첨의 말로 유인하고 志士와 賢臣을 내쫓고자 하는데, 그들의 비열하고 악랄한 행위는 백성을 갉아먹는 좀벌레와

248) 『柳宗元全集』, 卷20 「咸宜」: 彼伸於昏亂, 抗志氣, 肆身體, 以傲豪杰, 殘民興亂之技行於天下, 一得適其傃, 其死後耳, 而人猶禍之.

249) 『柳宗元全集』, 卷19 「梁丘據贊」: 後之嬖君, 罕或師是. 導君以諛, 聞正則忌. 讒賢脇惡, 民蠹國圮.

같고 결국 군주에게도 해를 끼친다고 역설한다. 군주에게 아첨하여 총애를 얻었던 梁丘據와 비교할 때, 오히려 梁丘據만큼도 왕을 보좌하지 못하는 오늘날 寵臣의 무능력함을 빗대고 있는 것이다.[250)]

柳宗元이 살았던 중당시기는 정치적 혼란이 심했는데 불안한 정치 환경은 사회에도 영향을 미치어 뇌물이 공공연히 행해지고 민생은 도탄에 빠져 백성들의 고초는 이루 말할 수가 없었다. 이에 유종원은 우둔한 탐관오리들 중에 이익을 추수하며 탐욕에 눈이 멀어 치리는 뒷전이고 장사에 골몰하는 부패한 탐관오리에 대해서도 신랄하게 비난한다.

> 부패한 관리가 상품으로 장사를 하면, 그 자질이 악인과 같아서 그들과 한 무리가 되니 대부분 큰 손해를 보게 될 것이다. 고용인을 부리고 배와 수레에 비용을 들이지만, 시기의 선택에도 이득과 손실이 있고, 상품의 구입에도 어렵거나 양호함이 있으니, 도적에게 죽거나 빼앗기고 수재에 잃거나 화재에 타버리는 것도 걱정이 된다. 다행히 이익을 얻는다 해도 십 중 일이에 불과하여, 몸은 망하고 녹봉도 빼앗긴다. 크게는 죽는 것이요, 그 다음이라야 관직이 폄적되거나 파직되며, 적게는 악인이 되며, 끝내 뜻을 이루지 못한다.[251)]

柳宗元은 부패한 탐관오리의 행태를 장사치의 행태에 비교하고 있다. 그들은 백성을 노역에 동원하고 나라의 물건을 마음대로 징발하여 장사하는 데 사용한다. 유종원은 관리가 이익을 추구하면

---

250) 喬長路, 「柳宗元的儒家風範」, 『國際柳宗元研究擷英』, pp.353－354: 喬長路는 유종원이 正直한 품성을 주장하였기에 군주를 아부로 유인하고 정직한 사람을 기피하며 현덕한 사람을 참소하는 이러한 사람들을 좀벌레라고 여기며 매우 증오하였다고 제기한다. 덧붙여 유종원의 정직한 품성은 죽어도 변치 않는 그의 기본 정신이었음을 밝히고 있다.

251) 『柳宗元全集』, 卷20 「吏商」: 汙吏以貨商, 資同惡與之爲曹, 大率多減耗, 役傭工, 費舟車, 射時有得失, 取貨有苦良, 盜賊水火殺敓焚溺之爲患, 幸而得利, 不能什一二, 身敗祿奪, 大者死, 次貶廢, 小者惡, 終不遂.

반드시 백성을 괴롭히게 되므로 심각한 사회적 정치적 문제가 일어난다고 보았던 것이다.[252] 관리들이 개인의 이익을 앞세워 政事에 소홀할 경우 이익을 얻기란 쉽지 않고 벼슬을 잃으면 그나마 다행이며 심할 경우 목숨을 잃을 수도 있다고 경고한다. 유종원은 “몸은 관리이나 늘 장사를 하니 부패한 탐관오리로서 장사를 하느니 차라리 청렴결백하게 봉공하는 관리로 장사하는 게 낫다.”[253]고까지 역설하면서 탐관오리의 부패에 대해 비판하고 있다. 왜냐하면 청렴결백한 관리가 되어 정사를 잘 돌보다 보면 품성과 명성이 알려져서 승진하게 되고 그러다 보면 점점 저절로 영화부귀를 누리게 될 것이고 이렇게 해서 얻는 이익은 부패행위로 얻는 이익보다는 정정당당하다는 것이다. 그러나 탐관오리가 되어 부패한 무리와 어울리다 보면, 혹여 이익을 얻는 사람은 극소수이고 대부분 관직에서 물러나게 되거나 귀양 가거나 심지어 죽게 된다. 柳宗元은 당시 사회에 횡행하던 부패관리의 이익추수를 가장 심각한 사회악의 하나로 보았고 그 폐해를 반드시 척결해야 한다고 결의하였던 것이다.

유종원 산문에 나타난 풍자와 역설의 골계성은 다음의 두 가지 특징으로 정리될 수 있다.

첫째, 비속하고 추악한 대상의 우스꽝스러운 행동을 통하여 그가 상정하고자 하는 본질을 역설적으로 그려 냄으로써, 독자로 하

252) 謝漢强, 「柳宗元官論簡述」, 『柳宗元硏究文集』, pp.167－171 참조: 謝漢强은 유종원의 관리관을 피력하면서 특히 ‘爲官’(관리로서 주의해야 할 점)의 항목으로 ‘思直道, 利乎民’, ‘順民情, 戒煩令’, ‘謀全局, 善指揮’, ‘講原則, 知權變’ 네 가지를 거론한다. 부패한 상인의 反‘思直道, 利乎民’ 행동은 유종원에 의해 비판받아 마땅한 바임을 알 수 있다.

253) 『柳宗元全集』, 卷20 「吏商」: 吏而商也, 汚吏之爲商, 不若廉吏之商.

여금 웃음과 동시에 교훈성을 감지하게 하는 이중의 효과를 이끌어 내고 있다.

둘째, 그가 골계의 대상으로 선택한 인물이나 상황에 대해 유연하고 다양한 방법으로 접근함으로써 상이한 미감을 형성하면서 다의적인 보편성을 획득하고 있으며 동시에 다층적인 알레고리의 효과를 거두고 있다. 즉 그는 대상의 행위가 단순히 개인의 한계에서 비롯되어 그것의 범위가 상대적으로 협소하여 개선의 여지가 클 경우 이에 대해서는 유머나 해학성을 노정하면서 권계나 경계에 초점을 맞춘다. 반면 그 행위가 광범위하여 그로 인한 폐해가 클 경우 냉소나 풍자로 그 해악의 심각성을 경고한다. 이렇듯 유종원은 그의 산문을 통하여 냉소와 권계의 영역을 두루 넘나들면서 해학과 풍자의 수법으로 비속한 무리들이 빚어내는 허위와 위선을 폭로하고 진실과 고결에의 지향을 역설하고 있는 것이다.

즉 그는 끊임없이 충돌하고 있는 그의 이상과 현실적 모순 간의 갈등을 극복 해소하고자 다양한 시각과 방법으로 이에 접근하고 있다. 그러나 그의 원대한 이상에 비해 현실은 너무나 거대한 모순 덩어리였다. 그의 고뇌의 원천은 바로 여기에 있다. 모순의 근원적인 구조와 그 해결책은 이미 예지되었지만 그것의 실현은 요원하기만 하였다. 그리고 이에 대한 부정적인 세력의 힘 또한 깊고 강하였다. 이러한 현실에서 유종원이 택할 수 있는 방법이 바로 풍자와 역설의 골계였던 것이다. 도무지 저항할 수 없는 강한 현실에 개인은 무기력해질 수밖에 없고 설사 정당한 논리를 가지고 있다 하더라고 이를 숨기거나 우회적으로밖에는 표현할 수 없기 때문이었다.

2. 좌절과 애도의 정화

悲劇은 오늘날에 이르러 戱劇에만 국한되지 않고 전 예술영역에서 거론되는 예술 범주 내의 美感이기도 하다.[254] 보통 '悲劇的'이라는 말은 우리 머릿속에 어떤 인간의 몰락, 혹은 적어도 격심과 고통이라는 표상을 환기시킨다.[255] 비극의 대상은 예술형상으로서 그것의 자극력은 숭고의 대상보다 강한데, 바로 패배하고 파멸하고 사멸하는 형상이다. 비극의 미감은 심리상의 비애, 공포, 처참함, 장렬함, 동정 등등의 정서적 반응으로 특정한 심미효과를 일으킨다.[256]

이에 근거할 때, 죽음을 직접 묘사한 작품, 개인의 불행과 곤경을 묘사한 작품, 또 위대하고 영웅적인 인물의 장렬한 희생을 묘사한 작품 등은 悲劇性이 강하여 가장 직접적이고 선명하게 悲劇美를 드러낸다. 비극미가 드러나는 비극적 작품은 파멸하고 사멸하는 대상을 내용으로 하고 悲傷과 憐愍이라는 심미효과를 낳는다.

이상의 悲劇美에 대한 기본 특징을 토대로 柳宗元 散文에서 悲劇美를 발현하고 있는 작품군을 다음과 같이 나눌 수 있다.

---

254) 朱存明・王海龍 著, 유세종 옮김, 『사회주의미학연습』, p.119 참조.
255) 夏之放 外, 『美學基本原理』, p.161 참조.
256) 蔡儀 主編, 강경호 譯, 『문예미학』, p.191 참조.

[표 13] 유종원 산문의 비극미 분류

① 柳宗元 개인 불행의 비극

▶ 卷권2 古賦: 총 9편 중 5편

作品名	對象의 性質	審美效果
「解祟賦」	유종원 개인의 몰락(불행)	비애, 연민
「懲咎賦」	〃	〃
「閔生賦」	〃	공포, 연민
「夢歸賦」	〃	비애, 연민
「囚山賦」	〃	공포, 연민

▶ 卷30 書: 총 6편 중 6편

作品名	對象의 性質	審美效果
「寄許京兆孟容書」	유종원 개인의 몰락(불행)	비애, 동정
「與楊京兆憑書」	〃	〃
「與裴壎書」	〃	〃
「與蕭翰林俛書」	〃	〃
「與李翰林建書」	〃	〃
「與顧十郎書」	〃	〃

▶ 卷35－36 啓: 20편 중 16편

作品名	對象의 性質	審美效果
「上廣州趙宗儒尙書陳精啓」	유종원 개인의 몰락(불행)	비애, 동정
「上西川武元衡相公謝撫問啓」	유종원 개인의 몰락(불행)	〃
「謝襄陽李夷簡尙書委曲撫問啓」	〃	〃
「賀趙江陵宗儒辟符載啓」	〃	〃
「與邕州李域中丞論陸卓啓」	〃	〃
「謝李中丞安撫崔簡戚屬啓」	崔簡의 가족의 구명을 요청하는 서신	×
「上湖南李中丞幹廩食啓」	유종원 개인의 몰락(불행)	비애, 동정
「上桂州李中丞薦盧遵啓」	처남 盧遵을 천거하는 서신	×
「上權德輿補闕溫卷決進退啓」	유종원 개인의 몰락(불행)	비애, 동정
「上大理崔大卿應制擧不敏啓」	〃	〃
「上裵晉公度獻唐雅詩啓」	〃	〃
「上襄陽李愬仆射獻唐雅詩啓」	〃	비애, 동정

作品名	對象의 性質	審美效果
「上揚州李吉甫相公獻所箸文啓」	〃	〃
「謝李吉甫相公示手札啓」	〃	〃
「上江陵趙相公寄所箸文啓」	〃	〃
「上江陵嚴司空獻所箸文啓」	〃	〃
「上嶺南鄭相公獻所箸文啓」	鄭公에게 문장을 헌상하며 비평을 요청하는 서신	×
「上李中丞獻所箸文啓」	유종원 개인의 몰락(불행)	비애, 동정
「上裵行立中丞撰訾家洲亭記啓」	亭子 記文 寫作 요청에 대한 답신	×
「上河陽烏尙書啓」	유종원 개인의 몰락(불행)	비애, 동정

② 위대한 인물의 불행과 비극

作品名	對象의 性質	審美效果
「弔萇弘文」	萇弘의 장렬한 희생	비애, 동정
「弔屈原文」	屈原의 장렬한 희생	비통, 동정
「弔樂毅文」	樂毅의 비참한 희생	통탄, 동정

③ 생의 사멸의 비극

▶ 卷40 祭文: 15편 중 15편

作品名	對象의 性質	審美效果
「祭楊憑詹事文」	장인 楊憑의 죽음	애통, 비통
「祭穆質給事文」	상급자 穆質의 죽음	애통, 비통
「祭呂衡州溫文」	친구 呂溫의 죽음	애통, 비통
「祭李中丞文」	상급자 李中丞의 죽음	애통
「爲韋京兆祭杜河中文」	지인 杜確의 죽음	애통
「爲韋京兆祭太常崔少卿文」	지인 崔漑의 죽음	애통
「爲李京兆祭楊凝郎中文」	처삼촌 楊凝의 죽음	애통, 비통
「爲安南楊侍御張都護文」	지인 張舟의 죽음	애통
「祭萬年裴令文」	매부 裴瑾의 죽음	애통, 비통
「祭呂敬叔文」	친구 呂敬叔의 죽음	애통, 비통
「祭崔君敏文」	상급자 崔敏의 죽음	애통
「祭段弘古文」	친구 段弘古의 죽음	애통
「哭張後余辭」	지인 張後余의 죽음	애통
「祭李中明文」	친구 李中明의 죽음	애통, 비통
「楊氏子承之哀辭並序」	처남 楊承之의 죽음	애통

▶ 卷41 祭文: 祝文을 제외한 祭文 9편 중 9편

作品名	對象의 性質	審美效果
「祭六伯母文」	여섯째 숙모할머니의 죽음	애석
「祭獨孤氏丈母文」	친구 獨孤申叔 장모의 죽음	애석
「祭從兄文」	사촌형 柳宗一의 죽음	애통
「祭弟宗直文」	사촌동생 柳宗直의 죽음	애통, 비통
「祭娣夫崔氏使君簡文」	매부 崔簡의 죽음	애통, 비통
「又祭崔簡旅榇歸上都文」	매부 崔簡의 죽음	애통
「祭崔氏外甥文」	외종질 위육과 소경의 죽음	애석
「祭崔氏外甥女文」	외종질의 죽음	비통
「祭外甥崔駢文」	외종질 崔駢의 죽음	비통

▶ 卷12－13 碑誌 19편 중 12편

作品名	對象의 性質	審美效果
이하 卷12 表誌		
「先侍御史府君神道表」	柳宗元 선친의 죽음	비애, 애통 (추모=표창)
「先君石表陰先友記」	先親과 교유관계에 있던 친구 55인에 대해 간략하게 열거	×
「故殿中侍御史柳公墓表」	큰숙부의 죽음	비애, 애통
「故叔父殿中侍御史府君墓版文」	큰숙부의 죽음	비애, 애통
「故弘農令柳府君墳前石表辭」	柳宗元 숙부와 숙모의 묘를 합장하며 쓴 비문	비애
「志從父弟宗直殯」	사촌동생 柳宗直의 죽음	애통
이하 卷13 墓誌		
「先太夫人河東縣太君歸祔誌」	어머니 盧氏의 죽음	비애, 애통
「伯祖妣趙郡李夫人墓誌銘」	伯祖妣 李氏의 죽음	×(추모〈표창)
「叔妣吳郡陸氏夫人誌文」	큰숙부의 부인 陸氏의 비문	×
「亡姑渭南縣尉陳君夫人權厝誌」	陳萇의 아내 柳氏의 죽음	비통
「亡妹崔氏夫人墓志蓋石文」	柳宗元의 큰누나의 죽음	애통
「亡妹前京兆府參軍裴君夫人墓志」	裴瑾에게 출가하였던 둘째 누이의 죽음	애통
「亡妻弘農楊氏志」	柳宗元의 아내인 楊氏의 죽음	비애, 애통
「下殤女子墓磚記」	영주에서 태어나 10세 때 요절한 딸의 죽음	비통
「小侄女子墓磚記」	6세에 죽은 작은 질녀 柳雅의 죽음	×
「故尙書戶部侍郎王君先太夫人河間劉氏志文」	王叔文의 어머니 劉氏를 추모하고 표창	×(추모〈표창)
「郎州員外司戶薛君妻崔氏墓志」	薛巽에게 출가하였던 큰누나의 죽음	비애
「韋夫人墳記」	裴行立의 형인 裴處士의 妾을 추모	×
「馬實女雷五葬志」	柳宗元의 몸종의 조카 雷五를 추모	×

위 표를 토대로 유종원 산문 중 悲劇性을 띠고 있는 작품은, 유종원 개인의 불행에 기인한 것, 다른 偉人의 불행과 고난에 관련된 것, 그리고 죽어서 이 세상을 떠난 인물을 대상으로 한 작품 등으로 나눌 수 있다. 이 가운데, 유종원 개인이나 다른 偉人의 불행은 바로 그들이 가진 이상과 현실적 모순 간의 갈등으로 야기된 것이다. 그리고 이러한 현실적 모순은 개인에 대한 거대한 속박으로 작용하므로 이 갈등은 더욱 첨예화되는 것이다. 거부할 수 없는 강한 힘과 이에 대한 미약한 존재의 저항은 애초 비극성을 초래할 수밖에 없는 결과를 예견하게 한다. 여기서 또 하나의 비극은 모든 인간에게 내정되어 있는 죽음이다. 이 두 경우에 인간이 느낄 수 있는 감정은 앞의 두 가지의 감흥과는 다른 것으로, 이는 바로 극도의 절망, 비애에서 비롯되는 미적 흥취인 것이다.

1) 불행하고 사멸하는 대상

비극이란 실재 세계 속에서의 이상적인 것의 몰락과 패배를 의미한다. 따라서 이상적인 것을 제시하고 구현하고 긍정했던 존재자의 죽음은 비극적 의미를 획득하게 된다.[257] 심미로서의 비극에는 인간의 사회실천이 실패하거나 객관현실에 의해 부정되는 과정이 들어 있다. 즉, 훌륭하고 선하며 손상되어서는 안 될 인간의 패배와 파멸은 필연적으로 곤경을 초래하고 몰락과 불행에 대한 관조는 두려움과 연민과 비장함을 격동시키게 된다.

257) 까간, 『미학강의1』, 새길, p.197 참조.

柳宗元 自身과 他人의 이상 패배와 그로 인한 불행과 곤경의 묘사는 柳宗元 散文 悲劇性의 근간이 되고 있다.

비록 정치적 이상이 좌절되고, 현실에서 연속적으로 고난을 겪어 극단적인 자괴감으로 고통스러워하지만, 柳宗元은 줄곧 중용의 도를 견지하며 악을 견제하고자 노력하였다. 이에 柳宗元은 성후하고 순질한 하늘과 같은 성스럽고 순결한 삶을 지향하였다. 그러나 세상의 경박함과 세속성 때문에 柳宗元이 원래 갖고 있던 진정성은 점차 없어지게 된다.

> 해와 달이 갈마들며 힘차게 오를 듯하더니, 점차 원래 자리로 물러나고 神意도 꺾였네. 바탕 좋은 나무를 가꾸어 꽃까지 피우듯이 하더니, 하찮은 무리들에 잠겨서 진실함을 잃었네.[258]

사회정치에 대한 자신의 초심이 세상의 비속함과 허식 때문에 발휘되기는커녕 오히려 퇴색하고 변하게 된 암울한 상황을 말하고 있다. 이미 이상이 실현될 수 없는 현실에 부딪혀 운신의 폭을 줄이며 근신하다가 재능을 펼칠 기회를 기다리려던 柳宗元에게 폄적지에서 듣게 된 자신에 대한 참언과 질시는 새로운 공포로 다가온다.

> 우리 무리가 정숙하지 않았음을 슬퍼하니 등용되고 때를 만남이 시급했음이라. 형세가 위급하고 의심스러웠고 주위에 간사한 사람이 많았으니 하늘과 땅이 막혀 통할 길이 없네. 물러나는 것을 도모하여 스스로를 보호하고자 하였으나 슬프게도 기약은 옛날에 어그러졌네. 術業을 부리어 충성을 바치고자 하였으나 많은 사람들이 오히려 욕하고 서로 성내네. 진퇴양난이라 돌아갈 곳 없으니 가마솥 속에서 기름에 적셔짐을 달게 여길 수밖에![259]

---

258) 『柳宗元全集』, 卷2 「佩韋賦」: 日月迭而化升兮, 寖遁初而枉神. 雕大素而生華兮, 汩末流以喪眞.

259) 『柳宗元全集』, 卷2 「懲咎賦」: 哀吾黨之不淑兮, 遭任遇之卒迫. 勢危疑而多詐兮,

익히 알고 있듯이 柳宗元 최대의 비극은 바로 정치투쟁에서 패한 결과로 정치적인 이상을 실현할 수 없게 되었다는 점이다. 자기의 이상을 더 이상 실현할 수 없는 폄적이라는 현실은 柳宗元 삶의 비극이자 그의 散文에 내재된 비극성의 근원이라 할 수 있다.[260]

柳宗元은 여러 작품에서 자신의 정치지향은 실패하였고, 그 때문에 폄적되었으며 이로 인해 곤경을 겪게 되었다고 토로하고 있다.

> 내 인생이 험하고 막힘을 슬퍼하니 지향한 바는 분분히 잃고 죄만 얻게 되었네. 심기는 가라앉고 우울하며 아득하고 막막하니 눈물은 끊이지 않고 하염없이 흘러내리네. 등불의 기름이 다 마른 저녁에 오래도록 앉아 있으니 혼백은 떠나고 흩어져 멀리서 노니네. 말을 해도 믿어 주지 않고 내 결백함 아는 이 아무도 없으니 비록 급하게 허둥지둥한들 무슨 추구할 것이 있으리? 입을 다물고서 지향을 숨기며 묵묵히 목숨 다할 날을 기다릴 뿐이네. 세상을 위하고 함께하려고 잘못된 것 배척했는데 이 때문에 [가족과] 떨어지고 흩어졌고 [내 몸은] 엎어지고 무너졌네.[261]

먼저 자신의 불행한 운명을 한탄하면서 자신의 이상이 실현되지 못한 것과 죄인의 신세가 된 것을 슬퍼하고 있다. 큰 충격을 받은 자신은 망연자실하여 정신을 차릴 수 없는데, 자신의 무죄와 결백을 아무도 믿어 주지 않는 것이 억울하기만 하다.[262] 유종원은 사회와 정치를 위해 전력투구하였는데 오히려 자신의 노력이 현실에

逢天地之否隔. 欲圖退而保己兮, 悼乖期乎曩昔. 欲操術以致忠兮, 衆呀然而互嚇. 進與退吾無歸兮, 甘脂潤乎鼎鑊.

260) 高海夫, 「悲劇生涯和悲劇美的創造」, p.49 참조: 高海夫는 유종원의 시와 문예산문에서 그가 치중하여 표현한 것은 悲劇美이며 이러한 審美追求와 趣向은 당연히 그가 처한 특별한 시대와 개인의 세계관, 생활경력, 심리기질 등의 요소에 의해 형성된 것임을 밝힌다.

261) 『柳宗元全集』, 卷2 「閔生賦」: 閔吾生之險阨兮, 紛喪志以逢尤. 氣沈鬱以杳眇兮, 涕浪浪而常流. 膏液竭而枯居兮, 魄離散而遠游. 言不信而莫余白兮, 雖遑遑欲焉求? 合喙而隱志兮, 幽默以待盡. 爲與世而斥謬兮, 固離披以顚隕.

262) 高海夫, 앞의 논문, p.51 참조.

서 장애에 부딪쳐 실현되지 못하고 곤경을 당하자 비애를 느끼고 스스로에 대한 연민을 키운다. 불행해지고 고난에 빠지게 된 자신의 처지를 드러내는 것은 유종원의 비극 의식의 표현인 것이다.

柳宗元은 元和元年(805) 9월에 邵州刺史로 폄적되어 母親과 사촌동생 柳宗直 일행과 함께 길을 떠나는데, 長江을 건너기도 전에 다시 永州로 폄적 가라는 명령서를 받는다. 이 소식을 들은 유종원은 매우 침통해하였다. 그와 일행이 洞庭湖를 건너 湘江 상류에 이르렀을 때, 계절은 이미 초겨울이었고, 이해 연말에 유종원은 남쪽의 황량한 벽촌인 永州에 도착하였다. 그리고는 10년간의 고통스러운 폄적생활을 감내해야 했다. 게다가 영주에 도착한 지 반년만에 어머니를 여읜 슬픔이 가시기도 전에 영주의 기후와 환경은 유종원을 더욱 고통스럽게 만들었으니[263] 그의 심신의 고통이 얼마나 클지는 미루어 짐작할 수 있다.

유종원은 자신이 폄적을 당하게 된 원인과 과정을 「寄許京兆孟容書」에서 토로하고 있다.

> 젊었을 때 기세가 날카로웠으며 세상 돌아가는 기미를 몰랐고, 하는 일이 합당한지 아닌지를 살피지도 않았습니다. 그저 한마음을 곧게 이루려고 했으나 그 결과 스스로를 죄에 빠뜨리고 폄적을 당하게 만들었으니 이 모든 것은 자업자득으로 얻은 것이니 다시 어찌 이상하게 여기겠습니까?[264]

이 글은 元和 4년(809)에 京兆尹 許孟容에게 쓴 편지글이다. 유종원은 자기 스스로 죄인임을 자인하며 온갖 심경을 적나라하게

---

263) 孫昌武,『柳宗元評傳』, 南京大學出版社, pp.86－93 참조.

264)『柳宗元全集』, 卷30「寄許京兆孟容書」: 年少氣銳, 不識幾微, 不知當否, 但欲一心直遂, 果陷刑法, 皆自所求取得之, 又何怪也.

고백하고 있다. 유종원은 자신의 불행한 인생은 젊은 시절의 혈기 왕성한 성격과 정치개혁 전면에 나서다가 실패하여 폄적당한 데서 시작하였다고 말하고 있다. 자신이 추진하였던 정치혁신이 실패해서 곤경을 겪는 것은 스스로 초래한 것이기에 아무도 원망할 수 없다고 자책하고는 있지만, 이는 모든 것이 원망스러운 그의 심정을 역설적으로 표현한 것이다. 강렬한 호소는 찾아볼 수 없지만 자신에게 닥친 불행을 독백하듯이 토로하며 내면의 상처를 드러내고 있는 것은 비극미의 한 표현이라 하겠다.

이처럼 자신의 패배와 몰락을 스스로 自責하는 모습은 당시의 權臣에게 보낸 書信文 「上西川武元衡相公謝撫問啓」에서도 찾아볼 수 있다.

> 저는 우둔하고 무지하고 경솔하고 잘난 체하며 두루 방비할 줄 몰라 평탄한 길을 잃고 큰 죄에 빠지니 산봉우리 아래에 엎드리고 숨은 지 지금 7년째입니다. 지난 허물을 돌이켜 생각해 보면 마음은 떨리고 정신은 아득합니다. 다행히 조정의 관대함을 입어 자신을 반성할 수 있게 되었습니다. 어찌 감히 조정에서 통하여 알려지고 祭奠의 때에 뜻을 나타내어, 이로써 만의 하나라도 마음을 구하려 하겠습니까![265]

유종원은 자신이 성격적으로 결함이 있었고 이 때문에 결국 폄적당하여 죄인이 되었다고 자책하고 있다. 폄적된 지 이미 7년이라는 세월이 지났지만 개혁의 실패와 폄적으로 인한 고통은 여전히 그에게는 공포이며 구속임을 토로한다.[266] 자신이 겪은 불행을

265) 『柳宗元全集』, 卷35 「上西川武元衡相公謝撫問啓」: 某愚陋狂簡, 不知周防, 失於夷途, 陷在大罪, 伏匿岭下, 於今七年. 追念往愆, 寒心飛魄, 幸蒙在宥, 得自循省. 豈敢徹聞於廊廟之上, 見志於樽俎之際, 以求心於萬一者哉!

266) 袁本秀, 「兩極對峙 - 柳宗元心靈的凹陷與補償」, p.338 참조: 袁本秀는 유종원의 심리가 갈수록 침체되는 것은 孤獨感과 無力感의 결정적인 두 요소로 인한 것임을

토로하는 것 자체에서 이 작품의 비극성은 충분히 드러나지만 현실적으로 불가능한 사면에 대한 기대와 열망에 들떠 있는 유종원의 모습 역시 매우 비극적이다.

柳宗元은 자신의 좌절된 이상을 표현하는 동시에 歷史的으로 위대했던 人物의 불행한 운명을 비유하여 자신의 불행과 비극을 투영하기도 하였다. 폄적지 永州로 가는 길에 쓴 「弔屈原文」을 보자.

> 선생이 죽은 뒤 대략 천 년이 지나 내가 다시 쫓겨나 배를 타고 湘江에 이르렀다. 선생을 추구하여 汨羅江에 왔고 족두리풀을 손에 쥐니 마치 선생에게 향을 바치는 듯하다. 마음은 황폐하고 정신은 멍한 나를 돌보고 생각해 주시길 바라고 [마음속] 말을 펼쳐 놓을 수 있는 은총이 있기를 바라노라. 선생은 세속을 좇지 않았고 오로지 道를 옳다 여기고 따르셨다. 나라가 이리저리 흩어지고 혼란스러우니 선생이 조우한 세상 때문에 매우 괴로워하셨다. (……) 星辰을 질책하고 기만과 기이함을 물리치니 어떡해서든 무너지고 망하는 나라를 구하고자 하셨도다. 번개와 천둥을 무엇 때문에 뿌려 버리려 했는지, 단지 황폐하고 망망한 것을 위해서였다. (……) 내 마음 착잡해짐을 슬퍼하니 유독 분노가 쌓이고 상처가 더해지는구나.[267]

주지하다시피, 永貞元年(805년)에 柳宗元은 '永貞革新'이 실패하면서 영주로 폄적되어 가게 된다. 노모와 사촌동생 유종직 등이 동행한 영주로의 路程은 길고 험난하였다. 이 노정에서 특별하게 거론할 만한 곳은 전통 中國 士人의 표상인 屈原이 자살한 汨羅江이다. 汨羅江에 도착하였을 때 柳宗元은 屈原이 겪은 고난과 자신이 겪은 고난을 동일시하며 이 글을 썼다. 柳宗元은 세속의

주장한다.

267) 『柳宗元全集』, 卷19 「弔屈原文」: 后先生蓋千祀兮, 余再逐而浮湘. 求先生之汨羅兮, 攬蘅若以荐芳. 愿荒忽之顧懷兮, 冀陳詞而有光. 先生之不從世兮, 惟道是就. 支離搶攘兮, 遭世孔疚. (……) 呵星辰而驅詭怪兮, 夫孰救于崩亡. 何揮霍夫雷霆兮, 苟爲是 之荒茫. (……) 哀余衷之坎坎兮, 獨蘊憤而增傷.

허황된 이치를 따르지 않고 자신의 이상을 견지하고 이상의 실현에 뜻을 두었던 屈原의 節操를 찬양하는 한편, 屈原이 멸망하는 나라를 구원하기 위해 고군분투하다가 목숨을 잃은 데 대해서 안타까워하고 있다. 이 글에서 주로 묘사되고 있는 것은 고결한 품성과 숭고한 정신을 가진 굴원이 겪은 고난과 불행이다. 진실과 허위가 뒤바뀐 암울한 정치적 환경 속에서 굴원은 이상을 실현하지 못하였고 결국에는 추방되고 죽게 되는 과정은 비극적 고사라 할 수 있다. '美志'를 품고서 '재능을 갈마하고 공업을 빛내며 백성들을 행복하게 해 주고자'[268] 했던 柳宗元은 국가의 부강과 백성의 안녕을 위해 '美政'의 이상을 실현하고자 했던 屈原의 패배에 자신의 패배를 일체화시킴으로써[269] 비극의식을 드러내고 있다.

柳宗元은 역사적 人物에 대한 죽음을 애도하고 그들의 행적을 찬양한 작품에서 이상을 관철시키고 실현하기 위해 싸우다가 비극적으로 생을 마감한 人物을 그리고 있는데 투쟁 속에서 장렬하게 희생한 인물은 비극미의 정수를 보여 주고 있다.[270] 앞서 서술했던 「弔屈原文」과 「弔萇弘文」, 「弔樂毅文」은 柳宗元이 국가의 내외적 우환을 맞이하여 보국충정하다 희생되고 결국 몰락하게 되는 인물을 애도한 글이다. 이 중에서 周王室이 멸망되어 분열되었을 때, 온갖 역경에도 불구하고 홀로 의연하게 절개를 견지하다가 끝내 희생되는 萇弘을 찬양하여 애도하고 있는 글을 살펴보자.

---

268) 『柳宗元全集』, 卷34 「答貢士元公瑾論仕進書」: 勵材能, 興功力, 致大康於民.

269) 蔡靖泉, 「柳宗元與屈原」, 『中國永州柳宗元國際學術硏討會論文』, p.3 참조.

270) 朱存明 · 王海龍 著, 앞의 책, p.124 참조: 悲劇 人物의 고난과 죽음은 반드시 사회적 모순의 충돌이나 생산투쟁으로부터 야기된 것이어야 하고 비극의 주인공은 좋은 사람이거나 무고한 사람이다.

곧 익사하게 되고 큰 고생이 닥칠 것도 걱정하지 않으며 강건함만을 법식이라 여긴다. 죽어도 꺾을 수 없을 것을 아니 사람의 지극함을 환히 밝혔다. 大夫는 빛을 밝게 밝히셨는데도 대왕은 참소하는 무리에 대해 깨닫지 못하였다. 마침내 표독하고 교활한 무리에게 방종함을 허락하시니 슬프게도 强國인 晋나라에 제압되었다. (……) 상제에게 편지를 써서 [자신의] 결백함을 전하려 했으나 어둡고 텅 비어 막막하니 앞길은 끊어졌다. 당차게도 뜬구름에 기대어 호소하려 하였으나 종국에는 밝혀지지 않으니 마음은 답답하기만 하였다. 높은 산에 올라 하소연하지만 더욱 아득하니 멀어진다. 마음은 단단히 굳으니 바뀌지 않고 몸은 쪼그라들고 얼어서 스스로를 옥죈다. 시작을 모색하면서 끝을 걱정하는 것은 大夫가 행할 일이 아니다. 모함으로 좌천되고 횡액을 만난 것은 진실로 쇠퇴한 세상의 道理 때문이다. [大夫는] 불가능한 줄 알면서도 더욱 앞으로 나아갔고 구차하게 스스로의 생을 도모하지 않겠다고 맹세하였다.[271]

萇弘은 周王室의 권위가 무너지면서 제후가 천자를 시해하는 극도로 혼란스러웠던 危亡의 시기를 살았던 人物이다. 간사하고 무뢰한 무리들이 병권을 장악하고 충성스럽고 용감한 사람들을 살해하는 정국 속에서 周의 大夫였던 萇弘은 죽음을 두려워하지 않고 강직함을 견지하며 인륜의 大道에 충실하고자 노력했다. 간악한 무리들이 천자의 상소를 위조하며 현명한 신하들을 참소하는 상황에 분노하며 천자를 올바른 길로 인도하려 했으나, 오히려 점점 진퇴양난에 빠지게 된다. 萇弘은 일관되게 나라를 안정시키기 위해 충성스러운 대신을 등용하고자 노력하였지만 결국 소인배들의 손에 죽음을 당한다. 萇弘의 죽음은 역사적 혼란 속에서 자신의 고결한 품성과 충성을 견지하려는 세력의 실패를 대표하고 있

271) 『柳宗元全集』, 卷19 「弔萇弘文」: 墜溺之, 不慮兮, 堅剛以爲式. 知死不可撓兮, 明章人極. 夫何大夫之炳烈兮, 王不寤夫讒賊. 卒施快於剽狡兮, 怛就制乎强國. (……) 版上帝以飛精兮, 黮廖廓而殄絶. 朅馮雲以羾訴兮, 終冥冥以鬱結. 欲登山以號辭兮, 愈洋洋以超忽. 心沍涸其不化兮, 形凝氷而自栗. 圖始而慮末兮, 非大夫之操. 陷假委厄 兮, 固衰世之道. 知不可而愈進兮, 誓不偸以自好.

다. 세속의 불합리에 따르지 않고 간악한 무리와 대립 투쟁하다 고난을 겪고 희생되는 萇弘의 몰락을 묘사한 이 작품은 비극적 성격이 강하다. 柳宗元은 이 작품에서 萇弘이 추구하는 救國의 이상과 함께 그의 고상한 인격을 제시하고 있는데, 이 점은 萇弘의 비극적 몰락에 대해 분노와 아울러 경외심을 자아낸다. 이러한 분노와 경외심의 발로에 기인하여 일종의 미적 성취가 되는 것이다.

유종원 산문에서 평소 잘 알고 지내던 사람의 죽음을 맞이하여 슬퍼하고 그들의 죽음을 추모하는 애제문은 비극성이 비교적 분명히 나타나는 작품군이다. 古代에 죽은 이를 제사 지내기 위해 쓴 哀祭文은 死者를 追悼하고 애통해하는 데 치중하고 있다.[272] 死者를 애도한다는 측면에서 哀祭文과 유사함이 있는 墓誌文의 경우, 死者의 생평을 기술하고 死者의 功業德行을 위주로 하는 것이 정격이지만 유종원이 친구와 가족을 위해 쓴 일부 墓誌文은 서정성이 강하며 또한 그 내용에 있어 강한 비극성을 가지고 있다. 이하에서는 이 두 부류의 작품에[273] 나타나는 비극적 성격을 구체적으로 살펴보도록 한다.

유종원은 장인, 사촌형님, 동생, 매형, 조카 등 생전에 가깝게 지내던 가족의 죽음을 매우 슬퍼하였다. 때문에 그들을 애도하고 추모하는 글에는 비극적 성향이 비교적 분명하게 나타난다.

---

272) 周明, 『中國古代散文藝術』, 江蘇教育出版社, p.427 참조.

273) 『柳宗元全集』에서 卷40과 卷41의 祭文은 가족과 친지, 친구 및 知人의 죽음을 애도하는 내용으로 悲劇美의 주요 분석대상이다. 이를 내용에 따라 구분하면 첫째, 知人을 애도하는 문장, 둘째, 가족과 친지의 죽음을 애도하는 문장, 셋째, 官員으로서 신에게 기우제나 축원을 올릴 때 쓴 祈願文(6편)으로 나눌 수 있다. 여기서 세 번째 유형인 祈願文은 천지산천에 축원을 올리는 글로 실용성이 강할 뿐 문학성은 미약하기에 논외로 하고 첫 번째와 두 번째 유형을 중심으로 悲劇美를 분석하겠다.

유종원이 丈人이었던 楊憑을 애도하는 글인 「祭楊憑詹事文」을 살펴보자.

> 연초에 公이 편지를 보내신 것이 엊그제 같기만 합니다. 비록 몸은 병들었으나 마음은 여전히 잘 다스리고 있습니다. 편지를 어루만지고 고개를 조아린 채 눈물 흘리면서 읽었습니다. 편지를 거두고 다시 답신을 보냈으나 서신을 전할 데가 없어졌습니다. 바람에 대고 길게 통곡하니 이제 끝장입니다. 오호 애재라! 부고를 들은 처음에 점을 쳤으나 점점 멀어져 갔습니다. 수레를 타고 달리며 이 제문을 쓰고 길모퉁이에서 나와 절 올립니다. 슬퍼하면서 바다를 따라 점을 치고 경성을 향해 예를 행합니다. 한 점 진심은 내내 계속하면서 마지막까지 바꾸지 않겠습니다. 天道가 요원하고 인간 세상에 근심이 많습니다. 마음을 묘지에 보내지만 죄인으로 묶여 있음에 장탄식만 내뱉을 따름입니다. 오호 애재라![274)]

영주로 폄적된 이후에도 계속 유종원은 장인과 서신을 주고받으며 연락을 하였는데 서신왕래를 통해 장인의 부고를 듣게 된다. 그를 친아들처럼 자상하게 돌봐 주었던 장인의 죽음이기에 유종원의 충격은 상당히 컸다. 더욱이 죄인의 신분으로 폄적지에서 이탈할 수 없는 처지인지라 문상조차 할 수 없어 그 슬픔은 더하였다. 여기서 폄적지에서 바다를 향해 절을 하며 통곡하는 유종원의 모습이 그 자체로 이미 커다란 비극성을 연출하고 있다. 애초 유종원은 비극적 요인을 안고 있었다. 그의 지난한 삶이 그를 지치고 병들게 하였던 것이다. 그리하여 죽음을 대하는 그의 태도 또한 더욱 절실할 수밖에 없었다.

死者의 죽음을 맞이하여 애도의 정을 토로하는 작품 중에서 심

---

274) 『柳宗元全集』, 卷40 「祭楊憑詹事文」: 歲首發函, 視遠如邇. 雖當沉痼, 心術猶治. 撫膺頓首, 流泣瞪視. 旣斂而還, 莫傳音旨. 鄕風長慟, 於茲已矣. 嗚呼哀哉! 承訃之始, 兆旣逾. 載馳斯文, 出拜路隅. 哀從海筮, 禮致皇都. 寸誠相續, 終歲不逾. 天道悠遠, 人世多虞. 寄心雙表, 長恨囚拘. 嗚呼哀哉!

금을 울리는 문장으로 유명한 「祭弟宗直文」을 살펴보자.

> 너의 덕성과 학업대로라면 일찍이 출세를 했을 것인데 내가 오랜 세월 폄적당한 일로 너 역시 버려졌다. 너의 지향이 실현되지 못한 것은 다른 사람의 잘못이 아니니 네가 죽은 후 나는 더욱 부끄러워지는구나. (……) 성의 한쪽 구석에 있는 불사에서 나는 너를 위해 장례를 거행하니 너를 고원 위에 매장한다. 우리가 생사를 함께하며 서로 버리지 말자고 맹세하였으니 너의 영혼이 있어 내 애통함을 이해해 주기를 바란다.[275]

이 글은 유종원이 사촌동생 유종직이 죽고 나서 제사 지낼 때 쓴 제문으로 자신과 고난을 함께해 온 사촌동생의 죽음에 특히 더 슬퍼하고 있다. 유종원은 재능이 있었으나 자신이 폄적되자 유종직의 관로가 순탄치 못했던 데 대해 자괴감 섞인 미안함을 표현한다. 삶과 죽음을 함께하자고 맹세했던 사촌동생 유종직의 장례를 치르면서 유종원은 사촌동생의 영혼에조차 자신의 애통함을 전달하고자 하였다. 서로 생사를 같이하자고 약속할 정도로 믿고 아끼던 동생의 죽음은 마치 자신의 몸 일부분이 잘려 나가는 듯한 아픔이었을 것이다. 게다가 미안한 감정이 있음에 용서를 구할 수조차도 없게 되었으니 그 비통함을 어떻게 다 표현할 수 있겠는가.

평소 사이좋게 지내던 姪女의 죽음에 비통한 심정을 토로하는 「祭崔氏外甥女文」을 살펴보자.

> 재작년에 조서가 하달되어 나는 먼 지방으로 임직하게 되었지. 무릉에서

275) 『柳宗元全集』, 卷41 「祭弟宗直文」: 如汝德業, 尙早合出身, 由吾被謗年深, 使汝負才自棄. 志愿不就, 罪非他人, 死喪之中, 益復爲愧. (……) 郡城之隅, 佛寺之北, 飾以殯, 奇於高原. 死生同歸, 誓不相棄, 庶幾有靈, 知我哀懇.

> 매우 가까워, 오가며 이틀을 묵으며 다시 만나게 되어 내 마음 얼마나 기뻤던지. 오히려 가볍게 이별하면서 일정을 바라보고 빨리 돌아오길 힘썼으나 이와 같이 될 줄 누가 알았으리? 너를 보러 가고 싶지만 갈 길을 찾을 수 없고 삭풍에 대고 통곡할 뿐이니 마음속에 슬픔이 퍼져 칼로 찢는 듯하구나.[276]

유종원은 조카가 죽기 전에 서로 편지를 왕래하며 사이좋게 지내던 일을 회상하고 있는데 지난날의 행복했던 추억은 현재 조카가 죽고 없는 참담한 현실을 더욱 부각시키며 비애를 자아내고 있다.[277] 더군다나 폄적지에서 떠날 수 없는 얽매인 몸인지라 장례에 참석할 수 없는 현실은 유종원의 마음에 더 큰 상처가 된다. 비통함에 마음이 찢어지는 것 같다고 울부짖는 유종원의 모습은 참담하기까지 하다.

가족이나 친지 외에도 친구나 지인의 죽음을 맞아 그들을 애도하는 祭文을 쓰기도 했는데 친구의 죽음을 애도하고 있는 「祭李中明文」을 보자.

> 그대 돈후하고 인애하고 효성스러우니 매우 충실하였다. 오로지 禮를 훼손하고 없애며 망가뜨릴까 삼갔을 뿐 다른 것은 돌아보지 않았다. 그대 단정함을 견지하며 한결같음을 지켰고 믿음직스럽고 청렴결백하였다. 세월이 지나고 나이가 들면서 행동은 점점 성취되어 갔다. 겉으로는 안색을 온화하게 하고 안으로는 올곧은 밧줄처럼 곧았다. 유언비어가 들려오고 더해져도 놀라지 않고 대수롭지 않게 여겼다. 세상 사람들의 입에 거론되고 많은 비방을 받아도 스스로를 돌아보며 넓혔다. 한가로이 道를 추구하며 [고인이 내리신] 큰 유업을 계승할 뿐이었고 원망을 감추고 억울함을 푸니 同類보다 뛰어났다. 어찌하여 어리둥절해하며 믿지 못하다가 결국 화가 거듭되었다. 충성스럽고 신의를 지킨 것이 귀신에게 증오를 살 바란 말인가?[278]

---

276) 『柳宗元全集』, 卷41 「祭崔氏外甥女文」: 前歲詔追, 延授遠牧. 武陵便道, 往來信宿. 玆再見, 媛我心曲. 猶且輕別, 瞻程務速. 孰知自此, 遂間幽. 臨視無路, 朔風慟哭. 怛焉自中, 如刃之触.

277) 袁本秀, 앞의 논문, pp.335－336 참조: 袁本秀는 柳宗元의 비극적 운명은 그가 남방으로 폄적되기 전에 이미 잇단 가족의 죽음과 불행으로 인한 몰락에서 시작되었음을 언급하였다.

이 글은 亡友 李中明의 죽음을 애도하며 쓴 祭文이다. 李中明은 성품이 仁愛롭고 孝順하였으며 信義가 있었고 청렴결백한 선비였다. 柳宗元이 묘사하고 있는 李中明은 성격이 온순하고 선량한 데 비해 심지가 곧고 강건한 품성의 소유자이다. 세속의 비방에 휘둘리지 않은 채 道義만을 추구하며 충성과 신의를 다한 이중명의 죽음은 柳宗元에게 있어 큰 충격이었다. 이중명의 인품의 고상함을 길게 설명한 것을 볼 때 이중명의 죽음은 신체적 죽음을 넘어서서 이중명의 이상의 사멸이므로[279] 유종원에게 그의 죽음은 비극 그 자체인 것이다. 다시 말하자면, 훌륭한 인격에 탁월한 재능을 가진 이중명의 죽음은 현실 삶 속에서 그의 이상이 더 이상 실현될 수 없고 특별한 그의 '가치'가 소멸되고 좌절됨을 의미하기에 유종원이 가지는 비애는 깊이가 더해지는 것이다.

이상의 분석에서 알 수 있듯이 유종원 산문 중 비극성을 노정하고 있는 작품은 모두 개인의 고난과 불행 그리고 죽음에 그 근거를 두고 있음을 알 수 있다. 이 두 가지의 요인이 작품의 비극성에 미친 영향의 경중을 분명히 논할 수는 없지만 작품의 내적 성향으로 볼 때 유종원의 비극은 현실과 이상 간의 갈등에서 발생하고 있음을 알 수 있다. 죽음에 있어 애도의 정서도 물론 그 계기는 죽음이지만 그 죽음 역시 자신이 처한 고난으로 인해 더욱 비

---

278) 『柳宗元全集』, 卷40 「祭李中明文」: 敦仁以孝, 實蒸蒸兮. 唯毁死虧禮, 其他莫懲兮, 秉端守一, 信厥明兮. 月逾歲長, 行若登兮. 外溫其顔, 內類直繩兮. 讒言來加, 不遽陵兮. 擧世群非, 自視弘兮. 庶優游于道, 大賚是承兮. 掩冤舒抑, 與類升兮. 胡茫茫其不信, 卒以禍仍兮. 豈韜忠韜信, 鬼所憎兮.

279) 까간, 앞의 책, p.196 참조: 죽음, 그 자체는 인간이 그에 투쟁하려고 하나 어쩔 수 없이 굴복해야만 하는, 하나의 기본적인 자연력이다. 죽음에서 특히 비극적인 것의 미적 본성이 명확해진다. 죽음이 비극적 성격을 갖는 것은 삶이 인간의 이상의 중심점에 놓일 때만 죽음이 비극적일 수 있다.

감한 것으로 받아들여지고 있다. 따라서 유종원 비극의 모든 근원은 이상의 좌절이라고 결론지을 수 있다.

2) 비애와 연민의 정한

아리스토텔레스는 비극의 효과를 공포와 연민의 감정을 불러일으켜 정화하는 것이라고 했다.[280] 이는 비극이 아름답고 훌륭한 것의 파멸을 보여 줌으로써 분노와 비애를 환기시키고 감정을 격동시켜 비극을 야기한 불행과 파멸에 정서적으로 대응하는 것을 의미한다.

현실의 모순 속에서 인생의 가치 있는 것이 패배하고 그로 인해 좌절하거나 몰락한 주인공이 제시되는 비극 작품의 미적 효과는 극도의 슬픔과 비애이며 이러한 정서를 통하여 단순한 비애의 감정을 정화시키고 고양시켜 나가는 것이다. 이것은 인격의 품격을 드높이고 의지를 격려하며 고무하는 도덕적 교육기능을 수행한다.

위대하고 의로운 인물이 시대를 잘못 만나 시련을 당하는 장면은 통렬한 분노와 참담한 비애를 동시에 불러일으킨다.

忠臣 樂毅가 난세를 맞아 곤경을 겪고 파멸해 가는 것을 안타까워하며 樂毅를 애도하고 있는 「弔樂毅文」을 보자.

> 아! 선생이시어! 불행하심이 나와 비슷하셨다! 왜 그리하였는지요? 燕나라 昭王이 이승에 머무를 수는 없으니 그의 道도 변하지 않을 수 없었다. 죽기는 두렵고 도주하기는 싫어 정신을 잃고 방황하였다. 燕나라 땅은 다시 齊나

280) 蔡儀 主編, 앞의 책, pp.192－194 참조.

> 라에 복속되었고 동해는 넓어졌다. 선생은 정직하였을 뿐 뒷날을 염두에 두어 방비하지 않으셨다. 슬프도다! 어찌 원활함을 버리고 굽은 것을 따라 마침내 빠지고 막히고 유망하게 되었는가? 선생의 훌륭한 공로는 결실을 이루지 못했고 비열하고 우매한 무리는 두루 빛나게 되었다. 선생은 무엇 때문에 해낼 수 없었는지요? 바쁘게 뛰어다니는 것을 싫어해서는 아니었는지요? 인자한 선생은 趙王을 거짓 없는 마음으로 정성을 다해 모셨고 진실로 고국에 대한 그리움을 참지 못했다.[281]

윗글에 묘사되고 있는 樂毅는 戰國時期 燕나라 昭王의 장수였다. 樂毅는 昭王의 聖旨를 받들어 다섯 나라의 연합군을 거느리고 齊나라를 쳐서 七十餘 城을 빼앗았으나 昭王이 죽은 후 뒤를 이은 惠王이 자신을 중용치 않자 趙나라로 가서 등용되었다. 柳宗元은 樂毅가 시대를 잘못 만나 자신의 이상을 제대로 펼칠 수 없게 되었을 뿐만 아니라 세속의 불합리함을 따르지 않고 자신의 의지를 견지하다가 소인배들에게 축출되는 비극적 상황을 안타까워하고 있다. 자신의 미래를 미리 안배하지 않고 오로지 군주만을 추종하다가 망명자의 신분으로 전락하게 되는 樂毅의 비극을 柳宗元은 안타까움과 동정의 시선으로 보고 있다.[282]

柳宗元 散文에서 체현되고 있는 비극성은 고난에 찬 자신의 비극적 운명과 가족친지의 죽음에 대한 비애감으로도 표현된다.[283]

---

281) 『柳宗元全集』, 卷19 「弔樂毅文」: 嗚呼夫子兮, 不幸類之. 尙何爲哉? 昭不可留兮, 道不可常. 畏死疾走兮, 狂顧傍徨. 燕復爲齊兮, 東海洋洋. 嗟夫子之專直兮, 不慮后而爲防. 胡去規而就矩兮, 卒陷滯以流亡. 惜功美之不就兮, 俾愚昧之周章. 豈夫子之不能兮, 无亦惡是之遑遑. 仁夫對趙之悃款兮, 誠不忍其故邦.

282) 喬長路, 「柳宗元的儒家風範」, p.352 참조: 喬長路은 유종원이 국가와 민족을 위해 세속의 권위자들에게 대항한 樂毅의 氣槪를 찬양하기 위해 「弔樂毅文」를 썼고 또한 樂毅의 "有功而不見知, 而以讒廢" 한 처지를 원통해하였다고 언급하였다.

283) 袁本秀, 앞의 논문, pp.335 – 336: 유종원 가족친지의 죽음을 살펴보면 다음과 같다. 貞元 9년(793) 유종원이 登第하여 進士가 된 해에 부친 柳鎭 사망→貞元 12년(796) 숙부 사망→貞元 15년(799) 첫 번째 아내 사망→貞元 16년(800) 둘째 여동생 사망→정원 18년(802) 첫째 여동생 사망→貞元 19년(803) 장인 楊憑 사망→元和元年

柳宗元이 先親인 柳鎭의 행적을 기리고 그의 죽음을 애도하는 「先侍御史府君神道表」를 살펴보자.

> 하늘이 거듭 가혹한 징벌로 꾸짖으시니 내 이름은 刑部의 명단에 올랐고 선친의 무덤을 열어 내 손으로 편안히 안장하는 일을 할 수 없으니 죄악은 더욱 커져 세상 사람들이 용납지 않을 바이다. 후사를 이을 수 있기를 바라며 감히 죽지도 못한 채 숨을 지탱하고 이어 가면서 나라의 형벌을 엄수하고 있도다. 제사를 맡을 주인이 없어서 선친의 대덕을 더럽힐까 크게 두려워하여 감히 한 마리 소를 올려 신령에게 밝혀 고하고 만리 밖에서 호소하고 울부짖으며 이로써 말을 마치노라.[284]

윗글에서는 영정혁신의 실패로 죄인이 된 자신의 가혹한 운명을 비통한 심정으로 읊조리고 있다. 자신의 先親의 묘를 이장하는 일에 참여할 수 없는 데서 유종원은 더 큰 울분과 상처를 받았기 때문에 더욱 애통해한다. 죽고 싶은 심정이지만 종손으로서 후사를 이어야 한다는 책임감 때문에 형벌을 달게 받고 있는 비참한 처지와 심정도 토로하고 있다. 끝으로 先親을 애도하며 통곡하니 이는 자신에게 닥친 불행한 운명을 위한 弔辭라 해도 될 정도이다.

위와 같은 비애감은 자신의 어머니의 죽음을 추모하고 있는 「先太夫人河東縣太君歸祔志」에서 더욱 강렬하게 나타난다.

---

(806) 모친 사망 → 元和 5년(810) 10세 된 딸 사망 → 元和 6년(811) 사촌형 사망 → 元和 10년(815) 사촌동생 柳宗直 사망 → 元和 12년(817) 외조카딸 사망의 순서로 17명이 사망하였고 그중에서 永州에서 모친이 사망했을 때 가장 큰 충격을 받았다.

284) 『柳宗元全集』, 卷12 「先侍御史府君神道表」: 天殛薦酷, 名在刑書. 不得手開玄堂以奉安祔, 罪惡益大, 世無所容. 尙顧嗣續, 不敢卽死. 支綴氣息, 以嚴邦刑. 大懼祭祀之無主, 以忝盛德. 敢用特牲昭告神道, 號叫萬里, 以畢其辭云.

아, 하늘이여! 태부인[어머니]께 아들이 있으나, 훌륭하지 못하여 큰 죄에 빠져, 거친 땅으로 옮겨져 버렸다. 의사를 청하고 무당을 부르며 약을 달이고 반찬을 올리지 못해 하늘의 화를 빨리 당하셨으니 이는 하늘이 내리신 가혹함이 아니라 불행하게도 못난 아들을 두어 여기에 이른 것이다. 지금 영구를 메고 가서 매장할 수 없으니 천지가 끝나더라도 이 원한은 끝나지 않을 것이다. 영구를 끄는 수레가 이미 움직였으나 불초한 자식의 글로 선덕을 헤아려 서술하고 그 괴로움을 기록한다.[285]

柳宗元의 어머니 盧氏는 柳宗元이 폄적된 元和元年(806)년에 사망하였다. 장안에서 영주까지의 험난한 노정은 아들을 따라나선 老軀를 지치게 만들었고 결국 풍토병에 걸려 사망하게 된다. 柳宗元은 어머니의 죽음을 하늘이 내리는 가혹한 징벌로 여기며 자신의 불행한 운명에 다시 절망하고 있다. 특히 폄적지의 죄인으로서 마음대로 폄적지를 벗어날 수 없었는지라 어머니의 영구를 선영에 모실 수 없었기에 하늘에 대한 원망과 비통함은 극에 이른다. 자기 때문에 어머니가 돌아가셨다고 여긴 柳宗元의 상처와 슬픔, 그리고 원망과 절망은 어머니의 영구를 永州에서 떠나보내며 하늘의 가혹함에 통곡하는 데서 절정을 이룬다.

柳宗元 散文에 나타나는 이러한 비애는 柳宗元 개인의 비극적 운명에 기인하기도 하지만 집안의 비극적 운명에 의해서 조성되기도 하였다. 柳宗元은 어려서 부친을 여의어 집안을 대표하였기 때문에 가족친지에 대해서 각별한 애정과 관심을 기울였다. 가족과 친지의 죽음을 맞아 쓴 碑文과 祭文 대부분 자신과 집안의 숙명

285) 『柳宗元全集』, 卷13 「先太夫人河東縣太君歸祔志」: 嗚呼天乎! 太夫人有子不令而陷于大僇, 徙播癘土, 醫巫藥膳之不具, 以速天禍, 非天降之酷, 將不幸而有惡子以及是也. 又今無適主以葬, 天地有窮, 此冤無窮. 旣擧葬紖, 猶以不肖之辭, 擬述先德, 且志其酷焉.

적 비극과 그로 인한 슬픔과 안타까움과 비애의 심정을 토로한 것이다. 집안의 가장 어른이라 할 수 있던 숙부를 잃고 쓴 碑文에서도 숙부에 대한 애절한 정을 토로하면서 자신의 비통한 심정을 표현하고 있는데[286] 柳宗元에게 있어 아버지를 대신한 숙부의 죽음은 말로 표현할 수 없이 애통한 것이었음을 알 수 있다.

유종원은 자신과 함께 곤란함을 겪었거나 폄적생활에서 자신에게 크게 위안을 주었고 자신을 잘 헤아려 주었던 사람들의 죽음을 맞이하여 극도로 상심하였다.

柳宗元이 永貞革新運動의 실패로 폄적당했을 때 革新黨을 옹호해 주며 구명을 위해 힘써 주었던 穆質을 애도하며 쓴 「祭穆質給事文」을 살펴보자.

> 간신들이 쫓겨난 후 그 자리로 나아가셨으니 중신 중에서 올바르시어 정직한 명성을 얻으셨다. 우리들은 공의 유훈을 따르고 받들었다. 공이 郎職에 임명되었을 때 나는 다시 폄적되었는데 당시 공은 형법을 관장하시어 곡직을 분명히 하시며 글을 올려 윗사람을 범하셨으나 마음은 있으되 힘이 없으셨다. 단지 韓泰, 劉禹錫 등만이 함께 분노하고 가슴을 적셨으나 도가 행해지지 않아 매우 마음 아파했다. (……) 공은 다시 친구에 연루되어 스스로 재난을 당하셨으니 너무 격동하여 비 오듯 눈물을 흘린다. 아아! 슬프도다![287]

유종원이 애도하고 있는 穆質은 軍紀를 담당하는 給事黃門을

---

286) 『柳宗元全集』, 卷12 「故殿中侍御史柳公墓表」: 小子常以無兄弟, 移其睦于朋友; 少孤, 移其孝於叔父. 天將窮我而奪其志, 故罔極之痛仍集焉(나는 항상 형제가 없었기에 나의 화목 우애한 마음을 친구들에게 보냈습니다. 어렸을 때 부친을 잃었기에 나의 효순은 숙부에게로 옮겨 갔습니다. 하늘이시여! 장차 나로 하여금 감당 못 하게 하시며 나의 의지를 앗아 가시니 나는 숙부를 잃고 끝없이 비통해하고 있습니다.).

287) 『柳宗元全集』, 卷40 「祭穆質給事文」: 邪臣旣黜, 乃進其級. 端於庶僚, 直聲允集. 虔虔小子, 夙奉遺則. 公在郎位, 再罹擯抑. 時忝憲司, 竊分枉直. 抗詞犯長, 有志無力. 惟韓洎劉, 同憤霑臆. 道之不行, 銜愧罔極. (……) 會逢友累, 曾莫自安. 感於褚中, 有涕紈瀾. 嗚呼哀哉!

역임하다 병으로 사망하였다. 穆質은 청렴결백하고 공명정대한 성품으로 官界에서 명망이 높은 官僚였는데 유종원은 官界에 있었을 때 革新黨의 同志들과 함께 모두 그를 특별히 존경하고 따랐다. 이후 革新運動으로 폄적당하게 되었을 때 穆質은 革新黨을 위해서 변호를 아끼지 않았고 그들의 구명을 위해 동분서주하였으나 오히려 죄에 연루되어 고초를 겪기도 했다. 그가 사망한 후 유종원은 穆質을 제사 지내기 위해 쓴 祭文에서 평범한 弔辭를 나열하기보다는 死者가 살아 있었을 때 자신과 맺은 특별한 인연을 敍事하는 속에 더욱 강렬한 哀悼의 情을 토로해 내고 있다.

유종원은 생전에 알고 지내던 상관이나 친구 및 친구의 가족을 위해서도 제문을 써 주며 그들의 죽음을 안타까워하고 애도하였다.

유종원은 貞元 14년(798) 博學宏辭科에 우수한 성적으로 합격한 후 集賢殿書院正字가 되어 관료생활을 시작하였고 비슷한 시기에 官界에 진출한 劉禹錫, 呂溫, 崔群 등과 교제하기 시작하였다. 貞元 19년(803)에 觀察御史里行이 되어 조정의 상층인물과 교제할 수 있는 계기를 마련하였고 이때부터 서서히 조정의 부패에 대해서 인식하게 됨에 따라 정치개혁에 대한 희망을 품게 된다. 드디어 貞元 21년(元和元年: 805)에 德宗이 사망하고 順宗이 즉위하자 王叔文을 중심으로 政治改革運動이 진행되고 革新派의 주요 구성원이었던 柳宗元은 승진을 거듭하며 革新運動에 박차를 가하게 된다. 그러나 이해 8월에 조정 내 保守派에 의해 順宗이 退位되자 革新運動은 실패하고 革新派의 인물들은 뿔뿔이 흩어져 각지로 폄적당하게 된다.[288]

---

288) 劉光裕・楊慧文 著, 『柳宗元新傳』, 上海人民出版社, pp.306－307 참조.

함께 혁신운동에 참여했던 친구 중에서 아주 친하게 지냈던 呂溫의 죽음을 애도하는 「祭呂衡州溫文」을 살펴보자.

> 세상이 넓디넓어도 知音은 몇 명이나 되겠나? 친구들이 죽으면서부터 지향이 거의 끊어졌네. 오로지 化光 그대만이 그 큰 지략을 펼쳐 세상을 진동시키고 크게 발양하여 당시에 행적을 빛내어 이들 뭇사람에게 우리들이 세운 뜻을 알게 하기를 바랐는데, 이제 이러한 모든 것은 지나간 옛일이 되었네. 비록 내가 살아 있다 한들 志向은 죽었네! 강물을 내려다보며 대성통곡하나니 만사가 끝났다네![289]

윗글은 유종원의 절친한 친구이자 혁신의 동지였던 呂溫의 죽음을 애도하기 위해 유종원이 직접 쓴 제문이다. 呂溫이 元和 6년(811)에 사망하자 평소 그를 정신적 동지로 여겼던 만큼 유종원의 충격과 슬픔은 대단하였다. 유종원은 여온의 사망소식을 듣고 하늘에 대고 깊은 원망을 토로한다. 이어서 자신과 여온의 인연을 서술한 후 그의 죽음에서 느낀 비통함과 자신의 절망감을 토로하고 있다. 유종원은 그의 죽음을 크게는 백성들에 대한 손실이고 작게는 자신에 대한 손실이라고 보았다. 따라서 친구의 죽음을 애도하는 어떤 글보다도 유종원의 비통함은 사무쳤고 애도의 정은 깊었던 것이다. 유종원에게 있어서 呂溫의 죽음은 바로 자신의 삶의 존재 이유 가운데서 하나가 사멸된 것을 의미한다. 부모가 생명을 줌으로써 그의 존재가 가능하였다면, 자신을 알아주는 知己는 또한 그 이유로 존재에 의미를 부여했다 할 수 있을 것이다. 이렇듯 그의 삶에 주요한 일부분으로 위치하였던 呂溫의 죽음은 바로 유

289) 『柳宗元全集』, 卷40 「祭呂衡州溫文」: 海內甚廣, 知音幾人! 自友朋凋喪, 志業殆絕, 唯望化光, 伸其宏略, 震耀昌大, 光行於時, 使斯人徒, 知我所立. 今夏往矣, 雖其存者, 志亦死矣. 臨江大哭, 萬事已矣.

종원 자신의 일부분의 죽음에 다름 아니다.

북방지역은 심한 추위 속에 있어도 사람들은 평온하고 조화롭습니다. 楚지역의 남쪽은 바다에 닿아 있어 북방의 신[겨울의 신]이 통제할 수 없는 곳입니다. 날씨가 무덥고 답답하여 질병이 만연하므로 제 기력은 날로 안 좋아집니다. 정신이 어지러워 인간의 일백 가지 중에 한 가지도 기억나지 않습니다. 근심과 슬픔을 떨쳐 버린다면 푹 퍼져서 잠을 잘 수 있을 것 같습니다.[290]

윗글은 영주로 폄적되어 와서 몇 년 지나지 않은 시점에서 쓴 편지이다. 유종원은 폄적 이후 줄곧 자신에게 호의와 동정을 보여준 裴壎에게 감사의 인사를 보낸 후에 폄적 이후에도 멈추지 않는 자신에 대한 비방을 언급하면서 자신을 엄습하고 있는 불행과 고통을 호소하고 있다. 특히 영주의 열악한 환경상태를 묘사하고 악화되어 가고 있는 자신의 병세를 설명하면서 자신에게 닥친 불행과 비극을 하소연하고 있다.

태평성세의 백성은 모두 기쁨과 즐거움을 얻습니다. 저 같은 士人은 자못 고금의 治理의 도리를 잘 알면서도 유독 이와 같이 상심하고 슬퍼하고 있습니다. 진실로 세상을 다스리고 일을 집무하기에 부족하다 해도 어리석은 일반 백성들과 비교하여도 [기쁨과 즐거움을] 얻을 수 없으니 남몰래 스스로 슬퍼하고 있습니다![291]

李建에게 보낸 이 편지에서는 모든 사람이 태평성세의 혜택을 누리는데 유독 자신만 소외된 데 대해서 원망의 마음을 드러내고 있다. 憲宗 즉위 후 藩鎭에 대한 억제책이 실효를 거둠으로써 변

290) 『柳宗元全集』, 卷30 「與裴壎書」: 北當大寒, 人愈平和, 惟楚南極海, 玄冥所不統, 炎昏多疾, 氣力益劣, 昧昧然人事百不記一, 捨憂慄, 則怠而睡耳.

291) 『柳宗元全集』, 卷30 「與李翰林建書」: 明時百姓, 皆獲歡樂; 僕士人, 頗識古今理道, 獨愴愴如此. 誠不足爲理世下執事, 至比愚夫愚婦又不可得, 竊自悼也.

방이 안정되고 조정에 현명한 관리가 기용되는 일시적인 小康상황이 도래하였으므로[292] 유종원은 내심 자신이 사면될 것에 기대를 하고 있었다. 이러한 상황하에서 유종원은 자신이 처한 열악한 환경과 그 속에서 겪는 심리적 공황을 여실히 드러내어[293] 李建의 동정을 끌어내고자 하였던 것이다.

이상에서 유종원 산문에 나타난 비극성을 분석해 보았다.

첫째, 유종원 개인의 고난이나 다른 偉人의 고난을 주제로 다룬 작품에 나타난 비극성은 그것이 어떤 형태이든 심한 좌절감과 분노에 그 연원을 두고 있다. 개인의 비극은 다음 두 가지의 형태로 나타난다. 개인의 내적 갈등에 기인된 것이 그 하나이고 개인과 현실적 모순 간의 갈등이 또 다른 하나이다. 전자의 경우 그것은 다소 개인의 기질적 문제와 관련된 것으로 외부의 환경에 대한 개인의 반응 혹은 적응도 등으로 표출된다. 이러한 경우 그 갈등의 범위는 비교적 한 개인으로 축소되며 그 해소책 또한 개인의 노력과 능력 고양에 의해 이루어진다. 반면 후자의 경우 이는 개인의 대사회적 자아실현과의 연계하에 야기되는 문제이다. 개인은 많은 시행착오를 거치면서 사회화의 단계로 진입한다. 이 과정에서 정체성이 확립된다. 그런 연후, 현실 속에서의 자기실현의 욕구를 가지게 되는 것이다. 이때 어떤 이유에서든 이러한 갈망이 거부당하거나 억제되어야 할 때 개인은 심각한 갈등에 직면하게 된다.

유종원의 비극성은 바로 여기에 근원하고 있는 것이다. 자기 정

292) 누노메조후 외, 『중국의 역사』, 혜안, pp.280－290 참조.

293) 高海夫, 앞의 논문, p.49 참조: 高海夫는 유종원의 「與李翰林建書」는 장기간의 悲劇生涯로 인해 유종원이 비극에 대해 극히 민감해 있었음을 보여 주는 작품이며 유종원 산문에 나타난 비극미의 배경을 살펴볼 수 있다고 언급하였다.

체성의 근원이라고 할 수 있는 理想, 개혁의지, 미래에 대한 전망이 모든 것이 거부당할 때 유종원이 가져야 했던 절망감, 분노는 감내하기 힘든 것일 수밖에 없다. 여기에서 그가 이러한 감정을 그대로 토로해 내기만 했다면 그의 작품은 더 이상 주목의 대상이 되지 못했을 것이다. 그러나 유종원은 여기에 머무르지 않고 한 걸음 더 나아가 뼈를 깎는 인고의 시간을 거치면서 그의 고통을 비극으로 정련시켜 내었다. 이것이 바로 그의 작품이 가지는 진가이자 의의라 할 수 있을 것이다.

둘째, 가족이나 친지 동료의 죽음 앞에 그는 매우 서정적이고 감성적인 측면을 보여 준다. 태어나고 죽음은 인간의 능력 바깥의 문제이다. 따라서 이러한 상황에서 그는 오히려 편안할 수 있었고 그래서 발흥되는 슬픔과 비애에 완전히 자신을 방기하여 몰입시킬 수 있었던 것이다. 즉 대사회적 갈등에서 야기된 문제라면 이에는 어쩔 수 없는 자책의 감정이 뒤따른다. 그러나 모든 것을 무기력하게 만들어 버리는 죽음 앞에서는 어떠한 감정이나 말도 그 의미를 상실할 수밖에 없다. 그리하여 그는 마음껏 자신의 슬픔, 울분, 비애를 정제의 과정 없이 쏟아 내게 된다. 따라서 이 분류에 속하는 작품들은 대체로 그다지 큰 성취를 거두고 있지는 못하다고 할 수 있다.

3. 숭고와 장엄의 미적 전화

서양 미학사에서 崇高는 미적 현상의 하나로 어떤 대상과 어떤 현상 혹은 어떤 행위 속에 인간의 이상이 비상한 힘과 비범한 위력을 가지고 드러나는 현상을 말한다. 이처럼 긍정적 가치를 보이고 그 해당 대상이 우리의 이상에 부합할 때 우리는 또한 아름다움을 느낄 수 있다.[294)]

중국의 경우 미에 대한 이론으로 이와 유사한 개념을 찾아볼 수 있다. '陰陽', '剛柔'에 관한 소박한 정리와 문학풍격을 결합시킨 것 중에서 '陽剛之美', '陰柔之美' 같은 개념이 바로 그것이다. 姚鼐는 "天地의 道는 陰陽剛柔뿐이다. 文이라는 것은 天地의 精英이요, 陰陽剛柔의 발현이다."[295)]라고 하였다. 그는 자연현상을 비유로 '陽剛之美'와 '陰柔之美'를 설명했으며 이 모든 것은 문장의 미로 전화될 수 있다고 생각했던 것이다. 姚鼐의 이러한 말은 모두 일종의 '美'에 대한 이론으로 정리될 수 있으며 여기에서 숭고하고 고결한 것에서 비롯되는 아름다움은 優美와 곧잘 비교된다. 崇高美와 優美는 '陽剛之美'와 '陰柔之美'에 비유할 수 있으며 중국 고대 詞 풍격에 존재하는 '豪放', '婉弱'과도 유사성을 갖는다.[296)]

이로 보아 중국의 경우 작품에 있어서 숭고하고 고결함의 감흥을 상기시키는 아름다움에 대해서 체계적으로 이론이 정립되었다고 볼 수는 없다. 다만 나름대로 중국적인 숭고성의 형태를 찾아볼 수는 있다.[297)] 張法은 중국적 숭고의 형태로 인물의 숭고성과 산수의 숭고함, 그리고 여러 조형물들의 숭고성을 들고 있다. 다시

---

294) 夏之放 外, 『美學基本原理』, 上海人民出版社, pp.149－150 참조.

295) 姚鼐, 「卷文·復魯擷非書」, 『惜抱軒文集』.

296) 蔡儀 主編, 강경호 譯, 『문예미학』, 동문선, p.187 참조.

297) 張法 著, 유중하 外 옮김, 『동양과 서양, 그리고 미학』, 푸른숲, p.222 참조: 著者는 중국의 우주관에서는 인간과 자연의 대립이 배제될 뿐 아니라 神에 대한 原罪意識도 없었기 때문에 중국에는 거대한 정신적 압력으로 인한 체계적인 崇高論이 나오지 않았고 중국문화규범하에서 다른 형식으로 드러난다고 밝혔다.

말하자면, 인물에게 나타나는 '위대함[大者]', 산수유람에서 나타나는 '즐거움[樂]', 건축물(특히 樓臺)의 높음에서 숭고의 특징을 찾을 수 있다고 보았다.[298)]

이러한 논의를 바탕으로 하여 살펴보면, 柳宗元 散文에서는 숭고하고 고결한 아름다움을 구비하고 있는 것으로 崇高美는 卷5~11의 墓碑文에서 그 전형을 찾아볼 수 있다. 이상적인 인격추구와 위대한 人物에 대한 찬양과 경외심은 이러한 아름다움이 체현되고 있음을 뚜렷이 보여 준다. 또 인공으로 지은 樓臺나 亭子의 아름다움을 찬미하며 쓴 卷27의 6편의 記, 중흥 선양에 대한 열광과 이상추구의 열망의 내용으로 가득 찬 卷37에서 卷39까지의 表도 숭고함을 담고 있다. 이들 작품 중에서 특별히 웅위하고 아름다운 사람이나 사물에 대한 찬미와 열광의 정서가 충만되어 있는 '碑文'과 '記文'은 張法이 말한 중국적 숭고성을 반영하고 있다. 따라서 이를 중심으로 유종원 산문에서 숭고하고 고결한 것이 성취하고 있는 아름다움을 분석한다.

유종원 산문에서 이에 해당하는 작품을 대상과 심미효과를 중심으로 도표화하면 다음과 같다.

[표 14] 유종원 산문의 숭고미 분류

① 위대하고 선한 人物의 숭고

作品名(卷5)	對象의 性質	審美效果
「箕子碑」	箕子의 위대함(功德)	경외, 찬탄
「道州文宣王廟碑」	孔子의 훌륭함(美德)	찬탄
「柳州文宣王新修廟碑」	〃	존경
「饒娥碑」	饒娥의 선함(孝順)	감탄

298) 張法, 앞의 책, pp.222-244 참조.

作品名(卷5)	對象의 性質	審美效果
「唐故特進贈開府儀同三司揚州大都督南府君睢陽廟碑 - 並序」	南霽雲의 위대함(功德 / 용기 / 희생)	경외, 찬탄
작품명		
이하 卷6 釋敎碑		
「曹溪第六祖賜諡大鑑禪師碑」	大鑑禪師의 훌륭함(傳道)	감탄
「南岳彌陀和尙碑」	彌陀 스님의 훌륭함(德行)	〃
「岳州聖安寺無姓和尙碑」	無姓 스님의 훌륭함(傳道)	찬탄
「碑陰記」	〃	〃
「龍安海禪師碑」	龍安海禪師의 훌륭함(傳道)	감탄
이하 卷7 釋敎墓銘		
「南岳雲峰寺和尙碑」	雲峰禪師의 훌륭함(高德)	경이, 찬탄
「南岳雲峰和尙碑塔銘」	〃	감탄
「南獄般舟和尙第二碑」	般舟大師의 훌륭함(高德 / 傳道)	경이, 찬탄
「南岳大明寺律和尙碑」	律大師의 훌륭함(德行)	감탄
「碑陰」	〃	×
「衡山中院大律師塔銘」	大律師 희조 스님의 훌륭함(德行)	감탄
이하 卷8 行狀		
「段太尉逸事狀」	段秀實의 훌륭함과 위대함(正直, 仁義, 勇氣, 淸廉)	경외, 찬탄, 격동
「故銀靑光祿大夫右散騎常侍輕車都尉宜城縣開國伯柳公行狀」	柳渾의 훌륭함(功績, 忠貞)	찬탄
「謚議」	〃	감탄
「唐故秘書少監陳公行狀」	陳京의 훌륭함(功績, 忠直)	찬탄
이하 卷9 表銘碣誄		
「唐相國房公德銘之陰」	房琯의 훌륭함(功德, 正直, 忠貞)	찬탄, 격동
「唐丞相太尉房公德銘」	房琯의 훌륭함(美德)	찬탄
「國子司業陽城遺愛碣」	陽城의 훌륭함(正直, 忠貞)	경외, 찬탄
「唐故給事中皇太子侍讀陸文通先生墓表」	陸質의 훌륭함 (傳儒道의 功績)	경외, 찬탄
「唐故兵部郎中楊君墓碣」	楊凝의 훌륭함(功德, 淸廉, 仁義)	찬탄
「故御史周君碣」	周子諒의 훌륭함(剛直, 使命感)	감탄
「唐故衡州刺史東平呂君誄」	친구 呂溫의 훌륭함과 탁월함(功德, 德行, 才能)	찬탄, 경외, 격동
「唐故尙書戶部郎中魏府君墓志」	魏弘簡의 훌륭함(剛直, 正直)	감탄
「唐故朝散大夫永州刺史崔公墓志」	崔敏의 훌륭함(功德, 仁義)	찬탄, 격동
「故永州刺史流配歡州崔君權厝志」	崔簡의 훌륭함(功績, 才能)	감탄
「唐故萬年令裴府君墓碣」	裴瑾의 훌륭함(功德, 剛直, 使命感, 品性)	경이, 찬탄

作品名(卷5)	對象의 性質	審美效果
이하 卷10 誌		
「唐故中散大夫檢校國子祭酒兼……張公墓誌銘 – 並序」	張舟의 훌륭함(功德, 仁愛)	경외, 찬탄
「唐故邕管經略招討等使朝散大夫……李公墓誌銘 – 並序」	李位의 훌륭함(功德, 仁愛)	찬탄
「唐故邕管招討副使試大理司直兼貴州刺史鄧君墓誌銘 – 並序」	鄧君의 훌륭함(功德, 仁愛)	경외, 찬탄
「呂侍御恭墓誌」	呂恭(呂溫의 동생)의 훌륭함(剛直, 仁義)	찬탄, 격동
「唐故嶺南經略副使御史馬君墓誌」	馬君(사촌동생의 장인)의 훌륭함(功德, 淸廉, 仁義)	찬탄
「唐故安州刺史兼侍御史貶柳州司馬孟公墓誌銘」	馬常謙의 훌륭함 (功德, 淸廉, 仁義)	찬탄, 격동
「故連州員外司馬凌君權厝誌」	친구 凌準의 훌륭함 (才能, 使命感, 仁義)	찬탄, 격동
「故連州員外司馬凌君墓後誌」	〃	×
「故嶺南鹽鐵院李侍御墓誌」	李澣의 훌륭함(功績)	감탄
이하 卷11 誌碣誄		
「故試大理評事裴君墓誌」	裴瑾의 훌륭함(功德)	찬탄
「故大理評事柳君墓志」	柳君(幕府를 지낸 친구)의 훌륭함(功績)	찬탄
「故秘書郎姜君墓誌」	姜崿의 훌륭함(勤勉, 才能)	감탄
「故襄陽丞趙君墓誌」	趙矜의 훌륭함(功績)	감탄
「故溫縣主簿韓君墓誌」	韓愼의 훌륭함(功德, 仁義)	찬탄
「東明張先生墓誌」	張因의 훌륭함(功德, 忠貞, 淸廉)	찬탄
「虞鳴鶴誄」	虞九皐의 훌륭함(孝順, 恭遜)	찬탄
「故處士裴君墓誌」	處士 裴君의 훌륭함(功績)	감탄
「覃季子墓銘」	覃季子의 훌륭함(剛直)	감탄
「續榮澤尉崔君墓志」	×	×

② 높은 건축물의 숭고

作品名(卷27)	對象의 性質	審美效果
「潭州楊中丞作東池戴氏堂記」	潭州 戴氏堂의 아름다움(광활)	감탄, 쾌감
「桂州裵中丞作訾家洲亭記」	桂州 訾家洲亭의 아름다움(위풍)	감탄, 쾌감
「邕州柳中丞作馬退山茅亭記」	邕州 馬退山茅亭의 아름다움(위풍)	감탄, 쾌감
「永州韋使君新堂記」	永州 韋使君 新堂의 아름다움(광활)	감탄, 쾌감
「永州崔中丞萬石亭記」	永州 萬石亭의 아름다움(광활)	감탄, 쾌감
「零陵三亭記」	零陵 三亭의 아름다움(광활 / 아늑)	

위의 도표에서 볼 수 있듯이 유종원 산문 중에서 위대하고 덕이 높은 인물과 장엄한 樓臺는 대상과 그 대상의 속성이라는 점에서 일종의 숭고한 아름다움을 구현하고 있음을 알 수 있다. 여기에 덧붙여 일정한 정도의 강렬한 자극하에서 발생되는 긍정적 감정과 열광하고 경외하는 정서 및 찬양과 찬미는 숭고한 대상으로부터 일어나는 美感이므로 대상과 숭고 미감을 중심으로 구체적인 분석을 시도하겠다.

1) 위대하고 아름다운 대상

(1) 위대하고 善한 인물의 숭고성

인간 속의 숭고성이란 인간의 보편적 이상이 제시되고 이것이 인격이나 정신력의 위대하고 선함으로 나타날 때 미적 가치를 지닌다.[299] 유종원 산문에 나타난 인간의 숭고성은 위대한 인물의 이상적인 정신역량과 실천을 표현하는 데서 찾아볼 수 있다.

정치적으로 이상적인 덕치를 실행했던 殷代의 箕子를 송찬하고 있는 「箕子碑」를 보자.

> 기자는 조선의 제후로 봉해지자 도덕을 받들고 풍속을 訓導하였으니 덕행을 도모함에 간루함이 없었고 백성을 생각함에 원근이 없었다. 이로써 殷商의 종묘제례를 넓히고 야만의 오랑캐를 中華로 바꾸었으니 교화가 백성에게 미치었다. 大道를 따르고 바로잡으니 그 몸에 모이고 천지간의 변화 속에서 자기 스스로 正道를 얻었으니 위대한 인물이 아니겠는가?[300]

---

299) 夏之放 外, 앞의 책, p.154 참조.

柳宗元은 위대한 人物이 正道를 실행하는 것에 세 가지 형태가 있는데 첫째는 正으로 難을 벌하는 것이고, 둘째는 법령제도를 성인 군주에게 전수받는 것이며, 셋째는 교화를 백성들에게 실행하는 것이라고 말하였다.[301] 殷代 때 조선의 제후로 봉해졌던 箕子는 이 세 가지 정도를 실행하였으므로 위대한 인물이라 할 수 있다. 箕子는 殷末 微子・比干과 더불어 三仁에 속하는 인물이다. 柳宗元은 箕子가 公的인 것을 우선하는 人物이며 혼란의 시기에 현명함을 발휘하였고 자기 생을 통해 백성을 교화하여 조선의 입지를 이룩한 人物로 그리고 있으며[302] 이러한 연유로 그를 위대한 人物로 보았던 것이다.

儒家의 위대한 인물뿐만 아니라 佛家 인물의 위대하고 선함을 그리고 있는 「南岳雲峰寺和尙碑」를 보자.

> 乾元 원년(758) 모월 모일, 황제는 "나는 인자함과 기쁨을 천하백성들에게 합치시키고자 하는데 불교만이 진실로 이끌 수 있다고 생각하오."라고 하셨다. 이리하여 五嶽에서 가장 高德한 스님을 구하고 발굴하여 천하에 본보기로 세우라고 명령하셨다. (……) 雲峰 대사의 수명은 78세였고 평생 흠이 없었으니 그 남기신 위엄을 가리지 못한다. 門徒는 아주 많은데 오로지 그의 큰 가르침을 옳게 여기며 받들고 오로지 깨우침의 말씀을 옳게 여기며 추구한다. {그의 佛理는} 두루 미치고 박대하고 광활하고 넓으니 마치 불어난 시냇물 같고 홍기한 구름 같으며 무너지지 않는 큰 산 같다. 영원히 그를 계승하노라.[303]

---

300) 『柳宗元全集』, 卷5 「箕子碑」: 及封朝鮮, 推道訓俗, 惟德無陋, 惟人無遠, 用廣殷祀, 俾夷爲華, 化及民也. 率是大道, 藂於厥躬, 天地變化, 我得其正, 其大人歟?

301) 『柳宗元全集』, 卷5 「箕子碑」 凡大人之道有三: 一曰正蒙難, 二曰法授聖, 三曰化及民.

302) 盧紅, 「柳宗元論德的價値」, 『中國永州柳宗元國際學術研討會論文』, p.6 참고: 유종원은 大人이 갖추어야 할 조건으로 '正蒙難', '法授聖', '化及民'를 거론하며 이 세 가지 방면에서 공적이 있으면 능히 '大人'이고 '君子'라고 보았다.

303) 『柳宗元全集』, 卷7 「南岳雲峰寺和尙碑」: 乾元元年某月日, 皇帝曰: "予欲俾慈仁

남방 불교계의 고승인 운봉대사의 덕행을 기린 비문이다. 남악 불교계의 많은 장로들이 전해 준 운봉대사의 행적을 듣고서 운봉대사의 업적을 정리한 후, 운봉대사의 고상한 품성과 후덕한 행위 및 불학전파에의 공적을 특별히 추앙하면서 경외의 마음을 표하고 있다.

柳宗元은 한 인간이 반드시 갖추어야 할 덕목으로 어떠한 외적인 고난에도 뜻을 굽히지 않는 절개를 들었고,[304] 이를 위하여 먼저 고아한 인격수양이 선행되어야 하며, 그런 연후에는 어떤 경우에도 뜻을 굽히지 않는 기개를 가져야 한다고 주장했다. 이러한 이상에 가장 부합하는 人物로는 이전 시대에서는 屈原을, 동시대에서는 段秀實[305]을 거론하였다. 특히 段秀實에 대한 그의 관심과 존경은 각별하였던바, 韓愈에게 보낸 「與史官韓愈致段秀實太尉逸事書」에서 "단 태위같이 절개가 훌륭한 사람은 옛날에도 없었소. 그러나 어떤 사람들은 이는 우연한 노력으로 이루어진 것이지 무궁한 명성을 얻어 지금까지 온 것이 아니라고 생각하는데, 상황은 결코 그렇지 않더이다. 단 태위는 군대에 있을 때 재난을 당한 이후로도 그의 마음은 조금도 바뀌지 않았고, 가치 없는 행동은 한 가지도 하지 않았소."[306]라고 말하며 정치가로서 관료로서 개인으

怡愉洽於生人, 惟浮圖道允迪." 乃命五嶽求厥元德, 以儀於下. (……) 師之壽, 七十有八, 維終始罔缺, 丕冒遺烈. 厥徒蒸蒸, 維大教是膺, 維憲言是徵. 溥博恢弘, 如川之增, 如雲之興, 如岳之不崩. 終古其承之.

304) 劉晰, 「試析柳宗元的人格與性格」, p.324 참조: 정치적 실의와 폄적의 압력에도 初心을 전혀 바꾸지 않았던 유종원의 이와 같은 불굴의 의지력을 '堅定'이라고 정의하고 있다.

305) 唐德宗代의 武人으로 德宗 建中 4년(783) 朱泚가 반란을 꾀하면서 段秀實에게 동참할 것을 권하자 段秀實이 笏로 朱泚의 머리를 내리치며 욕설을 한 까닭에 朱泚에게 살해당했다. 『新唐書』, 「列傳 · 第七十八, · 段秀實條」 참조.

로서 자신의 이상을 견지한 단 태위를 찬양하고 있다. 단 태위의 절개를 엿볼 수 있는 한 대목을 「段太尉逸事狀」에서 살펴보자.

> 태위가 경주로부터 사농으로 조정의 부름을 받았을 때 가족에게 岐를 지날 때 朱泚가 혹시 예물을 보내와도 삼가며 받지 말 것을 훈계하였다. 근데 岐를 지나고 있을 때 朱泚가 정말로 좋은 비단 삼백 필을 보내왔다. 이에 태위의 사위 韋晤가 완강하게 거절했지만 어쩔 수 없이 예물을 받게 되었다. 수도에 도착하자 태위는 화를 내며 "필경 내 말대로 하지 않은 게로구나."라고 말하자 韋晤는 사죄하며 "제가 직위가 낮아서 거절할 방법이 없었습니다."고 말하였다. 이에 태위는 "그렇다 할지라도 결코 나의 집에 둘 수는 없다."고 하면서 司農의 관청에 가서 대들보 위에 놓아두었다. 朱泚가 반란을 일으키고 태위가 죽었을 때 어떤 관리가 그 일을 朱泚에게 알렸다. 이에 朱泚가 가져다 보니 그 본래의 봉함과 표식이 모두 그대로 있었다.[307]

단 태위는 당시 大藩鎭이었던 朱泚의 뇌물 공여를 견제하고자 집안 식구를 단속하였으나 낮은 지위에 있던 그의 사위는 뇌물을 받게 된다. 그러나 단 태위는 이 뇌물에 손 하나 대지 않고 봉하여 보관함으로써 뇌물공세를 원천적으로 봉쇄하고 불의와 권위에 대항하는 용기와 기지, 그리고 자기희생과 청렴결백을 지킬 수 있었다. 段太尉는 治理라는 公的 행위에 私心을 개입하지 않은 반면, 私的으로 仁愛와 德行을 실행할 수 있었고, 이로써 자신의 이상을 견지하였으니, 段太尉는 굳은 절개를 가진 의로운 인물이었고[308] 유종원의 경외와 존경을 받을 수 있었다.

---

306) 『柳宗元全集』, 卷31 「與史官韓愈致段秀實太尉逸事書」: 太尉大節, 古固無有. 然人以爲偶一奮, 遂名無窮, 今大不然. 太尉自有難在軍中, 其處心未嘗虧側, 其莅事無不可紀.

307) 『柳宗元全集』, 卷8 「段太尉逸事狀」: 及太尉自涇州以司農征, 戒其族: "過岐, 朱幸致貨幣, 愼勿納." 及過, 泚固致大綾三百匹. 太尉壻韋晤堅拒, 不得命. 至都, 太尉怒曰: "果不用吾言!" 晤謝曰: "處賤, 無以拒也." 太尉曰: "然終不以在吾第." 以如司農治事堂, 栖之梁木上.泚反, 太尉終, 吏以告泚, 泚取視, 其故封識具存.

公的으로 충성을 다하고 私的으로 仁義를 견지하는 위대하고 선한 인물은 「唐故嶺南經略副使御史馬君墓誌」에서도 볼 수 있다.

> 직무를 행함에 나태하지 않았고 책략을 제시함에 버려지는 것이 없었다. 반군의 난동을 걱정하여 평정시켰고 백성을 어루만지며 쉬게 하였다. 해로운 불에 해를 입지 않게 했고 난폭한 관리에 약탈되지 않게 하였다. 오로지 염전을 소중히 여기니 또한 그 생산량이 넘쳐났다. 공적으로는 충성으로 시행하였고 사적으로는 義로 스스로를 발전시켰다.[309]

이 글은 柳宗元이 자신의 사촌동생 柳宗一의 丈人인 馬君의 죽음을 애도하고 그의 공적을 찬양한 碑誌文이다. 馬君은 幕府에서부터 監察御使까지 당대의 주요 관직을 두루 역임하였던 人物이다. 그는 백성을 위한 공적인 치리에 힘썼고 관직에 연연하지 않고 스스로 물러나야 할 때와 머무를 때를 가릴 줄 알았다. 柳宗元은 반란군 토벌에 공을 세운 마군을 송찬하면서 특히 그가 관리로서 직무에 충실하였고 백성을 위해 희생하고 봉사한 점을 높이 사고 있다.

唐代 初期 현명하고 탁월한 업적을 쌓은 宰相을 찬양하고 있는 「唐相國房公德銘之陰」을 살펴보자.

> 房公은 현종의 재상으로서 蜀지방에 있을 때 공로가 있었고 사람들은 모두 그의 기절에 탄복하였다. 숙종의 재상으로서 岐州에서 훈계의 말을 지었기에 사람들 모두 그의 道理를 받들었다. 공정하고 곧고 인자하고 우애로웠으니 이로써 훌륭한 덕성을 이루었다. 이것에 기대어 나아가고 물러났으니 관직을 맡아 일을 잘 처리하고 다스렸고, 관직에서 떠나자 사람들은 슬퍼하

308) 金濤聲, 「略論柳宗元對傳記文學的發展」, 『國際柳宗元硏究擷英』, pp.256 – 258 참조.

309) 『柳宗元全集』, 卷10 「唐故嶺南經略副使御史馬君墓誌」: 不懈於位, 不替於謀. 慮寇以平, 撫民以蘇. 僭火不孽, 悍吏不牟. 惟寶於鹽, 亦贏其籌. 公以忠施, 私以義躋.

고 울부짖었다. 袁州를 다스릴 때 원주의 백성들은 더할 수 없는 그의 보살핌을 받았다.[310]

房公은 당 초기 현종과 숙종 2대에 걸쳐 재상을 지낸 대신으로 공로가 크고 기절이 강했으며 치리에 탁월하였다. 동란 때문에 공덕비를 세우지 못함에 안타까워하던 袁州 백성들의 요청으로 비석을 세우면서 유종원이 비문을 썼다. 房公은 공정하고 곧고 인자하고 우애로운 덕성으로 백성에 대한 교화에 힘썼고, 그 결과 사후에도 백성들의 사랑과 존경을 받으니 유종원 역시 그를 매우 의로운 사람이라 평가하면서 추앙하였다.

張公은 이름이 某이고 字가 某이며 某郡의 사람이다. 증조부 張彦師는 朝散大夫, 尙書駕部郎中을 지냈고 조부 張瑾은 懷州 武德 縣令을 지냈다. 부친 張淸은 朝議郎, 試大理寺丞을 지냈고 右贊善大夫를 추승받았으니 모두 훌륭한 덕행이 있었고 넉넉한 복을 쌓았다. 장공은 충직함과 정직함으로 내심을 지키고 문장으로 當世에 이름을 알렸으며 경전의 요지를 확대하여 관직에 종사하였으며 법령에 근본을 두고 사람들의 마음을 안정시켰다.[311]

唐代의 유명한 賢臣인 張公의 공적을 기리는 비문이다. 장공은 특별히 당대 변방지역의 치리와 교화에 힘쓴 인물로서 충직하고 덕이 높았다. 유종원은 그가 仁愛를 실시하여 백성을 위해 치리에 힘썼고 교화에 노력한 것을 찬양하였다.[312] 뿐만 아니라 유종원은

310) 『柳宗元全集』, 卷9 「唐相國房公德銘之陰」: 房公相玄宗, 有勞於蜀, 人咸其節; 相肅宗, 作訓於岐, 人咸尊其道. 惟正直慈愛, 以成於德. 用是進退, 所居而事理辯, 所去而人哀號. 理袁州, 袁人不勝其懷.

311) 『柳宗元全集』, 卷10 「唐故中散大夫檢校國子祭酒兼安南都護御史中丞……食邑三百戶張公墓誌銘」: 公諱某, 字某, 某郡人也. 曾祖彦師, 朝散大夫・尙書駕部郎中. 祖瑾, 懷州武德縣令. 考淸, 朝議郎, 試大理寺丞, 贈右贊善大夫. 咸有懿美, 積爲餘慶. 公以忠肅循其中, 以文術昭於外, 推經旨以飾吏事, 本法理以平人心.

312) 謝漢强, 「柳宗元官論簡述」, p.161 참조: 謝漢强은 이를 유종원의 '重民'思想으로

張公의 고상한 인격과 의로운 행동에 감탄과 경외의 마음을 표하고 있다.

유종원이 자신의 학문적 스승인 육질을 위해 쓴 「唐故給事中皇太子侍讀陸文通先生墓表」를 분석해 보자.

> 吳郡 사람 陸 선생 陸質은 그의 사우인 天水 사람 啖助, 趙匡과 더불어 성인의 오묘한 요지를 해석할 수 있어 『춘추』의 말이 이때에 비로소 빛나게 드러나게 되었다. 보통사람과 학동으로 하여금 학습을 통해서 성인의 도에 입문할 수 있게 하였고 성인의 교화를 전파시키니 이러한 공덕은 어찌 위대하지 않겠는가? (……) 아! 선생의 주장은 쓴 책 속에 보존되어 있는데 아직 정사에까지는 펼치지 못했고 선생의 주장은 입으로 시행될 뿐 아직 다스림에 운용되지 못했다. 그의 학생과 세상의 선비들은 이 때문에 더욱 비통해하였다.[313]

이 글의 서두에서 『춘추』에 대한 傳注가 난립하기 때문에 학문연구자들이 성인의 도를 제대로 이해할 수 없게 된 상황을 유종원은 통렬히 비판하고 있다. 이어서 陸質이 『춘추』의 요지를 밝혔고 이 공로에 힘입어 다른 학자들이 성인의 도에 입문할 수 있게 된 것을 크게 찬양하고 있다. 유종원은 儒家의 학문을 전승하고 전도하는 데 탁월한 능력을 발휘한 陸質의 공적을[314] 위대하고 선하다고 보았다.

다음은 卷5에서부터 卷11까지의 작품 중에서 고상한 품성에 남

설명하고 있다.

313) 『柳宗元全集』, 卷9 「唐故給事中皇太子侍讀陸文通先生墓表」: 有吳郡人陸先生質, 與其師友天水淡助洎趙匡, 能知聖人之旨. 故『春秋』之言及是而光明. 使庸人小童, 皆可積學以入聖人之道, 傳聖人之教, 是其德豈不侈大矣哉! (……) 嗚呼! 先生道之存也以書, 不及施於政; 道之行也以言, 不及覩其理. 門人世儒, 是以增慟.

314) 查屛球, 『唐學與唐詩』, 商務印書館, pp.134－145 참조: 查屛球는 唐代 文人들은 강한 자신감과 자부심을 가지고 있었는데 이러한 자신감은 元和 前後의 문인들에 있어 堯舜을 祖述하고 文武를 헌장하는 傳道精神에서 표현된다고 했다. 원화 전후 문인들 대부분 天人關係를 연구하고 독자적으로 道統을 계승한다는 자부심을 갖고 있었고 그들의 학설사상에는 강한 道統意識이 있다고 제기하였다.

다른 공적을 발휘한 인물을 찬양함으로써 정신역량의 거대함을 보여 주고 숭고한 미적 현상을 나타내는 작품들은 다음과 같다.

卷9 「唐故兵部郎中楊君墓碣」: 처삼촌인 楊凝의 功德을 찬양하면서 그가 淸廉하고 仁義로운 지향을 견지하면서 효순함과 인애로움을 발휘한 것을 위대하고 선하다고 보았다.

卷9 「唐故衡州刺史東平呂君誄」: 친구 呂溫의 덕행을 찬양하면서 그가 탁월한 재능을 가졌고 원대한 지향을 구비하였던 것을 위대하고 선하다고 보았다.

卷9 「唐故朝散大夫永州刺史崔公墓志」: 永州刺史였던 崔敏의 功德을 찬양하며 그가 仁義로웠고 백성을 위한 公的 치리를 잘 수행한 것을 위대하고 선하다고 보았다.

卷9 「唐故萬年令裴府君墓碣」: 매부인 裴瑾의 功德을 찬양하며 裴瑾이 剛直한 성품에 使命感이 투철하였으며 신의로웠던 것을 위대하고 선한 것으로 보고 있다.

卷10 「故連州員外司馬凌君權厝誌」: 친구 凌準의 才能을 칭송하며 특히 使命感이 투철하였고 仁義를 행했던 凌準이 백성을 위해서 탐관오리를 처단했던 行爲를 위대하고 선한 것으로 보고 있다.

卷10 「故嶺南鹽鐵院李侍御墓誌」: 李谻의 功績을 찬양하며 청렴결백한 성품과 나라를 위한 公的 행위를 실행한 것을 위대하고 선한 것으로 보고 있다.

卷11 「故溫縣主簿韓君墓誌」: 韓愼의 功德을 찬양하며 仁義로웠고 우애로운 행위를 위대하고 선한 것으로 보고 있다.

예술에서의 숭고미는 현실생활 속에서의 숭고미가 직접적으로 반영된 것이므로 예술작품의 내용과 주제는 대부분 사회생활 속에서의 英雄的인 人物의 투쟁업적을 표현하는 데에 집중하고 있다.[315] 그리고 이러한 英雄的인 人物이 육체적인 괴로움, 개인적인 행복을 止揚하고 초인적인 모범을 보여 줄 수 있는 인간 정신력의 비범함을 제시할 때, 그 人物의 삶과 행위는 숭고성을 획득하며 작품의 숭고미도 강하게 나타난다.[316] 柳宗元 散文에서 공적인 것을 위하여 무한한 용감함과 현명함을 발휘한 위대한 人物들은 숭고한 미적 가치를 체현한다.

柳宗元은 국가가 위난을 당했을 때 개인의 안위를 돌보지 않고 애국적인 충정을 발휘하는 人物에 대해서는 극도로 찬양하고 있다. 安祿山의 亂 때, 반란군의 침략을 받아 외부의 원조를 받지 못하는 상황에서 睢陽城을 지키다가 함락되어 살해당한 南霽雲(南公)의 사적을 기술한 「唐故特進贈開府儀同三司揚州大都督南府君睢陽廟碑」를 보자.

> 병사와 양식이 다 없어지며 성을 지킨 지 9개월이 넘었다. 南公은 그의 용기를 떨치며 단독으로 수레에 올라타고 내달렸다. 자신의 몸을 던졌으나 알리지 못하니 자신의 손가락을 깨물며 돌아왔다. 힘이 다 빠진 후에 잡혔으나 여전히 항거하였으니 옥벽은 부술 수 있어도 그의 굳고 곧은 마음은 무너지지 않았다. 반군의 기력이 동쪽에서 다했고 흉악한 세력의 위협은 서쪽에서 무참해졌다. 孤城은 이미 [토벌군에게] 점거되었고 반란군의 수령은 참수당하였다. 벼락과 천둥 같은 주살은 南公에 의해 빨라졌고 반란군의 완고한 점거지는 南公에 의해 전복되었다.[317]

---

315) 朱存明 · 王海龍 著, 유세종 옮김, 『사회주의미학연습』, 전인, p.113 참조.

316) 까간, 『미학강의1』, 새길, p.173 참조.

317) 『柳宗元全集』, 卷5 「唐故特進贈開府儀同三司揚州大都督南府君睢陽廟碑」: 兵食殲焉, 守逾三時. 公奮其勇, 單車載馳. 投軀無告, 噬指而歸. 力窮就執, 猶抗其辭. 圭璧可碎, 堅貞不虧. 寇力東盡, 凶威西恧. 孤城既拔, 渠魁受戮. 雷霆之誅, 由我而速. 巢穴之固, 由我而覆.

윗글은 南霽雲의 공적을 기리는 碑誌文의 銘文 부분이다. 4언구의 운문체로 이루어져 있는 銘文 부분에서 南霽雲의 공적을 요약하고 있다. 관련된 사적을 구체적으로 기술해 놓은 부분을 참고하자면, 반란군의 침략을 당해 성을 지킨 지 9개월이 지나자 병사도 줄어들고 성안에 비축해 놓은 양식이 떨어지기 시작한다. 이에 구원병을 요청하기 위해서 성을 포위한 적군을 뚫고 賀蘭進明에게 달려가지만 賀蘭進明은 남공에게 연회와 예물을 대접할 뿐이었다. 이에 남공은 자신의 손가락을 깨물며 그의 호의를 거절한 후, 다시 성으로 돌아오지만 결국 포로로 잡히고 반군에게 살해당한다.[318] 유종원은 조정의 토벌군이 휴양성을 되찾고 반군을 물리치게 된 것은 모두 南霽雲의 공적이라고 보면서 그의 위대한 공훈을 송찬하고 있다.[319] 진정한 애국충정을 지닌 영웅은 국난의 시기에 그 진면목을 알 수 있다. 굳은 결의로 그 기개를 드높이고 용기 있는 행동으로 義를 지키다가 결국 장렬히 최후를 맞이하였으니 이는 만인의 표상이요 귀감이라 아니 할 수 없다.

南霽雲과 비슷한 愛國的 英雄人物의 형상은 「故銀青光祿大夫右散騎常侍輕車都尉宜城縣開國伯柳公行狀」에서도 나타난다.

> 邏州守軍이 반란을 일으키자 公은 事變이 일어났음을 파발로 알리고 온 가족을 이끌고 終南山으로 피신하였다. 賊徒가 公의 소재지를 캐면서 뒤따르며 방을 붙였다. 公의 일가를 뒤쫓으며 심문을 하자 公은 이름을 바꾸어

---

318) 『柳宗元全集』, 卷5 「唐故特進贈開府儀同三司揚州大都督南府君睢陽廟碑」: 公乃躍馬潰圍, 馳出萬衆, 抵賀蘭進明乞師. 進明乃張樂侑食, 以好聘待之. 公曰: "弊邑父子相食, 而君辱以燕禮, 獨何心歟?" 乃目噬其指曰: "啖此足矣!" 遂慟哭而返, 卽死狐城.

319) 金濤聲, 앞의 논문, p.259: 南霽雲의 영웅적인 기개는 독자로 하여금 경외심을 담은 감탄과 놀라움의 정서를 불러일으키게 한다고 언급하였다.

반군을 속였고 자신의 가족을 바쳐 賊徒에게 내맡겼다. 賊徒는 마침내 公의 사랑하는 아들을 붙잡았고 고문하고 심문하며 公의 아들의 오른쪽 팔꿈치를 꺾었지만 공은 고개조차 돌리지 않았다.[320]

윗글은 유종원의 조상인 柳渾의 공적을 기리는 비문이다. 유종원은 이 글 전체에서 柳渾의 사적을 크게 세 가지의 특별한 일화를 통해 기술하고 있다. 위 인용문은 두 번째 일화로서 반란군을 맞아 국가를 위해 가족을 희생하는 柳渾의 사적이다. 柳渾은 逕州守軍이 반란을 일으키자 온 가족을 이끌고 종남산으로 피신한다. 반군은 유공의 소재지를 캐고자 뒤따르며 방을 붙였고 유공일가를 뒤쫓아 왔다. 유공은 가짜 이름을 말하여 위기를 넘겼지만 자신의 가족은 결국 반군에게 인질로 잡히고 만다. 이때 반군은 유공의 아들을 붙잡아 고문하며 오른쪽 팔꿈치를 잘랐지만 유공은 고개 한 번 돌리지 않는다. 아들이 고문을 받는 상황하에서 오로지 국가의 이익과 황제에 대한 충성을 다하고자 개인의 안위와 이익을 돌보지 않고 행동하는[321] 애국적 영웅人物의 숭고를 보여 준다.

(2) 건축물의 숭고

중국에서 '崇高'라는 말은 높은 건물을 지칭하는 의미를 가지고

320) 『柳宗元全集』, 卷8 「故銀青光祿大夫右散騎常侍輕車都尉宜城縣開國伯柳公行狀」: 涇卒之亂, 公以變起卒遽, 盡室奔匿於終南山. 賊徒訪公所在, 追以相印. 既及公而問焉, 公變名氏以紿之, 捐家屬以委之. 賊遂執公愛子, 榜棰訊問, 折其右肱, 而公不之顧.

321) 程薔·董乃斌 共著, 『唐帝國的精神文明』, 中國社會科學出版社, pp.405－417 참조: 필자들은 中唐의 士風은 初盛唐 士風과 달리 당 왕실의 中興을 갈망하고 당왕조의 통일을 강조하며 당 왕실에 대한 向心力이 강한 특징을 보인다고 주장한다. 당시의 많은 文士들은 반란이 일어날 경우 확실히 조정의 편에서 통일을 옹호하고 분열을 반대하였으며 시대의 험난함을 함께 겪는 悲壯하고 英勇한 인물들이었다고 제기한다.

있다.[322] 일찍부터 누대가 있었으며 '廟堂'이나 '靈臺' 등의 말은 樓臺가 종교와 밀접한 관련이 있었음을 시사해 주고 있다. 처음에는 종교행사를 진행하던 장소로 쓰이던 누대가 위진 시대 문인들이 산수 유람을 즐기며 명산대천에 亭子·樓臺·樓閣 등을 짓는 풍습이 유행하면서 이것은 일반인들에게까지도 널리 퍼져 이러한 문화를 향유하는 것이 곧 일종의 풍습처럼 되었다. 그리고 누대에 올라 우주만물의 조화와 아름다움을 만끽하고 호연지기의 기상을 키우고자 염원하였다. 이때부터 누대에 오르는 것은 중국인의 우주적 인생관과 직결되기 시작하였다.[323]

유종원 산문에는 관공서 건물·佛寺의 건물 등을 묘사한 記文이 다수 있는데 그중에서 亭子와 樓臺를 묘사한 것은 권 27의 6편이 있다. 이들 작품에서 유종원은 樓臺와 亭子에 올라 주변과 위아래를 살펴보고 조망하는 경관을 묘사하고 亭子와 관련된 인물의 훌륭함을 칭송한다.

柳宗元의 장인인 楊憑이 潭州刺史로 있을 때, 館舍의 동쪽 연못에 빈객 戴簡을 위해 지어 준 堂을 묘사한 「潭州楊中丞作東池戴氏堂記」를 보자.

> 마침내 그것을 빈객 가운데 가장 뛰어난 사람인 譙郡의 戴簡에게 주며 이곳에 그를 위한 堂을 지어 살게 하였다. 堂이 지어진 후 경치가 더욱 특이해지니 먼 곳에서 이 堂을 바라보면 마치 큰 배가 이어져 있는 듯하고 파랑을 따라 요동치는 것 같았다. 당 안으로 들어가서 연못을 내려다보면 연못가의 만물이 연못 속에 거꾸로 비치는데 더욱 멀고 넓어지며 흐릿해진다. (……) 무릇 觀賞하고 노니기에 아름다운 경치가 모두 이 戴氏의 堂에 집중되어 있다.[324]

322) 許愼, 『說文解字』: 高, 崇也, 象臺觀高之形.

323) 張法, 앞의 책, pp.227－229 참조.

윗글에 묘사된 '戴氏의 堂'은 柳宗元의 장인이 자신의 빈객들 중에서 재주가 출중한 戴簡을 자기 집에 머무르게 하기 위해서 지어 준 것이다. 이 부분은 堂이 완성된 후 東池 주변의 경관과 '戴氏堂'에서 본 경치가 묘사되고 있는데 堂 밖에서 본 주변의 광활한 경관과 堂 안에서 본 주변의 隱約한 경관이 잘 조화를 이루고 있다.[325] 특히 유종원이 堂 안에서 사방을 관찰하고 멀리 조망하는 장면은 천지 만물을 깊이 느끼고 더욱 가까이 교류하고 있음을 보여 주니 이는 자연과 조화를 이루며 그 진가를 더욱 발하고 있는 장엄한 건축물에서 느낄 수 있는 일종의 미적 쾌감이다. 그러나 이 작품에서 구현되는 숭고미는 堂 자체에서만 느껴지는 것은 아니다. 오히려 객관적인 건축물인 堂과 그 주인의 고상한 품성이나 高德이 어우러지면서 이 堂은 더욱 정치한 가치를 획득하며 숭고감을 발현하게 된다.[326]

桂州의 訾家洲라는 沙洲 위에 지은 亭子를 그리고 있는 「桂州裵中丞作訾家洲亭記」에서도 위와 유사한 예를 볼 수 있다.

> 북쪽에는 높은 누대를 지었는데 이 누대에 오르면 천리를 내려다볼 수 있다. 여기서 왼쪽에 있는 누각이 구름 위에 떠 있어 날아다니는 것 같고 오른쪽에는 조용한 관사가 늘어서 있다. 배를 연결해 만든 것 같은 다리는 강물의 파동에 따라 오르락내리락한다. [정자 안에 서면] 灕江의 산을 담을 수 있고 龍宮을 받아들일 수 있으니 이전에 크다고 여겼던 바가 정자의 안에 포개져 있다.[327]

---

324) 『柳宗元全集』, 卷27 「潭州楊中丞作東池戴氏堂記」: 卒授賓客之選者, 譙國戴氏曰簡, 爲堂而居之. 堂成而勝益奇, 望之若連艫糜艦, 與波上下. 就之顚倒萬物, 遼廓眇忽. (……) 凡觀望浮游之美, 專于戴氏矣.

325) 權錫煥, 「柳宗元的山水記及其空間認識」, 『中國永州柳宗元國際學術硏討會論文』, p.3 참조.

326) 『柳宗元全集』, 卷27 「潭州楊中丞作東池戴氏堂記」: 戴氏以泉池爲宅居, 以雲物爲朋徒, 攄幽發粹, 日與之娛, 則行宜益高, 文宜益峻, 道宜益懋, 交相贊者也.

윗글에 묘사된 訾家洲亭은 강 속의 모래톱 위에 세워진 亭子로 사방에 높은 누각을 올려 만든 꽤 큰 규모의 亭子이다. 여기서 북쪽에 지은 누각에서 바라본 경관이 묘사되고 있는데 그것이 높은 곳에 위치해 있기 때문에 눈 아래 펼쳐져 있는 모든 주변 경관이 한눈에 들어온다. 이 글에서 '蓄在亭內'고 한 것은 亭子에서 위아래를 내려다보면서 느낀 점으로 누대에 올라 보니 이미 이 누대는 인공의 것이 아니라 자연의 일부분이 되어 있으며 그 조화로움이 극에 달한다.[328] 그로 인해 사람까지도 그것의 한 부분으로 동화되어 버린 듯한 감흥이 촉발된다. 이 글에서도 숭고감은 누대에서 아래를 내려다본 경관에 그치지 않고 이 亭子의 주변 산세의 영험함과 亭子의 주인의 비범함과 연계되어 발현되니[329] 이 점은 柳宗元 記文에 체현되는 미학적 발전으로 보아야 할 것이다.

지금까지 분석한 이상의 작품에 형상화된 대상의 속성과 구현된 주제를 살펴보면, 유종원이 숭고하고 고결한 아름다움을 획득하고 있는 것으로 상정하고 있는 대상들은 아래의 특징들을 구비하고 있다.

첫째, 유종원이 추구하는 이상에 부합하는 덕목을 갖추고 있다. 그들은 한결같이 사적인 이익에 의연했으며 義를 위해서라면 죽음도 불사하였다. 대상들의 이러한 측면은 유종원이 추구하는 덕목의 형태가 어떠한 것인지 능히 짐작하게 한다. 그는 사욕을 버리고

327) 『柳宗元全集』, 卷27 「桂州裴中丞作訾家洲亭記」: 北有崇軒, 以臨千里, 左浮飛閣, 右列閑館, 比舟爲梁, 與波升降. 苞灕山, 涵龍宮, 昔之所大, 蓄在亭內.

328) 呂晴飛 主編, 『唐宋八大家散文鑑賞辭典』, 中國婦女出版社, pp.420－422 참조.

329) 『柳宗元全集』, 卷27 「桂州裴中丞作訾家洲亭記」: 蓋非桂山之靈, 不足以瑰觀; 非是洲之曠, 不足以極視.

오직 義를 위해 절개를 지키는 기상에서 그 어떠한 것에도 비견할 수 없는 아름다움을 감지하였던 것이다.

둘째, 자연의 도를 거스르지 않는 조화로움을 구현하고 있다. 분명 인위적인 것임에도 그것이 자연의 한 부분으로 합일 동화되는 여러 조형물에서 조화로움의 극치를 인지한 것이다. 그 속에서 이러한 아름다움을 완상하면서 그것의 한 부분으로 자리 잡고 있는 가인들의 모습에서 또한 천지인 합일의 완정미를 추수해 내고 있는 것이다.

2) 의와 조화로움으로 발현된 미

작품 속에 나타난 위대하고 아름다운 대상의 비범함은 감상주체의 찬탄과 경외심이라는 정서를 유발한다.[330]

고결한 덕목을 고루 갖춘 훌륭한 인물과 조화로움과 장엄함을 겸비한 건축물에서 촉발되는 감흥은 또 다른 종류의 미적 흥취로서 향유자에게 정화와 고아함의 정수를 느끼게 한다. 높은 덕행과 탁월한 재능으로 백대의 모범으로 칭송받을 인물을 찬탄하는 「故御史周君碣」을 보자.

> 唐代의 충신 汝南人 周氏는 이름이 某이고 字가 某이다. 간언으로 죽어 某地에 안장하였다. 정원 12년(807)에 유종원이 그의 묘실 왼쪽에 비석을 세운다. (……) 오호라, 예로부터 의로운 죽음을 얻지 못한 자가 많았도다! 그러나 공의 죽음은 그 뜻이 나라를 바르게 하고 기개는 간신들을 떨게 하였다가 마침내 그 목적을 이루었으니 이 어찌 의로운 죽음을 맞은 것이 아니라 하겠

330) 까간, 앞의 책, p.177 참조.

는가! 공의 덕과 재능은 널리 전해졌어도 끝내는 사용되지 못하였으나, 그가 보여 준 절개는 오히려 백대에 드날려지고 세상의 규범이 될 것이다.[331]

윗글은 천보연간에 조정에서 소리 높여 직언을 하다 죄를 받은 周子諒의 剛直함을 찬양하는 비문이다. 유종원은 周子諒이 죽게 된 원인을 밝히면서 간신에 대항하여 직언하는 기개를 추앙하고 있다. 의를 좇기보다는 안분하거나 간신의 무리에 편승하는 대세 속에서 죽음을 불사하고 의의 실천을 위해 그 뜻을 굽히지 않았던 그의 굳은 절개를 기리고 있다.

治理에 큰 공적을 세운 인물을 찬양하고 있는 「唐故朝散大夫永州刺史崔公墓志」를 분석해 보자.

崔公은 이름은 某이고 字는 某이다. 조상 대대로 道德의 맑은 근원을 계승하여 맑고 깨끗한 것으로 깊게 하여 그의 지향을 단정히 하였다. 여러 사람의 말의 지엽을 모아서 근거로 삼아 무성하게 하고 결실을 맺어 자신의 재능을 수양할 수 있었다. (……) 형님 崔舒曜는 河南尹을 맡았는데 힘센 약탈자는 교활하고 오만불손하였고 백성들은 도망가고 달아났다. 최공을 河南尉로 임명할 것을 요구하였고, 이에 양식이 충족해지고 군대에게 충분히 공급되었으며 호적명부와 지적도가 깨끗해졌고 백성들의 농사일이 때에 맞추어 행해졌다.[332]

윗글은 영주자사를 역임한 崔敏의 공적을 기리는 비문이다. 유종원은 崔敏이 청렴하고 강직한 성품으로 맡은바 직분에 충실하고

---

331) 『柳宗元全集』, 卷9 「故御史周君碣」: 有唐貞臣汝南周氏, 諱某字某, 以諫死, 葬於某. 貞元十二年, 柳宗元立碣于其墓左. (……) 於虖, 古之不得其死者衆矣! 若公之死, 志匡王國, 氣震姦佞, 動獲其所, 斯蓋得其死者歟! 公之德之才, 洽於傳聞, 卒以不試, 而獨申其節, 猶能奮百代之上, 以爲世軌.

332) 『柳宗元全集』, 卷9 「唐故朝散大夫永州刺史崔公墓志」: 公諱某, 字某. 承世德之清源, 浚之以蠲潔, 以端其志; 采群言之枝葉, 植之以茂實, 以修其能. (……) 哥舒曜尹河南, 鯨寇猾驚, 黎人播越. 表公尉河南, 糗糧芻茭, 戎備畢給, 版圖田洫, 民事時義.

애민하는 태도를 보여 주었음을 극찬하고 있다. 특히 崔敏이 河南尉로 임명되어 군량미를 정비하고 이탈하는 백성을 막아 안정과 평화를 이룰 수 있게 한 治理 분야에서의 큰 공적을 찬양하고 있다. 이 글에서 崔敏의 고상한 품성과 仁義로운 행위에 대해 유종원은 崔敏에 의해 구현되고 있는 바람직한 가치지향을 구체적으로 제시한다.

집안의 친척으로서 탁월한 능력을 발휘하고 비범한 재능을 펼쳐서 큰 공훈을 세운 人物을 찬양하고 있는 「唐故兵部郎中楊君墓碣」을 살펴보자.

> 양군이 진사에 급제한 후 비서성 교서랑으로서 書記를 지내며 元侯를 보좌하였고 한수의 남쪽에서부터 형주로 옮겨와서 협률랑으로부터 세 차례 어사로 전임하였다. 절도사가 元戎이 출정하면 그의 책략을 쓰고 드러내니 마침내 조정으로 들어가 기거랑에 임명되었다. 사실을 기록하되 우회하지 않으니 國典에 나타나고 드리웠다. 다시 尙書司封員外郎에 임명되어 봉읍지를 혁신하고 바로잡았으며 嫡庶의 구분을 정돈하였는데 이 일이 권력 있고 부귀한 사람에게 연루되자 물리치면서 조금도 두려워하지 않았다.[333]

윗글의 楊君은 柳宗元 丈人의 아우인 楊凝이며 그는 절도사 元戎을 보좌하는 직책을 맡아 임무에 충실하였으며 큰 성취를 이루었다. 특히 柳宗元은 외압에 굴복하지 않고 소신과 원칙에 의거하여 직분에 임하는 楊凝의 행적을 기술하면서 그를 仁義를 실현한 志士로 기술한다. 참언과 아첨이 횡행하던 시기에 뚜렷한 주관을 가지고 이상을 견지해 나간 楊凝의 기개는 마땅히 세인의 모범이

333) 『柳宗元全集』, 卷9 「唐故兵部郎中楊君墓碣」: 君旣擧進士, 以校書郎爲書記, 毗贊元侯, 於漢之陰, 式徙荊州, 由協律郎三轉御史. 元戎出師, 用顯厥謀, 遂入王庭, 爲起居郎. 書法不回, 著垂國典. 又爲尙書司封員外郎, 革政封邑, 申明嫡媵, 事連權右, 斥退勿憚.

될 만하며 이러한 행동은 불의에 저항하고 義를 선양하는 전형으로서 숭배의 대상으로 손색이 없다.

세상 사람들과는 다른 가치관을 가지고 자신의 지향을 견지해 나간 인물을 기린 「東明張先生墓誌」를 살펴보자.

> 봉록이 없어도 편안할 수 있고 관직을 지내지 않아도 영예로울 수 있다. [마음을] 비우니 조용해지고 채우니 충만해진다. 언설을 하되 화려하게 꾸미지 않고 이름을 빛내되 명리만 위하지 않는다. 굳건하고 결백하며 두루 흘러가니 마음속은 가득 차고 조용하고 편안하다. 그윽하니 그 형상을 바라보며 더불어 변화하여 아득해진다. 조용하게 자신의 道를 실현하니 이 때문에 근심이 없었다.[334]

윗글은 長安縣尉를 지낸 東明先生 張因의 행적을 기리며 쓴 墓誌文이다. 張因은 뛰어난 글솜씨로 長安縣尉에 임명되었으나 관직에서 물러나 학습에 매진하고자 東明館을 짓고 은거하였다.[335] 張因은 세상 사람들이 이익을 위해 분주하고 名利를 추구하는 것과 달리 홀로 청정함을 견지하며 도를 수양하여 세파에 자유로울 수 있었다. 뛰어난 재능으로 명리를 구하였다면 능히 부귀영화를 누릴 수 있었음에도 이의 덧없음을 일찍이 간파하고 세속의 안락보다는 道를 추구하였으니 이는 속된 영락의 유혹에 초연한 의로운 기개의[336] 전형적 발현이다.

---

334) 『柳宗元全集』, 卷11 「東明張先生墓誌」: 匪祿而康, 匪爵而榮. 漠焉以虛, 充焉以盈. 言而不爲華, 光而不爲名. 介潔而周流, 苞涵而淸寧. 幽觀其形, 與化爲冥. 寂寞以成其道, 是以勿嬰.

335) 『柳宗元全集』, 卷11 「東明張先生墓誌」: 愿爲黃老術, 詔許之. 居東明觀三十餘年, 受畢法道行峻異, 得衆眞秘書訣錄.

336) 査屛球, 『唐學與唐詩』, pp.146 - 151 참조: 査屛球는 中唐詩風에 내재된 復古精神을 논하며 韓愈를 비롯한 中唐 문인들의 奇怪한 詩風은 바로 崇儒復古的 입장에서 체현된 人格意志라고 하였다. 특히 그는 이 시기 문인들의 작품에 盛唐과 같은 魏

유종원은 고덕을 갖춘 명승을 찬양한 많은 碑文을 창작했고 특히 불교의 교리를 전파하는 데 힘쓴 승려의 업적을 극구 찬미하였다. 이 중에서 「岳州聖安寺無姓和尙碑」를 보자.

> 불성을 姓으로 삼았으니 이에 스스로의 근본에 귀의하였다. 이름이 없었으나 이름이 있었고 스승의 가르침을 매우 존경하였다. 거짓으로 만물을 드러내고자 한 것은 스님이 근거한 바가 아니었다. 고향에 거하지 않았고 친척들과 교류하지 않았다. 조용하고 아름다운 내심은 밝았고 깊고 욕심 없는 겉모습은 인자하였다. 佛聖께서 남기신 말씀을 窮究하였고 부지런히 탐구하였다.[337]

윗글은 岳州의 高僧 無姓 스님의 행적을 기리는 碑文이다. 柳宗元은 불교의 주장이 점점 근본에서 벗어나 여러 가지 이단설이 횡행한 가운데 오로지 불교의 근원적인 도의를 추구하며 수행하다가 입적한 無姓 스님을 찬양하고 있다 특히 柳宗元은 無姓 스님이 中正之道를 따른 결과 그에게 전수받은 문도는 정종에서 벗어나지 않았음을 거론하면서 그의 올바른 득도의 길을 극찬하고 있다. 또한 스님의 세속에 초탈하고 진정한 불도의 길을 걷고자 한 모습을 부각시키며 無姓 스님에 대한 경외감을 토로하고 있다.

불교 교의를 전달하는 데 특별한 업적이 큰 스님을 찬양하는 작품으로는 「龍安海禪師碑」도 들 수 있다.

> 부처의 출생지는 중국에서 2만 리 떨어진 먼 곳이다. 그가 죽은 시간도 오늘로부터 2천 년의 거리가 있다. 따라서 불교를 전하는 것이 갈수록 약해졌고

晉名士的 人格 이미지는 이미 사라지고 '好古疾俗'하고 '獨守古道'한 특이한 개성이 많이 나타난다고 주장하였다.

337) 『柳宗元全集』, 卷6 「岳州聖安寺無姓和尙碑」: 以性爲姓, 乃歸其根. 無名而名, 師教是尊. 假以示物, 非吾所存. 大鄕不居, 大族不親. 淵懿內朗, 沖虛外仁. 聖有遺言, 是究是勤.

> 禪을 강론하는 것이 가장 폐단이 심했다. 구속되면 '物'에 얽매이고 방종하면 '眞'에서 멀어지니 '眞'에서 멀어지면 더욱 심하게 방종해진다. 그러므로 오늘날 우매하고 무지하며 미혹되고 방종하고 오만하여 스스로 옳다고 여기는 그런 자들이 모두 선종을 왜곡하고 그 가르침을 어지럽힌다. 혼용하고 우매함에 빠지고 사악하고 황당함에 놓이게 된다. 그러나 이와는 다른 자가 바로 장사의 남쪽에 사는 龍安禪師이다.[338]

불교가 중국에 전래된 이래로 갈수록 불교의 진리는 제대로 전해지지 않았는데 그중에서 禪宗의 폐단이 심했다. 더군다나 南宗과 北宗 간의 반목이 심하였고 여러 종파 간의 설이 모두 달랐다. 龍安禪師의 공적은 불교의 가르침이 갈수록 멀어지고 파벌싸움으로 점철되는 상황하에서 여러 종파의 설을 종합하여 하나의 계통으로 정리한 데에 있다. 龍安禪師는 南宗과 北宗의 教義 중에서 서로 다른 점을 모두 없애고 中道에 근거하여 『安禪通明論』을 지었으니[339] 그는 불교사에 큰 족적을 남겼다.

인간의 정신적 지주로 종교의 중요성을 인지하고 이의 확립을 위해 각고의 노력을 기울여 마침내 범인들에게 지향해야 할 正道를 제시하였으니 그 업적의 숭고함과 위대함은 세인의 추앙을 받기에 모자람이 없다.[340]

---

338) 『柳宗元全集』, 卷6 「龍安海禪師碑」: 佛之生也, 遠中國僅二万里; 其沒也, 距今茲僅二千歲. 故傳道益微, 而言禪最病. 拘則泥乎物, 誕則離乎眞, 眞離而誕益勝. 故今之空愚失惑縱傲自我者, 皆誣禪以亂其教, 冒於囂昏, 放於淫荒. 其異是者, 長沙之南曰龍安師.

339) 『柳宗元全集』, 卷6 「龍安海禪師碑」: 以蹈乎中, 乖離而愈同, 空洞而益實, 作安禪通明論.

340) 陳琼光, 「柳宗元和魯迅與佛教的關係」, pp.419－429 참조: 陳琼光은 柳宗元과 魯迅이 佛教에 심취했던 공통점을 착안하여 그들과 佛教의 관계를 논하였다. 여기서 두 사람의 불교에 대한 태도를 정리하였는데 첫째, 佛學에 접근하여 심리의 內在的 平衡을 추구했고, 둘째, 佛學을 推崇하여 중국의 전통문화를 발전시켰으며, 셋째, 佛學의 정신을 탐구하여 창조적으로 비판한 점 등 세 가지 공통점을 중심으로 규명하였다.

스님들 중에서 특별한 행적이 빛나는 般舟 스님을 찬양한 「南獄般舟和尙第二碑」를 보자.

> {般舟 스님은} 외출함에 소와 말이 끄는 마차를 타지 않았고 옷을 입음에 솜옷과 비단옷을 입지 않았다. 자신의 몸을 편안하게 두지 않았고 먹는 것 또한 보잘 것 없었다. 힘들여 일해도 고달파하지 않았으니 그의 심성이 항상 고요하고 한결같았기 때문이다. 마음을 풀어놓되 뽐내지 않았고 버리니 항상 얻었다. 드넓게 융화하고 맞추고 합하니 누가 능히 그의 종적을 窮究할수 있으랴? 이렇게 남겨진 영광은 훌륭한 준칙으로 사람들에게 칭찬받는다. 그의 모습 이미 존재하지 않지만 그의 규범과 의표는 끝없이 영원할 것이다.[341]

윗글은 般舟 스님의 생평을 기술하고 스님의 행적을 기리는 碑文의 일부분이다. 般舟 스님은 唐代 南宗의 大師로서 부처의 진정한 교리를 이해한 뛰어난 法師였는데 무엇보다도 柳宗元은 般舟 스님이 오로지 한마음으로 불교를 수행하는 것을 특별히 찬양하고 있다. 般舟 스님은 따로 추구하는 것이 없었으니 몸의 편안함을 구하지 않았고 좋은 옷을 추구하지도 않았으며 입에 맛있는 것을 추구하지도 않았다. 심성이 한결같았고 조용하여 불교의 오묘한 진리를 이해할 수 있었다. 이에 이름이 백대에 알려지고 영원불후할 수 있었던 것이다. 알고도 실천하기 어려운 것이 正道일진대, 道의 실현을 몸소 체현해 낸 般舟 선사야 말로 세인의 귀감이 될 만하며 세인들로 하여금 道의 존엄과 이의 실현과정에서 추구할 수 있는 고결하고 위대한 인간미를 감지할 수 있게 해 준다.

이상의 분석을 통해서 柳宗元 散文이 성취하고 있는 崇高性은

---

341) 『柳宗元全集』, 卷7 「南獄般舟和尙第二碑」: 出不牛馬, 服不絮帛. 匪安其躬, 亦非其食. 勤而不勞, 在用恒寂. 縱而不傲, 在舍恒得. 洪融混合, 孰究其迹. 懿玆遺光, 式是嘉則. 容貌往矣, 軌儀無極.

위대하고 아름다운 것을 대상으로 그것의 긍정적인 가치를 통찰하고 이의 발현을 통하여 세인들의 범속성까지도 일정 정도 고양되는 효과를 구현해 내고 있음을 알 수 있다. 여기서 유종원 산문의 崇高性의 근거를 추정할 수 있다. 첫째 그것의 원천은 형상화된 대상의 위대함과 아름다움에 있다. 이는 유종원 스스로가 자신을 왜소하게 만들어 놓고 자신이 초월하는 데 있어 기준이자 표준으로서 위대한 대상을 설정하였기 때문이다. 또한 위대하고 아름다운 대상의 행위가 긍정적이고 보편적인 가치를 제시하여 찬탄과 유쾌한 쾌감의 정서를 발현하는 데 있다.[342]

승고함은 일종의 정화이다. 범인에게 있어 언제 어디서나 조우할 수 있는 세속적 유혹에 초연하기란 쉬운 일이 아니다. 그러기에 이러한 범속함을 초탈한 인물은 추앙을 받는 것이며 道와 義가 발현된 전형으로 귀감이 되는 것이다. 이러한 위인들의 행동을 통해 범인들은 감동을 받으며 인간미에 대한 감흥을 느끼게 된다. 그리고 자연과 완벽한 조화를 이루어 내는 조형물을 보면서 또한 심적 동요를 느끼며 충만하는 감동의 순간을 맛보게 된다. 이러한 것은 또 다른 종류의 미적 발현 형태로 그것의 특성을 일순간의 저급하고 단순한 감동과는 질적으로 다른 것이며, 범인들로 하여금 한순간이나마 세속성을 초월하는 고도의 미적 쾌감을 감지할 수 있게 해 준다.

---

342) 張法, 앞의 책, p.244 참조: 張法은 崇高는 인간의 자아 초월 과정으로 정의하면서 中國과 西歐의 崇高論의 차이점을 다음과 같이 규명하였다. ① 자아가 초월하도록 유도하는 방법상의 차이로 서구의 숭고에서는 인간을 왜소하게 느끼게 만드는 것이 敵對者이지만 중국의 숭고에서 초월을 유도하는 대상은 위대한 것이며 격려의 방식으로 나타난다고 하였다. ② 초월 방향의 차이로 서구에서는 투쟁을 통해 이겨서 초월하는 반면 중국의 초월은 격려자에게 歸依하는 것이라고 하였다. ③ 초월의 과정의 차이로 서구의 숭고는 격렬한 부정의 부정의 과정으로 드러나고 중국의 숭고는 긍정적이고 유쾌한 상승으로 표현된다고 하였다.

VI

결 어

본서에서는 柳宗元 散文의 문예미를 규명하기 위해서 산문 작품 345篇을 對象으로 類型과 文藝技法 그리고 美的 形態를 분석하였다. 이러한 분석을 통해서 목표한 것은 유종원이 散文에서 발휘한 形象化 過程과 그가 이룩한 審美的 境界를 밝혀 文學藝術美를 규명하는 것이다. 이러한 연구 과정의 결과는 다음의 몇 가지로 대별될 수 있다.

첫째, 柳宗元 散文의 진정한 가치를 밝혀내기 위해서는 먼저 文體論에서 탈피가 요구된다. 다시 말하자면, 柳宗元 散文을 文體別로 分類하고 傳統的인 文體 特徵 속에서 外的 形式과 局所的 文學性을 규명하는 것에서 벗어나야 한다는 것이다. 이러한 논점하에서 전면적이고 구체적인 텍스트 分析을 바탕으로 柳宗元 散文 전반에 나타나고 있는 文學藝術美을 구체화할 수 있었다.

둘째, 柳宗元의 散文은 文學創作에 대한 유종원의 深化된 理論構築과 맥을 함께하고 있다. 柳宗元은 뛰어난 創作者이면서 동시에 理論家이기도 하였다. 비록 그가 독립적인 文學理論書를 집필하지는 않았으나 數篇의 편지글과 증여의 글에서 精緻한 그의 文學理論을 확인할 수 있다. 柳宗元은 文學創作의 지고의 가치를 '文以明道'에 두었고 '文以明道'를 위한 '文道合一'을 강조하였다. 유종원이 주장한 '文以明道'와 '文道合一'은 文學創作에서 산문의 功利를 강조하는 동시에 審美와의 긴밀한 결합을 강조하는 측면에서 현실을 반영한 실재성 실용성을 획득하였고 審美를 강조하는 측면에서 새로운 形式의 확대를 실현하였다. 이러한 '文道合一'은 순문학 관점에서 보면 일종의 退步로 여겨질 수 있지만 功利를 위한 예술적 창조를 강조하고 실천하였다는 점에서 발전적인 가치를 갖는다.

셋째, 柳宗元의 散文은 내용에 따라 論說文, 傳記文, 贈序文과 書信文, 游記文과 寓言文, 祭文 등 五類로 유형화할 수 있었다. 그의 散文들이 說理性, 敍事性, 抒情性 등의 일반적 측면들을 가지고 있음은 말할 나위도 없다.

넷째, 柳宗元은 散文의 형상화를 위해 反語的 表現, 寓意的 比諭, 象徵的 形象 등의 文藝技法을 사용하였다. 이를 유종원 산문의 '예술적 개성'으로 규정한 후 文學理論을 援用하여 작품을 분석해 보는 방법을 취했다.

다섯째, 柳宗元 散文의 미적 형태에 대한 분석과 그 결과는 다음과 같다.

유종원 산문의 文藝美는 작품에서 구체적으로 體現되는 미적 현상을 통해서 살펴볼 수 있었다. 미적 현상은 美의 範疇 문제이므로 일반 美學에서 논의되는 美的 範疇에 근거하여 유종원 산문에서 감각되는 주도적이고 중심적인 美를 '滑稽美'와 '悲劇美', 그리고 '崇高美'로 분류하였고 美의 對象과 審美效果를 보충하여 柳宗元 散文의 文藝美를 분석하였다.

위의 연구 과정을 통하여 유종원의 산문이 이룩한 特質을 다음의 두 가지로 대별할 수 있다.

첫째, 柳宗元의 散文은 功利에 대한 자각과 審美에 대한 추구를 긴밀히 결합함으로써 새로운 미적 관념과 미적 형상을 반영한 새로운 散文美를 창조하였다. 藝術의 功利性 내지 效用性과 審美性의 관계는 여러 가지의 다양한 형태로 줄곧 論議의 대상이 되어 왔다.

이는 그것의 重要性과 아울러 難解性을 의미하는 것이다. 현실적 효용성을 강조하면 예술은 관념의 시녀로 전락하게 되고 심미성을 강조하면 극도의 탐미적 입장을 초래하게 된다. 前者의 경우 그것의 극단적인 형태는 標語나 口號를 지향하게 되고 결국에는 관념적 어휘의 나열이라는 결과를 낳게 되고 만다. 이는 藝術的 感動이라는 화려한 치장을 한 목적성의 발로에 지나지 않는다. 예술의 한 장르로서의 문학이 이런 지경을 노정하게 될 때 그것이 예술을 享有하고자 하는 독자층에게 미칠 수 있는 폐해는 이루 말할 수가 없다. 그것이 단순한 教條性만을 띠는 경우는 그나마 다행스런 일이다. 그러나 그 속에 어떤 목적성이 가미될 경우 독자들은 문학이 가지는 원래의 속성인 감동의 파급적 효과에 힘입어 그것에 함몰되어 버린다. 그리하여 독자들은 그 창작자의 의도 속에 비판력을 상실해 가고 맹목적인 추수의 입장만을 보여 주게 되는 것이다.

그리고 후자의 경우 이 또한 많은 폐해를 야기한다. 문학이 현실의 모방이며 그것의 藝術的 形象化라는 본질을 망각할 경우 문학은 그 자체로 또 다른 하나의 교조성을 형성하게 된다. 극단적인 耽美나 唯美의 태도는 美 이외의 모든 것을 무의미하게 만들고 결국에는 美의 창출자 내지 주체자마저 소외시키고 만다. 즉 문학은 그것의 주체이자 향유자인 인간의 개입을 배제하고 스스로의 독립성을 구가하다 결국에는 그 자체 존립 이유마저 상실하게 되고 마는 결과를 낳게 되는 것이다. 따라서 진정한 심미적 성취는 이 두 측면의 적절한 결합에서만이 될 수 있다.

柳宗元이 그의 작품에서 지향한 문학성은 이러한 측면에서 평가되어야 할 것이다. 그는 이 양면의 중요성을 일찍이 인지하고 있었다. 따라서 이 양면을 병립시킬 수 있는 형태로 散文의 樣式을 선택하여 이의 구현을 시도하였던 것이다. 그리하여 그는 이들을 공존시킨 새로운 형태를 창출해 낼 수 있었다. 이는 바로 종래 획일적이며 단조로웠던 散文의 형태를 확대시킨 결과를 성취하였다.

둘째, 그의 散文美學을 대변하는 '盡天下之奇味以足於口'에서 알 수 있듯이 柳宗元은 散文 藝術의 다양성에 대한 인식을 바탕으로 실제 창작에서 다양한 文藝技法을 운용하였다. 문학의 형상화 과정에 있어서 내용과 형식의 문제는 위에 언급한 그것의 효용성과 심미성의 문제만큼이나 난제이다. 내용이 우위냐 형식이 우위냐는 다소 피상적인 문제에서부터 시작하여 가장 적합한 내용과 형식의 접합에 대한 탐색에 이르기까지 그것에서 파생되는 문제는 이루 헤아릴 수가 없다. 여기에 작가 개인의 문체까지 거론되면 그것은 더욱 심각해진다. 그러나 이러한 면들에 대한 인식을 깊이 하여 이를 실현해 낼 수만 있다면 그것은 또한 최대의 감동을 창출해 낼 수 있을 것이다. 여기에서 柳宗元이 그의 散文에서 시도한 여러 기법들이 그 의미를 가지게 된다.

그는 작품 속에서 구현해 내고자 하는 주제와 이의 표출을 위해 선정된 제재의 긴밀성을 높이기 위하여 기존의 다양한 표현기법들을 사용하고 있다. 부정적이고 척결되어야 할 대상의 형상화를 위해서는 풍자와 역설 등의 골계의 기법을 사용하였고 추앙받고 숭배되어야 할 훌륭한 대상들의 형상화를 위해서는 숭고성과 장엄성의 발현을 시도하였으며 모순된 현실과 개인의 이상 간의 갈등으로 야기되는 挫折, 憤怒, 悲哀의 情調를 형상화하기 위해 비극성을 접합시켰다. 그리고 이렇게 형성된 여러 형상들을 反語的 表現, 寓意的 比諭, 象徵的 形象을 통해 생동감을 가진 구체적 형상으로 빚어내었다. 이리하여 그는 정형화된 형식을 고수하던 이전의 散文 形式에 새로운 지평을 제시하는 결과를 만들어 내고 있는 것이다.

柳宗元의 文學世界는 그의 지난한 삶만큼이나 깊고 그윽하다. 이는 현실적 갈등이 바로 그의 문학세계를 성장 성숙시켰다는 말과 다름없다. 高遠한 이상에 비해 모순투성이의 암담한 현실, 그 속에서 그나마 위안이 되었던 가족친지 친구의 비참한 말로, 이러한 것에서부터 비롯된 그의 고통은 그를 더욱 현실에서의 패배를 절감하게 만들었다. 그러면서 또한 현실을 인정하고 그 속에서 존재의 가치를 찾을 수밖에 없는 모순과 한계를 받아들이지 않을 수 없게 만들었다. 이런 모순과 갈등의 과정을 거치면서 그의 문학은 점점 성숙되어 갔던 것이다. 그러기에 비록 젊은 나이에 생을 마감했으나 그가 남긴 작품은 시대를 초월하여 그 眞價를 발할 수 있었다. 그리고 그가 시도했던 다양성만큼이나 또한 함축적인 그의 작품들은 그 속에 浸潤되어 있는 그의 지고한 사상, 비통한 삶, 현실에 대한 애증들과 한껏 어우러져 그만의 고유한 생명력으로 그가 오로지 견지하고자 했던 가치를 구현해 내고 있는 것이다.

[참고문헌]

1. 原典 및 註釋本

『柳河東全集』, 臺灣 世界書局, 民國 52.
『柳河東集(上下)』, 臺灣 中華書局, 民國 59.
『柳宗元文』, 王雲五 主編, 臺灣 商務印書館, 民國 63.
『柳河東集』, 臺灣 河洛圖書出版社, 民國 63.
『柳宗元散文硏讀』, 王更生 編著, 文史哲出版社, 民國 83.
『柳宗元哲學選集』, 侯外廬 等編, 中華書局香港分局, 1976.
『中國歷代寓言選』, 周大璞, 湖北人民出版社, 1983.
『唐宋八大家文選評注』, 謝先模 主編, 江西人民出版社, 1985.
『唐宋八大家選譯注』, 陳霞村・閻鳳梧, 山西人民出版社, 1986.
『唐宋八大家文選(上)』, 陳玄榮, 福建教育出版社, 1988.
『唐宋八大家散文鑑賞辭典』, 呂晴飛 主編, 中國婦女出版社, 1991.
『柳宗元選集』, 高文・屈光 編, 上海古籍出版社, 1992.
『柳宗元詩箋釋』, 王國安, 上海古籍出版社, 1993.
『柳宗元全集』, 曹明綱 標點, 上海古籍出版社, 1997.
『古文辭類纂』, 姚鼐 纂集, 胡士明・李祚唐 標校, 上海古籍出版社, 1998.
『文心雕龍注釋』, 劉勰著, 周振甫注, 人民文學出版社, 1998.

2. 單行本類

1) 中文 單行本

『韓柳年譜』, 王雲五, 臺灣 商務印書館, 民國 67.
『柳子厚寓言文學探微』, 段醒民, 文津出版社印行, 民國 67.
『韓柳文研究法』, 林紓, 廣文書局印行, 民國 67.
『中國文學史論文選集(三)』, 羅聯添 編, 學生書局, 民國 68.
『中國散文史』, 陳柱, 商務印書館發行, 民國 69.
『散文結構』, 方祖燊・邱燮友 共著, 臺北 蘭臺出版社, 民國 70.
『古代散文文體概論』, 陳必祥, 文史哲出版社印行. 民國 76.
『美學範疇論』 姚一葦, 學生書局, 民國 76.
『隋唐史』, 岑仲勉, 高等教育出版社, 1957.
『唐代長安與西域文明』, 向達, 三聯書店, 1957.
『中國思想史』, 後外盧, 人民出版社, 1959.
『隋唐五代史』, 呂思免, 中華書局, 1959.
『文章變體序說』, 吳納, 人民文學出版社, 1962.
『文體明辨序說』, 徐師曾, 人民文學出版社, 1962.
『柳宗元』, 山西大學歷史系, 人民出版社, 1976.
『柳宗元』, 顧易生, 上海古籍出版社, 1979.
『韓愈柳宗元文學評價』, 黃雲眉, 齊魯書社, 1979.
『唐代進士行卷與文學』, 程千帆, 上海古籍出版社, 1980.
『柳宗元事蹟系年暨資料類編』, 國立編譯館中華叢書編審委員會, 1981.
『柳宗元傳論』, 孫昌武, 人民文學出版社, 1982.
『隋唐制度淵源略論稿』, 陳寅恪, 上海古籍出版社, 1982.
『唐代文化史研究』, 羅香林 撰, 上海書局, 1982.

『唐代古文運動通論』, 孫昌武, 百花文藝出版社, 1984.
『美學基本原理』, 夏之放 外, 上海人民出版社, 1984.
『柳宗元散論』, 高海夫, 陜西人民出版社, 1985.
『鍾敬文民間文學論文集(上下)』, 上海文藝出版社, 1985.
『詩歌意象論』, 陳植鍔, 中國社會科學出版社, 1986.
『唐代科擧與文學』, 傅璇琮, 陜西人民出版社, 1986.
『文藝美學辭典』, 王向峰, 遼寧出版社, 1987.
『唐宋八大家散文鑑賞辭典』, 呂晴飛 主編, 中國婦女出版社, 1988.
『柳宗元散文藝術』, 吳小林, 山西人民出版社, 1989.
『中國散文美學』, 萬陸, 中州古籍出版社, 1989.
『柳宗元新傳』, 劉光裕・楊慧文 共著, 上海人民出版社, 1989.
『唐宋八大家散文技法』, 朱世英・郭景春 共著, 長江文藝出版社, 1989.
『漢唐文學的嬗變』, 葛曉音, 北京大學出版社, 1990.
『中國雜文史』, 邵傳烈 著, 上海文藝出版社, 1991.
『唐宋古文研究』, 李道英, 北京師範大學出版, 1992.
『中國古代文體概論』, 褚斌杰, 北京大學出版社, 1992.
『散文技巧』, 李光連, 中國青年出版社, 1992.
『唐代後期儒學』, 張躍, 上海人民出版社, 1992.
『柳宗元與唐代士人精神的變化』, 陳柔水, 劍橋大學出版社, 1992.
『中國散文史(上中)』, 郭預衡, 上海古籍出版社, 1993.
『中國散文美學史』, 吳小林, 黑龍江人民出版社, 1993.
『中國古代散文藝術』, 周明, 江蘇教育出版社, 1993.
『柳宗元研究文集』, 柳州市柳宗元學術研究會編, 廣西人民出版社, 1993.
『文學意象論』, 夏之放 著, 汕頭文學出版社, 1993.
『魏晉南北朝隋唐史三論』, 唐長孺撰, 武漢大學出版社, 1993.
『柳宗元研究』, 何書置, 岳麓書社, 1994.
『文化建構文學史綱』, 林繼中 撰, 三進出版社, 1994.
『柳宗元在永州』, 林克屛・杜方智 主編, 中州古籍出版社, 1994.

『唐代文學精神』, 鄧小軍 撰, 文津出版社, 1994.
『散文』, 謝楚發, 人民文學出版社, 1994.
『中國古代寫作學概論』, 李道英, 文心出版社, 1994.
『中國散文學通論』, 朱世英 外, 安徽教育出版社, 1995.
『漢魏六朝散文精華』, 王洪 主編, 中國文學出版社, 1995.
『唐代五大文豪－柳宗元 / 白居易 / 韓愈 / 杜甫 / 李白』, 王運熙・吳文治 外, 上海古籍出版社, 1995.
『唐五代書儀硏究』, 周一良・趙和平 共著, 中國社會科學出版社, 1995.
『唐代文學史(上下)』, 喬象鍾・陳鐵民 主編, 人民文學出版社, 1995.
『唐帝國的精神文明』, 程薔・董乃斌 共著, 中國社會科學出版社, 1996.
『中國文章論』, 佐藤一郎 著, 王元化 主編, 上海古籍出版社, 1996.
『士大夫政治演生史稿』, 閻步克, 北京大學出版社, 1996.
『思想轉型－理學發生過程硏究』, 徐洪興 撰, 上海人民出版社, 1996.
『中國近三百年學術史』, 錢穆 撰, 商務印書館, 1997.
『唐代政治史述論稿』, 陳寅恪, 上海古籍出版社, 1997.
『唐宋四大家的道論與文學』, 朱剛, 東方出版社, 1997.
『柳宗元柳州詩文選讀』, 謝漢强 主編, 西安地圖出版社, 1999.
『隋唐五代文學思想史』, 羅宗强, 中華書局, 1999.
『唐宋散文』, 張清華, 廣西師範大學出版社, 2000.
『中唐政治與文學』, 胡可先, 安徽大學出版社, 2000.
『唐學與唐詩』, 查屛球, 商務印書館, 2000.
『唐代文學硏究』, 廣西師範大學出版社, 1999, 2000, 2001.
『夢逝難尋－唐代文人心態史』, 池萬興・劉懷榮 共著, 河北教育出版社, 2001.
『永州柳學－2001第1期』, 永州柳宗元硏究會, 零陵師專柳宗元硏究室 合編, 2001.
『柳宗元與永州山水』, 陳松柏・蔡自新 主編, 湖南文藝出版社, 2002.
『柳宗元永州詩歌賞析』, 楊金磚・呂國康 主編, 湖南文藝出版社, 2002.

2) 國文 單行本

『아이러니 Irony』, D. C. Muecke 著, 文祥得 譯, 서울대학교출판부, 1979.

『諷刺 Satire』, Arthur Pollard 著, 宋洛憲 譯, 서울대학교출판부, 1979.

『알레고리 Allegory』 존 맥퀸 著, 宋洛憲 譯, 서울대학교출판부, 1979.

『悲劇 Tragedy』, Clifford Leech 著, 文祥得 譯, 서울대학교출판부, 1979.

『비평의 해부』, N. 프라이 著, 임철규 譯, 한길사, 1982.

『언어예술작품론』, 볼프강 카이저, 김윤섭 譯, 대방출판사, 1982.

『세계문학비평용어사전』, 李明燮, 을유문화사, 1985.

『예술의 사색』, 백기주 著, 서울대학교출판부, 1985.

『논리학개론』, 강영계・송병옥 공저, 박영사, 1986.

『문학비평용어사전』, 이상섭, 민음사, 1987.

『문예미학』, 蔡儀 주편, 강경호 역, 동문선, 1989.

『미학강의1・2』, M. S. 까간, 새실, 1989.

『사회주의미학연습』, 朱存明・王海龍 著, 유세종 옮김, 전인, 1989.

『문학용어사전』, M. H. 아브람스, 최상규 譯, 보성출판사, 1989.

『문학이론학습』, 侯健 外, 임춘성 옮김, 제3문학사, 1989.

『강좌중국사1・2・3』, 서울대학교동양사학연구실 편, 지식산업사, 1989.

『미학사전』, 사사키 겡이치 著, 사사키 민주식 譯, 동문선, 1995.

『중국철학과 예술정신』, 조민환 지음, 예문서원, 1997.

『문학용어사전』, M. H. 아브람스 지음, 최상규 옮김, 보성출판사, 1998.

『동양과 서양, 그리고 미학』, 張法 著, 유중하 외 譯, 푸른숲, 1999.

『중국의 역사』, 누노메조후 외, 혜안, 2001.

『수사학이란 무엇인가?』, 김욱동, 민음사, 2002.

『이미지와 상징』, 미르치아 엘리아데, 이재실 옮김, 까치글방, 2002.

3) 日本資料

「韓愈と柳宗元」, 筧文生, 『中國詩文選16』, 1973.
『中國中世文學評論史』, 林田愼之助, 創文社, 1979.
『柳宗元』, 林田愼之助, 集英社, 1983.
『柳文研究序說』, 新海一, 汲古書院, 1987.
『中唐文人考－韓愈・柳宗元・白居易』, 太田次男, 硏文出版, 1993.
『韓愈と柳宗元－唐代古文研究序說』, 小野四平, 汲古書院, 1995.
『柳宗元永州山水游記考』, 戶崎哲彦, 中山出版社, 1996.
『中唐文學の視角』, 松本 肇・川合康三 編, 創文社, 1998.
『柳宗元研究』, 松本 肇, 創文社, 1999.
「柳宗元邊境に美を發見す」, 松本 肇, 『世界の文學』, 2001.

3. 學位論文類

「柳宗元散文研究」, 金容杓, 國立臺灣大學中文研究所 석사학위논문, 民國 74.
「柳宗元辭賦研究」, 鄭色幸, 臺灣東海大學 박사학위논문, 民國 91.
「柳宗元散文研究」, 吳洙亨, 서울대학교 박사학위논문, 1992.
「柳宗元散文의 文體別 研究」, 洪承直, 고려대학교 박사학위논문, 1992.
「柳宗元詩의 內面意識 變化 研究」, 林孝燮, 한국외국어대학교 박사학위논문, 2003.
「柳宗元의 傳과 山水記 考察」, 유은희, 연세대학교 석사학위논문, 1985.
「柳宗元 寓言文의 諷刺性 研究」, 홍승직, 고려대학교 석사학위논문, 1986.
「柳宗元 傳記・寓言 散文 研究」, 임춘영, 한국외국어대학교 석사학위논문, 1993.

「柳宗元 永州八記 硏究」, 임현호, 경희대학교 석사학위논문, 1994.
「柳宗元의 山水遊記 硏究」, 김준형, 명지대학교 석사학위논문, 1995.
「柳宗元의 永州八記 考察」, 이현, 경성대학교 석사학위논문, 1997.
「柳宗元의 諷刺文學 硏究」, 백광준, 서울대학교 석사학위논문, 1998.
「柳宗元 寓言 硏究」, 남철진, 연세대학교 석사학위논문, 1998.
「柳宗元의 寓言文 硏究」, 채성숙, 전남대학교 석사학위논문, 2000.
「唐代山水遊記硏究」, 강경범, 성균관대학교 석사학위논문, 1991.

4. 小論文類

1) 中國 小論文

錢　穆, 「雜論唐代古文運動」, 『中國文學史論文選集(三)』, 民國 68년.
賈順先, 「試論柳宗元哲學體系的二重性」, <南充師院學報>, 1988년 제2기.
王一民, 「試論柳宗元的"統合儒釋"」, <中國哲學史研究>, 1988년 제3기.
瞿林東, 「柳宗元史論的理論價值和歷史地位」, <歷史研究>, 1988년 제4기.
郭預衡, 「簡說唐代文章之變遷」, <文學遺產>, 1988년 제4기.
孫昌武, 「佛典與中國古典散文」, <文學遺產>, 1988년 제4기.
羅宗强, 「唐代古文運動的得與失」, <文史知識>, 1988년 제4기.
吳小林, 「論韓柳散文的異同」, <中國人民大學學報>, 1988년 제4기.
丁　儀, 「淺淡"永州八記"中的意境」, <殷都學刊>, 1988년 제1기.
蔣崇興, 「柳宗元山水游記的美學特色」, <長沙水電師院學報>, 1988년 제2기.
楊素娥, 「柳宗元傳記體散文的特徵」, <內蒙古師大學報>, 1988년 제2기.
徐正英・田璞, 「韓愈柳宗元山水散文藝術比較」, <鄭州大學學報>, 1988년 제3기.
王佩娟, 「柳宗元山水記的審美意義」, <國際關係學院學報>, 1988년 제1기.
劉洪仁, 「論韓柳雜文的藝術成就」, <四川教育學院學報>, 1989년 제3기.
范能船, 「談柳宗元的本體論山水審美觀」, <美術論壇>, 1989년 제6기.
周陸軍, 「論柳宗元傳記的獨特性」, <湖南師大社會科學學報>, 1989년 제4기.
徐　英, 「宗元寓言文幽默美初探」, <華南師大學報>, 1989년 제1기.
肖國芬, 「淺談寫景散文的意境創造－讀柳宗元的永州八記」, <承德師專學報>, 1989년 제1기.
吳小林, 「論柳宗元散文的幽美」, <中國人民大學學報>, 1989년 제5기.
魏維節, 「談柳宗元辭賦的思想價值與藝術風格」, <徐州教育學院學報>, 1989년 제3기.

尙永亮, 「元和貶謫文學藝術特徵初探」, <陝西師範大學學報>, 1990년 제4기.
朱迎平, 「唐代古文家開拓散文體裁的貢獻」, <文學遺產>, 1990년 제1기.
林繼中, 「由雅入俗: 中晩唐文壇大勢」, <人文雜志>, 1990년 제3기.
秦松鶴, 「「國語」到「非國語」的思想變革－柳宗元的'輔時及物'之文」, <北京師大學報>, 1990년 제3기.
張嘯虎, 「美棗生於荊棘－柳宗元的政治文學作品」, <文史知識>, 1990년 제9기.
李錦全, 「柳宗元與'統合儒釋'思潮」, <晋陽學刊>, 1990년 제6기.
王春庭, 「柳宗元師道觀與文道觀管窺: 讀「答韋中立論師道書」」, <贛南師範學院學報>, 1990년 제4기.
高海夫, 「悲劇生涯和悲劇美的創造－柳宗元審美意識硏究之一」, <陝西師範大學學報>, 1990년 제1기.
尙永亮, 「冷峭: 柳宗元審美情趣和悲劇生命的結晶」, <江漢論壇>, 1990년 제9기.
杜曉勤, 「柳宗元音樂審美關試探」, <陝西師範大學學報>, 1990년 제1기.
吳功正, 「美的標準範式－唐宋散文美學」, <天津社會科學>, 1990년 제5기.
劉　溶, 「韓柳文章理論觀」, <河南財經學院學報>, 1990년 제2기.
有洪本健, 「從韓柳歐蘇文看唐宋文的差異」, <文史哲>, 1990년 제3기.
霍旭東, 「柳文系年拾零」, <廣西民族學院學報>, 1990년 제4기.
劉　溶, 「韓・柳文章理論觀」, <河南財經學院學報>, 1990년 제2기.
鄧小軍, 「柳宗元散文的藝術境界」, <四川師大學報>, 1993년 제1기.
金濤聲, 「略論柳宗元對傳記文學的發展」, <寧波大學學報>, 1993년 제2기.
金五德, 「柳宗元劉禹錫遠州司馬期間心態評議」, <長沙水電師院學報>, 1993년 제1기.
李　浩, 「柳宗元婚配與子女考」, <西北大學學報>, 1994년 제1기.
梁道禮, 「重論古文復興」, <文學評論>, 1995년 제2기.
曹辛華, 「柳宗元文章學說述評」, <河南師範大學學報>, 1995년 제4기.
魏家駿, 「散文與中國文化」, <文學評論>, 1996년 제2기.
陸柏年, 「柳宗元與文獻考辨」, <圖書館理論與實踐>, 1996년 제2기.
陶新民, 「唐代古文運動再審視」, <學術界>, 1997년 제2기.

(1) 『國際柳宗元研究擷英』(1993년 柳宗元國際學術討論會論文集)

吳文治, 「駁正「柳宗元事迹的一點辨證」」.
劉光裕, 「柳宗元與儒學」.
詹海雲, 「柳宗元「乘桴說」初探」.
陳雁谷, 「試談柳宗元商賈明而滅的思想」.
王晉光, 「關於柳宗元文論的三点意見」.
金濤聲, 「略論柳宗元對傳記文學的發展」.
廖鏡進, 「談柳宗元的贈序文」.
吳小林・詹頌, 「試論柳宗元在柳州時期的散文」.
戴偉華, 「柳宗元創作中的“騷怨”精神」.
下定雅弘, 「試論柳文文體的變化」.
程　明, 「柳宗元山水遊記的意境美」.
靜永建, 「左遷士人與其文學創作」.
劉　晰, 「試析柳宗元的人格與性格」.
袁本秀, 「兩極對峙－柳宗元心靈的凹陷與補償」.
方　介, 「韓柳交誼與相互影響」.
蔣　凡, 「韓愈柳宗元的古文“小說”觀及其創作嘗試」.
胡楚生, 「韓柳賦之比較」.
楊　奔・陳中林・魯永良, 「柳賦與屈賦之比較」.
張淸華・尙振明, 「韓愈與柳宗元」.
李乃龍, 「論宋代柳學」.
陳雁谷, 「試談柳宗元商賈明而誠的思想」.
鄧小軍, 「從性惡論到性善論的轉變」.
喬長路, 「柳宗元的儒家風範」.
陳琼光, 「柳宗元和魯迅與佛教的關係」.

(2)『柳宗元研究文集』, 柳州市柳宗元學術研究會編, 1993년 3월

郭紹明 · 周桂鈿, 「柳宗元民論研究」.
謝漢强, 「柳宗元官論簡述」.
蒙仁周, 「論柳宗元的社會歷史觀」.
周桂鈿 · 郭紹明, 「柳宗元天論研究」.
林雨如 · 郭紹明 · 蔣富生, 「柳宗元認識論若干問題初探」.
王一民, 「試論柳宗元的"統合儒釋"」.
孫代文, 「柳宗元教育思想辨析」.
肖澤昌, 「柳宗元在柳州」.
孫代文, 「柳宗元山水詩的和諧美」.
陳琼光, 「試論柳宗元的文學主張」.
李　剛, 「略談柳宗元柳州詩的悲劇美」.
陳琼光, 「寄情山水間 – 淺談柳宗元山水游記的藝術美」.
謝漢强, 「臺港柳學研究概況」.

(3)『中國永州柳宗元國際學術研討會論文』(2003년 柳宗元國際學術討論會論文集)

郭蓮花, 「"愚者"的書寫特色」.
李鼎榮, 翟滿桂, 「柳學新成果」.
蔡自新, 「關於柳宗元一代宗師的歷史地位」.
李凱中. 「柳宗元對 "民本"思想的超越」.
高建新, 「柳宗元山水詩中的非情」.
陳友康, 「永州山水詩文: 自然美的發現與提升」.
任重菲, 「深化柳學研究, 發掘柳子精神」.
雷運福, 「柳宗元「道州毁鼻亭神記」及「道州文宣王廟碑」史考」.
駱正軍, 「柳宗元的道德觀」.
翟滿桂, 「柳宗元在永州的私人交往及其創作的影響」.
權錫煥, 「柳宗元的山水記及其空間認識」.
黃伯榮, 「柳宗元的永州心態」.

張官妹,「"交錯"與"交感"的交匯 - 試論柳宗元」.
盧　紅,「柳宗元論德的價値」.
吳文治,「淡淡『柳宗元集』的版本問題」.
蔣昌和,「柳宗元哲學思想論要」.
蔡靖泉,「柳宗元與屈原」.
鄧位華,「柳宗元學書」.
陳雁谷,「柳宗元故居考」.
呂國康,「柳宗元與法華寺」.
陳雁谷,「"永州九記"舊址考及有關詞語淺析」.
翟滿桂, 魯麗君, 翟氷玲,「柳宗元在永州的生活及行踪」.
陳亞勝,「"永州九記" 美學意境初探」.
肖揚碚,「柳宗元山水詩意象論」.
劉繼源,「"永州八記"考釋」.
李鼎榮,「柳宗元與水」.

2) 韓國 小論文

洪寅杓,「書啓에 나타난 柳宗元 思想」,『中國文學』, 1980.
金容杓,「柳宗元 寓言文의 發達過程에 대한 硏究」,『中國學硏究』, 1985.
吳洙亨,「柳宗元 傳狀類 散文 硏究」,『漢陽大學校人文論叢19』, 1990.
洪承直,「柳宗元의 遊記 硏究」,『中國學論叢』, 1991.
宋昌基,「文以載道의 再評價; 韓愈·柳宗元의 文論을 中心으로」,『國民大語文學論叢14』, 1995.2.
金都鍊,「韓柳歐蘇의 寫作上 文藝的 特徵에 대하여」,『國民大中國學論叢12』, 1996.2.
朴仁成,「韓愈와 柳宗元의 論爭考」,『順天鄕大人文科學論叢4』, 1997.12.
吳洙亨,「柳宗元·蘇軾의 諷刺散文 比較 硏究」,『中語中文學23』, 1998.12.
朴徹浣,「柳宗元과 丁若鏞의 比較 考察: 山水遊記를 中心으로」,『한국교원대한국어문교육8』, 1999.2.
金容杓,「柳宗元 傳記文을 통해 본 중국 散文과 小說의 境界」,『中

國散文論叢』, 2000.
洪承直,「柳宗元 游記의 詩的 要素」,『中國散文論叢』, 2000.
吳洙亨,「唐代의 散文美學 研究－韓愈·柳宗元을 중심으로」,『中國文學35』, 2001.
尹勝俊,「韓·中 寓言의 比較 一斑」, 檀國大學校東洋學研究所,『東洋學: 簡報11』, 2001.

▌약 력

동아대학교 중어중문학과 졸업
한국외국어대학교 중국어과 석사 졸업
한국외국어대학교 중국어과 박사 졸업
현재 동아대학교, 부산대학교, 부산여자대학 출강
현재 동아대학교 중국학부 초빙교수 재직

▌주요논문 및 저서

저서로는 『중국 문언문의 이해』, 『고사성어로 배우는 한자』(공저, 2005년)
논문으로는 「유종원 전기 우언 산문 연구」(문학석사)
「유종원 산문의 예술적 특징 연구」(문학박사)
「유종원의 초월의지와 산문의 숭고성」(2004년)
「유종원 증서문의 글쓰기 특징」(2006년)
「형초문화와 유종원 영주시기 산문」(2007)

유종원 산문의 문예미

초판인쇄 | 2008년 12월 15일
초판발행 | 2008년 12월 20일

지은이 | 임춘영
펴낸이 | 채종준
펴낸곳 | 한국학술정보㈜
주　소 | 경기도 파주시 교하읍 문발리 513-5 파주출판문화정보산업단지
전　화 | 031) 908-3181(대표)
팩　스 | 031) 908-3189
홈페이지 | http://www.kstudy.com
E-mail | 출판사업부 publish@kstudy.com

등　록 | 제일산-115호(2000. 6. 19)
가　격 | 20,000원

ISBN 978-89-534-9219-6 93820 (Paper Book)
978-89-534-9220-2 98820 (e-Book)